TANIA UNSWORTH

Eine Reise nach Indien

Buch

Vanessa West macht sich Sorgen um ihre Mutter Marion, die nach dem Tod ihres Mannes nicht mehr mit dem Leben zurechtkommt. Um sie abzulenken überredet Vanessa sie zu einer Reise nach Indien, wo Marion West in ihrer Kindheit ein Mädcheninternat besucht hat. Gemeinsam treten Mutter und Tochter die Reise in den abgelegenen Ort Ashagiri in den Bergen an.

Auf der Bahnfahrt dorthin lernen sie eine ältere Dame kennen, die dasselbe Reiseziel hat, jeglichen Kontakt zu Vanessa und Marion jedoch merkwürdig schroff ablehnt. Hat sie etwas zu verbergen?

In Ashagiri wird Marion von ihren Kindheitserinnerungen in den Bann gezogen – und plötzlich erinnert sie sich wieder an eine Schulkameradin, die damals bei einem mysteriösen Unfall ums Leben gekommen war. Marion spürt, dass sie erst wieder nach London zurückreisen kann, wenn sie dem Schicksal des toten Mädchens auf die Spur gekommen ist – und dem Geheimnis der mysteriösen Frau aus dem Zug, die offensichtlich nicht die ist, für die sie sich ausgibt …

Autorin

Tania Unsworth ist die Tochter des bereits zweimal mit dem Booker Prize ausgezeichneten englischen Autors Barry Unsworth. Mit »Eine Reise nach Indien« legt sie ihr Debüt vor, das in England mit Begeisterung aufgenommen wurde. Mittlerweile arbeitet sie bereits an ihrem nächsten Roman.

Tania Unsworth

Eine Reise nach Indien

Roman

Aus dem Englischen von
Gwynneth und Peter Hochsieder

GOLDMANN

Die Originalausgabe erschien 2002 unter dem Titel
»The Seahorse«
bei Viking, London

Umwelthinweis:
Alle bedruckten Materialien dieses Taschenbuches
sind chlorfrei und umweltschonend.

1. Auflage
Deutsche Erstausgabe September 2003

Umschlaggestaltung: Design Team München
Umschlagfoto: Look/Potschka
Satz: deutsch-türkischer fotosatz, Berlin
Druck: Elsnerdruck, Berlin
Titelnummer: 45474
MA · Herstellung: Stefan Hansen
Made in Germany
ISBN 3-442-45474-3
www.goldmann-verlag.de

ERSTER TEIL

Ankunft

Es waren vier Kinder, vielleicht auch fünf. Aber Marion West sah rasch wieder weg, bevor sie die Köpfe zählen konnte. Ihr blieb ein flüchtiger Eindruck von ein paar kleinen knochigen Rücken, die dicht am Boden kauerten, und von winzigen Fäustchen, die sich am Saum ihrer Hosenbeine festklammerten. Sie spürte die Finger über ihre Knöchel wandern, Berührungen, die sich gleichzeitig zerbrechlich und entschlossen anfühlten, wie das selbstbewusste und doch ehrfürchtige Abtasten seltener Porzellangegenstände durch Sachverständige. Marion wagte einen zweiten raschen Blick. Sie waren so furchtbar klein, dachte sie, eigentlich kaum größer als Babys. Wie waren sie bloß hierher gekommen? Aus welchem fiebrigen Winkel, aus welcher feuchten, unvorstellbaren Ritze waren sie gekrochen, so raubgierig, so hilflos? Ein wortloses Geräusch, ein ständig rieselndes Flehen, das sich nur durch seine Nähe und Zielstrebigkeit vom Lärm der Umgebung abhob. Marion blickte sich nach allen Seiten um, sah den langen, schwach beleuchteten Bahnsteig unter der Dunstglocke, mit den ruhelosen Nischen, den endlosen Menschenmengen, die sich kaum von ihrer eigenen Ansammlung von Abfällen unterscheiden ließen. Und sie erkannte, dass die Kinder von überallher hätten kommen können. Sie streckte eine bekümmerte Hand in deren Richtung aus, eine seltsame, unfreiwillige Geste, mitleidig und abweisend zugleich, die irgendwo zwischen Liebkosung und Abwehr hängen blieb.

»Haben wir ein paar kleine Münzen?«, sagte sie.

»Die sind alle draufgegangen, als wir die Kekse gekauft haben, das weißt du doch«, sagte Vanessa.

»Ich wäre froh, wenn der Zug käme. Wann, hast du gesagt, soll er kommen?«

Vanessa ignorierte die Frage. Sie beugte sich auf der Bank etwas nach vorn und musterte interessiert die bettelnden Kinder. Im Gegensatz zu ihrer Mutter fand sie das Unglück anderer Menschen schon immer faszinierend. Als Kind hatte sie alles angestarrt. Offen, ungehemmt, auch als sie schon weit über das Alter hinaus war, in dem man über die kindlichen Taktlosigkeiten lachend hinwegsieht. »Glaubst du, dass sie Stehklos im Zug haben? Wo man sehen kann, wie die Gleise unten vorbeirauschen?«, fragte Marion. »Ich habe immer Angst, dass ich durchrutsche.«

»Wenn ich daran denke, dass du dich noch heute früh über dein Gewicht beklagt hast, halte ich das für wenig wahrscheinlich.«

»Warum bist du so gemein?«

Vanessa war sich nicht sicher, vermutete aber, dass es etwas mit der Handtasche ihrer Mutter zu tun hatte. Sie war groß und glänzte. Schlangenhaut mit einer flotten silbernen Schnalle.

»Ich wette, die Bettler haben es auf deine Tasche abgesehen«, sagte sie. »Diese Tasche war ein Fehler.«

»Aber ich habe sie extra für diese Reise gekauft.«

»Dann hättest du gleich ›Klau mich!‹ darauf schreiben können.«

»Ich habe sie bei Liberty's gekauft«, sagte Marion.

»Nach Indien nimmt man überhaupt keine Handtasche mit.« Vanessa betrachtete zufrieden den praktischen Nylonbeutel, den sie am Gürtel um die Taille trug. Er war groß, aber unauffällig und bot genügend Platz für Pässe und die nötigsten Papiere. Der Anblick bestätigte ihr, dass sie immerhin alles unter Kontrolle hatte. Vor ihrer Mutter hätte sie es niemals zugegeben, aber die letzten paar Tage waren, wie sich ihre Kollegen zu Hause bei T. W. Pryce ausgedrückt hätten, ›eine Herausforderung‹ gewesen. Und das war nichts als ein Euphemismus für einen verdammten Alptraum, dachte Vanessa wütend.

Schon beim Anblick des Flughafens hätte ihr klar sein müssen, was sie erwartete. Über dem Terminal die riesige Leuchtschrift mit dem fehlenden Buchstaben: CALCUTT hieß es da; verschwunden das zweite A, wie ein plötzlich abgeschnürter Atemzug. Und der Geruch dort und das Grau und ihre Mutter, die hinter ihr hertrottete und immer wieder sagte: »Mir ist alles recht«, wenn Vanessa sie fragte, wo sie hingehen wolle. Der Himmel war braun von der Luftverschmutzung, die Straßen waren vom Abwasser durchtränkt, das der Monsunregen hochgeschwemmt hatte. Und dann noch die mageren, gelben Hunde auf der Sudder Street, die dort kaum mehr Platz beanspruchten als ein Schmutzfleck. Keine Zeit für Erkundungen, dachte sich Vanessa, keine Zeit für Besichtigungen, weil sie Geld wechseln mussten und einen ganzen Sonntag mit der Suche nach einer offenen Bank verschwendet hatten; und dann dieser Mr. Banarjhee, der ihnen noch mehr Zeit gestohlen hatte. Als wären sie nach Indien gekommen, bloß um dazusitzen und seinen lackierten Hinterkopf anzustarren.

Wenigstens war es in der Bank kühl gewesen. Marmorböden, große Deckenventilatoren, die die Luft in Bewegung hielten über den Köpfen der einfachen Bankangestellten hinter ihren kleinen Gitterfenstern und über den privilegierteren Kollegen an ihren Schreibtischen. Mr. Banarjhee gehörte der zweiten Gruppe an. Eine Person von gepflegtem Äußeren mit geschniegeltem Haar und weißen, gestärkten Manschetten. Während er sich Vanessas Bitte anhörte, die Reiseschecks einzulösen, heftete er seine Augen an die Decke, als ermüdeten ihn derartige Banalitäten über alle Maßen.

»Ja, ja«, sagte er ungeduldig. »Das können wir machen.« Er ergriff seine Kaffeetasse und nahm gemächlich einen Schluck. Als aber Vanessa die Schecks auf den Tisch legte, bedeutete er ihr durch eine Handbewegung, sie wieder wegzunehmen. »Ja, ja«, wiederholte er, »sie können eingelöst werden. In einigen Minuten.«

Vanessa und Marion nahmen ihm gegenüber Platz und warteten gespannt. Banarjhee trank seinen Kaffee aus und stellte die Tasse mit bedauernder Miene auf den leeren Schreibtisch. Er seufzte, blieb ein paar Sekunden lang bewegungslos sitzen, dann öffnete er eine Schublade und entnahm ihr ein Blatt Papier. Dieses Blatt legte er sorgsam vor sich auf den Schreibtisch, zog die Manschetten unter den Jackenärmeln hervor, seufzte erneut und suchte sich von einem schicken Ständer eine Schreibfeder aus.

Vanessa sah auf ihre Uhr. Es war bereits Nachmittag. Was hatte dieser Mann bloß? Eine gewisse Zeit verbrachte Banarjhee damit, den Bogen Papier zu betrachten, ohne ihn zu berühren. Er legte die Feder zur Seite. Er öffnete eine zweite Schublade, zog einen Ordner zur Hälfte heraus, schob ihn dann wieder zurück. Als bedauere er die Anstrengung, die diese Handlung verursacht hatte, legte er behutsam die Handfläche gegen seine Stirn und kontrollierte, ob sein Pony noch ordnungsgemäß saß. Er wandte sich erneut dem Papier zu und zog mit entschlossener Miene die Manschetten wieder hervor.

»Wird es lange dauern?«, fragte Vanessa.

Irgendjemand brachte Mr. Banarjhee eine neue Tasse Kaffee, und er überlegte eine Zeit lang, auf welcher Seite des Schreibtisches er sie abstellen sollte. Er nahm seine Feder in die Hand und setzte ein kleines, entschlossenes Zeichen auf das Blatt Papier, das vor ihm lag. Er seufzte, er nippte an seiner Tasse, er betastete seinen Pony.

»Gibt es ein Problem?«, fragte Vanessa. Aber der Mann schien ihren verächtlichen Ton nicht zu bemerken.

Wie vorauszusehen, nahm Marion die Verzögerung nicht zur Kenntnis. Sie war offensichtlich von Mr. Banarjhee hypnotisiert, vom Weiß seiner Manschetten, vom stilvollen Fleiß, mit dem er seine Aufgabe, absolut nichts zu tun, erfüllte.

»Vielleicht sollten Sie zu einer anderen Bank gehen«, sagte Banarjhee. Eine junge Frau, die neben dem Schreibtisch stand, mischte sich ein. »Leider haben wir den Wechselkurs noch nicht erhalten. Meine Assistentin ruft gerade in Delhi an, um ihn zu erfahren.«

»Ja«, sagte Banarjhee, »wenn Sie nicht warten können, müssen Sie zu einer anderen Bank gehen.«

»Das würde ich gerne tun, aber Sie sind anscheinend die Einzigen, die heute offen haben.«

Die Deckenventilatoren surrten. Mr. Banarjhee legte sein Blatt in die Ablage für Eingänge, nahm es wieder heraus, tat es wieder hinein. Frauen mit hohen Absätzen stöckelten energisch über den Marmorboden. Auf und ab, hin und her. Eine Stunde verging. Vanessa dachte an ihren Zeitplan für diesen Tag. Es gab Plätze, die sie sich unbedingt ansehen sollten, Stellen, die ihre Mutter unbedingt wieder aufsuchen musste. Wenn es so weiterging, würden sie es kaum bis zum Victoria-Denkmal schaffen.

Eine zweite Stunde verging. Jemand brachte Mr. Banarjhee einen Zettel. Er warf einen kurzen Blick darauf, wandte den Kopf und sah die beiden Frauen an, anscheinend überrascht, sie immer noch hier vorzufinden, als hätte er im Trubel der wichtigen Bankgeschäfte ihre Anwesenheit völlig vergessen.

»Reiseschecks«, sagte er. »Wollten Sie Reiseschecks wechseln?«

Was Vanessa an diesem Vorgang zusätzlich rasend machte, war ihre Mutter, der anscheinend nicht klar war, dass sie soeben fast den ganzen Nachmittag vergeudet hatten. Sie schien verwirrt, aber immer noch leidlich gut gelaunt. Als sei das ganze Unternehmen ein großes Schauspiel, dessen Sinn ihr noch nicht aufgegangen war, aber wohl irgendwann enthüllt würde. Sie starrte die Bankangestellten an, während sie das Geld zusammenzählten. Die Scheine waren zu großen Bündeln zusammengeheftet, und die Angestellten leckten immer wieder ihre Fingerspitzen, um das rutschige Papier im Griff zu behalten, und dann blätterten sie mit einer derartigen Schnelligkeit, dass das Geld unter ihren Händen verschwamm.

»Wie oft werden sie sich wohl verzählen?«, fragte Marion.

»Verzählen wobei?«, sagte Vanessa gereizt.

Jetzt legte ihr Banarjhee Formulare zur Unterschrift vor. »Wo haben Sie Ihre Pässe, Ihre Pässe?«, fragte er ungeduldig, als gehe die Verzögerung von ihnen aus.

»Meinen habe ich hier – irgendwo«, sagte Marion und breitete den Inhalt ihrer Handtasche auf dem Schreibtisch aus. »Ich weiß, dass ich ihn heute früh hineingetan habe. Das stimmt doch, Vanessa? Du erinnerst dich doch, dass ich ihn heute früh eingesteckt habe?«

Aber auch Marion hatte inzwischen Kalkutta gründlich satt. Bewegungslos saß sie auf der Bank im Bahnhof und sehnte sich nach der Ankunft des Zuges. Beides, die Ankunft des Zuges und ihre Bewegungslosigkeit, schien zusammenzuhängen. Als könnte sie für die Ankunft des Zuges irgendwie Platz schaffen, indem sie sich – trotz des flehenden Scharrens der Bettler zu ihren Füßen und obwohl die Hitze und ihre Erschütterung ihr das Atmen schwer machten – zur vollkommenen Unbeweglichkeit zwang. Für das alles war sie zu alt, dachte sie sich. Für Kalkutta war sie einfach zu alt. War diese Stadt schon immer so gewesen? Sie wusste es nicht mehr. Es lag immerhin schon fünfzig Jahre zurück. Die Hitze, der Lärm, das Tempo, in dem ihre Tochter den Weg zurücklegte, das alles hatte sie fix und fertig gemacht.

Es war ihr schwer gefallen, klar zu denken, schwer gefallen, länger als ein paar Sekunden ihren Blick auf etwas zu richten. Es gab so viele Menschen auf den Straßen, alle in eigenartigen Körperhaltungen. Manche saßen, manche lagen, manche kauerten in Kniehöhe und verkauften seltsame Dinge: Schalterteile, kleine Hampelmänner aus Zinn, die an einem Faden hingen. Der Boden war mit allerlei Resten bedeckt: mit Metallstücken, Stofffetzen, Obst- und Gemüseabfällen. Und einige der Menschen, die auf der Straße saßen, bearbeiteten diese Reste; sie klopften sie weich, schrubbten sie ab oder trugen sie zusammen. Ein Mann klopfte mit einem Stein Kronkorken platt. Ein kleines Kind hockte konzentriert über einer Pfütze und wusch Trinkhalme aus Plastik. An einer anderen Pfütze scheuerte eine Frau ein paar Lumpen. Sie hängte sie an ein Geländer, auf dem eine Dohle saß, die an den Fetzen pickte – auf irgendeine Weise fand sie etwas Nahrung in den dünnen Lappen. Nur die Ärmsten, dachte sich Marion, konnten die wirtschaftliche Bedeutung einer derartigen Mühe nachvollziehen: aus etwas scheinbar Wertlosem noch minimalen Gewinn zu machen. Und plötzlich schämte sie sich dafür, dass sie als Touristin diese Hölle hier besuchte.

Aus der Ferne sah das Victoria-Denkmal so makellos aus, wie sie es aus ihrer Kinderzeit in Erinnerung hatte. Seine große Kuppel war immer noch weiß und schien über dem schmutzigen Dunst des Maidans zu schweben, wie durch einen Zauber abgehoben von dem Gedränge unten, wo skelettartige Busse, mit Fahrgästen voll gestopft, quietschend ihre Schlangenlinien fuhren. Aus der Ferne wirkte das Denkmal so, wie es schon immer ausgesehen haben musste. Immer noch die vielen Luftballons und die Kinder auf ihren Ponys und zwei Affen in scharlachroten Jacken, die auf den Schultern des Ansichtskartenverkäufers herumturnten. Aber als sie näher kam, sah Marion, dass nichts mehr so war wie früher. Die Luftballons waren mit Schlamm bespritzt, die Ansichtskarten hatten Eselsohren, die zahmen Affen waren räudig und bedrückt, und die Lippen der Ponys standen so weit vom Gebiss ab, als wollten sie sich übergeben. Im Kies um das Denkmal wuchs Gras. Hoch oben thronte krötengesichtig und vorwurfsvoll die Königin Victoria.

Marion setzte sich zum Ausruhen auf den Betonrand eines der Zierteiche und sah auf ihre geschwollenen Füße hinunter. Wieder dachte sie an Ashagiri, wieder suchte sie dieses kleine, tröstliche Pochen, das ihr die Erinnerung jedesmal sofort brachte.

Aber selbst diese Erinnerung hatte sich verändert, wurde durch ein Gefühl unterdrückt, in dem Furcht und Hoffnung so stark miteinander verschmolzen, dass sie nicht mehr zu unterscheiden waren. Es war eine Art Verrat, sagte sie sich. Schon wieder ein Verrat. Aber daran wollte sie nicht denken. Nicht hier, vor der unförmigen, teilnahmslosen Gestalt

Victorias, wo der Gestank Kalkuttas, durchzogen von der Fäulnis undefinierbarer Dinge, tief in ihrer Kehle saß. Marion presste die Handtasche noch fester an ihre Brust und verlor sich einen Augenblick lang in einem inneren Kampf, in dem der Wunsch zu vergessen und das Bedürfnis, sich zu erinnern, plötzlich durcheinander gerieten.

Es fiel ihr so schwer, klar zu denken.

Die donnernde Ankunft des Zuges wurde von einer mächtigen Woge vorwärts drängender Fahrgäste begrüßt. Laute Pfiffe, Geschrei. Hände pochten gegen Metall. Erst mit großer Mühe konnte Vanessa den richtigen Waggon ausfindig machen und sich mit ihrem Gepäck und dem ihrer Mutter in den Zug hineinzwängen.

»Ein Schlafwagen ganz für uns allein!«, sagte Marion und ließ sich erleichtert auf den Sitz fallen. »Da haben wir Glück gehabt.«

»Glück? Was hat das mit Glück zu tun? Ich habe doch die Karten gekauft, weißt du das nicht mehr?« Vanessa war sich ihres groben Tons bewusst, und sie hasste sich ein wenig dafür. Das Missverhältnis zwischen ihrer Vorstellung, wie sie sich ihrer Mutter gegenüber verhalten sollte – freundschaftlich, verständnisvoll, von Gleich zu Gleich – und der Ungeduld, die sie der älteren Frau immer wieder entgegenbrachte, hinterließ bei ihr einen Hauch von Selbstverachtung. Es lag nicht nur daran, dass ihre Mutter zerstreut war. Es lag an ihrer unglückseligen, unerschütterlichen Annahme, dass sich alles von alleine regelte. In der Welt ihrer Mutter ergaben sich berufliche Chancen durch reinen Zufall; Freundschaften kamen durch Schicksalsfügung zustande, und Schlafwagen wurden in Zügen auf wunderbare Weise bereitgestellt, ohne dass man sie verlangen musste.

Ihrer Mutter gefiel es, dachte Vanessa, wenn sie sich vom

Glück begünstigt fühlte. Ihr gefiel die Vorstellung, dass das Leben aus einer Reihe von Geschenken bestand, die sich unverlangt und unerwartet einstellten. Als würden einem Menschen die besten Geschenke durch glücklichen Zufall zuteil werden, als sei alles, das geplant und organisiert und vorausbedacht wird, weniger wertvoll. Bei dieser Reise war es nicht anders. Wie verständnislos ihre Mutter die Landkarten angesehen hatte, die Vanessa vor ihr ausbreitete! Wie teilnahmslos sie sich angehört hatte, welche Reiserouten Vanessa vorschlug und was sie von den Telefonanrufen mit Fluglinien und Hotels berichtete!

»Irgendwo werden wir eine Unterkunft finden«, hatte sie fröhlich gesagt, während sie ihren Koffer packte. Vanessa starrte auf das Gepäck, das auf dem Bett ihrer Mutter lag. Berge von unpassenden Kleidern, dosenweise Früchtedrops, ein ganzer Liter Medizin gegen Dehydrierung, drei Klopapierrollen und ein uralter Band der *Tausend berühmtesten Gedichte in englischer Sprache*.

»Ich kann kaum glauben, dass du auch nur die Hälfte von diesem Zeug mitnehmen willst.«

»Vielleicht brauche ich es.«

»Du brauchst silberne Halbschuhe? In Indien?«

»Man kann nie wissen.«

Jetzt sah sie zu, wie sich ihre Mutter auf der fleckigen Plastikbank des Zuges niederließ. Im schwachen Licht des Abteils hatte Marions Gesicht ein kränkliches, grünliches Aussehen angenommen.

»Geht es dir gut?«, fragte Vanessa und wunderte sich, wie schnell sie von Verärgerung auf Zärtlichkeit umschwenken konnte, wenn sie mit ihrer Mutter zusammen war. Marion sollte diese Reise genießen. Das war der Zweck der Unternehmung. Zumindest hatte sie es sich so vorgestellt. Nach dem Tod ihres Vaters wollte sie ihre Mutter aufmuntern. Es gibt so einen Blick, einen Gesichtsausdruck, den man manchmal in der U-Bahn sieht. Leer, nach innen gewandt, fast wie in Trance. In den letzten Monaten hatte sie diesen Ausdruck auf dem Gesicht ihrer Mutter gesehen. Als lasse sie alles einfach mit sich geschehen.

»Ja, alles okay. Ich bin nur ein bisschen müde.«

»Es tut mir Leid, wenn ich ein bisschen ... gedrängt habe. Es war bloß ein wenig schwieriger, alles zu organisieren, als ich gedacht hatte.«

Marion schüttelte den Kopf. »Mir geht's gut. Ehrlich.«

Sie kramte im Seitenteil ihrer großen Reisetasche und zog eine Rolle Kekse heraus, die sie auf dem Weg zum Bahnhof gekauft hatten, dazu eine Viertelflasche Whiskey, und legte beides behutsam neben sich auf die Bank.

»Verpflegung«, sagte sie couragiert.

Kaum hatte der Zug den Bahnhof verlassen, da wurde die Abteiltür der Wests abrupt aufgestoßen. Eine Frau mittleren Alters stand in der Tür und starrte sie an. Sie hatte ein plattes, blasses Gesicht ohne Makeup, und ihr schulterlanges Haar war so trocken und kraus, dass es aussah, als wollten einzelne Strähnen erschreckt ihrer Kopfhaut entfliehen.

»Es muss ein Irrtum vorliegen«, sagte die Frau mit gepresster Stimme und fixierte die beiden mit anklagendem Blick, als sei sie ganz sicher, dass die Wests dafür verantwortlich seien. »Dieses Abteil wurde mir zugewiesen. Am Fahrkartenschalter.« Ihr Mund war fransig, aufgeraut, die Lippen waren übermäßig rot, als hätte sie an etwas gelutscht, das besonders stark färbte.

»Oje.« Marion fuhr schuldbewusst zusammen. »Es tut

mir furchtbar Leid.« Hastig erhob sie sich. Marion war zwar groß, aber sie war offensichtlich nicht im Stande, diese Körpergröße auch auszustrahlen.

»Wissen Sie das genau?«, fragte Vanessa skeptisch. »Ich war mir ganz sicher, dass es unsere Plätze sind.«

»Natürlich weiß ich es genau.« Unwirsch hielt die Frau ihnen die Karte hin. »Hier steht ganz deutlich ›elf‹, die Nummer dieses Abteils. Es wurde mir zugeteilt, als ich die Reservierung machte. Ich brauche ein Abteil für mich allein. Ich bestand darauf, als ich die Karte kaufte.« Sie sprach langsam und sehr präzise, als sei sie ein normales Gespräch nicht gewöhnt.

Vanessa sah auf die Karte. »Sie haben Recht. Es tut mir wirklich Leid. Ich werde das jetzt gleich regeln.« Sie trat hinaus in den Gang und winkte den Schaffner herbei, der ihre Karte an sich nahm und dann mit entnervter Miene verschwand.

»Er sucht jetzt unsere Plätze«, sagte Vanessa. »Es wird nicht lange dauern.«

»Nehmen Sie doch bitte Platz«, sagte Marion zu der Unbekannten. »Es tut mir so Leid.«

Die Entschuldigung schien sie etwas zu besänftigen, aber sie zögerte einen Augenblick, bevor sie sich auf die Kante der Bank setzte, wobei sie peinlich genau einen gewissen Abstand zum Gepäck der Wests einhielt, das auf dem Boden gestapelt war.

»Haben Sie eine lange Reise vor?«, fragte Marion höflich.

»Wir fahren nach Ashagiri. Der Zug fährt natürlich nicht bis dorthin. Für das letzte Stück werden wir ein Auto oder so etwas nehmen müssen. Wohin wollen Sie?«

»Auch nach Ashagiri«, gab die Frau etwas widerstrebend zu.

Marion war begeistert. »Was für ein Zufall! Vielleicht können wir gemeinsam reisen.«

»Ich habe viel zu arbeiten. Es ist für mich keine … Vergnügungsreise.«

»Ach«, sagte Marion, ein wenig betrübt wegen des Tons, in dem die Erwiderung vorgebracht wurde. »Was ist das für eine Arbeit?«

»Forschungsarbeit. Meine Recherchen. Ich sammle Material für ein Buch. Deswegen brauche ich Ruhe. Ich stelle sonst keine Ansprüche, aber ich muss Ruhe haben.«

Sie gehörte zu den Menschen, die sich einbilden, dass andere das gleiche Interesse für ihre Vorlieben und Abneigungen empfinden wie sie selbst, dachte Vanessa und musterte sie gründlich. Ihr Pullover sah nach Handarbeit aus, ihre Schuhe waren offenkundig teuer gewesen. Von wegen ›Keine Ansprüche!‹, sagte sich Vanessa mit Verachtung.

»Ich bin ein arbeitsamer Mensch«, sagte die Frau mit Nachdruck. Marion lächelte zögernd, nicht ganz sicher, wie sie auf eine solche Behauptung reagieren sollte.

»Nun … es freut mich, Sie kennen zu lernen. Vielleicht sollten wir uns vorstellen. Ich bin Marion West, und das ist meine Tochter …« Sie stutzte und schwieg.

Die Frau hatte den Kopf geschüttelt und hob abwehrend eine Hand. »Keine Vorstellung, bitte. Es gehört zu meinen Prinzipien. Wenn ich reise, will ich keine Namen wissen und meinen eigenen Namen nicht preisgeben. Sonst … entsteht eine Verpflichtung. Eine Verpflichtung wird hergestellt. In der Vergangenheit kam es dazu, dass ich nach meiner Rückkehr Briefe bekam und sogar Telefonanrufe von Leuten, die unsere Bekanntschaft fortführen wollten. Es war sehr lästig. Die Bekanntschaften, die ich während der Reise mache, sind nicht von Dauer. Das liegt in ihrer Natur.«

»Bloß Touristenpack, meinen Sie«, sagte Vanessa, die den Sarkasmus in ihrer Stimme nicht verhehlen konnte.

Die Frau starrte sie an, als wollte sie sich ein Urteil bilden, ein Urteil aus dem Moment heraus, das von nun an für immer gültig bleiben sollte. Dann wandte sie sich ab.

Der Schaffner erschien in der Tür. »Das Nächste«, sagte er und pochte an die Tür des benachbarten Abteils. »Leer.«

Sichtbar erleichtert lehnte sich die Frau in ihrem Sitz zurück, während Marion und Vanessa sich anschickten, ihr Gepäck aufzusammeln. »Selbstgefällige alte Kuh«, sagte Vanessa, als sie sich in ihrem neuen Abteil eingerichtet hatten. »Sie sieht doch, dass du müde bist, und trotzdem lässt sie uns unseren ganzen Kram herüberschaffen.«

»Red nicht so laut. Sie könnte es hören.«

Aber die Frau konnte nichts anderes hören als das Geräusch des Zuges. Das endlose rhythmische Hämmern der Räder auf die Geleise hatte etwas Beruhigendes, also konzentrierte sie sich auf den Lärm und gestattete den geballten Fäusten auf ihrem Schoß, sich langsam zu lösen. Die längste Zeit ihres Lebens war sie das Gefühl nicht losgeworden – was sie nie offen, nicht einmal sich selbst gegenüber eingestand –, dass alles, was sie tat oder dachte oder unternahm, weniger wichtig war als die Gedanken und Handlungen anderer Menschen. Für diese Vermutung hatte sie keinen Beweis und auch keine Erklärung, aber ihr kam es vor, als sei sie ohne Gewicht geboren worden. Sie warf keinen Schatten, hinterließ keine Fußspuren, die ihren Weg markiert hätten, und aus diesem Grund war die relativ unbedeutende Angelegenheit, den ihr zugewiesenen Platz im Zug zu beanspruchen, für sie von entscheidender Wichtigkeit.

Die vielen Fragen, die ihr diese beiden Frauen gestellt hatten! Es überraschte sie nicht. Es überraschte sie nicht, dass sich andere so sehr für ihre Vorhaben interessierten. Trotzdem hatte sie sich geärgert. Sie schloss die Augen und lauschte auf das Geräusch des Zuges, dachte an ihre sorgfältig gepackten Reisetaschen voller Notizbücher und Gläser für ihre Proben. Ein neuer Anfang, dachte sie. Ein neues Leben. Sie hatte es verdient. Niemand wusste das besser als sie. Ashagiri sollte ihr Ausgangspunkt werden; es war nur logisch, dort anzufangen. Ein vertrauter Ort. Es war eine lange, unangenehme Reise, aber die Entfernung spielte keine Rolle. Wiederkehr gab Kraft. Der erforderliche Weg war ihr bekannt. Trotz aller kleinen Ärgernisse der Organisation und der Misshelligkeiten des Reisens war die Wiederkehr im Grunde eine einfache Sache. So einfach, wie die Hintertür zum Haus ihrer Mutter zu öffnen und wieder den Pfad zum Hortensienstrauch am Gartenende hinunterzugehen, wo Nesbitt, verstummt, unter der Erde lag.

Wie oft schon hatte sie diese kleine Reise gemacht? Hundertmal, vielleicht noch öfter. Meistens an Winterabenden. Zu Zeiten, wenn die Nacht die Fersen des Nachmittags verdunkelt, den Tag abschneidet und ihn wie eine Missgestalt, die zu hastig geboren wurde, ins Jenseits befördert. Sie brauchte nur ein paar Sekunden, um den Strauch zu erreichen, wo sie eine Weile zu stehen pflegte, bevor sie denselben Weg zum Haus zurückging. Manchmal, wenn der Boden nicht zu nass war, kniete sie nieder und legte ihr Ohr an die Erde, als wollte sie horchen. Als sie das zum ersten Mal tat, gab es einen Grund dafür. Dass sie es später wiederholte, diente keinem anderen Zweck, als eine gewisse heitere Zufriedenheit herzustellen, womit sie einer Ironie nahe kam, wenigstens so nahe, wie sie es vermochte.

Als Erstes hatte sie damals ein Loch gegraben, da sie mit Widerstand, mit einem gewissen Durcheinander rechnete. Aber sie hätte wissen müssen, dass sich Nesbitt nicht wehren würde. Nesbitt erinnerte sie an nichts so sehr wie an einen Schweinebraten. Er hatte die gleiche blassbeige Farbe, das gleiche verschnürte Äußere in seinem kleinen Geschirr, welches er, da er keinen Hals hatte, anstelle eines Halsbands trug. Nesbitt keuchte selbst dann, wenn er sich nicht bewegte. Er war unfähig, sich in die Vertikale zu bewegen. Immer musste sie ihn in den Schoß ihrer Mutter hinaufheben. »Bring mir Nesbitt, ich will Nesbitt«, rief ihre Mutter Dutzend Mal am Tag. Und sie musste ihm hinterhergehen, wenn er wegwatschelte und, da ihm die Beine wegrutschten, mit seinen Krallen verzweifelt am Parkett kratzte – welches ohne Teppiche blieb, um dem Rollstuhl ihrer Mutter ungehinderte Fahrt zu erlauben. Er kam nie, wenn sie ihn rief. Seine schwarzen Insektenaugen platzten fast aus den Höhlen, als Zeichen, dass er ihr die bloße Anwesenheit verübelte.

»Mein itzibitzi Nessibitzi«, sagte ihre Mutter und kraulte mit ihrer einzigen brauchbaren Hand in den Falten seines Fleisches. »Mein dickes Möpschen.«

Nesbitt konnte man nicht als Hund bezeichnen. Man konnte ihn als überhaupt nichts bezeichnen.

Den Entschluss, ihn aus dem Weg zu räumen, hatte sie nicht in einem bestimmten Moment gefasst. Es war eher so etwas wie eine lästige Aufgabe, die sie seit langem erledigen wollte. Ein Aufräumen. Und eines Abends, ohne besonderen Anlass, war die Zeit gekommen. Sie hatte ihn auf den Küchentisch gehoben und ein Handtuch über ihn geworfen, während sie sich die günstigste Vorgehensweise überlegte. Einen Augenblick blieb er unter seiner Decke stehen, dann setzte er sich ohne Klage abrupt hin. Nesbitts Instinkte waren, ganz gleich, was geschah, immer auf die Horizontale ausgerichtet. Nur durch Zufall – oder durch einen kosmischen Streich – war er als Hund auf die Welt gekommen. Er hatte die Seele eines Sofakissens. Petitpoint-Stickerei, dachte sie. Übermäßig ausgestopft, mit hässlichen Quasten an den Ecken. Immer noch unentschlossen, hatte sie das Bündel aufgehoben und war hinausgegangen. Ein Bein befreite sich und trat ihr in die Seite. Sie blieb stehen, um ihn fester einzuwickeln und stopfte die Ränder des Handtuchs unter ihm fest, um jede weitere Bewegung unmöglich zu machen. Durch den Stoff hörte sie ihn keuchen, ein gedämpftes und sehr schnelles Geräusch. Draußen war es dunkel. Auf dem Pfad nasse Blätter. Das Loch hatte sie schon ausgehoben. Den nächsten Schritt hatte sie noch nicht geplant, aber jetzt fiel er ihr ein. Es handelte sich lediglich um eine Überführung.

Das kurze Gefühl der Wärme an ihrer Brust verschwand. Und jetzt hineinlegen. Während sie die Überführung vornahm, glaubte sie zu sehen, wie sich das Bündel fast unmerklich krümmte, aber das bildete sie sich vielleicht nur ein. Sie hockte sich auf die Fersen und griff nach dem nassen Stiel der Gartenschaufel. Er keuchte immer noch. Sie konnte ihn hören, als sie das Loch mit Erde auffüllte. Sein Keuchen und ihr eigenes Atmen. Die beiden Geräusche schienen miteinander verbunden zu sein. Das eine verebbte, während das andere – von der körperlichen Anstrengung geschürt – stärker wurde. Sie legte die Schaufel weg und glättete die Erde mit ihren bloßen Händen. Nicht um zu verbergen, sondern vielmehr, um die Stelle zu markieren. Sie musste sichergehen, dass sie die genaue Stelle wiederfand. Ja, die Wiederkehr war ganz einfach, wenn man Vorbereitungen getroffen und Markierungen angebracht hatte.

Sie hob die Hand an ihren Mund und begann, am Nagel

ihres Zeigefingers zu ziehen. Innerhalb von Sekunden hatte sie ein befriedigend großes Stück abgebissen. Sie holte es zwischen ihren Zähnen wieder hervor und fischte nach dem kleinen emaillierten Kästchen, das sie immer in ihrer Jackentasche trug. Behutsam machte sie den Deckel auf und legte den Nagel zu den vielen anderen hinein.

Die Zugfahrt würde die ganze Nacht dauern. Die Wests lagen auf ihren Liegen und starrten auf das Licht, das über ihren Köpfen hin und her schwankte, und auf die kleinen blauen Funken, die aus dem Gewirr der Drähte an der Decke herausschossen. Draußen schlug die Dunkelheit gegen die Fenster wie das warme, schwarze Meer. Alle paar Stunden hielt der Zug, Türen wurden zugeknallt, Stimmen wurden laut auf den ruhigen Bahnsteigen, wo schwache Lampen wie fluoreszierende Fische schimmerten. Die namenlosen Bahnhöfe rückten näher und zogen sich wieder zurück, während der Zug weiterratterte. Es gab nichts zu tun außer nachzudenken. Lange Zeit drehten sich Vanessas Gedanken um praktische Dinge, um die Notwendigkeit, alles zusammenzuhalten. Der Anfang war nicht besonders gut verlaufen.

Es tat ihr Leid, dass sie unfreundlich zu ihrer Mutter gewesen war. Sie hatte sich von ihrer Verärgerung überwältigen lassen. Was nützte es, Marion hierher zu bringen, wenn man die ganze Zeit an ihr herummäkelte? Anstatt sich über ihre Handtasche lustig zu machen, hätte sie sich darum kümmern sollen, was sie während der Bahnfahrt essen würden. Die Kekse, obwohl völlig ausgetrocknet und mit leichtem Desinfektionsgeschmack, waren schon aufgegessen. Sie hätte einen Vorrat an Energieriegeln einpacken sollen, aber ihre Mutter hatte sowieso schon zu viel mitgebracht. Vanessa hatte alles auf ein Minimum beschränken müssen. Der Mangel an Verpflegung erinnerte sie wieder an die kleinen Bettler. Wie sie sich nach vorn gebeugt hatte, um sie anzustarren, und wie dann einer von ihnen – als hätte er ihren prüfenden Blick bemerkt – plötzlich einhielt und ebenso direkt und neugierig zurückschaute. Es hatte nur eine Sekunde gedauert, dieses gegenseitige Mustern, aber Vanessa kam es vor, als habe es eine tiefere Bedeutung. Als ob sie und dieses Kind eine Art Bündnis geschlossen hätten. Und sie erinnerte sich plötzlich an die Episode mit dem Christmas-Jungen. Daran hatte sie seit Jahren nicht mehr gedacht. Die siebenjährige Vanessa hatte sich nur wegen des Namens mit Karen Christmas angefreundet. »Was wäre, wenn dir deine Mutter den Namen Mary gegeben hätte?«, hatte sie gefragt. Karen, in ihrem seltsamen altmodischen Kleid, stand unter dem Mandelbaum auf dem Schulhof und lächelte Vanessa schweigend an. Sie hatte große babyblaue Augen, in denen vollständiges Begreifen immer erst mit Verzögerung zu dämmern schien, und einen Bruder namens Theodore, den ihre Eltern in einem Schlafzimmer im oberen Stock eingeschlossen hielten.

»Nicht die ganze Zeit«, sagte sie. »Nur wenn Besuch kommt.«

»Aber wieso? Ist er gefährlich?«

»Ich glaube nicht«, sagte Karen, aber es klang, als sei sie nicht davon überzeugt.

»Ich wette, dass er gefährlich ist«, sagte Vanessa mit Bestimmtheit. Sie stellte sich Theodore Christmas als Werwolf vor, der allein in seinem Zimmer lag und an den Bodenleisten nagte. »Ich wette, er würde jemanden angreifen, wenn man ihn herausließe.«

»Das glaube ich nicht«, wiederholte Karen. Sie lächelte. »Kommst du zu meinem Geburtstagsfest?«

»Werde ich Theodore sehen dürfen?«, fragte Vanessa hoffnungsvoll.

Aber obwohl sie und die anderen Gäste – über zwanzig Mädchen ihres Alters – sich am Tag der Party in den meisten Teilen des Hauses frei bewegen durften, war ihnen der Zutritt zu Theodores Zimmer verboten. Vanessas Enttäuschung darüber, dass man ihr die Gelegenheit versagt hatte, dieses mythische Kind zu besichtigen, war bald überwunden, denn Karens Party war die beste, zu der sie je eingeladen worden war. Sie hatte keine besonders hohen Erwartungen an das Ereignis gestellt – sie rechnete mit den üblichen Spielchen, wie Päckchen-Auspacken und Stop-Tanz, bei denen alle Gäste Preise gewannen, selbst wenn sie beim Unterbrechen der Musik auf einem Bein landeten und schließlich umkippten, während sie, Vanessa, immer noch ganz gerade dastand, reglos wie ein Stein, starr vor Anstrengung und dem Wunsch, als Siegerin hervorzutreten. »Aber du hast doch schon drei Preise gewonnen«, pflegten die Eltern zu sagen, wenn sie sich über die Ungerechtigkeit beschwerte. »Gib den anderen eine Chance!« Und sie sahen sie auf eine Weise an, die Vanessa allmählich kannte. Mit der unmissverständlichen Abneigung, die Erwachsene gegenüber bestimmten Kindern empfinden.

Karens Party war ganz anders. Dort ging es wild zu. Niemand kümmerte sich darum, wann und wie viele Chips, Kit-Kat-Riegel oder Bananen-Sandwiches die Gäste aßen. Niemand sagte ihnen, sie sollten nicht so schreien, oder störte sich daran, wenn sie die Luftballons platzen ließen, niemand stellte ihnen unter dem Vorwand, es sei ein lustiges Gedächtnisspiel, ein Tablett mit langweiligen Gegenständen hin. Aber das beste Spiel auf dieser Party war, nach Vanessas Meinung, das Strick-Rennen. Alle mussten herumrennen und kleine Stricke sammeln, die von einer großen Rolle in verschiedenen Längen abgeschnitten und im ganzen Haus versteckt worden waren. Als die Zeit abgelaufen war, setzten sich alle hin, banden ihre Teile zusammen, und wer den längsten Strick hatte, war Sieger. Alle standen draußen auf dem Rasen, während Karens Vater sich die zusammengebundenen Stricke zeigen ließ, um mit seinem Stahlmessband die Länge festzustellen. Manche sahen richtig mickrig aus! Vanessas Strick aber reichte fast bis zum Rosenbeet am Gartenende. Zunächst glaubte sie, sie hätte gewonnen. Sie hätte auch gewonnen, wenn nicht der Strick eines anderen Mädchens fünf Zentimeter länger gewesen wäre. Hätte sie bloß die Knoten sorgfältiger gebunden, dachte sie neidisch. Bei Karens nächster Party, ein Jahr später, wollte Vanessa unbedingt zwei Dinge tun: das Strick-Rennen gewinnen und einen Blick auf Theodore Christmas werfen. Aber zunächst schien es, als wäre eines dieser Ziele nur auf Kosten des anderen zu erreichen. Die einzige Gelegenheit, das verbotene Zimmer zu betreten, würde sich während des Spiels ergeben, während die Gäste über das ganze Haus verstreut waren. Aber wenn sie das tat, würde sie keine Zeit haben, genügend Stricke einzusammeln, um zu gewinnen. Als sie vor der Entscheidung stand, drückte sie sich unschlüssig am Fuß der Treppe herum, hin und her gerissen zwischen unbändiger Neugier und dem Wunsch zu siegen. Der Gedanke, dass sie etwas tun würde, was ausdrücklich verboten war, ließ sie nachdenklich werden. Vor dem Anfang des Spiels hatte Karens Vater allen gesagt, dass keine Strickteile im ersten Stock versteckt seien. Das hatte er mit großem Nachdruck gesagt. Aber vielleicht, sagte sie sich, vielleicht hatte er vergessen, dass er ein paar Stricke oben versteckt hatte. Vielleicht hatte er auf dem Weg hinunter den einen oder anderen Teil fallen lassen. Je mehr sie darüber nachdachte, desto plausibler kam ihr das vor. Sie lief die Treppe hinauf und den Gang entlang. An der Tür zu Theodores Zimmer klebte ein handgeschriebener Zettel: EINTRITT VERBOTEN stand darauf. Vanessa blieb stehen, zitternd vor Aufregung und Angst über die Macht ihrer eigenen Kühnheit. Sie legte ihr Ohr an die Tür und horchte, ob sich ein Knurren hören ließ. Wenn das der Fall sei, beschloss sie, würde sie weglaufen. Aber es regte sich nichts. Nicht einmal ein Grunzen. Sie legte die Hand auf den Türknauf und drehte ihn leise. Nur einen kurzen Blick, dachte sie. Sie würde nur ihren Kopf hineinstecken. Auf diese Weise hätte sie gar nichts Unartiges getan, denn auf dem Zettel stand: EINTRITT VERBOTEN. Zählte es, wenn nur der Kopf eintrat? Vanessa glaubte, nein. Wahrscheinlich galt das nur, wenn die Füße eintraten. Oder wenigstens mehr als die Hälfte des Körpers. Ansonsten handelte es sich bloß um ein Schauen, und schließlich stand auf dem Zettel nichts davon, dass man nicht schauen dürfe.

Aber als sie die Tür öffnete und hineinspähte, sah sie etwas, das sie alle diese feinen Unterscheidungen vergessen ließ. Als Erstes fiel ihr auf, dass der Raum ganz und gar nicht wie ein Käfig aussah, sondern wie ein ganz normales Schlafzimmer. Ein ganz gewöhnlicher Schreibtisch und ein Stuhl, ein Teppich und ein gewöhnliches Bett, auf dem ein höchst ungewöhnlich aussehender Junge saß und sie ruhig anstarrte. Vanessa schloss die Tür hinter sich und starrte zurück. Theodore Christmas war klein. So klein, dass seine Füße von der Bettkante baumelten und den Boden nicht berührten. Er trug ein paar winzige schwarze Lackschuhe und einen Pullunder mit Rautenmuster über der Brust. Sein dunkles glänzendes Haar lag so glatt um sein Gesicht wie die lackierte Topffrisur eines Lego-Männchens. Seine Hände waren zwei identische Schälchen in seinem Schoß, die Finger gekrümmt, als hielten sie etwas, versteinert durch Ruhe und geheime Bedeutung. Aber es waren die Augen des Jungen, die sofort auffielen. Theodore Christmas hatte Augen von der Größe und Form zweier Pingpong-Bälle. Riesengroß, hervorstehend und starr, ließen sie die anderen Gesichtszüge winzig klein und seine Nase und seinen roten Kindermund lächerlich erscheinen. Wer den Jungen sah, schaute sofort wieder weg, vom Anblick dieser großen glupschigen Kugeln erschreckt. Den Menschen erschienen sie so ausdruckslos wie die Scheinwerfer eines Autos. Sie fingen selbst an, hastig, hilflos zu blinzeln, als wollten sie sich vergewissern, dass die eigenen Augen immer noch fest in den Höhlen saßen. Vanessa aber blinzelte nicht. Sie sah Theodore in die Augen und entdeckte dort eine Neugier, die genauso groß war wie ihre eigene.

»Wieso bist du nicht auf der Party?«, sagte sie unvermittelt. Theodores Hände krümmten sich ein wenig, aber er sagte nichts.

»Du trägst ja Lackschuhe«, sagte Vanessa. »Wieso trägst du Lackschuhe, wenn du nicht mit auf die Party darfst?«

Der Junge wandte seinen seltsamen starren Blick nach unten und betrachtete seine schicke Fußbekleidung, als sähe er sie zum ersten Mal. Vanessa beobachtete ihn und überlegte, was sie als Nächstes sagen sollte. Sie wollte ihn fragen, wieso er so große Augen habe und ob er damit besser sehe als andere Leute, aber sie zögerte, da ihr plötzlich die Stille im Zimmer und die Ungerechtigkeit der geschlossenen Tür bewusst wurde. Schwache Geräusche von der Party unten drangen zu ihr herauf. Trappelnde Füße und fernes Lachen.

Sie fragte sich, wie lange der Junge schon da gesessen und gelauscht hatte, während seine riesengroßen Augen auf nichts Bestimmtes gerichtet waren und seine Lackschuhe hin und her baumelten.

»Es würde dir sowieso nicht gefallen«, sagte sie schließlich. »Es sind nur Mädchen da. Weißt du, es sind keine Jungen dabei.«

Theodore Christmas wandte ihr seinen eigentümlichen Blick wieder zu. Selbst vom anderen Ende des Zimmers aus sah sie deutlich ihr Spiegelbild in jeder der knolligen Halbkugeln.

»Viel Strick«, sagte der Junge plötzlich.

Vanessa sah hinunter auf ihre Hand, die immer noch die wenigen Strickteile hielt, die sie hatte finden können, bevor sie ihren Abstecher nach oben unternahm. »Nicht genug. Macht aber nichts.«

Theodore schüttelte den Kopf. »Jede Menge!« Er zeigte auf den Schreibtisch in der Ecke des Zimmers, wo ein großes Knäuel und eine Schere lagen, die Vanessa durch den überraschenden Anblick Theodores übersehen hatte. An dieser Stelle hatte wohl sein Vater den Strick für das Spiel in Stücke geschnitten. Ihre Augen weiteten sich. Theodores winzige Finger ahmten in der Luft die Bewegung des Schneidens nach.

»Schneiden!«, befahl er. »Schneide viele, viele Stricke!«

Und das hatte sie auch getan. Listig schnitt sie den Strick in verschieden lange Teile, damit niemand den Unterschied zwischen ihnen und den Stricken, die unten versteckt waren, erkennen könnte. Sie muss wohl damals das Spiel gewonnen haben, obwohl sie sich an den Augenblick des Sieges nicht mehr erinnerte. Das, woran sie sich jetzt erinnern konnte, war die Freude, mit der sie vollkommen konzentriert jene verbotenen Stücke schnitt, und an Theodore Christmas, der ihr zusah, während seine Finger mit jedem Schnipp der Scherenblätter die Luft durchtrennten.

Die Erinnerung an diese Episode löste eine Woge der Selbstkritik aus. War es nicht immer so, dass sie sich mit Außenseitern der einen oder anderen Art verbündete? Bisher war es Vanessa nie in den Sinn gekommen, so über frühere Partner zu denken, aber jetzt glaubte sie ein Muster in ihren Beziehungen zu erkennen. Ein Grund für ihr Scheitern. Lauter komische Vögel, dachte sie. Nur dass sie, anders als der arme Theodore, ihre Eigentümlichkeiten versteckt hielten. Während der Zug durch die Nacht schlingerte und ratterte, ging Vanessa in Gedanken die Liste durch.

Alan, zum Beispiel, den sie beim Studium kennen gelernt hatte. Der witzige, gescheite Alan, der ihr nach einer einjährigen Beziehung, während er eines Nachmittags ihren Rücken massierte, die Mitteilung machte, dass er nicht genau zu sagen wüsste, ob er schwul sei oder einfach zu den Menschen gehörte, die keinen besonderen Wert auf Sex legten. Diesen Satz ließ er ganz beiläufig fallen, während seine Hände noch damit beschäftigt waren, ihr die Schultern zu kneten. Als erwartete er von ihr, dass sie einfach liegen blieb, bis er Klarheit bekam. Dann gab es Mark, den Höhlenfreak. Ein Mann, der sich nur richtig lebendig fühlte, wenn er zwei Meter unter der Erde war. Sie hörte noch den Widerhall seiner Stimme von den feuchtkalten Wänden der Kalksteinhöhle, in die hineinzukriechen sie sich an einem verhängnisvollen Wochenende in Yorkshire waghalsig hatte breitschlagen lassen. Durch ein erschreckend kleines Loch am Ufer eines Baches waren sie in die Höhle gelangt, was ein besonders schwieriges Manöver war, weil sie wegen Marks Theorie, dass nasse Wolle die Körperwärme speichere, drei unförmige Pullover trug. In der Höhle war es pechschwarz, und die Luft roch verbraucht. Sie musste einen Augenblick innehalten, um die aufwallende Panik zu bekämpfen.

»Reiß dich zusammen, Vanessa!«, kam Marks Stimme aus der Tiefe. »Mach bloß nicht schlapp!«

Es war nicht so sehr der Mangel an Sensibilität in seinen Worten, der ihrer Beziehung den Todesstoß versetzte. Es war die erschreckende Fröhlichkeit in seiner Stimme. Fast wie ein Verrückter, hatte sie damals gedacht.

Und dann gab es Michael, mit dem sie bis vor einem halben Jahr zusammengelebt hatte. Gab es überhaupt etwas Schlimmeres, als sich zu entlieben? Jener lange, unerbittliche Abstieg in die Gewissheit, der durch die vielen kleinen Haltegriffe der Hoffnung verlangsamt wird; die schmalen, unzuverlässigen Felsvorsprünge, auf denen sich die Liebe kurzfristig niederlassen und sich einreden konnte, dass alles genauso geblieben sei wie bisher.

Bei Michael bestand das eigentliche Problem darin, dass er voller Leidenschaft war, aber ohne jeden Mut. Es war eine entsetzliche Mischung. Immer wieder war er für irgendetwas Feuer und Flamme. Ein großes Geschäft, den Plan, weiterzustudieren, eine Reise nach Südamerika, um eine anscheinend gefährdete Art von Faultieren zu retten. Und nichts davon kam je zustande. Die ganze Entschlossenheit, der ganze Enthusiasmus wurde früher oder später zunichte gemacht durch das vollkommene Versiegen tieferer Überzeugungen, das ihn wie eine Verwerfungslinie durchschnitt. Aber er selbst schien das nicht zu wissen. Stattdessen machte er andere für seine Enttäuschungen verantwortlich. Vanessa hätte nicht sagen können, was deprimierender war: wenn sie Michael zuhörte, wie er von den vielen Sachen erzählte, die er unternehmen wollte – zu tun beabsichtigte –, oder wenn sie hörte, wie er allen Personen und allen Umständen, die ihn angeblich daran hinderten, seine Ziele zu erreichen, die Schuld zuwies. Es war ihr aber schwer gefallen, ihn aufzugeben und damit sich selbst und ihre Beziehung in die Reihe der unausgegorenen Bemühungen zu stellen, die sein Leben bestimmten.

Seltsam, wie er, als die Entscheidung einmal getroffen war, an Substanz verlor. Die letzten paar Male, die sie ihn in den Armen gehalten hatte, war es ihr vorgekommen, als hielte sie etwas Körperloses, eine leere Hülle, den bloßen Umriss einer Person. Und auch der letzte Rest seines Willens hatte ihn verlassen. »Wie kannst du nur so gnadenlos sein?«, sagte er. Seine Worte waren eher eine Feststellung als eine Frage. Kein Protest, kein Kampf. Er legte sein nasses Gesicht an ihren Hals, wie ein trauriges Kind. »Wie kannst du so … gnadenlos sein?«

Vanessa schaute in das dunkle Zugfenster und sah ihr Spiegelbild. Vom schwachen Licht vergilbt, ausdruckslos, wie das Gesicht eines Außenseiters, der sie betrachtete. Vielleicht stimmt es sogar, dachte sie sich. Vielleicht war sie wirklich gnadenlos, Terry Pryce ähnlicher, als sie zugeben wollte.

»Was baust denn du für einen Scheiß?«, hatte er fast gebrüllt, als sie ihm mitteilte, dass sie diese Reise unternehmen wolle, und seine Fliege war vor Empörung auf und nieder gehüpft. Wie sie diese Fliege hasste! Das Rot des Alpha-Männchens, das Abzeichen eines Tyrannen, der sich einbildet, sie verleihe ihm das Aussehen eines Originals.

»Du darfst nicht weg«, sagte er. »Nächsten Monat kommt doch die Lever-Bilanz herein.«

Sie sagte nichts. Aus langer Erfahrung wusste sie, dass Schweigen die beste Methode war, mit den Wutanfällen ihres Chefs umzugehen.

»Du darfst nicht weg«, wiederholte er.

»Ich habe alles schon gebucht.«

Er beugte sich zu ihr herüber. »Es ist dir wohl klar, dass dein Job nicht auf dich wartet, wenn du zurückzukommen geruhst?«

Sie nickte. Sie war immer einer seiner Lieblinge gewesen, eine der Wenigen, die ihm ohne Unterwürfigkeit oder Furcht begegneten. Andere waren weniger gut dran. In der Firma kursierten viele Anekdoten um Terrys Neigung, die Angestellten in ängstliche Kinder zu verwandeln.

Durch die dünnen Wände des Büros hatte sie ihn immer wieder reden hören. Seine Worte klangen gedämpft und undeutlich, nur sein Ton drang durch. Ein wütendes ›Baa-baa-baa‹, das ohne Unterbrechung herausgepeitscht wurde. Seine Worte waren nicht so wichtig. Der Ton allein genügte.

Vanessa hatte sich immer ein bisschen geschmeichelt gefühlt, dass ihr eine solche Behandlung erspart blieb, aber in letzter Zeit schlich sich allmählich Unzufriedenheit bei ihr ein. Es schien ihr kein sinnvolles Erfolgskriterium zu sein, nach der Fähigkeit bewertet zu werden, wie sie sich gegen einen kleinen Tyrannen zur Wehr setzte. Sie sah ihn mit neuer Abneigung an.

»Ausgerechnet Indien«, sagte er. »Jesus. Hast du das wirklich nötig, auf den Selbsterfahrungstrip zu gehen? Das hätte ich dir nicht zugetraut. Ich dachte, diese ganze Hippie-Scheiße ist seit Jahrzehnten aus der Mode.«

»Ich bin nicht auf Selbsterfahrung aus, Terry. Ich mache eine Reise mit meiner Mutter. Sonst nichts.«

Er zuckte die Achseln, und sie staunte, dass es ihr plötzlich so wenig ausmachte, ihn zu verstimmen. Und warum hatte ihre Arbeit, die, wie sie sich bisher immer eingeredet hatte, befriedigend und sinnvoll war, in letzter Zeit ein neues Gefühl in ihr ausgelöst? Eine eigenartige Angst, die sie nur überfiel, wenn sie allein war, eine Angst die sich nicht fassen ließ und deren Ursprung ihr unbekannt war. Jetzt, in der Stille des Nachtzugs, mit dem sie durch ein fremdes Land fuhr, kam sie wieder hoch, und der einzige Zeuge war ihr eigenes Gesicht in der Spiegelung des Fensters. Es war die Angst, dass das, woran sie Tag für Tag arbeitete, eine leere Hülle sein könnte. Und unter dieser Angst versteckte sich eine tiefere: dass auch sie selbst leer war. Eine hohle Gestalt ohne Kern.

Wenn Michael nur Leidenschaft ohne Mut war, galt dann nicht das Gegenteil für sie? Bei all ihrer Kühnheit, ihrer Energie und ihrer Fähigkeit, alles durchzusetzen, sobald sie es wünschte und wie sie es wünschte – fehlte ihr nicht trotzdem etwas Grundlegendes? Die bleibende Begeisterung für eine Person, einen Ort, eine Sache?

Das Ironische daran war, dachte Vanessa, dass sie schon immer alles getan hatte, was man erwartete: das Studium und im Anschluss daran eine Reihe sorgfältig gewählter Stellen, die ihr einen guten Platz auf der Karriereleiter sicherten. Nie hatte sie sich auch nur einen Augenblick der Unentschlossenheit gegönnt – anders als viele ihrer Freundinnen, die ihre frühen Zwanziger mit ewig unvollendeten Doktorarbeiten oder stupiden Jobs verschwendeten, während sie über den nächsten Schritt nachdachten.

Für solche Leute hatte sie immer ein wenig Mitleid empfunden, aber dann, auf geheimnisvolle Weise und scheinbar über Nacht, schienen alle gefunden zu haben, wonach sie gesucht hatten. Sie fanden Ehemänner und Jobs beim Fernsehen oder als Anwälte. Sie verdienten ihren Lebensunterhalt mit dem Illustrieren von Kinderbüchern, sie verschwanden in den Sudan, um bei Bürgerkriegsopfern zu arbeiten, oder sie gründeten Familien. Vanessa neidete ihnen nicht ihre Erfolge, sondern die offensichtliche Überzeugung, mit der sie das alles taten. Für Vanessa sah es aus, als hätten sie alle eine Entwicklung durchgemacht – als hätten sie eine Art Prüfung bestanden – die ihr irgendwie entgangen war.

Vanessa blickte auf ihr Spiegelbild – auf ihre weit auseinander liegenden Augen, auf die starken, gebieterischen Züge um Nase und Mund –, und sie fragte sich plötzlich, ob auch andere Menschen das sahen, was sie jetzt sah: das Gesicht eines Menschen, der insgeheim leer ist, das Gesicht einer Schwindlerin.

»Erzähl mir noch einmal von Ashagiri«, sagte sie.

Marion reagierte nicht. Sie lag mit geschlossenen Augen ausgestreckt auf ihrem Bett. Die einzige Bewegung in ihrer Nähe war das rhythmische bernsteinfarbene Auf und Ab in der Whiskeyflasche, die auf ihrem Bauch ruhte. Ihre Handtasche war auf den Boden des Abteils hinuntergeglitten. Sie wird sofort danach greifen, wenn sie aufwacht, sagte sich Vanessa. Sie würde den Verlust feststellen, ein Augenblick der Panik würde aufkommen, bis sie sie wiederfand. Manchmal kam es ihr vor, als glaube ihre Mutter nur an die Existenz eines Gegenstandes, solange sie ihn sehen oder berühren konnte.

»Bist du wach?«, sagte sie mit lauter Stimme.

Marion machte eine kleine Bewegung und öffnete die Augen.

»Erzähl mir von Ashagiri«, wiederholte Vanessa.

»Ich hab dir schon alles erzählt. Schon hundertmal.«

»Das weiß ich.«

Marion blieb einen Augenblick still. »Dann weißt du schon, was daran das Beste war«, sagte sie. »Das Beste an Ashagiri war, dass es so weit weg war von zu Hause. Zu Hause war ich nicht gerade unglücklich, aber man hat mich übersehen. Ich musste mit drei Brüdern konkurrieren. Und ich glaube, meine Eltern ... zogen sie mir vor. Ich glaube nicht, dass es ihre Absicht war, sie konnten einfach nicht anders. Die Jungen waren so gute Sportler. So etwas bewunderten meine Eltern.«

Vielleicht war das der Grund, warum sie selbst nur ein Kind hatte, dachte Marion. Erst als sie Vanessa zum ersten Mal in den Armen hielt, wurde ihr bewusst, wie sehr sie sich ein Mädchen gewünscht hatte. So ein weißes kleines Ding mit blassen Augen, das keine Ähnlichkeit mit Pete hatte, der ein dunkler Typ war, und nicht mit ihr, mit ihren starken Knochen und dem dichten, widerspenstigen Haar. Sie hatte den mühevollen Countdown der Schwangerschaft ertragen, die fast unerträglichen Schmerzen der Wehen, alles Denken war von den blinden, nassen Vorgängen ihres eigenen Körpers verzehrt worden, und doch, als sie ihre Tochter in den Armen hielt, fragte sie sich – mit einem fast unerträglichen Staunen –, woher das Baby bloß gekommen war. Es hatte Wochen gedauert, bis sie in der Lage war, das Kind mit seinem richtigen Namen zu nennen. Die Vorstellung erschien ihr ein wenig grotesk. Als ob man dem Wind einen Namen gebe.

»Es muss meinen Eltern schwer gefallen sein, uns alle für die meiste Zeit des Jahres fortzuschicken, aber sie hatten kaum eine Wahl. Der Friedhof bei uns war voller Gräber von Kindern, die an Malaria gestorben waren. Ashagiri lag hoch droben und war kühl. Dort war der Himmel immer blau und die Luft so rein, dass man die Bäume riechen konnte, die auf dem Hügel über meiner Schule wuchsen. Und dann gab es natürlich noch die Berge.« Marion überlegte. »Es fällt mir schwer, dir die Berge zu beschreiben. Sie waren größer, als man sie sich auch nur vorstellen könnte, und sie erstreckten sich über ein riesengroßes Gebiet, weiter als man sehen konnte. Aber es gab noch etwas. Obwohl sie so unvorstellbar großartig waren, gaben sie dir das Gefühl – ich weiß nicht, wie – dass sie ... dir gehörten. Als ob man der erste und der letzte Mensch sei, der sie jemals sah. Wir sind dort viel herumgelaufen. Überall im oberen Teil der Stadt. Dort waren die ganzen Schulen. Die Inder wohnten alle weiter unten. Wir durften den Markt und die Straßen weiter unten nicht aufsuchen. Wir mussten in einer langen Reihe gehen, eine hinter der anderen. Im Gänsemarsch. Als mein Vater einmal zu Besuch kam und uns so herumlaufen sah, lachte er. Er meinte, unser Anblick habe ihm gefallen. Er mochte Ordnung. Deswegen wurde er Teepflanzer, glaube ich. Nichts sieht so ordentlich aus wie eine gut gepflegte Teeplantage. Die Sträucher sehen aus wie kleine grüne Schafe, die alle ordnungsgemäß nebeneinander grasen.«

Während sie redete, betrachtete Marion ihre Tochter. Vanessa lag da und hatte den Kopf auf die Seite gedreht. Ein Finger zupfte an einem Riss im Plastikbezug der Liege, und Marion hörte das leise Kratzen. Sie kommt nie zur Ruhe, dachte sich Marion. Was für ein unersättliches kleines Mädchen, und jetzt, mit achtundzwanzig, immer noch die Gleiche. In ihrem Alter war Marion selbst schon sieben Jahre lang verheiratet gewesen. Sie fragte sich wieder, was genau ihre Tochter veranlasst hatte, so unvermittelt ihre Arbeitsstelle aufzugeben und so viel Energie und so viel Geld in diese Reise zu stecken. Gab es vielleicht ein Problem in der Firma? Marion hätte sich nie getraut, ihre Tochter direkt danach zu fragen. »Du weißt immer noch nicht genau, was ich mache«, sagte Vanessa immer wieder. »Ich weiß eigentlich gar nicht, warum ich mir die Mühe mache, dir alles zu erklären. Gib's nur zu, du hast nicht die blasseste Ahnung.«

Marion hatte nie gearbeitet. »Außerhalb des Hauses« müsste man heutzutage hinzufügen, als könnte man sich durch diese drei Wörter einreden, dass man nicht ganz wertlos sei. In Wahrheit waren das große Haus und der Garten, die sie so schön gestaltet hatte, zu keiner Zeit ihr Zuhause gewesen. Sie hatte es dafür gehalten, aber jetzt wusste sie es besser. Im wahrsten Sinne des Wortes war sie nie einer Arbeit nachgegangen, weder außerhalb noch innerhalb des Hauses. Marion war sich nicht sicher, ob es eine passende Formulierung für das gab, was sie diese ganzen Jahre über getan hatte.

Sie dachte an den Garten. Wie sie letztes Jahr im Spätfrühling am Beet der Kapuzinerkresse gekniet hatte, in der einen Hand ein Papierhandtuch, mit dem sie von der Unterseite der Blätter winzige schwarze Insekten wischte, die sich dort versammelt hatten und die, wenn man sie sich selbst überließ, die Pflanzen zerstören würden. Bei Kapuzinerkresse durfte man nicht das übliche Insektenspray verwenden. Man musste den Befall mit der Hand beseitigen. Pete hatte ein paar Meter entfernt im Adirondack-Liegestuhl gesessen. Seit dem Todesurteil, das sechs Wochen zuvor über ihn ausgesprochen worden war, hatte er die Zeit fast nur noch mit Sitzen verbracht. Früher hatte er es in Zeiten der Krise oder der Trauer immer fertig gebracht, sich durch Aktivitäten abzulenken, durch geschäftiges Tun ein Gespräch über unangenehme Dinge zu vermeiden. Aber jetzt, da er lächerlich wenig Sinn darin sah, sein Golfspiel zu verbessern oder das Für und Wider verschiedener Rasensprinkleranlagen zu eruieren, und da er es sich schon seit langem abgewöhnt hatte, ihr seine Gedanken mitzuteilen, war Pete fast völlig inaktiv geworden.

Während ihrer Arbeit beobachtete ihn Marion aus dem Augenwinkel. Sie stellte sich – mit einer Art distanzierter, betäubter Verwunderung – die Kräfte vor, die trotz seiner äußeren Unbeweglichkeit in ihm arbeiteten. Die Dynamik und die Geschäftigkeit seines Krebsgeschwürs, dessen Energie. Er würde nie die Blumen sehen, die sie mit so viel Sorgfalt zu beschützen suchte. Trotzdem arbeitete sie daran, kratzte die Insekteneier von jedem Blatt mit der konzentrierten Zärtlichkeit eines Menschen, der nicht weiß, wie er sich sonst beschäftigen soll.

»Ich muss dir etwas sagen«, sagte Pete. Einfach so. Ohne sonstige Einleitung. Aus seinem Schweigen heraus, an einem Frühlingsnachmittag. Die Affäre, sagte er, sei schon vor Jahrzehnten vorbei gewesen. Seit Jahren hatte er nicht einmal mehr daran gedacht. Aber jetzt ... seine Stimme zitterte leicht. Sie hatte ihren Kopf nicht vom Blumenbeet erhoben.

»Wann?«, fragte sie.

»Vor langer Zeit«, sagte er wieder. »Kurz nach Vanessas Geburt. In jenem schwierigen Jahr. Weißt du noch, wie schwierig alles war?« Er hielt inne.

»Ich wollte nur, dass du es verstehst.«

Marion war sich nicht sicher, ob er sich auf damals bezog oder ob er um Verständnis für jetzt bat, zu diesem späten Zeitpunkt, wo alles fast vorbei und erledigt war. Seit Jahren hatte sie nicht mehr dieses Flehen in seiner Stimme gehört, seit der Zeit vor ihrer Ehe, als er ihrer noch nicht ganz sicher war. Er sah auch jünger aus, als er ihr das Gesicht zuwandte, das Gesicht eines jungen Mannes, trotz der immer deutlicheren Spuren mittleren Alters. Erfüllt von einer Art hoffnungslosem Vertrauen. Als könne sie ihn immer noch, wo alles schon fast vorbei war, irgendwie retten, mit ihrer Absolution die Zeit für ihn zurückdrehen.

»Ja«, sagte sie. »Ich verstehe.« Sie stand neben seinem Stuhl und hielt seinen Kopf an sich gepresst, zog ihn gegen ihre Taille. »Mach dir keine Sorgen. Du darfst dir keine Sorgen machen.«

Sein Kopf blieb ruhig, als sie ihn berührte. »Ich wollte nur, dass du es verstehst«, sagte er wieder. Unaufgeregt, fast glücklich.

»Ich verstehe«, formten ihre Lippen. »Ich verstehe.« Es schien ihm zu genügen.

Er erwähnte die Angelegenheit nicht wieder. Einen Monat später, ohne weitere Diskussion, starb er.

In der kurzen Zeit zwischen seiner Beichte und seinem Sterben war kein Platz für weitere Fragen gewesen. Er musste gewusst haben, dass es so kommen würde. Dass er sein Gewissen zu dem Zeitpunkt erleichtern würde, da es für sie keine andere Möglichkeit gab, als es hinzunehmen. Einem Sterbenden konnte man kaum den Vorwurf machen, er sei egoistisch, dachte sie. Angesichts des weit größeren Egoismus des Todes schien der Vorwurf absurd. Er war in dem Irrtum gestorben, ihr Mitleid für echtes Vergeben zu halten – aber was machte ihm das schon aus? Er suchte Trost. Ihm war es egal, woher der Trost kam und wie er sich zeigte.

Als sie allein war, beweinte sie sich und ihr lächerlich gewordenes Leben. Es ging ihr nicht sosehr um die Affäre als solche, sondern um den Zeitpunkt. Jenes Jahr – das Jahr, in dem sie Mutter wurde – war eines der glücklichsten ihres ganzen Lebens gewesen. Glück der ganz normalen Art, vermutete sie, wie es die meisten Menschen in aller Bescheidenheit erwarten konnten. Es war nichts Dramatisches oder Außergewöhnliches dabei. Aber dieses Jahr war es, an dem sie alle anderen Jahre maß. Und jetzt hatte Pete es ihr weggenommen. Nie, nie könnte sie wieder mit einem reinen Gefühl an diese Zeit denken. Jede Erinnerung war jetzt mit Zweifel befleckt, von Selbstverhöhnung angefault. Sie hatte immer geglaubt, dass die Vergangenheit im Inneren eines Menschen fest verankert war, aber jetzt wurde ihr klar, dass sie sie nie besessen hatte, dass sie ihrem Gedächtnis nie mehr würde trauen können. Ein anderer Mensch hatte ihre Vergangenheit – so plötzlich, so einfach – wegnehmen und ihr sagen können, nein, so ist es ganz und gar nicht gewesen. Ganz und gar nicht. Und wo war das große Glück geblieben, das sie damals gespürt hatte?, fragte sich Marion.

Während sie von den Bergen sprach, von Schmetterlingsjagden unter blauem Himmel, von orchideenbewachsenen Bäumen, von Affen, von Ponyausflügen und von dem süßen, staubigen Duft der Ringelblumen, von sich selbst im dunkelblauen Trägerrock, wie sie oben auf dem Traumfelsen saß und ihr alles noch bevorstand, wusste Marion, dass ihre Erinnerungen wie Zeichnungen in einem Buch waren. Die Umrisse hundertmal skizziert und aufs Neue skizziert, bis die ursprünglichen Formen nicht mehr erkennbar waren, nur mehr Annäherungen an das, was sie einmal gewesen waren. Mehr als fünfzig Jahre waren vergangen. Natürlich hatte sich alles verändert.

Aber Ashagiri war immerhin ein wirklicher Ort. Sie hatte es auf der Landkarte gesehen. Nicht auf einer der alten Karten, die – eingerahmt an der Wand hängend – ihr Vater jahrelang, bis zu seinem Tod, aufgehoben hatte, Karten, auf denen die Gebiete in den alten Grenzen seiner Welt, Indien vor der Unabhängigkeit, rot koloriert waren. Sondern auf einer neuen Karte, die Vanessa erst vor einem Monat gekauft hatte. Ashagiri war zu klein, um auf dieser Karte eines Pünktchens würdig zu sein, aber das Wort stand da, winzig klein, schräg gedruckt, umgeben von den Höhenlinien der Berge: *Ashagiri.*

Wieder stieg Hoffnung in ihr auf. Der Zug brachte sie näher. Aus dem Gewirr und Schmutz Kalkuttas, über die Ebenen hinweg, durch die vielen kleinen, geheimnisvollen Städte, wo unbekannte Menschen ihr unerklärliches Leben führten, trug er sie hin.

ICH HABE GESAGT, SIE FAHREN ZU SCHNELL! LANGSAMER!«, schrie Vanessa auf und fragte sich, ob sie der Fahrer des Jeeps bei dem ohrenbetäubenden Motorröcheln überhaupt hören konnte. Die Gefährlichkeit der schmalen steilen Straße, die mit Felsbrocken vom letzten Erdrutsch übersät war, wurde noch erhöht durch das flotte Tuch, das der Fahrer wie ein Kamikaze-Pilot tief in die Stirn gezogen hatte, sodass es seine Augen fast bedeckte. Nicht nur taub, sondern auch noch blind, sagte sich Vanessa verbittert. Der Fahrer nahm eine Hand vom Steuerrad und fummelte am Radio herum, entschied sich schließlich für eine verrückte Rap-Nummer, deren acht Worte unentwegt zu einem zermürbenden Rhythmus wiederholt wurden. *North! South! East! West! In-di-a is the Best!* Der Fahrer drehte die Lautstärke auf und sah Vanessa mit breitem Grinsen an.

»Kein Problem«, brüllte er. »Kein Problem!«

Hinter ihr auf dem Rücksitz wurde Marion durcheinander geschüttelt und hin und her geschleudert. Sie schwieg. Sie konzentrierte sich ausschließlich darauf, den Krach von sich fern zu halten. Stattdessen horchte sie auf ein anderes Geräusch, das von außen kam. Am Fuße des Berges, wo die Straße anfing, war es leichter auszumachen gewesen. Die Strecke wand sich durch einen dichten, von Splittern des Sonnenlichts durchstochenen Wald, aus dem ein tiefes, eindringliches Summen kam, von irgendwo weit drinnen zwischen den Bäumen oder aus der Tiefe der Erde. Aber als sie höher hinaufkamen und den Dschungel hinter sich ließen, änderte sich das Geräusch, es wurde leiser. Auch der Klang änderte sich. Nicht mehr ein Summen, stellte Marion fest, sondern eher ein Kribbeln. Man nahm es nicht direkt wahr, man spürte es. Ein feiner, ziehender Ton, wie von einem Magneten, wenn man ihn hören könnte. Ashagiri, dachte sie und kurbelte das Fenster herunter, um ihn besser wahrzunehmen.

Das Wetter hatte sich verändert. Ein leichter Nebel war aufgezogen. Zunächst zögernd und zerstreut, wand er sich in dünnen Fetzen um das Farnkraut am Straßenrand. Während sie höher kletterten, wurde er dichter, bildete Klumpen an den Ästen der Bäume, verdeckte den Ausblick und ließ nur mehr das kurze Straßenstück erkennen, das unmittelbar vor ihnen lag. Es fing an zu regnen.

»Musst du unbedingt das Fenster offen haben?«, fragte Vanessa.

»Ich horche auf etwas.«

»Wozu soll das gut sein, wenn du völlig durchnässt ankommst?«

Der Fahrer fummelte in der Brusttasche seines nicht sehr sauberen Hemdes und zog ein Päckchen Marlboro heraus.

»Oder vielleicht solltest du es doch offen lassen«, sagte

Vanessa. »Mein Gott, das kann doch gar nicht wahr sein! Wo sind denn deine berühmten Berge überhaupt?«

Nach der schlaflosen Nacht und den mühsamen Verhandlungen um den Preis für die Taxifahrt war sie schlecht gelaunt. »Einhundert Rupien«, hatte ihnen der Fahrer vor dem Bahnhof gesagt. Es war sehr früh am Tag. Die einzigen anderen Fahrgäste, die sie aus dem Zug steigen sah, waren drei Studenten mit ungepflegtem Haar und Rucksäcken. Von der unangenehmen Person aus dem nächsten Abteil war nichts zu sehen. Sie war wohl schon ausgestiegen und hatte ein Taxi genommen, während Vanessa und ihre Mutter noch mit dem Gepäck kämpften. Vanessa schüttelte den Kopf. »Fünfundzwanzig«, sagte sie entschlossen. In ihrem Reiseführer stand, dass diese Summe angemessen sei.

»Hundert Rupien«, wiederholte der Fahrer. »Pro Person.«

»Tut mir Leid«, sagte Vanessa. »Das ist viel zu viel.« Sie sah auf die Reihe von fünf oder sechs Jeeps, die auf Fahrgäste warteten. »Sicher nimmt uns ein anderer Fahrer für fünfundzwanzig mit.«

Der junge Mann lächelte. Vanessa fand sein Lächeln ein wenig unverschämt. Er zuckte die Schultern, ganz beiläufig und teilnahmslos.

»Fährt mich jemand für fünfundzwanzig nach Ashagiri?«, rief Vanessa mit lauter Stimme. Aber die anderen Fahrer starrten sie nur an und schüttelten den Kopf. Offenbar steckten sie unter einer Decke.

»Vierzig Rupien!« Die Stimme kam aus dem letzten Jeep in der Reihe. »Ich fahre für vierzig.« Vanessa zögerte. In ihrem Reiseführer stand zwanzig. Vierzig war immer noch doppelt so viel wie der empfohlene Preis. Sollte sie dreißig vorschlagen? Während sie überlegte, liefen die drei Rucksack-Touristen an ihr vorbei. Bevor sie sich zu einem Protest aufraffen konnte, gab schon einer von ihnen dem Fahrer die Hand, während sich die anderen auf den Rücksitz des billigeren Jeeps drängten. In einer Staubwolke fuhr er davon.

»Einhundert Rupien«, wiederholte der unerbittliche junge Mann mit dem Stirnband. »Zweihundert insgesamt.« Ob er wohl merkte, wie sehr sie ihn hasste, fragte sich Vanessa. Ihre Mutter war zu nichts zu gebrauchen. Ein paar Schritte entfernt saß sie auf dem Gepäck mit der unbekümmerten Miene eines Menschen, für den das Warten zum Selbstzweck geworden ist. »Okay«, hatte Vanessa wütend gesagt. »Okay.«

Jetzt rauchte der Mann auch noch. Obwohl das eigentlich ganz egal war, dachte sie. Zur Trübheit von Nebel und Dieselqualm des Straßenverkehrs konnte er kaum noch etwas hinzufügen.

»War hier die Luftverschmutzung schon immer so stark?«

»Gleich sehen wir die Berge«, sagte Marion. »In diesem Monat sieht man den Schnee besonders gut. Zu dieser Jahreszeit war der Himmel immer klar ...« Ihre Stimme wurde leise.

»Kommt dir überhaupt etwas vertraut vor?«, fragte Vanessa mit sanfter Stimme.

»Doch«, sagte Marion. »Ich erinnere mich an die Straße. Sie hat sich überhaupt nicht verändert.« Diese Behauptung war streng genommen nicht ganz wahr, dachte Marion. Die Straße hatte nie aufgehört, sich zu verändern. Innerhalb von mehr als fünfzig Jahren hatte der Asphalt Risse bekommen und war immer wieder ausgebessert worden. Teile der Straße waren unter dem Druck der Muren abgerutscht. Andere Teile hatte man im Bemühen, den geheimen Mechanismen der Schwerkraft vorzubeugen, abgestützt. Einzelne Kurven waren schärfer geworden, oder man hatte sie geringfügig begradigt, Zäune zur Sicherung steiler Abhänge waren demoliert, wieder aufgestellt und aufs Neue demoliert worden durch die Verkehrsunfälle, die sich mit unvermeidlicher Regelmäßigkeit ereigneten. Immer wieder, nach jedem Monsun, waren die Straßenschilder neu gestrichen worden; das Gras am Straßenrand wuchs, verdorrte und wuchs wieder nach, und die dünnen Wasserläufe, die die Berghänge hinunter und über die Fahrbahn rieselten, nahmen jedes Jahr einen anderen Verlauf.

Von der Straße aus der Zeit vor fünfzig Jahren war wahrscheinlich überhaupt nichts übrig geblieben. Nichts Konkretes. Aber das Wichtigste – das aufregende, Schwindel erregende Gefühl, die Zweifel, ob man es überhaupt bis nach oben schaffen würde –, das hatte sich nicht geändert.

»Mein Vater hat mich immer hingefahren. Zu Anfang des Schuljahres. Ungefähr um diese Zeit. Ich saß immer hinten, so wie heute. Ich hatte einen kleinen Koffer dabei. Meine Mutter hatte ihn mir geschenkt. Blau war er, glaube ich.«

»Was war in dem Koffer drin?«

»Ich kann mich nicht erinnern. Ich weiß nur noch, dass er blau war, mit Ecken aus gehämmertem Blech. Es gab in der Gegend blaue Blumen, die genau die gleiche Farbe hatten. Winzig kleine Blumen, die überall wuchsen. Wir haben sie immer gepflückt und zerquetscht. Man konnte Klebstoff daraus machen.«

»Offenbar hattest du eine Kindheit, in der du selbst für den Spaß sorgen musstest.«

»Er hielt nicht besonders gut. Es ging nur bei Papier. Wenn man Glück hatte. Wir haben ihn für unsere Poesiealben benutzt. Jede von uns hatte ein Poesiealbum. Alle Mädchen.« Marion kramte in den Tiefen ihrer glänzenden Handtasche. »Meines habe ich die ganzen Jahre aufbewahrt. Ich habe es mitgebracht. Es muss irgendwo hier drin sein …«

»Wer hat denn da hineingeschrieben?«

»Wir selbst natürlich. Wir kannten keine Berühmtheiten, also füllten wir unsere Alben mit eigenen Einträgen. Es war sogar eine Ehre, wenn man darum gebeten wurde. Besonders, wenn man auf die erste Seite kam. Wir machten uns große Mühe mit der Gestaltung. Wir ließen uns kleine Sprüche einfallen und schmückten die Seiten aus.« Sie dachte an die vielen Stunden, die sie mit dem Üben ihrer Unterschrift verbracht hatte. *Marion Temple, Marion Temple*. Sie stellte die Wörter schräg und fügte selbst erfundene Kringel und Schnörkel hinzu. Wie leicht es damals war, eine Identität zu finden. Ein Selbstgefühl in einem T-Strich.

»Also *das* hast du im blauen Koffer aufbewahrt. Dein Poesiealbum.«

»Vermutlich«, sagte Marion zerstreut. Es war eine typische Eigenschaft ihrer Tochter, dass sie für alles einen festen Platz suchte. Woher hatte sie das? Bestimmt nicht von ihrer Mutter. Vielleicht von ihrem Großvater. Auch er hatte für alles einen festen Platz gehabt. Eine Routine. Im alten Ford, wenn sie diese Straße hinauffuhren, er vorne, sie auf dem Rücksitz. Die Vordersitze waren für die Erwachsenen. Das gehörte sich so. Der Hinterkopf, der Kragen seiner Tweedjacke, seine Augen im Rückspiegel, die an ihr vorbei auf die Straße schauten. Am frühen Nachmittag Ankunft in Ashagiri. Anhalten vor Kleins Restaurant am Hauptplatz. Und dann die übliche Einladung: Eisessen am letzten Ferientag. Ein Knickerbocker Glory, der aufwändigste, größte aller Eisbecher. Während er an seinem schwarzen Tee nippte, sah er ihr zu, wie sie ihren langen Löffel manövrierte und sich bemühte, mit der Schlagsahne nicht zu kleckern. Dann wieder hinaus zum Treffpunkt mit dem Chauffeur der Schule, der sie und ihr Gepäck die letzte halbe Meile den Berg hinauffuhr.

Einmal, wie sie sich erinnerte, war zwar der Wagen der Schule da, aber kein Chauffeur. Er hatte sich verspätet. Ihr Vater sagte ihr, sie solle trotzdem einsteigen. Er legte ihr Gepäck selbst in den Kofferraum und machte die Tür zu und wartete auf dem Gehsteig, bis der Chauffeur kam. Immer noch wusste sie, wie seine Schuhe ausgesehen hatten, braun und glänzend, und wie er ihr zulächelte. Ein kurzes, bestätigendes Kopfnicken, die Innenfläche der erhobenen Hand wie zum Salutieren nach außen gerichtet. Sie winkte ihm durch das Fenster zu, dann sah sie weg. Der Fahrer war immer noch nicht erschienen. Er hatte sich vielleicht nur um zwei oder drei Minuten verspätet, aber ihr kam es länger vor. Wieder sah sie zu ihrem Vater hinaus, der noch immer dastand. In der Lücke zwischen dem Abschied und der tatsächlichen Abfahrt schien es ihr, als habe sein Gesicht einen Ausdruck der Leere angenommen. Als weile er im Geiste schon bei ganz anderen Dingen. Dann kam der Chauffeur angerannt, machte die Tür auf und stieg ein und startete den Motor. Der Wagen setzte sich in Bewegung, und sie klopfte an das Fenster, um den Vater auf sich aufmerksam zu machen. Sie wollte sich verabschieden. Er schaute wieder zu ihr hin. Diesen Blick würde sie nie vergessen. Er war fast verwirrt. Als fragte er sich, wieso sie immer noch da sei.

Als wollte er sagen: *Ich habe mich schon verabschiedet. Ich habe es schon getan, oder?*

Der Nebel wurde immer dichter und verhüllte, mit rascher, offenkundiger Absicht, den Jeep. Irgendwo links von sich hörten die Frauen das Dröhnen eines Wasserfalls. Feine Gischt, ein paar Grad kühler als der Regen, besprühte Marions ausgestreckten Arm. Rechts, wo der Hang abfiel, nur der verschwommene Eindruck eines großen Abgrunds, aus dessen Tiefe der Nebel ungehindert heraufquoll. Irgendwo über und vor ihnen erhoben sich die unsichtbaren Berge und blieben trotz ihrer Nähe noch Gegenstände der Fantasie.

»Nebel!«, schrie der Fahrer beiläufig. »Es gefällt Ihnen? Wie London!«

Vanessa versuchte, ihn zu ignorieren. Im Laufe des Vormittags hatte der Verkehr zugenommen und ihr Fortkommen verlangsamt. Nun kamen sie plötzlich zum Stehen, am Ende einer Schlange von einem Dutzend Fahrzeugen, die alle betont ungeduldig ihre Hupen ertönen ließen. Ein Konvoi von Lastwagen, der langsam den Berg hinunterrumpelte, passierte eine kleine Mure, welche die Straße auf die Breite einer Fahrspur verengt hatte. Es gab kein Vorbeikommen.

»Stau«, sagte Vanessa. »Das darf doch nicht wahr sein.« Männer liefen auf und ab, gestikulierten und schlugen frustriert auf die metallenen Seiten ihrer stehenden Fahrzeuge ein, als seien sie Lasttiere, die sie mit Gewalt zum Weitergehen überreden müssten.

»Ich glaube, wir werden vielleicht eine ganze Weile hier festsitzen«, sagte Vanessa. Sie zog einen zusammengefalteten Zettel aus ihrer Gürteltasche. »Am besten, wir nützen die Zeit, um genauere Pläne aufzustellen. Ich habe eine Liste der Orte gemacht, die wir besuchen sollten. Die Orte, von denen du gesprochen hast.«

»Das ist … nett von dir.«

»Zuallererst deine Schule, St. Margaret's. Dort können wir bestimmt hingehen. Ich habe gelesen, dass es in Ashagiri immer noch viele Schulen gibt. Man schickt die Kinder weiterhin nach Ashagiri zur Ausbildung. Der Ort scheint noch aus der Kolonialzeit großes Prestige zu besitzen. Dann gibt es

Klein. Das Restaurant könnte vielleicht noch existieren. Und natürlich den Ashagiri-Club. Möglicherweise finden sich Hinweise auf Großvater dort. Alte Geschäftsbücher oder so was. Und dann noch der Ort, wo du geboren bist. Die Teeplantage. Wie hieß sie gleich? Irgendwas Drolliges.«

»Sunny Valley.«

»Ja, natürlich. Sunny Valley. Es ist eigentlich kein Teil von Ashagiri. Es liegt meiner Karte nach ungefähr zehn Meilen tiefer unten auf der anderen Seite. Dafür werden wir einen ganzen Tag brauchen.«

Marion hörte nicht hin. Sie starrte auf ein paar Felsbrocken, die verstreut auf der Straße lagen. Nur ein kleiner Erdrutsch, der leicht wegzuräumen war. Trotzdem hätte er einem Fahrzeug im Augenblick des Abgangs übel mitgespielt. So etwas passierte immer wieder.

Eine Erinnerung, die scheinbar nichts damit zu tun hatte, kam ihr in den Sinn. Ihre Schulkapelle. Die Sonne scheint wie immer durch die großen Buntglasfenster auf die nördliche Wand, trifft aber am falschen Platz auf. Goldene Streifen tief unten, die Linien auf den Holzboden zeichnen und sich zu einem schimmernden Licht um die großen Füße von Schwester Catherine auf dem Podium verdichten. Es muss sich um eine andere Tageszeit handeln, nicht um die Zeit der Morgenandacht. Das Licht des späten Nachmittags. Die Schule ist versammelt. Die Klosterschwestern auf ihren Plätzen auf der linken Seite des Raumes. Das Licht ist fremd. Auch Schwester Catherine ist ganz fremd. Keine Spur von ihrem üblichen packenden Blick, ihrem Finger, der vor deinen Augen die Luft durchsticht, wenn sie ihre Meinung darlegt. Mit ruhiger Stimme gibt sie etwas bekannt. Die Augen hat sie geschlossen. Sie hat aufgehört zu reden, aber sie steht immer noch da. So hat man sie noch nie gesehen. Man hört

Weinen. Alle Augen sind geradeaus gerichtet. Außer bei Schwester Maureen, am Ende der Reihe. Sie hält den Kopf gesenkt. Etwas an ihrer Reglosigkeit hebt sie von den anderen ab. Eine schreckliche Einsamkeit in der Linie ihrer Schultern; ihre Hände umklammern die Lehnen ihres Stuhls. Als trauere sie, wenn auch von Trauer umgeben, ganz allein …

»Es hat einen Unfall gegeben«, sagte Marion plötzlich. »Kurz bevor ich wegging. Ein Mädchen kam ums Leben. Sie stürzte irgendwo in den Bergen ab. Ich glaube, sie hätte gar nicht dort sein dürfen, dort, wo sie ums Leben kam, meine ich. Wir durften uns nicht alleine herumtreiben.«

»Wer war das?«, fragte Vanessa interessiert. »War sie eine Freundin von dir?«

»Nein. Ich weiß ihren Namen nicht mehr. Ich würde mich daran erinnern, wenn sie eine Freundin gewesen wäre.«

Marion hielt sich an der Lehne des Vordersitzes fest. »Ich habe seit Jahren nicht mehr daran gedacht. Es gab noch etwas. Etwas mit Schwester Maureen. Sie verließ die Schule kurz danach. Ganz plötzlich. Ich habe mich immer wieder gefragt, warum.«

»Ach ja, Schwester Maureen. Deine Lieblingslehrerin. Ich hoffe, dass wir auch von ihr einige Spuren finden.«

»Weißt du, sie gehörte zu den wenigen Lehrerinnen, die dich richtig ansahen. Ich meine, richtig *ansahen*. Die meisten Lehrerinnen sind anders. Die meisten wollen nur das hören, was sie dir vorgekaut haben. Aber Schwester Maureen wollte dich wirklich kennen lernen. Sie hatte diesen Club aufgezogen. Den Vier-Uhr-Club. Wenn der normale Unterricht des Tages vorbei war, ermutigte sie uns, unsere anderen Interessen zu pflegen. Schreiben, Malen, Theater spielen. Sie interessierte sich sehr für alle Bereiche der Kunst. Manchmal nahm sie einige von uns mit auf einen Spaziergang. Nicht in der oberen Stadt – im sicheren, britischen Teil –, sondern weiter unten, wo die Inder wohnten. Zum Markt und zu der Stelle, wo sie unsere Kleider wuschen. Die Hemden lagen zum Trocknen auf dem Gras. Unsere Trägerröcke hingen über den Cosmeen. Ich glaube, dass es ihr eigentlich nicht erlaubt war, aber die Schule hat wohl darüber hinweggesehen. Sie war eine gute Lehrerin. Die Mädchen liebten sie. Sie hat uns berührt, weißt du.«

»Euch berührt?«

»Ja. In der Schule hat dich keiner wirklich berührt. Sie muss verstanden haben, wie es ist, wenn man von zu Hause weg ist, die Familie vermisst, wie schwer es für manche Mädchen war. Sie nahm uns oft in die Arme. Einmal hat sie mich geküsst. Es war nach einem Theaterstück, das wir aufgeführt hatten. *Twelfth Night*. Ziemlich ambitioniert, selbst für den Vier-Uhr-Club. Ich war Viola. Die Hauptrolle.«

»Ich wusste nicht, dass du gut Theater spielen konntest.«

»Ich weiß nicht, ob ich gut gespielt habe«, sagte Marion. »Aber damals dachte ich, ich wollte Schauspielerin werden.«

Vanessa schwieg. Was war mit ihrer Mutter passiert, dass sie so zaghaft geworden war? Nicht einmal fähig, zu diesem weit zurückliegenden Kindheitstraum zu stehen. Sie habe damals nur gedacht, dass sie Schauspielerin werden wolle. Als ob der Wunsch an sich schon unmoralisch, eine Lüge gewesen wäre. Vanessa wollte nicht so werden wie ihre Mutter. Wenn sie sich vorstellte, sie müsse das Leben ihrer Mutter ertragen, fühlte sie sich eingesperrt, geriet sie in Panik. Wo war ihre Mutter eigentlich gewesen? Worüber hatte sie nachgedacht, welche Herausforderungen hatte sie erlebt, was hatte sie geleistet? So war Vanessas eigenes Leben nicht, und so würde es niemals aussehen. Davon war sie überzeugt. Aber mit dieser Gewissheit ging eine seltsame, schmerzhafte Trauer einher. Ließ sie ihre Mutter nicht auf entscheidende Weise im Stich, indem sie ihre Lebensgeschichte zurückwies? Dieser Kampf, den Vanessa mit sich selbst ausfocht, verdarb ihr allmählich die Laune. Wenn ihre Mutter sich nur etwas besser im Griff hätte, wenn sie nur ihr Leben besser unter Kontrolle hätte! Aber dazu schien sie nicht imstande zu sein, auch dann nicht, wenn es um Kleinigkeiten ging. Vanessa dachte an ihren Einkauf bei Harvey Nichols, drei oder vier Monate nach dem Tod ihres Vaters. Zweihundertvierzig Pfund hatte sie in Hautpflegeprodukte für ihre Mutter investiert. »Ein neuer Schönheitsplan« hatte sie gesagt und ihr erklärt, wie man das Gesichtswasser, die Antifalten-Nachtcreme und das Augen-Gel anwenden musste.

»Es sieht so … kompliziert aus«, hatte ihre Mutter gesagt. Ihre Strategie für eine schöne Haut, sagte sie, bestehe einfach darin, die Brille abzunehmen, wenn sie in den Spiegel schaue. »Bitte, probier's doch aus«, hatte Vanessa sie angefleht. Marion versprach es, aber als Vanessa eine Woche später im Badezimmer nachschaute, sah es aus, als seien die Produkte kaum angerührt worden, wenn man von einem verkrusteten Rand am Spender der Feuchtigkeitslotion absah.

Natürlich war die Reise nach Ashagiri Vanessas Idee gewesen. Damals saßen sie zusammen auf dem Rasen hinter dem Haus. Er war seit einiger Zeit nicht mehr gemäht worden, das Gras war hoch gewachsen und sehr grün. Die ganze Zeit, während Vanessa redete, sah sie die Augen ihrer Mutter geistesabwesend über das Gras hin und her huschen. Sie suchte nach vierblättrigem Klee. Vanessa hätte sie am liebsten wachgerüttelt.

»Was hältst du davon?«, fragte sie. »Machst du mit?«

Aber ihre Mutter wollte anscheinend keine direkte Antwort geben. Stattdessen fing sie an, lang und breit über sommerliche Ausflüge ans Meer zu erzählen, die sie während Vanessas Kindheit unternommen hatten. »Wir haben immer gewusst, wie man zur Küste kommt. Das war ganz einfach. Aber auf dem Rückweg ging alles durcheinander. Der Hinweg dauerte mit dem Auto nur eine Stunde, aber der Rückweg dauerte manchmal doppelt so lange, weil wir immer wieder auf die falsche Straße gerieten und umkehren mussten ... Dein Vater wurde furchtbar ungeduldig. Ich sollte auf der Landkarte den Weg finden. Leider war ich nicht sehr geschickt dabei.«

»Was hat das mit Ashagiri zu tun?«

»Auf dem Rückweg sah alles anders aus. Die Abzweigungen, die wir hätten nehmen müssen. Alles verkehrtrum. Ich dachte mir gerade ...«

»Was denn?«

»Dass das Menschenleben vielleicht ein bisschen ähnlich ist. Auf dem Rückweg verläuft man sich so leicht, weißt du.«

»Wir werden uns nicht verlaufen, Mutter! Wie können wir uns verlaufen? Doch nicht, wenn wir alles im Voraus planen.«

»Du wirst wohl Recht haben«, sagte Marion langsam; sie klang unsicher.

»Du wirst es schon sehen. Es ist genau das, was du brauchst. Auf diese Weise kommst du eine Zeit lang weg von hier.«

Marion sagte nichts. Ihr wurde plötzlich bewusst, dass es wenig gab, wovon sie wegkommen konnte. Seit Petes Tod hatte das Haus alles verloren, was es zu einem Heim gemacht hatte. Wenn sie durch das Haus ging, fühlte sie sich nicht beschützt. Es musste einmal einen Grund gegeben haben, weshalb sie eine bestimmte Vase auf einen bestimmten Tisch gestellt oder ein bestimmtes Gemälde dort an die Esszimmerwand, und nicht anderswohin, gehängt hatte. Aber wieso, wusste sie jetzt nicht mehr. Das Haus war nichts als eine Ansammlung von Gegenständen, und diese Gegenstände waren ihrerseits nichts als Ansammlungen von Atomen, die ihre Form und Bedeutung nur bewahrten, weil das Gesetz der Physik es so wollte. Wie sie da draußen, mit dem Rücken zum Haus, auf dem Rasen saß, fiel es Marion leicht, sich vorzustellen, dass es gar nicht vorhanden sei. Das es verschwand, sobald sie die Augen abwandte. Seltsam war, dass gerade die Dinge, die sie nicht sehen oder berühren konnte – Dinge, die nur in ihrer Erinnerung existierten – ihr jetzt viel konkreter erschienen als das Haus. Wenn sie es wollte, konnte sie tatsächlich in ihrer alten Schulbank sitzen und den Umriss jeder Furche und jeden Kratzers im Holz nachzeichnen. Sie konnte durch den Schlafsaal gehen und sofort ihr Bett finden, mit Bucket, ihrem Steiff-Teddybär, der mit starr erhobenen Armen so auf dem Kopfkissen lag, wie sie ihn morgens arrangiert hatte, auf dass er sie bei ihrer Rückkehr begrüße.

Die Magnolienblüten auf den Bäumen waren so nahe, dass man sie hätte küssen können. Riesige, milchige Dinger, die aussahen, als ob sie nicht gewachsen, sondern einfach gelandet wären.

»Vielleicht wird es kein Wegkommen geben«, sagte Marion halb zu sich selbst.

»Oktober ist die beste Reisezeit. Überleg es dir. Wir könnten schon in zweieinhalb Monaten dort sein.«

Ihre Mutter sah sie besorgt an. »Das hat hoffentlich nichts damit zu tun, dass dich … Michael verlassen hat?«

Vanessa seufzte laut auf. »Er hat mich nicht verlassen. Ich habe ihn verlassen. Wie oft muss ich dir das erklären?«

»Das weiß ich«, sagte Marion hastig. »Ich dachte bloß, wo doch dein Vater nicht mehr da ist und jetzt Michael …«

Vanessa wandte den Blick ab und dachte plötzlich an ihren Vater. Viele Jahre lang war er nur eine ferne Gestalt in ihrem Leben gewesen; weshalb hinterließ nun sein Tod eine solche Leere? Sie hatte nicht damit gerechnet, dass sie es so empfinden würde. Die Trauer hatte sie aus dem Hinterhalt überfallen, sie in Besitz genommen, bevor sie eine Gelegenheit gefunden hatte, sich darauf vorzubereiten. Sie sah, dass der tiefste, geheimste Schmerz des Todes nicht darin lag, was er wegnahm, sondern in dem, was er gab: eine wiedergeborene Liebe, die weinend in eine Welt der Stille hineintrat.

Ihr Vater hatte ihr ein Gefühl der Sicherheit gegeben, weil sie wusste, dass er mit ihr einverstanden war. Es war nicht so, dass ihre Mutter *nicht* mit ihr einverstanden war. Ein solcher Gedanke wäre ihr nie in den Sinn gekommen. Aber ihr Vater hatte bestimmte Erwartungen in sein einziges Kind gesetzt, und Vanessa hatte sie erfüllt. Wer würde jetzt, da er nicht mehr lebte, die Richtigkeit ihrer Entscheidungen bestätigen? Wer war noch da, der ihre Erfolge registrierte?

»Es geht hier nicht um Daddy«, sagte Vanessa mit gepresster Stimme. »Es ist etwas ganz anderes. Außerdem – es ist doch gleich, was der Grund ist.«

Marion war offensichtlich nicht überzeugt. »Es wird dir gut tun«, sagte Vanessa sehr bestimmt. »Du wirst schon sehen.«

Und nun waren sie hier, auf der Straße nach Ashagiri.

»Wir sind fast da!«, rief der Fahrer fröhlich, der seinen Kopf unter die Motorhaube gesteckt hatte. Er hatte den Stau als Gelegenheit genützt, sein Fahrzeug zu inspizieren.

»Was macht er bloß?«, klagte Vanessa. Der Fahrer räusperte sich und spuckte zweimal kräftig auf den Motor. Er wischte sich den Mund mit dem Handrücken ab und kletterte wieder auf den Fahrersitz. »Noch eine halbe Stunde«, sagte er, »dann werden wir ankommen.«

»Ich glaube nicht, dass das stimmt«, sagte Marion. »Es hat immer viel länger gedauert bis Ashagiri. Und der Nebel. Er hat sich noch nicht verzogen. Wir haben bestimmt noch viele Meilen vor uns.« Sie lehnte sich zurück auf ihrem Sitz und schloss die Augen. »Ich versuche, etwas zu schlafen«, sagte sie entschlossen.

»Na dann viel Glück.«

Inzwischen hatte es angefangen, kräftig zu regnen, und das Wasser lief in einer pausenlosen Kaskade über die Windschutzscheibe, kaum unterbrochen von den Mühen des spindeldürren Scheibenwischers, der hilflos und unberechenbar wie die Beine eines verletzten Insekts über das Glas hin und her fuhr. Vanessa versuchte zu schätzen, wie hoch sie jetzt waren. Ashagiri lag elftausend Fuß über dem Meer, und schon jetzt glaubte sie, dass die Luft dünner geworden sei. Wieder sah sie auf die Liste der Unternehmungen, die sie sich vorgenommen hatte. Jeden einzelnen dieser Orte würden sie aufsuchen und herausfinden, wonach sie suchten, und ihre Mutter würde ein … anderer Mensch sein. Wiederhergestellt. Wie das gelingen könne, wusste Vanessa noch nicht so genau. Aber sie würde es schaffen, dessen war sie sich vollkommen sicher.

Da dieses Vorhaben so einfach war, musste sie nicht allzu angestrengt über die sonstigen Motive nachdenken, die sie möglicherweise zu dieser Reise veranlasst hatten. Viel leichter war es, sich einzureden, sie handle einzig und allein im Interesse ihrer Mutter.

Sie bogen um eine Ecke in ein kleines Dorf ein, dessen baufällige, niedrige, dunkle Häuser aussahen, als seien sie mit Leinen tropfender Wäsche aneinander gebunden. Zwischendrin waren Läden, vor denen Körbe mit kleinen runden Früchten – vielleicht Limonen – auf dem unebenen Pflaster arrangiert waren. Päckchen mit mickrig aussehendem Inhalt waren an langen Fäden aneinander gereiht und schaukelten freudlos zwischen den Türrahmen. Ein blonder nasser Welpe, der zusammengerollt auf einer Schwelle lag, hob kurz den Kopf, als sie vorüberfuhren. Sonst keinerlei Lebenszeichen.

»Was ist das für ein Ort?«, fragte Vanessa. Bevor der Fahrer antworten konnte, hatten sie das Dorf schon durchquert und fuhren auf der ansteigenden Straße weiter. Vanessa drehte sich um und sah ihre Mutter an. »Hast du diesen Ort gesehen? Ich glaube nicht, dass er auf der Karte verzeichnet ist. Kommt er dir bekannt vor? Bist du ganz sicher, dass diese Straße die richtige ist?«

»*Es ist zwar nass, vergesse das, es geht noch weiter auf der Straß*«, sagte Marion, ohne die Augen aufzumachen.

»Ach Gott, fängt das schon wieder an?«

»*Wir steigen und steigen, zum Reimen wir neigen ...?*«

»Ich bin nicht in der Stimmung.«

»*... denn nichts hilft uns besser, die Zeit zu vertreiben.*«

»Was hast du bloß mit dieser Reimerei? Drei volle Stunden haben wir im Flugzeug damit verbracht. *Unsre lieben Stewardessen solln sich sputen mit dem Essen*. Die Leute haben bestimmt gedacht, du bist übergeschnappt.«

»Ich fand das ganz gut«, sagte Marion beleidigt. »Komm schon, Vanessa, sei kein Spielverderber.«

»Das bin ich auch nicht. Ist es zu viel verlangt, dass wir uns normal unterhalten?« Sie wurde von einem Ruck unterbrochen, als der Jeep-Fahrer an einer unübersichtlichen Ecke plötzlich beschleunigte. Vanessa schrie auf und griff nach dem Armaturenbrett. »*Die Ruh bewahre, wenn ich fahre!*«, platzte der Fahrer heraus.

Zum ersten Mal seit Beginn der Reise hörte Vanessa ihre Mutter lachen.

Kurz danach wurde der Jeep langsamer. Sie kamen in eine zweite Stadt, die größer als die erste war. Der Nebel hatte sich ein klein wenig gelichtet und erlaubte ihnen einen Blick auf die Bauten, die sich am Berghang zusammendrängten: ein dunkles Durcheinander von Formen, mit Telefondrähten bespannt. Etwas an diesem Anblick schien nicht zu stimmen, aber auf den ersten Blick hätte Vanessa nicht sagen können, was sie störte. Ein Missverhältnis, geringfügig zwar, aber auf unerklärliche Weise beunruhigend. Der Jeep bog in was ein, anscheinend die Hauptstraße, ein steiler Durchgang, der durch den Verkehr schlammig geworden, voller Schlaglöcher und schmutziger Kieshaufen war. Sie fuhren an einem großen, ausgedehnten Autobusbahnhof vorbei, an einem Postamt und einer Reihe Läden. Dann kam die Fassade irgendeiner Art Tempel, mit rot- und goldfarbenen Toren. Menschen verschiedenartigen Aussehens drängten sich auf dem Gehsteig: Männer in dunkelgrünen Uniformen mit gekreuzten Dolchen im Gürtel, Frauen in Saris, Menschen aus dem Westen in wollenen indischen Jacken, Bettler, Geschäftsleute im Anzug, eine alte Dame mit einer grünen, bis zu den Knöcheln reichenden tibetanischen Schürze, eine Horde kleiner Jungen in kastanienbraunen Mönchsgewändern und Latschen, die im Schlamm aufklatschten – alles durcheinander. Verwirrt wanderten Vanessas Augen über die Szene.

Der Jeep fuhr durch die Menge weiter, dann bergan durch

ein Wohngebiet, dann kamen wieder Läden und schließlich ein kleiner, eng mit Autos beparkter Platz, in dessen Mitte eine Art Pagode stand. Eine ausgewaschene Fahne hing schlaff von ihr herab und hatte nicht die Kraft, ihr Wappenbild zu offenbaren. Links ging der Blick hinunter auf eine weitläufige Ansammlung: die untere Stadt. Auf den Dächern lag Wäsche ausgebreitet; T-Shirts, Hosen und Röcke sollten unter dem strömenden Regen irgendwie trocken werden. Rechts, am Berghang, breiteten sich, noch undeutlich im Nebel, die Umrisse größerer Gebäude aus, die von Bäumen umgeben waren. Alles sah grau aus, der Himmel, die Dächer, die durchnässte Wäsche, selbst die Erde. Der Jeep kam mit erschöpftem Knirschen zum Stehen, und der Fahrer wandte sich an Vanessa.

»Zweihundert Rupien«, sagte er.

Vanessa sah ihn entgeistert an. »Zweihundert«, sagte er wieder, ungeduldig.

»Ich habe es Ihnen schon gesagt, ich zahle erst, wenn wir dort sind.«

Der Fahrer öffnete seine Tür, stieg aus und fing an, im Kofferraum des Jeeps zu kramen und das Gepäck herauszunehmen.

»Was machen Sie da?«

»Ashagiri«, sagte der Fahrer. Er hob Marions Koffer heraus und setzte ihn ohne weitere Umstände auf den Boden. Vanessa stieg aus dem Jeep.

»Das soll Ashagiri sein?« Oben auf einer Telegrafenstange wurden zwei schmutzige graue Krähen aufmerksam, legten den Kopf zur Seite und starrten auf sie hinunter; ihre kräftigen schwarzen Schnäbel waren nass und glänzend. »Ashagiri?!« Ungerührt fuhr der Fahrer fort, ihr Gepäck auszuladen, und gab keine Antwort.

Vanessa strengte sich an, eine rationale Erklärung zu finden. »Gibt es zwei Städte, die Ashagiri heißen?« Dieser Vorschlag war recht schwach, und schon während sie die Frage stellte, wusste Vanessa die Antwort. Sie erkannte auch, was sie seit der Ankunft in dieser Stadt merkwürdig berührt hatte. Etwas Seltsames, nur ein Detail, aber vielsagend: dieser erste Blick auf die Dächer. Baufällige Betonmauern, zusammengedrängte Bauten, der Eindruck der Unordnung und Hast. Und dort, mitten drin, hoch droben, etwas Unerwartetes. Der blasse Schaft eines spitzen Kirchturms. Ein englischer Kirchturm, der sich gut ins Panorama einer Wiese und eines schützenden Wäldchens, zwischen die sauberen Scheunen und die warmen Backsteine Kents oder der Cotswolds eingefügt hätte.

Das also war Ashagiri. Sie waren angekommen.

Aber Vanessa protestierte weiter, eher aus Gewohnheit als aus Überzeugung. »Und wo sind die Berge?«, fragte sie den Fahrer, als sei er persönlich für ihre geographische Lage verantwortlich.

Er zuckte die Achseln. Offenbar hielt er die Frage, und damit logischerweise auch die beiden weiblichen Fahrgäste, für vollkommen lächerlich. »Monsun spät zu Ende in diesem Jahr«, sagte er kurz angebunden.

»Das hier kann nicht stimmen«, insistierte Vanessa. Sie wandte sich an ihre Mutter. »Das kann unmöglich stimmen.« Marion stand vollkommen reglos neben ihrem Koffer, ihre khakifarbene Leinenjacke schob sich in hässlichen Falten ihren Rücken hinauf, die Aufschläge der überweiten Hosenbeine schlackerten ihr um die Füße. Die Augen hatte sie auf einen unbestimmten Punkt gerichtet, irgendwo zwischen dem Boden und dem Gesicht ihrer Tochter, und sie verharrte in diesem Starren, als sei es etwas Zerbrechliches. Sie beugte sich ein wenig nach vorn und zupfte am Griff ihres Koffers; eine fruchtlose Bewegung, ohne Zweck und Ziel, als versuche jemand, einen Befehl zu befolgen, dessen Sinn zwischen Erteilen und Ausführen verloren gegangen ist.

»Der Ashagiri-Club«, flüsterte sie.

Vanessa, die immer noch mit ihren Zweifeln kämpfte, starrte an ihr vorbei auf einen kleinen Hang hinter dem Gewirr von Autos und Jeeps. Ein Gebäude tauchte aus dem Dunkel hervor, wie ein großes Schiff mit rundem Art-Deco-Bug und langem balkonartigem Deck. Selbst aus der Entfernung von hundert Metern sah sie, dass es in einem ziemlich reparaturbedürftigen Zustand war. Von den blassgrünen Mauern war die Farbe abgeblättert, das Geländer war rostig und die Stützen fehlten. Konnte das wirklich derselbe Ashagiri-Club sein, den ihre Mutter beschrieben hatte? Das Haus, in dem ihre Großeltern übernachtet hatten, wenn sie die Stadt besuchten?

In Vanessas Kopf hatte es schon immer eine gewisse Diskrepanz gegeben zwischen den Großeltern in den Erzählungen ihrer Mutter und den zwei alten Leuten, die sie ein- oder zweimal im Jahr besuchen musste – bis zum Tod ihrer Großmutter und dem darauffolgenden Umzug des Großvaters in ein Pflegeheim, als Vanessa zwölf war. Was ihr von den Besuchen in Erinnerung blieb, war hauptsächlich Langeweile. Die langsam auf dem Kaminsims tickende Uhr, die Großeltern bewegungslos in ihren Sesseln, das Haus voller Gegenstände, die Vanessa nicht in die Hand nehmen durfte. Die Tage dort schienen immer gleich zu sein. Die Fahrten mit Mutter und Vater durch die Landschaft Oxfordshires, Ausflüge zu langweiligen Museen, dann die Rückkehr ins Haus für das Ritual des Abendessens.

Am Kopfende des Tisches der Großvater, dessen Serviettenring mit Monogramm sich im Glanz des gewachsten Holzes silbrig spiegelte; ihre Großmutter, die aus einer großen Terrine die Suppe austeilte. Wie behutsam sie jeden Teller füllte! Die Suppenkelle neigte sie nur ein ganz klein wenig zur Seite, um das gute Porzellan nicht anzuschlagen. Und mit welcher Sorgfalt sie alle die Suppe essen mussten: die Flüssigkeit mit ihren Löffeln – im korrekten Winkel vom Körper abgewandt – aufnehmen, und dann das langsame, ehrfürchtige Anheben zum Mund, die gespitzten Lippen, die das Silber küssten und nur die kleinsten Schlückchen erlaubten. Als Kind war Vanessa immer beeindruckt, einerseits von der kunstvoll ausgeführten Prozedur, und andererseits von der Tatsache, dass in den Suppen ihrer Großmutter überhaupt nichts drin war. Gelegentlich schwamm ein einsames Karottenschnipsel oder ein Zwiebelfädchen in den Tiefen der Terrine, aber das waren ausgelaugte, zufällige Einzelstücke. An manchen Tagen sah die Suppe gelblich aus, an anderen Tagen eher braun. Vanessa kam das so sinnvoll vor wie gefärbtes Wasser.

Es fiel schwer, dies mit ihrer Vorstellung von den Großeltern in Indien in Einklang zu bringen. Die indischen Jahre umgab ein Glanz, von dem Vanessa kaum eine Spur wiederfand. Vielleicht hätte sie überhaupt nicht daran geglaubt, wenn es nicht einen fotografischen Beweis gegeben hätte. Auf den alten Schwarzweißbildern trug ihre Großmutter, die damals noch nicht ihre Großmutter war, sondern eine Frau, die Charlotte hieß, breitkrempige Hüte und Schuhe aus Pythonhaut und im Gesicht einen Ausdruck zufriedener Gelassenheit. Ihr Großvater stand mit Tropenhelm neben seinem Pferd, eine Hand ruhte mit Besitzerstolz auf dem Sattel. Falls es im Leben der beiden auch dunkle Stunden gegeben hatte, fand sich in den Fotografien kein Hinweis darauf, ebenso wenig wie in den Erzählungen ihrer Mutter, den Schilderungen von Jagdpartien, Tennisturnieren und den ewig weißen, von fremden Händen gewaschenen und gebügelten Leinenhemden.

Jetzt, da sie zum alten Club hinübersah, wurde Vanessa von dem gleichen Gefühl der Unwirklichkeit gepackt, das sie als Kind gespürt hatte. Hier, genau in diesem Haus, hatten sich ihre Großeltern zum Dinner umgezogen und Billard gespielt oder Romane von P. G. Wodehouse und Margery Allingham aus der Bücherei des Clubs entliehen. Nach dem Dinner hatte man vielleicht getanzt oder Bridge gespielt. Ihre Großeltern waren angesehene Bridge-Spieler gewesen, die ihre Gegner durch eine Kombination aus der stählernen Strategie des Großvaters und der vorgetäuschten Schusseligkeit ihrer Großmutter verwirrten. Zur damaligen Zeit strengten sich die Frauen an, auf bezaubernde Weise hilflos zu wirken. Man hielt das für weiblichen Charme ...

Vanessa gab sich einen Ruck. »Also los, komm schon!«, sagte sie. »Schauen wir nach, ob er noch offen hat.« Sie packte beide Koffer am Griff und schritt auf den Eingang zu, während ihre Mutter wie gelähmt zwischen den parkenden Jeeps zurückblieb. Im ersten Moment schien es, als würde Marion dort stehen bleiben, benommen und in einer anderen Welt.

»Komm schon«, rief Vanessa, »ich kann diese Koffer bald nicht mehr halten.« Sie betraten einen kleinen, sauber gefegten Vorplatz, der auf allen Seiten von hohen Blumenschalen gesäumt war. Dahlien und Cosmeen, Ringelblumen und Tigerlilien und Dutzende von anderen Blumen, die Vanessa nicht kannte, blühten in verschwenderischer Pracht. Auf der gegenüberliegenden Seite des Platzes hatte man eine einzelne gläserne Vase auf den Boden gestellt. Ein uralter Mann mit übergroßer Hose stand darüber gebeugt, völlig regungslos, mit einer Schere in der einen und drei oder vier weißen Lilien in der anderen Hand. Es ließ sich nicht feststellen, ob er in Gedanken versunken oder nur von der Last des Alters versteinert war.

Aber der Mittelpunkt der Szene, das, was unausweichlich den Blick auf sich zog, war weit seltsamer. Ein altes Maschinengewehr – das Souvenir eines weit zurückliegenden Kampfes – mit langem Messinglauf, der wie betrunken in den Himmel hinauf zeigte, beherrschte die Mitte des Platzes. Das allein war schon bizarr, dachte sich Vanessa, aber noch seltsamer war, dass man drei Holzbänke um diese Reliquie herum aufgestellt hatte, als seien die Gäste eingeladen, sich eine Weile niederzulassen, um sie in aller Ruhe zu bewundern. Ob sich wohl je ein Gast dort hingesetzt hatte, fragte sie sich. War es jemals vorgekommen, dass irgendjemand aufwachte und sich sagte: So ein schöner Morgen heute, wie wär's, wenn ich hinuntergehe und zwei oder drei Stunden lang die Kanone anschaue?

Sie überquerten den Platz und betraten einen Säulengang, in dem ausgefranste Rattanstühle herumstanden. Hoch oben auf den weiß gestrichenen Wänden spießten Hirschköpfe, mit glasigen Augen und vom Alter geschwärzt, ihre langen, spiralförmigen Hörner stießen in die Luft. Eine alte rote Sauerstoffflasche hing zwischen zwei verschlossenen Türen an einem Nagel. An jeder Tür war ein Schild angebracht: BILLARD ROOM stand auf dem einen, LIBRARY auf dem anderen; die handgemalten Lettern waren verblasst und staubbedeckt. Am Ende des Säulenganges erlaubte ihnen eine Öffnung in der Mauer einen Blick in einen dunklen Raum und auf die verschwommenen Umrisse eines Schreibtisches und einiger Stühle.

Ein Mann in makellosem dunkelgrünen Anzug saß hinter

dem Tisch. Ordentlich aufgereiht vor ihm Papiere, eine Messingglocke und ein hübsches kleines Schild: MAJOR DAS, CLUB MANAGER.

»Guten Tag«, sagte Vanessa ein wenig unsicher. Der Major sah auf zu den beiden, die in der Tür standen. Er war etwa fünfzig Jahre alt, und sein dunkles, schönes Gesicht durchzogen einige senkrechte Falten. Bei einem anderen hätten sie auf eine gewisse Unzufriedenheit schließen lassen, aber dem Major verliehen sie das gefühlvolle Aussehen eines Mannes, der von sanfter, jedoch anhaltender Melancholie bedrängt wird. Dieser Eindruck wurde noch verstärkt durch seine Augen, die von einem undurchdringlichen, überraschenden Grün waren und jetzt nicht auf den Gesichtern von Vanessa und Marion, sondern auf einem Punkt, etwas links von ihnen, zu ruhen schienen. Vanessa fühlte sich auf unbestimmte Weise verunsichert.

»Ist das noch ... der Ashagiri-Club?«, sagte sie. »Vermieten Sie Zimmer?«

Ohne zu blinzeln behielt der Major seinen seltsamen Blick bei. »Sind Sie Club-Mitglieder?«

»Eigentlich nicht«, sagte Vanessa. »Natürlich nicht.«

Fast unmerklich schüttelte der Major sorgenvoll den Kopf. »Zu dieser Jahreszeit haben wir immer viele Gäste, aber ein oder zwei Zimmer könnten frei sein. Ich müsste nachsehen ...«

»Vielen Dank.«

»... obwohl unsere Zimmer eigentlich nur Club-Mitgliedern zur Verfügung stehen.«

Vanessa sah ihn entgeistert an. »Also haben Sie doch keine Zimmer?«

»Wir verlangen zwischen sechshundert und achthundert Rupien pro Nacht, je nach Größe und Lage des Zimmers.

Das schließt den morgendlichen Tee ein. Kohlen für den Kamin kosten fünfzig Rupien zusätzlich.«

»Heißt das, dass Sie doch ein Zimmer für uns haben? Ich dachte, nur Club-Mitglieder dürften hier übernachten?«

»Das ist schon wahr«, stimmte der Major zu.

»Also, wie ist es nun ... können wir hier übernachten oder nicht?«

»Es gäbe eine dritte Option«, sagte der Major. Sein Blick wanderte sorgenvoll über das Gepäck der Frauen, verharrte kurzfristig auf seinen eigenen Schuhen und blieb wieder an etwas Unbestimmtem hängen. »Gegen eine geringe Gebühr«, sagte er hilfsbereit, »können Sie Clubmitglieder werden.«

Ein kleiner Mann mit freundlichem Gesicht, der eine nepalesische Kappe trug, führte sie über eine Treppe mit schwerem Eichengeländer und einem fadenscheinigen Teppich hinauf in den zweiten Stock. Sie folgten ihm einen lang gestreckten Balkon entlang, auf der einen Seite vorbei an mehr als einem Dutzend leerer Räume, auf der anderen Seite hatten sie einen weiten Blick auf die untere Stadt. Das hölzerne Geländer des Balkons war splitterig geworden und sah zerbrechlich aus. Ein Gewirr von elektrischen Kabeln zog sich vom Dach herunter und hing verknotet über zwei leeren Korbstühlen, die dem Nebel zugewandt waren. Am Ende des Balkons, vor der allerletzten Tür, blieb der kleine Mann stehen. Er sperrte auf und trat einen Schritt zurück.

Das Zimmer war groß, hatte eine hohe Decke und Modergeruch: eine seltsame Mischung aus altem Papier, feuchten Bettlaken, Kohlenstaub und etwas anderem – schwer zu beschreiben, fast undefinierbar –, dem einsamen Geruch von Orten, wo früher einmal Gegenstände gewesen waren. Denn es stand fast nichts im Zimmer. Es war, als hätte man den Raum nur aus der Erinnerung möbliert. Die Gegenstände, an die man sich leicht erinnern konnte, standen alle auf ihrem Platz: zwei Betten mit klumpigen Matratzen, der Frisiertisch, der Kamin und zwei identische große Korbstühle. Aber die kleinen Dinge, das Tapetenmuster, der Nippes, die Farbe der Tagesdecken, die Lampenschirme, die Kleiderhaken, alles das fehlte, war vergessen worden, und das Zimmer sah irgendwie falsch und unvollständig aus. Marion ließ sich auf das Bett neben der Tür fallen und starrte auf den Fußboden.

»Schau«, sagte Vanessa fröhlich. »Es gibt ein Deckenfenster.« Sie durchquerte den Raum und ging in das kleine Badezimmer. »Alles funktioniert!«, sagte sie, während sie die Hähne aufdrehte und die Toilettenspülung ausprobierte. »Das Licht ist ein bisschen schwach, dürfte aber zum Lesen reichen ...« Sie hielt inne und setzte sich neben ihre Mutter auf das Bett.

»Was sag ich denn da? Schrecklich ist es.«

Marion tätschelte ihre Hand. »Mach dir keine Sorgen.«

»Wir brauchen nicht unbedingt hier zu bleiben. Es muss irgendwo etwas Besseres geben. Morgen können wir uns in der Stadt richtig umschauen. Wir werden schon eine bessere Unterkunft finden.«

»Nein«, sagte Marion. Sie setzte die Brille ab, polierte die Gläser an ihrer Jacke und sah sich um. »Nein, eigentlich ... gefällt es mir. Es hat Charakter. Ich glaube, wenn wir alles ausgepackt haben und das Feuer brennt, könnte es ganz gemütlich werden.«

»Vielleicht ist das Wetter morgen besser. Bei Sonnenschein wird alles ganz anders aussehen.«

»Ja«, sagte Marion sehr sanft und tätschelte immer noch ihre Hand. »Sicher hast du Recht.«

Am frühen Abend gingen die beiden Frauen zum Dinner hinunter. Der Club mochte bessere Zeiten erlebt haben, aber er strahlte immer noch etwas Feierliches aus. Die großen Türen zum dunklen eichengetäfelten Speisesaal standen weit offen und die Tische waren weiß gedeckt. An den Wänden standen Vitrinen. Darin ausgestellt waren große silberne Warmhalteplatten und Sporttrophäen der Offiziere aus den alten Zeiten. Ein Klavier mit geschlossenem Deckel stand in einer Ecke. In einer anderen Ecke stand ein elektrischer Heizstrahler; nur ein Element war eingeschaltet. Es war kühl. Nur zwei der Tische waren für das Dinner gedeckt. Der der Wests, und noch einer, mit nur einem Gedeck.

Der Mann mit der nepalesischen Kappe erschien wieder, diesmal mit einem Tablett. Mit behutsamen, förmlichen Gesten setzte er zwei Suppenteller vor ihnen ab. Sie aßen schweigend. Von den Wänden starrten stumpfsinnig Hirsch- und Büffelköpfe herab. Nur die Augen eines kleinen braunen Bären zeigten einen Ausdruck. Der Bärenkopf hing an der hintersten Wand, und Marion fand, er habe einen traurigen, verwirrten Blick. Er schien ihre Bewegungen zu verfolgen, als wollte er sagen: *Wer hat mir das angetan? Wie bin ich hierher geraten?* Marion beugte den Kopf über ihre Suppe, aber der Bär ließ sich nicht ignorieren. *Wo ist der Rest von mir?*, flehte der Bär sie an. *Wie kannst du bloß essen, wenn ich in dieser Lage bin?*

Der Diener nahm ihnen mit schneller Bewegung die Suppenteller weg und setzte ihnen Hühnercurry vor. Marion kostete vorsichtig. »Gar nicht schlecht.«

»Warum flüsterst du?«

»Ich weiß nicht.«

An der Tür waren Schritte zu hören, und ein junger Mann kam eilig herein. »Tut mir Leid, Prasad, ich habe mich verspätet!«, rief er dem Diener zu. »Ich konnte mich schon wieder nicht losreißen.« Seine Stimme war zwar selbstbewusst, aber gleichzeitig deutete ein leichtes Stocken auf ein einst starkes Stottern hin. Eine kleine Verzögerung, die seinen Worten eine kuriose und unerklärlich charmante rhythmische Betonung verlieh.

»Ich bin mit dem Zeitplan völlig durcheinander geraten.«

Auch sein Aussehen war unerwartet. Die meisten Touristen aus dem Westen, die die beiden Frauen bisher in Indien gesehen hatten, passten, was die Kleidung betraf, in eine von zwei Kategorien. Da war zum einen die stolze Ungepflegtheit der Rucksackreisenden, die sich mit dem einen oder anderen indischen Kleidungsstück schmückten – hier eine gestreifte wollene Jacke, dort eine weite Baumwollhose. Die andere Gruppe, hauptsächlich ältere Amerikaner, trug teuer aussehende Fleece-Jacken und Wanderstiefel. Dieser junge Mann mit seiner etwas abgetragenen, aber durchaus vorzeigbaren Tweedjacke und seiner dunklen Hose schien keiner der beiden Gruppen anzugehören. Als er auf seinen Tisch zuging, sah Vanessa, etwas überrascht, dass er Budapester Schuhe trug.

Er drehte sich um und lächelte sie an. Ein unauffälliges Gesicht, dachte Vanessa. Blass, sehr englisch. Man konnte sich vorstellen, wie er als kleiner Junge ausgesehen hatte. Wahrscheinlich hatte er mit acht Jahren genau den gleichen Haarschnitt wie jetzt, dachte sie. »John Walcott«, stellte er sich vor und streckte seine Hand aus. »Es ist schön, hier ein bisschen Gesellschaft zu bekommen.«

Marion strahlte ihn an. »Sie müssen sich zu uns setzen«, sagte sie, noch bevor Vanessa dazu kam, sie mit einem Blick davon abzuhalten. »Hier drinnen ist es so ruhig, wir haben sogar geflüstert.«

»Dann können Sie sich vorstellen, wie mir zumute war, als ich allein hier saß. In letzter Zeit habe ich sogar angefangen, mich mit dem Bären dort zu unterhalten.«

»Sie auch?!« Marion zeigte auf den Stuhl neben sich. »Setzen Sie sich doch hin. Sie haben nur die Suppe verpasst.«

Vanessa war etwas sauer. Musste sich ihre Mutter so furchtbar ... begeistert zeigen? Als rette sie dieser junge Mann vor einem vollkommen freudlosen Abend. Seit Stunden war Marion nicht so lebendig gewesen, dachte sie gereizt.

John Walcott zögerte. »Darf ich?«, fragte er Vanessa.

»Natürlich. Warum nicht?«, sagte sie und zwang sich zu einem Lächeln.

Der Diener erschien mit einem dritten Teller Curry und trug geschäftig Messer und Gabeln zum Tisch der beiden Frauen. »Haben Sie schon Prasad kennen gelernt?«, fragte John. »Er ist hier für fast alles zuständig. Er heizt die Zimmer, bringt den Tee, kümmert sich um die Wäsche ... Er kommt aus Nepal.«

»Von so weit her!« Marion sah Prasad mitfühlend an. Er lächelte ein wenig schüchtern und nickte. »Bier? Drei?«

»Ja, Bier«, sagte John. Er sah die zwei Frauen an. »Wollen Sie auch Bier? Schön!«

»Was hat Ihren Zeitplan durcheinander gebracht?«, fragte Marion, während sie speisten. »Als Sie hereinkamen, sagten Sie, Sie seien mit Ihrem Zeitplan durcheinander geraten.«

»Ach, das Übliche.« Er lächelte Vanessa an. »Ich kann nichts dafür, leider.«

Er hat interessante Augen, dachte sie. Es lag nicht an der Farbe – ein unauffälliges Blau – sondern an der Art, wie er einen ansah. Unzweideutig, fast durchsichtig. Der Blick eines Menschen, der mit keinem Missgeschick rechnet.

»Was ist denn das Übliche?«, fragte sie.

»Das Malen«, sagte John schlicht. »Ich bin Maler.« Er hielt inne, als überlege er, ob er zu weiteren Geständnissen bereit sei. »Nun, genauer gesagt, ich male Miniaturen«, fügte er hastig hinzu.

»Miniaturen? Sie meinen, kleine Porträts?«

»Ja, nun, eigentlich … nein. Es kommt fast auf das Gleiche hinaus, aber es sind keine Porträts. Eigentlich eher das Gegenteil.« Während er sprach, errötete er ein wenig, aus Schüchternheit oder Begeisterung oder aus einer Mischung von beidem.

»Das Gegenteil?« Vanessa fragte sich, ob der Mann die gleiche Krankheit aufgeschnappt hatte, an welcher der seltsame Major Das litt – der Unfähigkeit, in etwas anderem als in Rätseln zu sprechen.

»Ja, das Gegenteil. Nicht Menschen, sondern Landschaften. Hauptsächlich die Berge. Die größten Landschaften, die es gibt.«

»Sie malen Miniaturen von *Bergen*?«

Vanessa und Marion fiel nichts mehr dazu ein. »Fünf habe ich schon fertig«, fuhr John Walcott fort, mit dem unsicheren Stolz des Künstlers. »Und alle fünf passen gleichzeitig in die Brusttasche meiner Jacke.«

»Wie … praktisch«, sagte Marion aufmunternd. Sie war sich nicht ganz sicher, was der junge Mann meinte, aber sein Ernst rührte sie.

Vanessa sah auf Johns Hände. Sie waren übergroß, mit stumpfen, klobig aussehenden Fingern. Aber sie wirkten überraschend geschickt. Eine außergewöhnliche Zartheit lag in ihren Bewegungen. Ja, sie konnte sich gut vorstellen, dass er mit diesen Händen, trotz ihrer Größe, Bilder malen konnte ... Vanessa riss sich zusammen. Der Mann war eindeutig ein komischer Kauz, und sie hatte komische Käuze satt.

Kaum zu glauben, dass sie erst vor ein paar Wochen Martin Sorensons Einladung zu einem Kneipenbesuch beinahe angenommen hätte. Dass sie es auch nur fünf Minuten lang in Erwägung gezogen hatte, markierte ein neues Tief in ihrem Leben. Sie hatte Martin seit ihrer Schulzeit gekannt, aber er hatte nie zu ihren Freunden gehört. Vanessa vermutete, dass er überhaupt keine Freunde im eigentlichen Sinne des Wortes hatte. Ihn umgab der unverkennbare Dunst der ewigen Klette. Das aber hielt ihn nicht davon ab, eine Vierteljahresschrift, *Das Jüngste Gericht*, herauszugeben, die er auf seinem Computer schrieb und jedem seiner Bekannten gewissenhaft zumailte. »Die neuesten Nachrichten von MIR – was ihr unbedingt wissen müsst« hieß der Untertitel. Da niemand besonders interessiert war an regelmäßigen Berichten über Fußballspiele, die er besucht hatte, an seiner beginnenden Glatze und seiner Unfähigkeit, eine Freundin zu finden – alles verfasst in einer beharrlich selbstironischen Manier, die er offenbar für äußerst witzig hielt, die aber nur schlecht zur massiven Egozentrik des Bulletins passte –, blieben seine literarischen Anstrengungen fast völlig ungelesen.

Zwei Wochen, nachdem Michael ausgezogen war, witterte Martin seine Chance. »Hättest du zufällig Lust auf einen Drink oder so etwas?«, fragte er hoffnungsvoll. Vanessa stellte sich vor, wie er neben seinem Telefon stand, mit dieser grauenhaften Jacke – mit Gummizug in der Taille und aus so billigem Leder, dass sie genauso gut aus Plastik sein könnte – und bekam vor Entsetzen den Mund nicht auf.

»Blöder Einfall«, sagte Martin, während sie schwieg. »Blöd. Natürlich nicht.«

»Es ist nicht blöd«, sagte sie schließlich. »Es ist einfach nicht der richtige Zeitpunkt ...«

»Ich verstehe«, sagte er hastig. »Natürlich nicht. Typisch Martin, immer gleich ins Fettnäpfchen.«

»Es tut mir Leid«, sagte sie. Aber in Wahrheit hatte sie tatsächlich erwogen, seine Einladung anzunehmen. Nur einen Augenblick lang. Sie hatte sich sogar schon vorgestellt, wie er ihr Treffen in der Vierteljahresschrift darstellen würde: *Meine treuen Leser werden zweifellos mit der trostlosen Bilanz des Schreibers dieser Zeilen vertraut sein, was seinen Erfolg beim schönen Geschlecht betrifft, also stellt euch meine Überraschung vor, als die bezaubernde Vanessa sich bereit erklärte, meine Wenigkeit zu einer nahe gelegenen Tränke zu begleiten ...*

Woran lag es, fragte sich Vanessa, dass sie immer solche Männer anzog?

Sie wandte sich John zu. »Aber wieso Miniaturen?«, sagte sie gereizt. »Was soll denn das?«

Marion fragte sich, weshalb ihre Tochter so kurz angebunden sein musste. Es klang fast verächtlich. John würde es ihr sicher übel nehmen, dachte sie. Er würde nicht mehr mit ihnen zusammensitzen wollen. Marion kam der Gedanke, dass hier vielleicht der Grund lag, weshalb ihre Tochter es geschafft hatte, fast dreißig Jahre alt zu werden, ohne einen Mann zu finden. Sie bekamen Angst vor ihrer schroffen Art, vor ihrer Gewohnheit, allem zu widersprechen.

John Walcott aber schien nicht im Geringsten beleidigt zu sein. Er beugte sich erwartungsvoll nach vorn.

»Ich male gern klein. Die Einzelheiten. Die meisten Menschen, die so etwas gerne tun, wählen kleine Gegenstände aus. Insekten vielleicht, oder Blumen, solche Dinge. Ich habe gedacht, was hat das für einen Sinn? Etwas Kleines zu nehmen und es klein zu malen. Wo liegt da die Herausforderung? Aber wenn man etwas Großes nimmt, den größten Gegenstand, den man sich vorstellen kann, und ihn auf eine Leinwand von der Größe einer Streichholzschachtel malt ... das erschien mir einen Versuch wert. Eigentlich kam mir die Idee, als ich Briefmarken ansah.« Vanessa nickte. Sie hätte sich denken können, dass er Briefmarken sammelte.

»Viele Briefmarken stellen ziemlich große Dinge dar. Gebäude, zum Beispiel. Oder Tiere mit Bäumen und dem Dschungel im Hintergrund. Diese Art gefällt mir am besten. Man sieht sie an und erkennt, wie weit der Brief gereist ist. Man kann sogar den Ort sehen, wo er herkommt. Und das alles auf einer Fläche von zweieinhalb Zentimetern.«

»Als ob man verkehrt durch ein Teleskop schaut«, sagte Marion.

»Ja, so ungefähr.«

»Ich sehe immer noch nicht, weshalb ein kleines Bild besser sein soll als ein großes«, protestierte Vanessa.

»Nicht besser«, sagte John etwas bekümmert. »Nur anders. Man empfindet es anders. Wenn man etwas mit sich herumtragen kann, wenn man es aus der Tasche nehmen kann, so oft man es anschauen will, hat man das Gefühl, dass es einem wirklich gehört. Es ist so etwas wie ein ... Geheimnis.«

»Ich verstehe schon, dass man bei Bildern von Menschen so denkt, aber Landschaften?«

»Doch, auch bei Landschaften. Vielleicht sogar noch mehr. Ein Ort gehört uns auf eine sehr persönliche Weise. Meinen Sie nicht?« Er hielt inne. »Es ist schwierig. Es gelingt mir nicht so gut, wie ich möchte.«

»Verkaufen Sie viele Bilder?«, fragte Vanessa.

»Noch nicht«, sagte er traurig. »Sie auszustellen ist das

Hauptproblem. Wie Sie sich vorstellen können. Meine ganze Sammlung passt leicht in eine Schuhschachtel.«

Prasad hatte das benützte Geschirr abgeräumt und kehrte emsig die Krümel vom Tischtuch.

»Schön, jemand kennen zu lernen, der die Berge hier herum tatsächlich gesehen hat«, sagte Vanessa. »Ich habe mich schon gefragt, ob es sie überhaupt gibt.«

»Freilich gibt es sie. Aber an den meisten Tagen muss man früh aufstehen, wenn man sie sehen will. Sechs Uhr in der Frühe ist die günstigste Zeit. So um neun fängt es wieder an, neblig zu werden.« Er zögerte. »Ich könnte morgen früh an Ihre Tür klopfen, wenn Sie es möchten …«

»Das ist nicht nötig«, sagte Vanessa rasch. »Wir werden es schon schaffen, uns selbst zu wecken.«

»Dessert!«, sagte Prasad, als wollte er erklären, was er ihnen vorsetzte. Sie sahen auf den Teller hinunter und entdeckten drei kleine Rechtecke einer puddingähnlichen Substanz. Marion schob sie mit ihrem Löffel auf dem Teller herum und runzelte die Stirn.

»Das gibt's doch nicht!«, sagte sie plötzlich. *»Shape!«*

»Shape?«

»So nannten wir es damals. Wir bekamen diesen Pudding ziemlich oft. In der Schule. Ich hatte es vollkommen vergessen!« Sie strahlte.

»Warum habt ihr es so genannt?«

»Schau's dir bloß an. Völlig farblos. Und jetzt koste es einmal. Mach nur, probier's. Es schmeckt doch nach gar nichts, stimmt's? Anders lässt sich's nicht beschreiben. Es ist einfach … eine Form: *Shape*.«

Vanessa lachte so laut und hemmungslos, dass Prasad ins Stolpern geriet und um ein Haar das Tablett fallen gelassen hätte. Sie fing Johns Blicke auf. Auch er lachte, offen und vergnügt, und eine Sekunde lang entstand eine Verbindung zwischen ihnen, bis sie sich abwandte.

»Shape!«, rief sie. »Ich kenne Menschen, die sind auch so!«

Aber ihre gute Laune hielt nicht lange an. Als sie wieder in ihrem Zimmer waren und sich im trüben Licht eilig auszogen, kehrte Vanessas Besorgnis wieder. Ashagiri war anders, als sie es sich vorgestellt hatte. Aber was, fragte sie sich, hatte sie denn erwartet? Die Stadt aus den Erzählungen ihrer Mutter vorzufinden? Es war nur natürlich, dass sie sich verändert hatte. Es war ein wirklicher Ort, und die Zeit schritt hier genauso voran wie anderswo auch. Außerdem war die Stadt wahrscheinlich nie so gewesen, wie ihre Mutter sie beschrieben hatte. Die Zeit hatte auch das Ashagiri aus den Erinnerungen ihrer Mutter in Besitz genommen und verändert. Sie hatte Ashagiri hin und her gedreht, geglättet und poliert, bis die ganze erinnerte Stadt auf die Handfläche passte, wie ein Kieselstein, der noch nass vom Meerwasser ist.

Das hätte sie doch wissen sollen, dachte sich Vanessa wütend. Warum hatte sie es nicht gewusst? Trotz ihrer Planungen und ihres Kartenstudiums hatte es einen blinden Fleck gegeben, wenn sie sich diesen Ort vorstellte. Sie war kindisch gewesen. Sie stieg ins Bett und legte den Kopf auf das dünne Kissen. Es hatte einen traurigen, gelblichen Geruch, als hätte es seit Jahren kein menschlicher Kontakt gewärmt. Wenn schon sie von Ashagiri enttäuscht war, wie viel unglücklicher musste wohl ihre Mutter sein!

Sie beobachtete Marion, wie sie sich aufs Schlafengehen vorbereitete. Wie sie ihre Schuhe ordentlich nebeneinander stellte, vom Badezimmer zu ihrem offenen Koffer tappte, um ihren Waschbeutel und ihr Nachthemd zu suchen. Sie nahm Armbanduhr und Armreif ab und legte beides auf den Nachttisch. Plötzlich fiel Vanessa auf, dass sie weder Ehe- noch Verlobungsring trug. Ohne sie sahen ihre Hände fremd aus. Die weichen Hände einer alten Frau. Wann hatte sie die Symbole ihrer Ehe abgelegt? Vanessa hatte nichts bemerkt. War es am Tag der Beerdigung ihres Vaters gewesen? Oder zu einem späteren Zeitpunkt, als die Tatsache, dass sie niemandes Ehefrau mehr war, für sie endgültig Wirklichkeit wurde? Und hatte sie die Ringe in Trauer abgenommen, fragte sich Vanessa, oder geschah es aus einem plötzlichen Impuls der Befreiung? Sie wusste nichts von ihrer Mutter, und ihre Mutter wusste nichts von ihr. Sie waren wie zwei Fremde, die sich in einem leeren Zug gegenübersaßen. Ihre Mutter liebte sie, aber das schien etwas Automatisches zu sein, das ihr bei der Geburt zugeteilt wurde und deshalb außer Frage stand. Zählte denn eine Liebe ohne Nachdenken, ohne Wahlmöglichkeiten überhaupt?

Vanessa kam zu dem Schluss, dass es nicht so wichtig war, geliebt zu werden; man müsste aus den richtigen Gründen geliebt werden.

Sie dachte an die Besuche bei den Großeltern in ihrer Kindheit. Sie sah ihre Großmutter in der Küche stehen, wie sie Lebensmittel in eine Schachtel packte, die Marion mit nach Hause nehmen sollte. Dieses Einpacken von Essen war ein Ritual, das jedes Mal am letzten Tag des Besuchs durchexerziert wurde. Marion stand daneben und sah zu, wie ihre Mutter die Schachtel mit Büchsen füllte: Bohnen in Tomatensoße und Tomatensuppe.

»Wir *brauchen* das alles nicht«, sagte sie. Es klang fast grob, wie sich Vanessa erinnerte.

Ihre Großmutter klemmte einen aufgeschnittenen Brotlaib in eine Ecke der Schachtel. »Nimm's mit«, sagte sie. »Wir können es nicht brauchen. Ich habe zu viel eingekauft.«

»Wir haben genug Essen zu Hause. Das weißt du doch.«

»Nimm's nur.«

»Ach, Mutter ...«

Als Kind hatte Vanessa immer Mitleid mit ihrer Großmutter empfunden. Schließlich wollte sie nur das Beste. Es war nicht ihre Schuld, dass sie nur eine Büchse mit Kondensmilch und ein halbes Dutzend Päckchen Erdbeerpudding zu bieten hatte. Warum reagierte Marion so ungnädig? Fast als sei sie auf ihre Mutter böse.

Erst viele Jahre später erkannte sie die Wahrheit. Ihre Großmutter beschenkte Marion mit Essen, weil sie das schon immer getan hatte. Zu Beginn jedes Schultrimesters hatte sie sie mit Verpflegung von zu Hause weggeschickt. Mit einem Kuchen, ein paar Tafeln Schokolade, zwei Mangos, die der Gärtner am Morgen gepflückt hatte. Es war ein Zeichen der Liebe. Und sie war dieser Gewohnheit treu geblieben. Ein Relikt des alten Nährinstinkts, hartnäckig wie ein nervöses Zucken. Die arme Charlotte. Sie hatte sonst nichts, was sie schenken konnte. Sie hatte noch nie etwas anderes gehabt.

War das der Grund, warum sich Marion immer dagegen sträubte, wenn man ihr etwas schenken wollte? Immer mit diesem Blick verständnisloser Wut, den sie vielleicht auf Charlotte gerichtet hätte oder auf Vanessa selbst, weil Vanessa Charlotte bedauert hatte – wo doch Charlotte die eigentlich Schuldige war. Weil Charlotte sie nicht genug geliebt hatte. Oder sie nicht aus den richtigen Gründen geliebt hatte.

»Ich kann's nicht fassen, dass du eine Bettjacke mitgebracht hast«, sagte Vanessa und starrte auf das rosafarbene

Frottejäckchen, das sich ihre Mutter um die Schultern gelegt hatte.

»Hier drinnen ist es kühl. Ich dachte, ich möchte mich vielleicht im Bett aufsetzen und lesen.«

Vanessa sagte nichts. Sie musste zugeben, dass dieses Jäckchen, wenn auch sperrig und ein wenig lächerlich, dennoch nützlich war. Auf ihre Weise hatte sich ihre Mutter mehr Gedanken über die Reise gemacht, als Vanessa ihr zugetraut hätte. Welche anderen seltsamen, aber nützlichen Dinge mochten sich noch auf dem Boden ihres Koffers verstecken? Plötzlich empfand Vanessa ein Gefühl der Fürsorge. Wie verletzlich doch ihre Mutter zu sein schien! Bei aller Sorgfalt, mit der sie ihr Reisegepäck zusammengestellt hatte, wie schlecht war sie doch auf diese Reise vorbereitet! Während des ganzen Tages, des lebhaft ausgemalten Ankunftstages in Ashagiri, hatte sie nichts wiedererkannt als das Dessert beim Dinner. Eine Reise schien das kaum wert zu sein.

»Morgen werden wir die Berge sehen«, sagte sie, während Marion sich's im Bett bequem machte. »Wir werden *einiges* wiederfinden. Ganz bestimmt.«

Sie würde dafür sorgen, sagte sich Vanessa mit wilder Entschlossenheit. Sie würde dafür sorgen, dass diese Reise ein Erfolg wurde. Es würde nur etwas schwieriger sein, als sie es sich vorgestellt hatte.

Aber als sie da in der Dunkelheit lag und darauf wartete, dass sich der Schlaf einstellte, wurde ihre Entschlossenheit von einem Gefühl überholt, das sie seit Jahren nicht mehr erlebt hatte. Seit ihrer Kindheit nicht mehr. Eine Art Hilflosigkeit, die gleichzeitig ein wenig Trost bot. Morgen wird es anders, sagte sie sich. Morgen wird es anders. Die Nacht würde alles ändern. Sie hielt sich an diesem Gedanken fest, wie ein Kind, für das der Schlaf immer noch ein Geheimnis birgt, ein Kind, das immer noch glaubt, dass wir im Schlaf irgendwo anders hinkommen und verwandelt werden.

An ihrem ersten Tag in Ashagiri hatte die Frau aus dem Zug ein Zimmer im Paradise Lodge gefunden. Ein treffender Name, dachte sie verbittert, als sie frierend, mit Wolldecken um die Schultern, im Bett saß. Ein längerer Aufenthalt dort würde ausreichen, auch den abgehärtetsten Gast zu seinem Schöpfer zu befördern. Und gegen Kälte war sie empfindlicher als die meisten Menschen. Die vielen Jahre im Haus ihrer Mutter, wo die Heizung immer, zu jeder Jahreszeit, auf die höchste Stufe der Skala eingestellt war, hatten bewirkt, dass das kleinste Lüftchen oder die kleinste Andeutung von Feuchtigkeit eine Bronchitis bei ihr hervorrufen konnte. Vorsichtshalber lutschte sie ihre Vitamin-C-Pastillen und nahm sich vor, am nächsten Morgen eine bessere Unterkunft zu suchen.

Sie hätte auch an jenem Tag etwas Besseres finden können, wenn sie nicht so beschäftigt gewesen wäre. Auf den ersten Blick schien die Stadt ganz anders zu sein, als sie sie in Erinnerung hatte. Jetzt gab es viel mehr Häuser als früher; sie verdeckten die alten Orientierungspunkte und zwangen sie dazu, eine Weile herumzuwandern, bis sie sich wieder zurechtfand. Aber bald sah sie, dass sich das Skelett des Ortes nicht verändert hatte. Es war einfach durch die Ablagerungen der Zeit verkrustet, wie ein mit Muscheln bedecktes Schiffswrack. Als ihr das klar wurde, fand sie sich leicht zurecht und ging beharrlich bergauf, bis sie die Stadt hinter sich gelassen hatte, ihr Ziel immer klar vor Augen.

Die Stelle war schon immer einsam gewesen und für die Mädchen der Schule verboten. Und in den über fünf Jahrzehnten, seitdem sie zum letzten Mal dort gestanden hatte, waren, wie es ihr schien, nur wenige andere Menschen an diesen Ort gekommen. Auf dem Boden lag kein Abfall, die Bäume wuchsen dicht und dunkel.

Erregung packte sie. Sie konnte wohl kaum damit rechnen, alles genauso vorzufinden wie früher, aber wer hätte denn ihr Werk entfernen sollen? Die Steinbrocken waren schwer gewesen. Sie hatte damals beide Arme benötigt, um sie hochzuheben, und einige hatte sie auf dem Boden hockend wälzen müssen, wobei ihr die Kniestrümpfe hinunterrutschten und ihre nackten Beine schlammig wurden. Wenn sie von niemandem weggetragen wurden, hätte höchstens ein Erdrutsch diese Felsbrocken lösen können. Sie beschleunigte ihre Schritte und kam zu der Stelle, wo sich die Bäume lichteten und der Abhang, tückisch und unvermutet, am Rand eines Abgrunds endete. Und dort lag es und sah genauso aus, wie sie es in Erinnerung hatte: der Kreis war vollständig, jeder Stein an seinem ihm zugedachten Platz. Sogar die kleinen Steine, mit denen sie die Zwischenräume aufgefüllt hatte, sahen unberührt aus.

Lange stand sie da am Rande des Abgrunds und starrte auf den Kreis, ergriffen von dem unbestimmten, aber eindringlichen Gefühl, dass sie gerechtfertigt, rehabilitiert worden war. Der Kreis war unversehrt, unverändert. Sie hatte immer gewusst, dass es so sein würde.

Die Freundschaft hatte ganz unvermittelt begonnen. Es war beim Sportfest. Sie waren sieben, vielleicht acht Jahre alt. Vor diesem Tag hatte sie das andere Mädchen kaum wahrgenommen, höchstens registriert, dass sie zu den Pechvögeln gehörte, auf denen die anderen instinktiv herumhackten. Zu schnell bereit, anderen gefällig zu sein, zu leicht ein Opfer von Hänseleien, unfähig, das Heimweh mit der erforderlichen Tapferkeit zu überspielen. Die Wangen gerötet, die Kleidung immer etwas unpassend: grobe Kniestrümpfe, vermutlich handgestrickt, die Taille ihres Rocks saß an einer komischen Stelle, direkt unter ihrer Brust. Während der Freistunden saß sie ganz hinten und zerschnitt Papier, das sie dann sorgfältig zusammenheftete, um daraus kleine Bücher zu basteln. Niemand sprach mit ihr.

Dem Vierhundert-Meter-Lauf war sie nur zugeteilt worden, um die Teilnehmerzahl vollzumachen, denn für Wettrennen hatte sie noch nie große Begabung gezeigt. Das Sportfest fand immer auf dem Gelände einer benachbarten Schule statt, die eine große Laufbahn besaß. Es gab viele Zuschauer: Schülerinnen aus beiden Schulen, Lehrer und diejenigen Eltern, die in der Nähe lebten und Zeit hatten. Es war ein klarer Tag, nicht allzu warm. Die Wetterfahne in Gestalt eines Trabergespanns auf einem Dach neben der Laufbahn bewegte sich nicht. Der Startschuss knallte, dann ging das Rennen los. Von Anfang an waren ihre Kniestrümpfe schuld. Sie waren handgestrickt, das Gummiband saß zu locker. Jedes andere Kind hätte sie einfach hinunterrutschen lassen, aber sie meinte, sich bücken zu müssen, um sie wieder hochzuziehen. Alle anderen Läufer überholten sie. Sie selbst war hin und her gerissen zwischen dem Wunsch mitzuhalten und dem katastrophalen Impuls, an ihren Strümpfen zu ziehen. Sie lief zwanzig Meter, blieb stehen, rannte noch ein Stück weiter. Die anderen hatten die halbe Strecke schon zurückgelegt und liefen schnell. Aus der Zuschauermenge kam Gekicher.

Jetzt lief sie ganz allein. Die anderen waren nicht mehr zu sehen. Und plötzlich erhob sich Beifall. Einen Augenblick lang hatte sie wohl geglaubt, dass er ihr galt, dass sie vielleicht dabei war zu siegen. Durch irgendein Wunder, trotz gegenteiliger Beweise. Sie kämpfte weiter, mit den Strümpfen auf Halbmast und einem breiten Lächeln auf ihrem Gesicht.

Das Lächeln war der Auslöser. Die Zuschauer platzten vor Lachen, sie standen auf, winkten und zeigten auf eine Stelle hinter ihr. Erschrocken sah sie auf. Die Zuschauer gestikulierten. Sie warf einen Blick hinter sich. Dort waren in der Ferne Läufer zu sehen, die ihr immer näher kamen. Eine Sekunde lang schien sie verwirrt, als fragte sie sich, wieso ihre Konkurrentinnen wieder an den Start zurückgekommen waren. Die Menge brüllte vor Vergnügen, als ihr die Wahrheit dämmerte.

Es waren nicht die Läufer, mit denen sie gestartet war. Sie war so langsam gewesen, dass man einfach mit dem nächsten Rennen begonnen hatte, ohne darauf zu warten, dass sie ans Ziel kam. Aus diesem Grund hatte die Menge applaudiert. Ihr eigenes Rennen war längst gelaufen, die Siegerin stand schon fest. Ihre Strümpfe rutschten wieder, und automatisch griff sie danach. *Weiter!* schrie jemand mit schriller, aufgeregter Stimme aus der Menge, *sonst verlierst du dieses Rennen auch!* Und wenn es noch so unglaublich schien, sie hatte den Rat befolgt.

Das war der Augenblick, in dem sie etwas in diesem Mädchen erkannt hatte. Sie sah, wie sie weiterlief, immer noch auf absurde Weise an der ihr zugewiesenen Bahn klebend, und sie sah, dass es nicht Zielstrebigkeit war, die sie fortfahren, und, allen zum Gespött, bis zur Ziellinie weiterkämpfen ließ. Sie blieb auf ihrem Weg, weil ihr einfach nichts Besseres einfiel.

An jenem Abend hatten sie zum ersten Mal miteinander gesprochen. Das Gespräch begann unvermittelt, ohne Einleitung.

»Warum trägst du deinen Rock so hoch oben?«

Das Mädchen rechnete mit weiterem Gespött und schwieg.

»Es würde besser aussehen, wenn er nicht so hoch oben sitzen würde. So wie bei mir.«

»Das geht nicht.«

»Warum nicht?«

Sie ließ den Kopf hängen. »Der Rock muss die Löcher verdecken ... in meinem Pullover. Ich glaube, es waren die Motten.«

Die andere nickte. In ihrer Schule bekam man wegen solcher Sachen Ärger.

»Kann dir deine Mutter keinen neuen schicken?«

»Vielleicht war es damals, als er nass wurde. Eigentlich hätte ich ihn aufhängen sollen ...«

»Ich kann ihn dir stopfen, wenn du willst. Ich habe braune Wolle.«

Später, in der Nacht, hörte sie das Mädchen leise weinen. Zehn Mädchen teilten sich einen Schlafsaal, und Kummer musste gedämpft werden. Sie stieg aus dem eigenen Bett und kroch an ihre Seite und streichelte ihr Haar.

»Ich habe keinen Brief bekommen«, flüsterte das Mädchen. »Sonst krieg ich immer einen Brief.«

»Vielleicht sind sie ganz weg, deine Eltern. Ich habe gehört, dass das schon einmal passiert ist. Ich kenne ein Mädchen, ihre Eltern sind einfach abgereist.«

»Wohin?«

»Weiß ich nicht. Einfach weg. Wahrscheinlich wollten sie sie nicht mehr.«

»Das würden meine Mutter und mein Vater niemals tun.«

»Wahrscheinlich hat das andere Mädchen das Gleiche gedacht. Sie haben alle Möbel mitgenommen. Sogar die Spüle. Wo die Spüle einmal stand, war nur noch ein Loch.«

»Aber ich bekomme immer einen Brief ...«

»Vielleicht sind sie jetzt schon weg. Wahrscheinlich sogar.«

Wie heftig das Mädchen geschluchzt hatte! Sie hatte ihr lange zugehört, ihr das Haar gestreichelt und gestreichelt, und das Kopfkissen unter ihrer Wange war ganz nass.

»Es macht nichts«, hatte sie gesagt. »Ich stopf dir den Pullover. Du wirst schon sehen.«

Zuerst schien es, als würde sich Vanessas Hoffnung erfüllen. Sie schlief fest und wachte am frühen Morgen von einem leisen Klopfen auf.

»Berge«, sagte Prasad, als kündige er das Eintreffen eines Ehrengastes an. Er brachte ein Tablett mit Tee und gebutterten Toastscheiben, die in saubere Dreiecke geschnitten waren, und machte sich daran, Tassen und Untertassen auf dem Tisch neben ihren Betten abzustellen und die Vorhänge zurückzuziehen. Vanessa ging hinaus auf den Balkon. Der Regen hatte aufgehört, und der Himmel strahlte in leuchtendem Blau. Unter ihr, Dach an Dach, wucherte die Stadt. Jetzt, da die Luft klar war, konnte sie erkennen, wie seltsam in Ashagiri die Welten aneinander trafen. Hier ein christliches Kreuz, dort die schimmernde goldene Kuppel eines buddhistischen Tempels. Auf der anderen Seite des Platzes waren Wimpel mit Hammer und Sichel gespannt. Satellitenantennen und Reklamewände für *Thums-Up!*-Sodawasser. Ein Dachcafé mit gelben Sonnenschirmen, wo eine Schülergruppe von der buddhistischen Schule beim Frühstück saß; die rotbraunen Kutten hatten sie über ihre knochigen Knie hinaufgeschoben. Jenseits der Stadt wurden die bewaldeten Hügel vom Dunst des frühen Morgens silbrig gefärbt. Sie drehte sich um und kam wieder ins Zimmer zurück.

»Wo?«, fragte sie herausfordernd. »Wo sind die Berge?«

Er lächelte geheimnisvoll. »Wandern. Höher hinauf.«

Sie tranken in großen Schlucken ihren Tee, während sie sich eilig die Kleider überzogen. Jenseits des Platzes, auf dem sie der Fahrer abgesetzt hatte, schlängelte sich die Hauptstraße weiter den Berg hinauf. Zu dieser frühen Stunde waren nur wenige Fußgänger zu sehen, und die Geschäfte hatten ihre Rollläden noch nicht hochgezogen. Bald schon verbreiterte sich die Straße zu einer großen, offenen, kreisförmigen Fläche. Ein bescheidener Brunnen ohne Wasser, mit einem gewundenen verzierten Schnabel, stand in der Mitte und war umgeben von Läden, die offensichtlich gehobenere Ansprüche befriedigten als diejenigen weiter unten. Sie boten Souvenirs, Bücher und hochwertige Wollsachen an. Die Frauen wussten, dass sie sich auf der höchsten Stelle der Stadt befanden, denn noch höher oben waren keine Gebäude mehr zu sehen. Auf der gegenüberliegenden Seite des Platzes führte die Straße weiter und folgte jetzt, schmäler und kurvenreicher, den Höhenlinien des Hügels. Hier, im Schatten großer Bäume, war es dunkler. Links von ihnen eine bemooste Steinmauer. Rechts ein Drahtzaun, hinter dem sich der steile Abgrund des Berghangs versteckte.

Sie waren kaum weiter als eine Viertelmeile vom Club und der Stadt entfernt, aber sie hatten das Gefühl, in eine andere Welt einzutreten. Es war sehr ruhig hier. Eine Stille, die sich mit der frühen Morgenstunde und der Dichte des Waldes nicht vollständig erklären ließ. Eine leichte Brise trug ihnen den fernen Klang von Kirchenglocken zu. Marion hakte sich bei Vanessa ein. Langsam, schweigend gingen sie weiter. Sie glaubten den Hügel zu umrunden, aber dann, als sie auf eine Lichtung trafen und die Berge sichtbar wurden, merkten sie, dass sie selbst die Eingekreisten waren.

Rund um sie herum nur Berge. Der Blick wurde unwillkürlich nach oben gezogen. Zwischen den beiden Frauen und den fernen Gipfeln nichts als Wolken, die sich in unaufhörlicher Veränderung offenbarten und verhüllten. Wie blasses Öl auf dem Wasser verbreitete sich der Nebel, löste sich auf und vereinigte sich wieder. Tief liegende weiße Wolken, von der frühen Sonne hell beschienen, hingen im Tal und ließen die blauen Gipfel schweben, trennten sie ab und hielten sie für immer fern. Auf der ganzen Welt gab es kein Blau, das diesem glich. Vollständig destilliert, ein Blau, neben dem alle anderen Schattierungen nur Verwässerungen zu sein schienen. Von Zeit zu Zeit hoben sich die obersten Wolken, und dann enthüllten sich die Schneehänge, klar wie Träume, weißer als die Hoffnung.

Wie gelähmt standen die beiden Frauen da, ganz in diesen Anblick verloren. Vanessa überkam dieses Gefühl fast gewaltsam. Der Erfolgsrausch eines seltsamen Sieges durchdrang sie. Triumphierend ballte sie die Fäuste und presste ihren Körper an das Eisengeländer, das sie vor dem Absturz schützte. Marion war einen Schritt zurückgetreten. Ja, dachte sie, ja, genauso war es. Damals dasselbe Gefühl wie jetzt. Als seien die Berge, das Licht auf den Wolken, nicht wirklich vorhanden, sondern eine Ausdehnung des Geistes. So riesig, dass das Auge sie nicht verstehen konnte, klein genug, um sie mit einem einzigen Augen-Blick zu erfassen. Einen Moment lang schien es ihr, als habe sie den Zipfel von etwas zu greifen bekommen. Etwas Allumfassendes, etwas Ganzes.

»Ich wünschte, Dad hätte das sehen können«, sagte Vanessa unvermittelt. Ihm hätte es allerdings nicht genügt, einfach dazustehen und die Aussicht zu bewundern, dachte sie. Er hätte eine große Bergwanderung unternehmen wollen. Er hätte ihnen die richtigen Bergschuhe gekauft, einen Bergführer gemietet.

»Er war so voller … Energie.«

»Ja, das stimmt. Wie seine Tochter.«

Schließlich wendeten sie sich ab und kehrten auf dem gleichen Weg wieder zurück.

»Komisch, wenn man daran denkt, dass das alles einmal unter dem Wasser lag«, sagte Vanessa. »Der Himalaja, meine ich.«

»War das wirklich so?«

»Man hat Fossilien gefunden. Ganz hoch droben. Von Meerestieren … Ammoniten und so weiter.«

»Ich hatte das Meer nie gesehen. Erst als ich fünfzehn war. Ich versuchte, mir vorzustellen, wie es aussah. Ich hatte natürlich Bilder gesehen, aber das ist etwas anderes.«

»Du hast aber gewusst, wie ein Seepferdchen ausschaut«, sagte Vanessa.

Marion lächelte. »Ja. Ich habe gewusst, was ein Seepferdchen ist.«

Das Seepferdchen lag in der Schublade eines großen Schranks im Biologiesaal. Nur die älteren Schülerinnen durften die Sammlung sehen und die Exponate in die Hand nehmen. Mit sechs Jahren galt Marion als zu jung und zu ungeschickt. Sie wusste aber, dass es vorhanden war, und sie war von der Vorstellung dieses seltsamen Dings ganz fasziniert. Ein Seepferd. Die See hatte sie noch nie gesehen, aber sie hatte Pferde gesehen. Ihr Vater besaß drei. Und Ashagiri war voll davon. Man konnte sie auf dem Hauptplatz mieten und lange Ausflüge in die Berge unternehmen. Marion stellte sich vor, dass das Seepferd ähnlich aussah wie ein Landpferd, nur viel größer und vielleicht blau oder grün. Sehr nass und sehr glatt. Vielleicht lief Schaum statt Schweiß an ihm herunter. Es war bestimmt sehr wild. Viel zu wild zum Satteln und Reiten.

Immer, wenn sie dazu Gelegenheit hatte, stand Marion neben dem Schrank im Biologiesaal und starrte auf die Schublade, in der das Seepferd lag. Manchmal legte sie ihr Ohr dicht daran in der Hoffnung, ein nasses Wiehern oder das Stampfen von Hufen gegen Holz zu hören. Obwohl es ihr sehnlichster Wunsch war, einen Blick in die Schublade zu werfen, machte sie sie aus zweierlei Gründen nicht auf. Erstens war es verboten, und Marion war ein kleines Mädchen, das immer tat, was ihr befohlen wurde. Und zweitens hatte sie Angst. Sie stellte sich vor, wie sie die Schublade öffnete. Sie stellte sich das Seepferd vor, wie es sich, riesig groß und wild, in seinem Gefängnis aufbäumte und aus einer Meerwasserwoge heraussprang, die Hufe voran, die Nüstern gebläht, bereit wegzugaloppieren und alles, was ihm im Weg stand – die Tische, die Tafel, die kleinen Mädchen –, niederzutrampeln. Diese Vision ängstigte und entzückte sie. Wenn sie sich jemals fragte, wie man ein solches Wesen überhaupt dazu gebracht hatte, in die Schublade zu steigen, oder wie ein so riesiges Tier in dieses kleine Gehäuse passen sollte, dann wurde durch diese Überlegungen das Seepferd nur noch wunderbarer und geheimnisvoller.

Die Jahre vergingen, und Marion dachte nicht mehr an das Seepferdchen. Dann kam der Tag, an dem auch sie die Sammlung im hölzernen Schrank betrachten durfte, und sie erinnerte sich wieder. Inzwischen war sie alt genug, um zu wissen, dass unmöglich ein lebendiges, lebensgroßes Pferd darin stecken konnte, aber immer noch dachte sie darüber nach. Wie mochte es wohl aussehen? Als die Schublade geöffnet wurde, rechnete ein kleiner Teil von ihr fast mit dem großen Wasserschwall und dem großen Pferd, das mit stampfenden Hufen herausreiten und das Wasser zu Schaum schlagen würde.

Nichts dergleichen. Sie sah ein kleines Bett aus Watte, vom Alter leicht gelblich verfärbt. In der Mitte lag etwas Winziges und Verschrumpeltes, wie ein Embryo. Es sah schwächlich aus, war vollkommen ausgetrocknet und hatte die Farbe von gebackenem Schlamm. Ein zerbrechlicher Schwanz, der sich kringelte, ein knochiger kleiner Torso, der nur aus Höckern und Rippen bestand. Es hatte nicht die geringste Ähnlichkeit mit einem Pferd. Erst als sie näher hinschaute, entdeckte sie, dass der Kopf ein wenig pferdeartig aussah. Das gleiche lange Gesicht, die gleiche Anordnung der Augen. Aber diese Kreatur hatte überhaupt keine Beine. Und ausgetrocknet wie sie war, konnte man sich nur schwerlich vorstellen, dass es sich jemals um ein lebendiges, atmendes Wesen gehandelt hatte.

Marion war schrecklich enttäuscht. So lange auf ein Wunder zu warten und dann am Ende nichts als dieses knochige, kleine Häufchen vorzufinden. Dieses kleine tote Ding, in Watte eingemummelt. Dann aber geschah etwas Unerwartetes. Sie hätte sich mit Abscheu von der Schublade abwenden können, aber stattdessen betrachtete sie das Tierchen aus der Nähe. Sie sah, dass es trotz seiner kleinen Gestalt vollständig war. Die Glieder passten genau zusammen, was dem Körper eine gewisse Schönheit verlieh. Der Schwanz, der sich so sorgfältig ringelte, das kleine Pferdegesicht, so unerwartet und doch vollkommen passend. Als sie auf das Tierchen starrte, kam ihr der Gedanke, dass in diesem wohl behüteten kleinen Ding auch ein Zauber steckte. Schon die Gestalt ließ an ein Geheimnis denken: die Neigung des Kopfes und der gebeugte Rücken, wie ein Fragezeichen.

Sie hatte es nie vergessen, fand immer wieder zu der Erinnerung zurück und fühlte sich auf seltsame Weise getröstet, was sie sich nie ganz erklären konnte. Am ersten Jahrestag ihrer Bekanntschaft hatte ihr Pete eine Brosche in der Form eines Seepferdchens geschenkt. Der Körper war aus Gold, und als Auge hatte es einen winzigen Diamanten. Zu der Zeit hatte sie ihm noch wenig von ihrer Kindheit erzählt. Er wusste noch nichts von der Bedeutung, die dieses Tierchen für sie besaß. Und das seltsame Geschenk passte gar nicht zu ihm. Ein wenig zu preziös für seinen normalerweise konventionellen Geschmack? Sie hatte es als eine Art Omen angesehen.

Ich sterbe vor Hunger«, sagte Vanessa, als sie wieder am Brunnen standen. »Sehen wir zu, dass wir irgendwo ein riesiges Frühstück bekommen.«

Marion sah sich um. Das Hochgefühl, das sie empfunden hatte, als sie die Berge wiedersah, wich allmählich einem Unbehagen. Bei der Ankunft wollte sie tapfer sein und hatte sich nichts anmerken lassen, aber es gab in diesem Ashagiri kaum etwas, das sie wiedererkannte. Sie sah die markanten Stellen, die ihr noch in Erinnerung waren – die Umrisse alter Gebäude, die Kurve der Straße, sogar den Brunnen, neben dem sie jetzt standen –, aber nichts kam ihr glaubwürdig vor. Gerade die Vertrautheit dessen, was übrig geblieben war, trug zu diesem Gefühl der Unglaubwürdigkeit bei. Es wäre besser gewesen, wenn sie nichts mehr angetroffen hätte, dachte sie. Oder wenn sie gar nicht erst hergekommen wären. Vielleicht war es noch nicht zu spät. Wenn sie jetzt abreisten, bevor sie mehr von der Stadt sahen, könnte ein Teil des erinnerten Ashagiri immer noch gerettet werden. Sie könnten einen Abendzug nehmen und sich für ein anderes Ziel, vielleicht Nepal, entscheiden. Sie hatte schon immer Nepal sehen wollen.

Marion setzte sich auf den Brunnenrand und versuchte, ihren ganzen Mut zusammenzunehmen, aber sie wusste, dass sie keine Chance hatte. Vanessa würde wütend sein, wenn sie die Pläne umwerfen wollte. Es würde stundenlange Diskussionen und Streitereien geben. Und sie, Marion, würde es nicht erklären können.

»Hast du keinen Hunger?«, fragte Vanessa.

Auf dem kreisförmigen Platz hatte inzwischen das geschäftige Treiben des Tages begonnen. Mit lautem Klappern gingen die Jalousien der Läden hoch. Vor Namgyals Curio Emporium staubte ein Mann mit pingeligem Besitzerstolz den Kopf einer großen bronzenen Antilope ab. Das Neonschild über der Imbissstube daneben erwachte flackernd zu neuem Leben. »Pukka Pizza« war zu lesen, immer wieder leuchteten die Wörter auf. Ein junger Mann überquerte den Platz. Er führte zwei schäbige Ponys, die ihre Köpfe müde hängen ließen.

»Sie wollen reiten?«, rief er den beiden Frauen zu. »Billig. Sehr gut!«

Marion schloss die Augen. Früher stand hier ein Musikpavillon. Die Musiker trugen Uniformen, rot und gold. Der Klang der Kapelle und des Wassers, das in den Brunnen plätscherte, und das Wiehern der Pferde. Richtiger Pferde. Vollkommen anders als diese unglücklichen Tiere. Der Boden frisch gekehrt, die Mauern frei von Moos, alles strahlte vor Frische.

Sie öffnete die Augen. Ein riesiger Hirschkäfer von der Größe eines Briefbeschwerers torkelte über den staubigen Boden, geriet zwischen die Hufe der beiden Ponys und die aufgeregt schnuppernden Schnauzen zweier streunender Hunde. Marion nahm ihr Taschentuch und hob ihn sorgfältig auf. Sie lief auf die andere Seite des Kreises hinüber und setzte das Insekt unter einem Busch ab, wo es in Sicherheit war.

»Ich begreife nicht, wie du so etwas aufheben kannst«, sagte Vanessa.

»Er wusste nicht mehr weiter«, sagte Marion.

Sie spazierten ziellos um den Kreis herum und sahen in die Auslagen. »Irgendwo müsste man hier ein Frühstück bekommen«, sagte Vanessa. »Wie wär's mit Klein? Wäre es nicht toll, wenn das Restaurant noch existierte?«

»Das halte ich nicht für möglich«, sagte Marion schnell. »Die Kleins waren damals schon alte Leute. Sie stammten aus Österreich. Die Familie ist wahrscheinlich schon vor langer Zeit wieder zurückgegangen.«

»Sei nicht so defätistisch. Wir können wenigstens schauen.«

Wie sich herausstellte, war das Geschäft leicht zu finden. Es lag nicht weit von der Hauptstraße entfernt und wurde immer noch als Bäckerei mit einem Restaurant im ersten Stock betrieben. Vanessa und Marion schauten durch das Fenster auf die Torten, die zum Verkauf ausgestellt waren. Unter den Bergen von eher trocken aussehendem Gebäck und grellen Bisquit-Schnitten entdeckte Vanessa plötzlich etwas.

»Schau!«, rief sie aus. »Apfelstrudel!«

Marion nickte, ein wenig betrübt. Als sie das letzte Mal an dieser Stelle stand, war das Schaufenster ein Traum aus Sahne und Creme gewesen. Schokoladentorten und Käsestangen und glacierte Punschkrapfen, die der besten Konditorei Ehre erwiesen hätten. Kleins waren längst weg, Fremde hatten das Geschäft übernommen, aber das Strudelrezept war geblieben, wie ein süßer Nachgeschmack.

Oben im lang gestreckten Speiseraum mit der dunklen Täfelung und den Spitzengardinen herrschte eine Atmosphäre verblichener Eleganz, ein Hauch früheren Glanzes. Marion stand reglos da und hielt die Hand an die Brust gepresst. Da stand die alte Kredenz mit den geschnitzten Elefanten an allen vier Ecken, da hingen die hölzernen Kandelaber an der Decke. Aber dort, wo früher ein Streichquartett aufspielte, hatte man eine Theke mit Marlboro-Werbewand installiert, und die Tischdecken waren aus Plastik statt aus Leinen, und das Licht, das Licht stimmte nicht. Wie viel kleiner es hier jetzt aussah! Sechs oder sieben Kellner in ausgefranstem Smoking standen schwätzend herum, und jetzt führte sie einer von ihnen an einen Tisch neben dem Fenster und zog für sie die Stühle zurück; gehorsam setzte sich Marion hin, benommen von einem Schmerz, den sie noch nie zuvor empfunden hatte. Ein paar Zeilen gingen ihr wieder und wieder im Kopf herum, ein Gedicht aus der Zeit, als man noch Klassiker auswendig lernen musste. *Wir wollen nicht trauern, sondern Kraft finden in dem, was uns bleibt ...* Wordsworth, stellte sie automatisch fest. Wie leer diese Worte schienen. Noch schlimmer als leer, falsch. Gerade das, was bleibt, tut uns weh. Sie musste an das Zeitungsbild eines Hauses denken, das von einem Tornado getroffen worden war. In Amerika, irgendwo im Mittleren Westen. Nur Schutt war übrig geblieben, und ein einziger Kleiderständer, der immer noch aufrecht stand und die Verwüstung irgendwie überlebt hatte. Dieser Kleiderständer war es, dachte sie, der das Bild ausmachte. Der Kleiderständer war es, der einem das Herz brach.

»Es gibt Eier und Speck!«, sagte Vanessa gierig, als sie die

Speisekarte las. Marion bemühte sich zu lächeln. Irgendwo hinter der Theke legte einer der Kellner eine Kassette ein: den *Bolero*. Die Musik spielte kratzig und undeutlich, mal schnell, mal langsam, als käme sie von einem Aufziehgrammophon irgendwo in der Ferne. Außer der Musik und dem Gemurmel der Kellner war es ganz ruhig. Dann hörte man von der Straße unten eine Stimme: ein Lied, sehr kurz, nicht länger als ein oder zwei Zeilen, und die Melodie wiederholte sich. Aber die Stimme klang lieblich. Sie kam von einem Bettler, der im Schneidersitz auf dem Boden saß, neben sich eine Tasse aus Blech. Die Augäpfel des Bettlers waren weiß wie Wachteleier, ohne Pupillen, ohne Iris. Immer wieder sang er seine Zeilen und reckte den Kopf nach oben, als könne er, wie es Marion schien, mit den blinden Augen etwas im Himmel sehen. Als hoffe er, dass sein Lied den Himmel erreichen könnte.

Marion fiel es schwer, sich wieder auf die Speisekarte zu konzentrieren. »Ich glaube, vielleicht ... nur den Toast«, sagte sie dem Kellner.

»Bist du sicher?«, fragte Vanessa. »Du hast doch hoffentlich nicht irgendeinen schrecklichen Bazillus erwischt.«

»Das glaube ich nicht.«

Draußen schoben sich die ersten Wolken über den Himmel des frühen Morgens. Dünne Fäden eines bräunlichen Dunstes, der aus dem Tal weit unten aufstieg, krochen über das Panorama.

»Daran erinnere ich mich nicht«, sagte Marion. »An diese Umweltverschmutzung. Ashagiri war immer sauber.«

»Das kann man sich heute kaum mehr vorstellen.«

Das Essen wurde gebracht, und sie verzehrten es schweigend. Marion schaute auf die Uhr. Bald, in ein paar Minuten, spätestens in einer halben Stunde, würde sie vor den

Toren von St. Margaret's, ihrer alten Schule, stehen. Gleich nach dem Frühstück würde Vanessa mit dem Vorschlag kommen. Und wie konnte sie sich dagegen wehren? Wo sie doch gerade deswegen diesen weiten Weg auf sich genommen hatten? Nach dem, was sie bereits von Ashagiri gesehen hatte, war ihr klar, dass das Bild, das sie ihr ganzes Leben in ihrem Kopf herumgetragen hatte, nicht mehr der Schule entsprach, die jetzt auf sie wartete. Aber das hatte sie schon immer gewusst. Sie hatte es gewusst, bevor die Reise begann, und in Kalkutta, als sie der Hässlichkeit des Victoria-Monuments gewahr wurde, und auch im Zug, als sie von der Angst vor dem, was ihr bevorstand, fast überwältigt worden war. Aber damals und auch jetzt hatte die Hoffnung sie nicht ganz verlassen. Es gab noch Schulen in Ashagiri. Als sie zu Klein gingen an diesem Morgen, hatte sie Kinder auf dem Weg in den Unterricht gesehen. Kleine Mädchen in Faltenröcken und Jungen mit kurzen Hosen und roten Blazern: die Uniform war putzig, etwas altmodisch. Es könnte leicht sein, dass St. Margaret's eine dieser Schulen war.

Verändert, natürlich, wie könnte es anders sein? Aber immer noch da. Der Korbball-Platz, die Schlafsäle, das goldene Licht der Buntglasfenster in der Schulkapelle.

»Also, wie kommen wir hin? Weißt du den Weg noch?«

»Von Klein aus war es nicht mehr als eine halbe Meile«, sagte Marion. »Ein Fahrer von der Schule hat uns immer dort abgeholt.«

Sie überquerten die Straße und gingen wieder den Hügel hinauf. »Es liegt hinter der Kirche«, sagte Marion. »Am Friedhof vorbei und dann noch ein Stück bergauf. Die Schule steht allein auf einem Hügel. Früher standen dort viele Bäume ...«

»Und der Traumfelsen. Liegt nicht dort auch der Traumfelsen?«

»Ja.«

»Wer hat ihn so genannt?«

»Alle. Alle Mädchen. Ich weiß nicht, wann es anfing. Vielleicht hieß er schon immer so.«

Vanessa runzelte die Stirn, eine nervöse Gewohnheit, die sie etwas zornig aussehen ließ. Sie hatte das Gefühl, dass sie weiterreden musste, sonst würde womöglich ihre Mutter den Weg nicht mehr fortsetzen wollen. Einfach mitten auf der Straße stehen bleiben, sich weigern, weiterzugehen.

»Ihr seid immer hingegangen und habt euch auf den Stein gesetzt. Woran habt ihr gedacht, wenn ihr da wart?«

»Ich weiß nicht, was die anderen gedacht haben«, sagte Marion. »Wir durften es auch niemandem sagen.«

»Warum nicht?«

»Ich weiß es nicht«, sagte Marion. »Ich kann mich nicht erinnern.«

Schon als Marion noch ein Kind war, war der Friedhof hinter der Kirche alt. Seit hundert Jahren hatte man dort keine neuen Gräber ausgehoben. Zwei schokoladenbraune Kühe kauten in aller Gemütsruhe vor sich hin, die Hufe standen auf den umgekippten Grabsteinen, die Augen steckten tief im Gras.

»Kinder«, sagte Marion, als sie vorübergingen. »Dieser Friedhof ist voller toter Kinder. Ich habe immer wieder versucht, sie zu zählen, aber mich immer dabei verheddert. Damals starben die Kinder an allen möglichen Krankheiten. An der Ruhr, an Schlangenbissen, an Cholera, an Tetanus ... Da gibt es auch ein Grab von zwei Schwestern, die in einen offenen Abwasserkanal fielen.« Zwischen dem Wirrwarr von wilden Dahlien und kniehohem Gras konnte man einzelne

Wörter der Inschriften lesen, die nichts vom gewaltsamen Tod verrieten. *Sie schläft in den Armen Jesu, jetzt lacht sie mit den Engeln, das geliebte Kind Gottes …*

»Erstaunlich, wie viele Euphemismen die Viktorianer für den Tod hatten«, sagte Vanessa. »Euphemismen für alles, was man sich vorstellen kann. Mein Gott, was muss das für eine blöde Zeit gewesen sein.«

Aber Marion ließ sich nicht ablenken. Jetzt ging sie immer langsamer, ihre Schritte wurden immer kürzer. Die Augen hatte sie auf den Boden geheftet.

»Wir müssten fast da sein«, sagte Vanessa. »Ist das hier nicht die Abzweigung, die du erwähnt hast?« Sie waren auf einen kleinen Weg gestoßen, dessen Eingang ein steinerner Bogen umrahmte, der rissig und mit Moos beschmiert war. Einige Hühner pickten emsig am Boden. Marion blieb stehen und sah hinauf. Sie warf einen Blick nach hinten auf den Weg, den sie gekommen waren, und dann wieder auf die kleine Abzweigung.

»Ich glaube, das ist es. Nein … das kann es nicht sein.« Sie ging ein paar Schritte weiter auf der Straße, blieb dann stehen und kehrte zu dem Bogen zurück. »Doch, das muss es sein«, sagte sie. »Aber von hier aus müsste man die Dächer sehen. Die Dächer der Schule. Und den Tennisplatz. Den konnte man von der Ecke aus sehen, das weiß ich genau …«

Stattdessen wurde nur ein langes, hässliches Gebäude zwischen den Bäumen sichtbar. Es war mit schmutzigem braunem Wellblech bedeckt, und seine Fenster waren mit Brettern vernagelt und völlig stumpf. »Die Schule liegt wahrscheinlich dahinter«, sagte Vanessa. »Das hier muss später dazu gekommen sein.«

Marion blieb am Anfang des Weges stehen, sie wirkte desorientiert. »Es müsste …«, fing sie an. Dann, als bemerkte sie sie zum ersten Mal: »Was machen diese Hühner hier?«

»Komm schon!«, sagte Vanessa etwas grob. Das Gesicht ihrer Mutter zeigte einen Ausdruck, den sie noch nie gesehen hatte, als hätten sich ihre Gesichtszüge zusammengekrampft, als wären sie geschrumpft.

»Komm schon!«, wiederholte sie. »Bringen wir's hinter uns.«

Sie gingen den Weg hinauf, rutschten manchmal auf den spitzen Steinen aus, die den ganzen Pfad bedeckten, und kamen bald an dem Gebäude mit dem Blechdach vorbei. Sie bogen um eine Ecke und sahen weitere Gebäude, die weiter oben lagen und von Bäumen fast verdeckt waren. Für Vanessa standen sofort zwei Dinge fest. Erstens war das, was vor ihnen lag, tatsächlich St. Margaret's. Die Schule war von der Straße aus nicht zu sehen, da sie sich hinter dem unteren Gebäude versteckte. Zweitens konnte sie selbst aus dieser Entfernung erkennen, dass man die Schule schon vor einiger Zeit aufgegeben hatte. Was von St. Margaret's übrig blieb, war kaum mehr als eine Hülse. Man konnte immer noch die Spitzbogenfenster der Kapelle und die langen Balkone vor den Schlafsälen erkennen, aber alles war schief und eingefallen. Die meisten Fenster waren zerbrochen, das Balkongeländer war verfault und offenkundig einsturzgefährdet. Als sie näher kamen, sah Vanessa, wie sich Spinnweben über die verfallenen Eingänge und Balkone zogen. Kletterpflanzen überwucherten die alten Backsteinmauern und ergriffen Besitz von Fenstersimsen und Regenrohren. Vor den Mauern lagen Abfallhaufen, als hätte eine riesige Flutwelle ihren Unrat dort angeschwemmt.

Vanessa wusste nicht, was sie sagen sollte. Sie sah ihre Mutter an. Marions Gesicht hatte einen starren Blick bekommen: den Ausdruck eines Menschen, der im Bewusstsein, dass er demnächst bestraft wird und der Strafe nicht entkommen kann, Zuflucht in einer Art sturer Passivität sucht. Der Weg endete beim alten Schultor, das zu einem großen viereckigen Vorplatz und zum Eingang der Schule führte. Jetzt aber war es Vanessa, die zögerte, und Marion diejenige, die ihre Schritte beschleunigte und bereitwillig durch das Tor hineinging, als würde sie von einem seltsamen, schrecklichen Gefühl der Befriedigung dazu angetrieben.

Sie überquerten den Hof, wo sich zwischen Unkraut und dem verrosteten, schiefen Korbballpfosten, der wie ein Galgen aussah, ein bleicher Hund ausgestreckt hatte. Im Gebäude war es dunkel, und es roch ein wenig nach Urin. Eine wacklige Treppe, die gefährlich aussah, führte nach oben. Umgestülpte Schulbänke und Abfallhaufen hinderten den Blick in die langen trüben Gänge, die immer noch mit den alten schwarzen Brettern und den Kleiderhaken in Kinderhöhe geschmückt waren.

»Was ist da passiert?«, sagte Vanessa, und ein leichtes Echo begleitete ihre Stimme. Seltsam, dachte sie, dass man sich an diesem Ort immer noch wie in einer Schule fühlt. Das altbekannte Gefühl – schwach, aber unverkennbar –, in einer Welt von Regeln und Riten eingesperrt zu sein, in einer Welt außerhalb des wirklichen Lebens, in der man durch Gewissheiten beschützt wird. Aber hier war alles auseinander gebrochen. Dies war keine Schule, die man aufgeräumt und dann zugemacht hatte. Kein Eindruck einer geregelten Abreise, eines Abschließens. Stattdessen … diese Verlassenheit. Als wären alle von ihrem Platz aufgestanden und einfach weggerannt und hätten die Schule Plünderern und der Gewalt der Verwahrlosung ausgeliefert.

»Was ist da passiert?«, wiederholte sie. Marions Füße traten knirschend auf Glasscherben, während sie versuchte, dem Abfall auszuweichen. Mit einer Hand stützte sie sich gegen die dunkle Wand. Die andere Hand steckte tief in ihrer Handtasche. Sie hatte ihr altes Poesiealbum gefunden und hielt sich daran fest.

Dort hatten alle ihre Klassenkameradinnen ihre Namen verewigt. Es war 1947, das Jahr, in dem sie Indien endgültig verließen. Die Heimat war ein Land, das sie nie zuvor gesehen hatten, ihre Freundschaft aber würde ewig bleiben. Alle hatten unterschrieben und ihren Abschiedsgruß hinterlassen. »Auch wenn ich noch so weit fortgehe, werde ich jeden Tag an dich denken«, schrieb Edith Shaw, ihre beste Freundin. Wo waren sie alle jetzt?, fragte sich Marion. Wo waren Nancy Smith und Gloria Breeze? Wo steckte das Mädchen, das ihr riet: »Sei ein braves Mädchen, führ ein braves Leben, wähl dir einen braven Mann und sei eine brave Ehefrau«? Wo war Jill Cobb, die »Kopf hoch!«, schrieb und daneben einen kleinen blauen Vogel gezeichnet hatte? Wie hilflos diese Moralpredigten jetzt wirkten! Wie kurz schließlich diese Ewigkeiten ihrer Freundschaft gewesen waren! Hatten sie ihre eigenen Ratschläge befolgt, die Ratschläge, die sie erteilt hatten, bevor sie deren Bedeutung verstanden?

»Das muss die Kapelle gewesen sein«, sagte Vanessa plötzlich. »Die Fenster sind noch ganz.« In dem kleinen Raum standen keine Kirchenbänke und kein Altar mehr, dennoch durchwehte ihn eine Aura von Heiligkeit, erzeugt vom orangefarbenen Licht der bunten Fenster, das den schmutzigen Boden übergoss und träge schwebenden Staub wie die Flocken in einer Schneekugel erleuchtete. Marion blieb ein paar Sekunden unter dem Fenster stehen. Sie atmete schnell, als erhole sie sich von einer Anstrengung. Sie hatte ihre Hand aus der Tasche genommen und führte sie jetzt zu ihrem Gesicht hinauf in einer unbestimmten, halb ausgeführten Geste, die man für Protest oder auch nur Trauer halten konnte. So muss es sein, dachte sie, wenn man tausend Jahre nach dem eigenen Tod zurückkehrt. Wenn man zurückkehrt und sieht, wie die Gegenwart die Vergangenheit aufgedeckt hat, und dann nichts anderes mehr findet als eine Sammlung von Gegenständen in einem archäologischen Museum. Die ganze Mühe und Substanz reduziert auf ein paar Tonscherben. Deswegen sterben wir, dachte sie. Damit wir niemals den Erinnerungsstücken aus unserem eigenen Leben nachjagen müssen. Damit wir niemals miterleben müssen, wie die Zeit das ehemals Vertraute fremder werden lässt als die Dinge, die wir nie gekannt oder geliebt haben.

»Wenigstens die Kirchenfenster sind nicht kaputt«, sagte Vanessa. »Und der Traumfelsen. Den könnten wir suchen. Wo genau liegt er? Ist es weit dorthin?«

»Ich weiß es nicht mehr.«

»Du musst doch die ungefähre Richtung kennen.«

»Nein«, sagte Marion. »Nein. Ich kann mich überhaupt nicht erinnern.«

In dieser Nacht, als sie in ihrem Zimmer im Club lagen, dauerte es lange, bis Marion einschlief. Sie fror. Obwohl sie schon mindestens eine Stunde zwischen den Bettlaken zugebracht hatte, war ihr immer noch kalt. Als hätte ihr Körper die Fähigkeit verloren, Wärme zu erzeugen. Fast so, als existiere sie gar nicht mehr, dachte sie. Eines nach dem anderen waren alle Teile ihres Selbst verschwunden. Zuerst ihre Ehe, dann ihr Ehemann. Ihr Haus, ihr Garten. Alles war hinter ihr in die Bedeutungslosigkeit gerutscht. Dann Ashagiri, die alte Stadt, in der einst alles glänzte und für das Vergnügen eingerichtet war, wo man den ganzen Tag durch den unberührten Wald reiten konnte. Und ihre Schule, deren Regeln, zusammen mit den Fenstern, längst gebrochen waren, und wo sich das Unkraut rücksichtslos in den Gängen ausbreitete.

Als Letztes war ihr eigenes Bild verschwunden.

Warum nur hatte Vanessa darauf bestanden, das alte Fotoatelier aufzusuchen? Und warum war sie auch noch mitgegangen? Unschlüssig war sie hinter ihr hergetrottet und hatte, wie immer, nichts gesagt. Das Atelier lag auf dem Rückweg zum Club. Jetzt wurden dort Postkarten und ein kleines Sortiment Lebensmittel nebst Fotozubehör und Filmen angeboten. Vanessa war so darauf erpicht gewesen. Fast penetrant, dachte sich Marion. »Fragen wir einfach nach«, hatte sie gebettelt. »Man kann nie wissen. Es könnte immer noch hier sein. Irgendwo in einer Schublade.«

Das Schwarzweiß-Porträt von Marion im Alter von fünf Jahren hatte jahrelang im Schaufenster des alten Ateliers gestanden. Während ihrer ganzen Schulzeit in Ashagiri. Der Besitzer des Ateliers, Mr. Lehkraj, muss es für ein gutes Beispiel seiner Kunst gehalten haben, obwohl Marion das Bild nie mochte. Sie trug ein gestärktes weißes Kleid, und man hatte ihr »Gleich kommt's Vögelchen« gesagt. Aber es kam kein Vögelchen, und die Kamera hatte sie gerade in dem Moment erwischt, als ihr das bewusst wurde. Ein kleines braves Lächeln um den Mund, traurige Augen, eine Mischung aus Enttäuschung und dem Wunsch, es allen recht zu machen. Jetzt hatte ein großes Poster mit dem Bild eines indischen Pop-Stars Marions Platz in der Auslage des Ateliers eingenommen, aber der jetzige Besitzer war immerhin der Sohn von Mr. Lehkraj und selbst inzwischen ein gütiger älterer Herr mit Brille.

Er zögerte, als sich Vanessa nach dem alten Porträt erkundigte. »Mein Vater hat viele Bilder gemacht. Ich weiß nicht mehr, wo sie alle hingekommen sind.«

»Vielleicht können Sie sich an dieses Bild erinnern«, drängte Vanessa. »Es war lange Zeit im Schaufenster.«

Mr. Lehkraj junior lächelte. »Es könnte sein, dass es irgendwo unten in unserem Lager ist ...« Er zuckte die Achseln. »Aber ich kann es wirklich nicht sagen.«

Marion zupfte Vanessa am Arm. Sie war sich sicher, dass man das Bild weggeworfen hatte und dass der gutmütige Mr. Lehkraj sie mit dieser Auskunft nicht verletzen wollte. Warum sollte jemand fünfzig Jahre lang Fotografien von Menschen aufbewahren, die nicht einmal mehr im Lande lebten?

»Es macht nichts«, sagte sie. Sie drehte sich um zu dem Ständer mit den Ansichtskarten und zog das Bild eines roten Pandas heraus, der auf einem Ast saß und dessen kleines rotbraunes Gesicht etwas niedergeschlagen durch das Laubwerk spähte. »Ich nehme dieses hier.«

Mr. Lehkraj lächelte anerkennend zu dem Entschluss. »Das ist der letzte rote Panda im Ashagiri-Gebiet«, sagte er. »Allerdings habe ich gehört, dass auch dieses Exemplar vor kurzem dahingeschieden ist.«

»Ich habe noch einige interessante Bilder von Leuten in der traditionellen Tracht«, fügte er hilfsbereit hinzu.

»Danke«, sagte Marion. »Vorläufig reicht mir dieses eine.«

An der Ladentür drehte sie sich noch einmal um. »Vielen Dank für Ihre Freundlichkeit.« In einer Mischung aus Enttäuschung und dem Wunsch, es allen recht zu machen, lächelte sie ihm zu. Brav, traurig.

Später, in tiefster Nacht, wachte Vanessa auf und hörte ihre Mutter weinen. Im Halbschlaf hörte sie einen Laut von undeutlicher Gestalt, mit Schluchzern wie kleine stachelige Pflanzen, die nacheinander im Dunkeln zur Blüte aufplatzten. Vanessa lag reglos da und gab keinen Laut von sich. Sie sollte etwas tun, dachte sie. Sich wie eine Tochter, eine Freundin verhalten. Aber im Gegensatz zu ihrer Mutter hatte sie keine besondere Begabung für Freundschaften. Natürlich hatte sie Freunde, eine ganze Menge sogar; einige davon würde sie als enge Freunde bezeichnen, wenn die Anzahl der gemeinsam verbrachten Stunden ein Gradmesser der Freundschaft wäre. Aber es kam selten vor, dass sich ihr jemand anvertraute. Vielleicht lag es daran, dass sie so selbständig wirkte, oder weil sie nie gelernt hatte, dass sich niemand gerne Ratschläge anhört, und seien sie noch so ernst gemeint. Dass es genügte, einfach für das Leben ihrer Mitmenschen Zeugnis abzulegen.

Sie steckte ihren Kopf unter das Kissen und presste ihr Gesicht fest in das muffige Laken.

Nach einer kleinen Weile hörte das Weinen auf.

ZWEITER TEIL

Klettern

Die Frau aus dem Zug verbrachte zwei volle Tage mit der Suche nach einer Unterkunft, die besser war als das Paradise Lodge. Während dieser Zeit machten ihre Forschungen keine konkreten Fortschritte, außer dass sie sich vornahm herauszubekommen, welches Gebräu die Einheimischen zur Behandlung von Atembeschwerden verwendeten. Sie machte sich nicht einmal die Mühe, ihre Notizen oder ihre Mittelchen auszupacken, unternahm aber trotzdem einige Beutezüge zum Markt hinunter, um die dort angebotenen Wurzeln und Gewürze zu inspizieren. Zunächst einmal benötigte sie ein passendes Umfeld für ihre Arbeit. Sie sollte ein wichtiger Beitrag auf dem Gebiet der alternativen Medizin werden, eine umfangreiche Untersuchung der im nördlichen Indien verwendeten Heilmittel. Ihre Ergebnisse würden sich hauptsächlich auf mündliche Berichte der Einheimischen und eigene Beobachtungen stützen müssen. Aber es würde eine wertvolle Arbeit sein, die große Aufmerksamkeit wecken und den Ansporn zu weiteren Untersuchungen geben würde.

Am Morgen des dritten Tages, nachdem sie die meisten Hotels der Stadt besichtigt hatte, fand sie etwas Passendes. Sie war im Claremont und im Fairvue gewesen und im funkelnagelneuen Ritzy, das für den indischen Markt gebaut und für ihren Geschmack viel zu laut war. Sie war sogar im Ashagiri-Club gewesen, dessen Besitzer darauf bestanden hatte, sie herumzuführen. Obwohl er über Clubmitgliedschaft und die Exklusivität des Hauses geplaudert hatte, war ihr klar, dass der Club nichts als eine Bruchbude war.

Das Glenside aber war anders. Es war sauber und warm und so eingerichtet, wie es sich gehörte. Ihr Zimmer enthielt Regale, die reichlich Platz für ihre Flaschen boten, die Fenster ließen sich leicht öffnen, so dass sie die Temperatur nach ihrem Geschmack regulieren konnte. Die Besitzerin war eine alte Frau, die das besonders feine Gespür dieses Gastes zu bemerken schien.

»Entschuldigen Sie bitte, dass ich nicht aufstehe«, sagte sie und streckte die Hand aus, wobei sie auf dem Sofa liegen blieb. »Meine Beweglichkeit ist etwas eingeschränkt, wie Sie sehen. Ich bin Mrs. Macdonald.«

Eine lange Pause folgte.

»Ich heiße Dorothy.« Sie trat näher und gab ihr die Hand. »Dorothy Nichols.«

»Ich freue mich, Sie kennen zu lernen«, sagte Mrs. Macdonald. »Waren Sie schon einmal in Ashagiri?«

Schon wieder eine Pause. »Ja. Ich war hier in der Schule.«

»Ach, wie schön. In welcher Schule?«

»St. Margaret's«, sagte Dorothy Nichols.

Mrs. Macdonald neigte den Kopf zur Seite und lächelte ein wenig traurig. »St. Margaret's. So schade, was daraus geworden ist.«

»Ja, sehr schade«, wiederholte Dorothy und setzte sich auf einen Stuhl neben die alte Frau. Sie beugte sich nach vorn. »Haben Sie Arthritis?«

Mrs. Macdonald lächelte wieder. »Leider kommt niemand ganz dahinter. Allerdings bin ich mir nicht so sicher, ob es etwas nützt, wenn man der Krankheit einen Namen gibt. Es ist ja nur ein Etikett. Das Schöne allerdings, wenn man sich nicht bewegen kann, ist, dass alle zu einem kommen müssen. Es macht mir so viel Spaß, die Gäste hier kennen zu lernen. So viele verschiedene Leute wohnen in unserem Haus.«

»Ich habe einige Erfahrung … auf dem Gebiet der Gesundheit.« Dorothy ließ nicht locker. »Ich bin hier, um Material für ein Buch zu sammeln. Alternative Medizin …«

Mrs. Macdonalds Gesicht hellte sich auf. »Wie schön«, rief sie aus. »Eine Schriftstellerin! Vielleicht kann ich Ihnen dabei weiterhelfen. Haben Sie irgendwelche persönlichen Erfahrungen auf diesem Gebiet der Medizin?«

»Ich habe meine Mutter gepflegt. Sehr lange sogar. Fünfundzwanzig Jahre. Im Laufe ihrer Krankheit begann ich, mich für das Thema zu interessieren.«

»Eine sehr lange Zeit, wenn man sich um eine Kranke kümmern muss. War es ein Schlaganfall?«

»Eine ganze Reihe von Anfällen. Immer wieder.«

»Eine so lange Zeit«, wiederholte Mrs. Macdonald.

Dorothy Nichols wartete auf die unvermeidlichen Fragen, den unvermeidlich mitleidigen, ungläubigen Ton, der sich in die Stimmen der Fragenden hineinschlich. Oh doch, bei all den Bekundungen von Bewunderung für Pflichtbewusstsein und Selbstaufopferung, immer dieses Mitleid. Als sei sie selbst die Dumme und nicht die anderen, die nichts wussten und nie etwas lernen würden. *So schade …, besser, sie würde sterben …, so etwas von einer Tochter zu verlangen …, weiß sie denn nicht, dass es Pflegeheime gibt …?*

Aber Mrs. Macdonald schien überhaupt nicht neugierig zu sein.

»Sie müssen ein sehr guter Mensch sein«, sagte sie nur. »Aber meinetwegen brauchen Sie sich keine Sorgen zu machen. Jetzt müssen Sie sich alle Gedanken an Krankheit aus dem Kopf schlagen. Sie wollen draußen herumschweifen, um für Ihr Buch zu recherchieren und alle Plätze aufzusuchen, die Sie von früher her kennen.«

»Ja. Ich werde sehr beschäftigt sein. Es gibt viel zu tun.«

Sie ging in ihr Zimmer hinauf, aber es dauerte eine Weile, bis sie anfing, ihre Koffer auszupacken. Lange Zeit saß sie auf ihrem Bett, fast vollkommen bewegungslos, und tastete mit einem prüfenden Zeigefinger über die Unterlippe auf der Suche nach eingerissenen Hautstellen. Die Haut war glatt und etwas gespannt, wie immer, wenn sie von allein zuheilte. Während ihr Finger weiterglitt, fuhr die Daumenspitze über den unteren Rand ihres Mundes und tastete nach winzigen fransigen Stellen. Sie fand einen kleinen Spalt in der Haut und hielt inne, fuhr mit vorauseilender Lust über den winzigen Riss hin und her und konzentrierte sich vollständig auf diese Handlung.

In letzter Zeit war sie immer öfter in diesen träumerischen Zustand geraten: eine Leere im Kopf, die von ein paar Minuten bis zu einer halben Stunde dauern konnte. Am Tag zuvor hatte sie auf die Uhr geschaut und überrascht festgestellt, dass volle fünfundvierzig Minuten vergangen waren, ohne dass sie sich dessen bewusst wurde. Es war ein seltsames Gefühl. So etwas war ihr seit langem, seit der Zeit kurz vor dem Tod ihrer Mutter, nicht mehr passiert, als sie Nacht für Nacht am Bett Wache gehalten und die Stunden in einem Trancezustand erlebt hatte, als ihre Augen leer waren und ihre Finger unentwegt ihren Mund bearbeiteten.

Sie formte Daumen und Zeigefinger zu einer Pinzette und begann, mit großer Konzentration den Riss in ihrer Lippe in Angriff zu nehmen. Ein Beobachter hätte es vielleicht für bloße Fummelei gehalten, wie sie ihre Hand vor dem Gesicht ballte und die Muskeln ihrer Finger zuckten. Tatsächlich aber lag große Sorgfalt in der Handlung. Zwei oder drei sanfte Berührungen mit dem Zeigefinger wechselten mit der Pinzettenbewegung ab. Streicheln, streicheln, zupfen, streicheln, streicheln, zupfen. Ihr Finger strich sanft über die

Blindenschrift der zerrissenen Haut, dann drückte der heftige Zugriff das Fleisch der Lippe fest nach innen und näherte sich dem unglaublich winzigen Hautvorsprung, der für den Angriff freigelegt war. Und jetzt hörte das Streicheln auf, als die Pinzette zum Todesstoß ausholte. Zupf, zupf, zupf, *zupf*. Endlich wurde der Hautfetzen von den Nägeln ergriffen, die Bewegung wurde wieder langsamer, vorsichtiger, als sie versuchsweise an dem Hautfetzen zog, auskostete, wie sich ihre Unterlippe dabei fast unmerklich hinauswölbte, der Luxus hinausgezögerter Erwartung.

Mit einem Ruck riss sie das winzige Fetzchen ab, spürte das gewohnte Kribbeln des Schmerzes und dann den leichten Geschmack von Blut auf ihrer Zunge. Zu tief. Im Idealfall floss kein Blut, wurden nur die oberen Hautschichten angekratzt und so dünn abgezogen, dass immer noch einige darunter unversehrt blieben. Wenn es Blut gab, stand der grobe Heilungsprozess bevor; die Haut schwoll ein wenig an und verhärtete sich um die Stelle herum, was ihren Mund wund und rau aussehen ließ. Es würde auffallen.

Die alte Frau hatte Dorothys Sorge abgetan, aber als sie ihre Hand in die Höhe hob, hatte Dorothy die Andeutung eines blauen Fleckes an ihrem Unterarm festgestellt. Arnika würde dagegen helfen. Sie hatte einen kleinen Vorrat davon mitgebracht, auch Queckensamen, gerade so viel, um eine oder zwei kleine Schalen zu bepflanzen. Sie musste an ihr Fenstersims zu Hause denken, das voll war von den leuchtend grünen, jungen Grashalmen. Schon der Anblick hob ihre Stimmung. Das Gras zu ernten war eine ihrer täglichen Freuden. Um die Halme mit ihrer scharfen Schere abzuschneiden nahm sie sich immer mehr Zeit als nötig, sie spürte den leichten, fast saftigen Widerstand gegen die Klinge ihres Werkzeuges und hörte das Knacken des Metalls, wenn die Halme in ihre wartende Hand fielen. Später mahlte sie sie in der kleinen gusseisernen Mühle und gewann ein Elixier von so erstaunlich kraftvollem Grün, dass die Flüssigkeit, nachdem sie sie getrunken hatte, ein paar Sekunden lang durch jede Faser ihres Körpers zu vibrieren schien.

Sie war schon über sechzig, aber ihrer eigenen Einschätzung nach sah man es ihr nicht an. Nicht dass sie jünger aussehen wollte. Ihre Jugend lag weit zurück und bedeutete ihr nichts mehr. Wenn sie überhaupt daran dachte, dann mit einem Kribbeln des Zweifels, ob sie jemals anders gewesen war als jetzt. Aber sie war stolz auf ihre Kraft. Sie passte auf sich auf. Mit den Quecken und den ganzen anderen Heilmitteln. Sie war niemandem Dank dafür schuldig außer sich selbst.

Ja, Arnika, dachte sie. Zuerst Arnika, dann werden wir weitersehen.

Vanessa gehörte zu den Menschen, die davon überzeugt sind, dass sich jedes Problem, und sei es noch so schwierig, lösen lässt, wenn man nur den richtigen Schlüssel findet. Er könnte in etwas so Einfachem bestehen, wie die richtige Frage zu stellen oder in einer bestimmten Weise vorzugehen, aber sobald der Schlüssel gefunden ist, besitzt er die Macht, selbst komplizierteste Probleme aufzuschließen. Diese Überzeugung hatte ihr immer gute Dienste im Kollegenkreis geleistet, wo sie dafür bekannt war, ellenlange Berichte auf eine Reihe knapper, treffender Punkte zu reduzieren, und wortreiche Konferenzen durch ein paar aufschlussreiche Fragen zu unterbrechen und alle Anwesenden daran zu erinnern, worum es eigentlich ging.

Jetzt, während der Tage nach ihrem katastrophalen Besuch

in St. Margaret's, wurde sie die Überzeugung nicht los, dass es immer noch eine Möglichkeit geben müsste, alles wieder in Ordnung zu bringen. Sie müsste nur den Schlüssel finden – irgendein bedeutungsvolles Fragment der Vergangenheit –, der ihrer Reise einen Sinn gab und ihrer Mutter die völlige Enttäuschung ersparte. Das Problem war, dass ihr nicht klar war, was sie suchte, und dass Ashagiri etwas an sich hatte, das anscheinend selbst der hartnäckigsten Suche Widerstand entgegensetzte.

Ihr kam es vor, als sei Ashagiri ein undefinierbarer Ort. Ein Erholungsort, der jetzt hauptsächlich von Indern aufgesucht wurde und gelegentlich von Rucksacktouristen, die unterwegs zu irgendeinem authentischeren, ›echt indischen‹ Ort waren. Ashagiri war ein Durcheinander, voll gestopft mit Menschen und mit grellen Buden, in denen Pudelmützen und Perlenketten und Nylonpullover in ätzenden Grün- und Gelbtönen verkauft wurden. In der Nacht fiel der Strom so häufig aus, dass man es kaum mehr zur Kenntnis nahm. Aus Kinolautsprechern in der unteren Stadt krakeelte Musik. In den Straßen promenierten unzählige fröhliche Urlauber auf und ab, die Frauen in Saris, die in der Dämmerung leuchteten, und mit kleinen Tüten voller Nüsse in der Hand. Aber dahinter lag eine andere Stadt. Sie war verblasst, im Zustand des Verfalls, aber noch immer vorhanden. Eine Stadt aus einer anderen Zeit und einer anderen Welt. Ganz unerwartet, hinter einer Ecke, kam sie zum Vorschein. Eine kleine Gasse, begrenzt von alten Steinmauern, mit Blick auf einen spitzen Kirchturm zwischen den Bäumen. Plötzlich eine Reihe von kleinen Ferienhäusern, immer noch unversehrt, mit hübschen kleinen Gartentüren und hölzernen Veranden, die nicht in diesen Ort unterhalb der Schneezone gehörten, sondern an eine englische Seepromenade mit *Bed-*

&-Breakfast-Schildern in den Vorgärten und kreisenden Möwen über den Dächern.

Sollte sie hier nachsehen, in den Ruinen des Grand Hotels weiter oben, dessen einst großer Vorplatz jetzt von wilden Rhododendren überwuchert war? Im Botanischen Garten, im Skelett des großen Treibhauses, das gewissenhaft den Gewächshäusern in Kew nachgebildet war? Oder lag die Lösung nicht hier, sondern ganz woanders, vielleicht im Gespräch der drei alten Frauen, die jeden Morgen zur gleichen Zeit nebeneinander auf einer Bank am Brunnen saßen, winzige Zigaretten rauchten und vor sich hin murmelten? Sie rauchten und lächelten, als amüsierten sie sich über das, was sie sahen, dachte Vanessa. Frauen mit einem Geheimnis.

Seit Monaten hatte sie sich vorgestellt, hier zu sein. Ihre Mutter und sich an diesen Ort zu bringen, war eins ihrer Projekte geworden, und Vanessa hatte ein Talent für Projekte. Sie hatten eine Struktur, Stadien, die zu durchlaufen waren. Projekte machten das Leben beherrschbar. Man konnte sich darauf konzentrieren, sie dann beiseite legen, und wenn sie einmal erledigt waren, wartete immer das nächste. Ein ganz anderes, voller neuer Möglichkeiten.

Schwimmen war eines ihrer Projekte. Dreimal in der Woche fünfzig Längen. Sie wählte immer dieselbe Bahn. Sie ging während der Mittagspause hin, wenn das Schwimmbad meistens fast leer war. Weil man das Becken für Physiotherapiepatienten gebaut hatte, war das Wasser über die ganze Länge nur brusttief. Das Bad stand der Öffentlichkeit zur Verfügung, aber die meisten regelmäßigen Besucher waren krank oder behindert. Eine hinkende junge Frau. Ein kahlköpfiger Mann mit weichem, ausdrucklosem Gesicht, der die Hände auf der Wasseroberfläche hielt, als müsse er sich vorwärts tasten. Ein ausgemergelter Jüngling, der wie Jesus aussah und über die ganze Brust tätowiert war, ging mit großer Konzentration im Krebsgang das Becken entlang. Das Licht warf Reflexe des Wassers auf die Kacheln der Wände und die Gesichter der Badenden. Sie waren alle verschieden, diese Leute, aber im Becken bekamen sie den gleichen Gesichtsausdruck. Einen träumerischen Blick, nach innen gewandt und konzentriert.

Sie glaubte, nur deswegen zum Schwimmen zu gehen, weil sie die Disziplin liebte. Wegen der Lust, die Bahnen zu zählen, mit regelmäßigen Atemzügen, die Augen immer auf die Uhr gerichtet. Aber das, was sie wirklich am Schwimmbecken liebte, war weit weniger kompliziert. Es war das Gefühl der Schwerelosigkeit. Es war die Art, wie das Wasser alle gleich machte, die Angeschlagenen und die Unversehrten, und wie es die nörgelnden Stimmen in ihrem Kopf zum Schweigen brachte, die sie fragten, was als Nächstes zu tun sei. Was kommt als Nächstes, Vanessa? Als ob ihr die Gegenwart nie ganz genügte und sie immer, immer wieder die nächste Minute, die nächste Stunde, die nächste Woche verplanen müsste.

Seit Monaten schon war sie in ihrer Fantasie hier in Ashagiri. Aber wohin konnte sie sich heute von ihrer Fantasie tragen lassen? Jeden Morgen weckte Prasad die beiden Frauen mit Tee und Toast. Er tappte ins Zimmer, ließ die Jalousien herunter und erkundigte sich, ob er ihnen für den Abend den Kamin herrichten solle. Seit dreißig Jahren arbeitete er schon im Club. Seine Frau war bettlägerig, weshalb er auch zu Hause die ganze Arbeit verrichten musste. Er hatte einen halbwüchsigen Sohn, der zu nichts taugte außer zum Gewichtheben. Sein Sohn trainiere jeden Tag, sagte Prasad, und dann komme er zum Essen nach Hause. Er esse unaufhörlich. »Vier Eier!«, sagte Prasad. »Schon zum Frühstück!« Jeden Tag, eine volle Stunde lang, stellte sich der seltsame Major auf den entferntesten Balkon und sah hinaus in den Morgen. Bewegungslos stand er da mit aufwärts gerichtetem Kopf, seine Nase zeigte zum Himmel in genau dem gleichen Winkel wie das Maschinengewehr im Hof, die Hände hielt er im Rücken verschränkt.

»Vielleicht ist er ein Dichter«, sagte Marion. Sie hatte sich angewöhnt, bis spät in die Nacht in ihrer Anthologie zu lesen. Sie saß in einem der Korbsessel neben dem Kamin, während Vanessa auf dem Boden zwischen den Betten Bauchgymnastik trieb. Wenn ihr diese Reise schon nichts anderes brächte, dachte Vanessa, wollte sie wenigstens den flachsten Bauch ihres Lebens mit nach Hause nehmen. Sie verschränkte die Hände hinter dem Kopf und hob und senkte mühsam ihre Schultern, wobei sie vor Anstrengung das Gesicht verzog.

»Wie viele hast du dir vorgenommen?«, fragte Marion.

»Bring … mich … nicht … beim … Zählen … durcheinander.«

»Schließlich bist du jetzt schon schlank genug.«

»Es geht nicht um das Gewicht, es geht um den Muskeltonus.«

»Aber du bist doch so hübsch …«, fing Marion wieder an.

»Darüber will ich nicht reden.«

»Ich verstehe nur nicht, warum …«

»Fang nicht schon wieder an!« Vanessa war nicht in der Stimmung, sich schon wieder von ihrer Mutter sagen zu lassen, dass sie endlich ans Heiraten und eine eigene Familie denken solle. Eigentlich war sie nie in der Stimmung. Manchmal, wenn ihre Mutter sie auf eine bestimmte, fast mitleidige Weise ansah, fast so, als bedauere sie ihre Tochter, hätte Vanessa am liebsten mit den Zähnen geknirscht. Sie hegte den Verdacht, ihre Mutter sei davon überzeugt, dass das Leben ihrer Tochter trotz aller offenkundigen Beweise des Gegenteils unerfüllt bleibe, und dieser Gedanke machte Vanessa fast wahnsinnig

Es war ja nicht so, dass sie nicht heiraten und Kinder kriegen wollte. Die meisten Menschen wollten diese Dinge, und sie hatte immer angenommen, dass sie früher oder später in ihren Lebensplan passen würden. Aber diese Überzeugung war allgemein gedacht, sie bezog sich nicht auf eine bestimmte Sache oder eine bestimmte Person. Nicht einmal auf Michael. Sie hatte geglaubt, dass sie in Michael verliebt sei. Gewiss hatte sie nie zuvor so starke Gefühle für einen anderen Menschen empfunden. Aber es war klar, dass sie ihn trotzdem nicht genug geliebt hatte.

Vanessa hielt mitten in einer Übung inne. Vielleicht, dachte sie plötzlich, war sie zu wahrer Liebe gar nicht fähig. Was auch immer die Liebe hervorzubringen vermochte, welchen Mechanismus des Herzens und des Verstandes sie in Gang setzte, das ging ihr irgendwie ab. Wurde nicht jeder mit einem Mangel geboren? Mit irgendeinem Defizit – bei der Intelligenz, der Schönheit oder der Körperbeherrschung. Bei der Fähigkeit zur Liebe war es nicht anders. Sie könnte genauso unterentwickelt sein oder sogar ganz fehlen. Aber woran erkennt man, ob das bei einem selbst der Fall ist? Konnte man mit der Liebe durch das Leben gehen wie mit einem Phantomglied, mit einem fehlenden Körperteil, das nur an einem zu hängen schien, weil man das Gefühl hatte, dass es eigentlich vorhanden sein müsste?

Vanessas Bauch schmerzte. Sie hob die Schultern an und beugte sich wütend nach vorn.

»Versuche doch, dich mit dem Gedanken vertraut zu machen, dass ich das für *mich* allein tue!«

»Ich will nur, dass du glücklich bist.«

Vanessa unterbrach ihre Bewegung. »Komisch«, sagte sie. »Ich will nur, dass *du* glücklich bist.«

Die Worte klangen schnodderiger, als sie es meinte. Ihr fiel auf, dass sie furchtbar große Teile ihres Lebens damit verbrachte, anderen Menschen ein glückliches Leben zu wünschen. Und alles war ziemlich fruchtlos. Zumindest war das bei ihr der Fall. Sie wünschte nur, ihre Mutter würde mit ihr reden. Wirklich reden. Stattdessen schien sie kein anderes Bedürfnis zu haben, als Reime zu basteln oder Vanessa in allen Einzelheiten die Lebensgeschichten ihrer verschiedenen Freundinnen aufzutischen, die alle ein seltsames oder unglückliches Ende genommen hatten.

Es war nicht so, dass sich Vanessa nicht bemüht hätte. »Seit wann trägst du deinen Ehering nicht mehr?«, hatte sie zu fragen gewagt. Wie üblich saßen sie in der Mittagszeit bei Klein. Marion stocherte in einem Chow Mein herum; die Handtasche lag auf ihrem Schoß. Sie überlegte gerade, wem sie die Ansichtskarte mit dem letzten roten Panda schicken und wie sie den Text formulieren sollte, damit er fröhlich klang. »Neulich ist mir aufgefallen, dass du ihn nicht mehr trägst.«

»Ich weiß es nicht«, sagte Marion. »Meine Hände werden so dick … er wurde langsam zu eng. So etwas passiert, wenn man älter wird. Man isst genau das Gleiche wie immer, aber trotzdem nimmt man zu.« Vanessa sah auf ihre eigenen weißen Hände hinunter. Sie war sich sicher, dass es ihr niemals so ergehen würde.

»Wo ist er? Der Ring, meine ich?«

»Erinnerst du dich an meine Freundin Tracy Fuller? Früher war sie ganz schlank, und jetzt ist sie furchtbar dick. Allerdings könnte das an den Medikamenten liegen, die sie einnehmen muss. Die Arme, sie glaubte gerade, dass sie über die Scheidung hinweggekommen sei … und dann das Geschäft, das sie aufgemacht hatte. Es fing gerade an, gut zu laufen, als sie den ersten Anfall bekam … Ich glaube, es war irgendeine Art Schlaganfall. Übrigens, habe ich dir von der Sache mit Ann erzählt?«

»Ann? Du meinst, die Frau, die zwei Häuser weiter wohnt?«

»Nein, nein, eine andere Ann. Ich kenne sie nicht besonders gut. Eigentlich nur eine Bekannte. Ich weiß nicht einmal, wie sie mit Familiennamen heißt. Neulich traf ich sie zufällig im Kleiderladen. Sie erzählte mir, dass sie schon seit Monaten fürchterliche Kopfschmerzen gehabt und dass man eine Computertomographie oder so etwas von ihrem Hirn gemacht habe, und stell dir vor, was man da fand.«

Vanessa seufzte. »Einen Tumor?«

»Nein! Einen Zwilling!«

»Was soll denn das heißen?«

»Ihren Zwilling. Ein winzig kleines Ding, einen winzig kleinen Fötus, sagte sie. Ihr ganzes Leben lang war er da gewesen, und sie hatte nichts geahnt. Er muss sich irgendwie in ihren Körper eingenistet haben, als sie selbst erst aus ein paar Zellen bestand.«

»Das erfindest du doch bloß.«

»Angeblich kommt so etwas gelegentlich vor, wenn auch sehr selten. Sie wurde operiert, und man hat ihn entfernt. Jetzt sitzt er in einem Glas im Labor des Cornfield Hospitals. Kannst du dir das vorstellen? Ihr Zwilling. Es schien ihr gar nicht so viel auszumachen. Es klang fast, als würde sie übers Wetter reden. Ich habe mich gefragt, wie es wäre, wenn es anders herum gewesen wäre.«

»Anders herum?«

»Ja, wenn Ann jetzt im Glas sitzen würde und jemand anders, die genau so ausschaut wie sie, einen Kaschmirpullover bei Jaeger kaufen würde. Es hätte sein können. Es war der pure Zufall, dass am Ende Ann der … größere Zwilling wurde. Verstehst du, was ich meine? Und ich hätte es nicht einmal geahnt. Ich hätte trotzdem dagestanden und mich mit dem Ann-Zwilling unterhalten, und ich hätte es überhaupt nicht geahnt. Es hätte überhaupt keinen Unterschied gemacht.«

»Ich glaube nicht, dass das ganz stimmt …«, sagte Vanessa im Bemühen, diese Logik zu ergründen. »Mein Gott, wenn ich noch einmal den *Bolero* hören muss, raste ich aus. Ich werde aufstehen und mitten im Restaurant einen doppelten Axel drehen.«

»Wahrscheinlich ist es ihr einziges Tonband«, sagte Marion nachsichtig.

»Also, wo gehen wir heute hin?«

Marion neigte den Kopf über ihren Teller, als sei sie plötzlich vom Muster des gehackten Kohls fasziniert.

»Ich habe mir gedacht, es könnte Spaß machen, wenn wir ein bisschen einkaufen gingen. Dieses Kaufhaus am Fountain Square …«

»Aber Mutter, wir können nicht immer nur einkaufen gehen. Wir haben die halbe Stadt noch gar nicht gesehen. Wir waren noch nicht in der Bibliothek im Club. Vielleicht gibt es dort ein paar Unterlagen. Vielleicht finden wir heraus, was mit St. Margaret's passiert ist. Und wir haben nicht einmal den Versuch gemacht, den Traumfelsen zu finden. Und hier gibt es ein Naturkundemuseum. Heute früh habe ich einen Hinweis darauf gesehen. Ich weiß nicht, in was für einem Zustand es sich befindet, aber Großvater hat doch Vogeleier gesammelt? Vielleicht lohnt es sich, mal hinzuschauen.«

»Ich wollte Postkarten schreiben …«

»Welche Postkarten? Du hast nur eine gekauft. Du kannst sie hier gleich schreiben, in fünf Minuten. Ich habe einen Kugelschreiber dabei.«

»Ich habe mich noch nicht entschieden, wem ich sie schicken soll.«

»Schick sie einer deiner verzweifelten Freundinnen. An Tracy Fuller zum Beispiel. Schick sie ihr.«

Marion nahm den Kugelschreiber gehorsam in die Hand. »Liebe Tracy«, schrieb sie. »Ich hoffe, dass es dir jetzt besser geht. Ich verbringe hier …« Sie hielt inne.

»Was gibt's?«

»Nichts«, sagte Marion, und steckte die Ansichtskarte wieder in ihre Handtasche. »Ich glaube, ich schreibe sie später zu Ende.«

Ashagiris Naturkundemuseum befand sich in einem kleinen Backsteinbau am Ende einer gewundenen Nebenstraße. Der Eintritt kostete zwei Rupien. Ein schläfrig aussehender Mann, der auf einem Stuhl neben dem Eingang saß, nahm das Geld der Frauen in Empfang und füllte umständlich zwei Eintrittskarten aus, wobei er das Schreiben immer wieder unterbrach, um die Bleistiftspitze mit der Zunge anzufeuchten. Sie waren die einzigen Besucher. Drinnen waren die Fenster mit einer dicken Schmutzschicht belegt und das Licht war schummrig. In den aneinander gereihten Glaskästen lauerten dunkle Gestalten. Ein verstaubter schwarzer Bär, dessen schlappe Beine ein langsames, aber unerbittliches Versickern des Sägemehls verrieten, stand auf müden Hinterbeinen in einer Ecke. in einer anderen Ecke gähnte ein Krokodil, platt wie ein Brett, unaufhörlich wie sich hin; seine Kiefer wurden mit einem Stecken offen gehalten. Ein Mungo mit Buckel und glanzlosem Fell, dessen schielende Augen lange verblüffte Blicke der Empörung miteinander auszutauschen schienen, presste sich gegen die Glasscheibe. In Gläsern umarmten namenlose Schlangen mit bleichen Bäuchen sich selbst.

Als sich ihre Augen an die Düsternis gewöhnt hatten, konnte Vanessa andere Lebewesen ausmachen. Kleine langnasige Nagetiere, ein Affenpaar. Einige davon hatte man vor verblassten Kulissen arrangiert, die ihre natürliche Umgebung andeuteten, die Pfoten, mitten in der Bewegung erstarrt, lagen zwischen alten Ästen und Zweigen. Andere lehnten aus keinem ersichtlichen Grund einfach an behelfsmäßigen Requisiten, zu ihren Füßen lagen Häufchen von Mottenkugeln. Ihre schielenden Glasaugen schienen den beiden Frauen zu folgen, während sie durch die wenigen Räume wandelten.

»Irgendjemand sollte ihnen endlich den Gnadenschuss geben«, meinte Vanessa.

Marion blieb stehen und betätschelte das Bein des schwarzen Bären. Unter ihren Fingern fühlte sich das Fell sehr trocken an. »Armes Ding«, sagte sie. »Der arme alte Bär.« Plötzlich musste sie an Bucket denken. Durch ihre Gewohnheit, seine Ohren an ihren Lippen hin und her zu reiben, hatten sie das gleiche knotige Aussehen erhalten. Was für einen Trost doch diese kleine, endlos wiederholte Geste spendete!

»An deiner Stelle würde ich ein bisschen aufpassen«, sagte Vanessa. »Du könntest dir irgendeine Krankheit von diesem Tier holen.«

Seltsam, dachte sich Marion, dass selbst ihre Tochter, die sonst nicht zu Höhenflügen der Fantasie neigte, von den

Ausstellungsstücken im Museum so sprach, als wären sie noch am Leben. Als ob gerade ihre Hinfälligkeit, die Würdelosigkeit ihrer Situation, sie von bloßen Exemplaren einer Gattung wieder in Individuen zurückverwandelt hätte und sie auf ewig in einem melancholischen Halbleben festhielte.

Ein Raum des Museums war einer Sammlung von Faltern und Schmetterlingen gewidmet. Längliche Glaskästen, an den Wänden befestigt, enthielten Hunderte dieser Insekten, jedes mit einer eigenen kleinen vergilbten Karte, auf der in sauberer altmodischer Handschrift der lateinische Name stand. Die meisten Ausstellungsstücke waren zerzaust, ihnen fehlten Flügel und Teile des Thorax, manche waren bis zur Durchsichtigkeit ausgebleicht. Andere waren vollständig weggefault, hinterließen nur eine Stecknadel und einen Namen. Am Boden jedes Schaukastens lagen, wie Sandkörner aufgehäuft und unberührt, die bleichen Krümel ihrer Körper. Marion blieb vor einem Kasten voller Schmetterlinge in verschiedenen Blautönen stehen. Den meisten hatte die Zeit die Farbe herausgesogen, aber einer, der größte von allen, leuchtete immer noch in seinem tiefen, üppigen Azurblau. Sie klopfte an das Glas, als wollte sie die Aufmerksamkeit des aufgespießten Wesens gewinnen.

»Ich erinnere mich an diese Art«, sagte sie. »Wir haben sie immer mit Netzen gejagt.« Ihr Bruder hatte eine Schmetterlingssammlung, aber Marion konnte sich nicht mehr daran erinnern, was sie mit den von ihr gefangenen Insekten gemacht hatte. Sobald sie tot waren, verlor sie das Interesse an ihnen.

»Ich habe sie einfach gern gejagt. Wahrscheinlich war es grausam, aber es gab so viele davon.«

Vanessa hörte sie kaum. Sie hatte sich über eine Vitrine mit Vogeleiern gebeugt, die in der Mitte des Raumes stand.

»Vielleicht hat Großvater einen Teil seiner Sammlung dem Museum geschenkt. Damals, als sie hier in der Nähe wohnten. Auf der Teeplantage, wo du auf die Welt gekommen bist. Übrigens, wir müssen unbedingt hinfahren. Ob er wohl jemals Eier aus seiner Sammlung verschenkt hat? Schau, neben jedem liegt eine Karte mit dem Vogelnamen und dem Fundort. Und mit dem Namen der Person, die sie gefunden hat.«

Marion sagte nichts. Sie dachte an die Hände ihres Vaters, wie sie mit den Eiern hantierten. Er trug weiße Handschuhe. Jedes Ei hatte sein eigenes Fach in den hölzernen Kästen in seinem Arbeitszimmer, und für jedes Kästchen gab es einen winzigen Schlüssel. Sie glaubte nicht, dass es ihm je eingefallen wäre, auch nur ein einziges Exemplar zu verschenken. Sie waren eine Familie von Sammlern gewesen. Ihr Vater mit seinen Vogeleiern, ihr älterer Bruder mit seinen Schmetterlingen. Jetzt fragte sie sich, ob hinter diesem Drang etwas anderes gesteckt hatte als die pure Lust am Besitz. In der Manie, zu sammeln und zu benennen, lag etwas eigentümlich Imperialistisches. Sie selbst hatte nie etwas gesammelt. Weder als Kind noch als Erwachsene. Vielleicht wäre es besser für sie gewesen, wenn sie es getan hätte, dachte sie sich. Vielleicht ließ sich im Sammeln kleiner Trophäen Beständigkeit finden.

»Das Ei des Nepal White-Eyed Quaker Babbler der Gattung der Timaliidae«, las Vanessa von einer der Karten ab. »Entnommen einem Baumspalt auf 3000 Fuß Höhe. Gestiftet von W. H. Williams, 1941.«

»Es klingt, als hätte jemand die Namen einfach erfunden, finden Sie nicht?«

Vanessa wandte sich um. John Walcott stand in der Tür. Auf seinem Gesicht derselbe Ausdruck allumfassender Begeisterung, der ihr schon bei ihrem ersten Zusammentreffen in Ashagiri aufgefallen war.

»Schön, Sie wiederzusehen!«, rief Marion aus; sie freute sich offensichtlich.

»Suchen Sie nach etwas Bestimmtem?«

Vanessa beugte sich noch weiter über die Vitrine mit den Vogeleiern, als wollte sie den Inhalt vor fremden Blicken schützen.

»Ich schaue mir nur die Namen an«, sagte sie.

John kam auf sie zu und blieb neben ihr stehen. »Geht es um einen bestimmten Namen?«

»Sie sucht nach dem Namen meines Vaters«, sagte Marion. »Jeffrey Temple. Obwohl ich kaum damit rechne, dass sie ihn hier findet.«

»Vielleicht doch«, sagte Vanessa und ließ ihre Augen so schnell wie möglich über die Karten huschen. Wenn der Name ihres Großvaters darunter war, wollte sie keinesfalls zulassen, dass ihn John Walcott als Erster entdeckte. Die Heftigkeit dieses Gedankens überraschte sie ein wenig. Es war mehr als bloßes Konkurrenzgehabe. Sie hätte es zwar nie zugegeben, aber sie wollte selbst diejenige sein, die ihrer Mutter den Namen überbrachte, ihn ihr zu Begutachtung und Lob präsentierte, wie die Nadelkissen und die Osterkarten, die sie als Kind in der Schule gebastelt hatte.

John Walcott legte die Hand auf die Vitrine und schaute versonnen hinein. »So viele Namen«, sagte er langsam. »Komisch, wenn man sich vorstellt, dass diese Leute jetzt alle tot sind. Alle irgendwo mit einem Etikett auf einem Grabstein versehen, genau wie diese Eier.« Er hielt inne. »Ich sehe keinen Jeffrey Temple.«

»Nein«, sagte Vanessa und wandte sich abrupt weg. »Nein, er ist nicht dabei.«

»Arbeiten Sie jetzt an einem neuen Bild?«, fragte Marion.

»Ein bisschen. Ich muss immer sehr früh aufstehen, wenn ich das richtige Licht erwischen will«

»Ich würde es mir gerne anschauen, was Sie gerade arbeiten, meine ich. Wenn es Ihnen nichts ausmacht. Oder macht es Ihnen etwas aus? Vielleicht wollen Sie nicht, dass Fremde etwas Unvollendetes ansehen …«

»Es macht mir nichts aus.« Er warf einen etwas zögerlichen Blick auf Vanessa. »Ich würde mich sogar sehr freuen. Ich könnte einige Bilder heute Abend mitbringen und Ihnen zeigen.«

»Oder dürften wir Ihnen beim Malen zuschauen. Ich habe noch nie einem Miniaturmaler bei der Arbeit zugesehen. Würde es Sie ablenken, wenn wir Ihnen ein bisschen über die Schulter schauen?«

»Nein, nein, natürlich nicht. Es wäre mir … ein Vergnügen. Ich könnte kurz an Ihre Tür klopfen, wenn ich weggehe. Morgen vielleicht?«

»Das wäre sehr schön«, sagte Marion mit Bestimmtheit.

»Es wäre natürlich sehr früh am Tag«, fügte er ein wenig besorgt hinzu. »Noch vor Tagesanbruch …«

»Das macht nichts«, sagte Marion. »Ich habe einen Wecker.«

Als sie wieder im Club waren, sagte Marion, dass sie sich hinlegen wolle. Sie habe Kopfschmerzen. Sie kramte in ihrem Koffer und holte eine große Tasche mit Medikamenten heraus. »Ich bin sicher, dass ich hier irgendwo eine Packung Paracetamol hatte«, sagte sie und suchte zwischen den Gläsern mit Rehydrierungsflüssigkeit, unbenutzten Spritzen und Verbandmaterial.

»Kann ich dir etwas holen?«, fragte Vanessa.

»Ich glaube nicht. Ich muss nur das Paracetamol finden.«

»Ich könnte Prasad bitten, dir einen Tee zu bringen.«

»Nein«, sagte Marion. »Ich brauche nichts als ein bisschen Ruhe.«

Vanessa setzte sich auf den Balkon hinaus; sie fühlte sich unruhig und unzufrieden. Ashagiri bestand aus Überbleibseln, dachte sie. Aus allerlei Fragmenten. Woher kam es also, dass sie nichts von der Kindheit ihrer Mutter entdeckt hatten? Nicht einmal ein Vogelei. Und jetzt kam es Vanessa vor, als verlöre Marion selbst die Orientierung bei der Suche. Aber hatte sie diese jemals wirklich gewollt? Wenn es ein Versagen war, dachte Vanessa, dann war es ein Versagen des Wollens. Von Anfang an, so schien es, hatte ihre Mutter gebremst, mit ständigen Ausreden und Ausflüchten. Hinter ihrer scheinbaren Passivität lag eine Strategie, ein Abblocken, das an Sabotage grenzte.

Die Wut, die Vanessa empfand, war weit mehr als bloße Verärgerung über die Missachtung ihrer Pläne. Ihre Mutter war ihr schon immer ausgewichen, schien ihrer Tochter gegenüber einen Großteil ihres Lebens zu verschweigen. Aber einen kleinen Abschnitt hatte sie bereitwillig mit ihr geteilt: ihre Kindheit in Ashagiri. Und durch ihre endlos wiederholten Geschichten war dieser Ort auch ein Teil von Vanessas Kindheit geworden. An einer Kreuzung des Gehirns, wo eine mitgeteilte Erinnerung zu einer eigenen Erinnerung wird, waren sich Mutter und Tochter, beide als Kinder, begegnet. Mit plötzlicher, heftiger Einsicht erkannte Vanessa, dass das Ashagiri, das sie früher als Marions Privatbesitz betrachtet hatte, auch ihr gehörte. Es war auch ihre Stadt. Der Ort, der ihr als Kind Sicherheit gegeben hatte, an dem sie noch nicht von Selbstzweifeln verdorben war.

Sie beschloss, hinunter in die Bibliothek des Clubs zu gehen und in den Büchern nach dem Namen ihres Großvaters zu suchen. Wenn Marion die Suche aufgeben wollte, dann bedeutete das lediglich, dass Vanessa die Arbeit für sie beide auf sich nehmen musste.

Wenn das Wort ›Bibliothek‹ auf einen Bereich verweist, wo Lesematerial nach einem System – und sei es noch so rudimentär – bereitgehalten wird, dann konnte die Bibliothek des Ashagiri-Clubs keinen Anspruch auf diesen Titel erheben. Sie war einfach ein Raum voller Bücher, die ohne jegliche erkennbare Ordnung aufeinander gehäuft waren. Die meisten standen nicht einmal in Regalen, sondern lagen in großen Bergen auf dem Boden; die Buchdeckel wellten sich und waren von Insekten angefressen. Früher musste es wohl ein System gegeben haben. Als Vanessa wahllos ein paar Bände öffnete, sah sie, dass jedes Buch ein Blatt enthielt, auf dem die Namen der Entleiher und die Ausleih- und Rückgabedaten verzeichnet waren. Die letzten Einträge stammten aus den späten Fünfzigerjahren.

Welche Art von Büchern hatte wohl ihr Großvater gern gelesen? Sie setzte sich auf den einzigen, wackligen Stuhl in der Mitte des staubigen Raumes und fing ohne große Hoffnung an, die Bücher ringsum aufzublättern. Er war gern auf die Jagd gegangen. Und er mochte Kriminalromane. Aber da die Bücher nicht nach Sachgebieten geordnet waren, hatte sie keine Ahnung, wo sie suchen sollte. Ihr gerieten obskure Memoiren und Romane in die Hände, mit Titeln wie *Westwärts! Auf hoher See!* von Autoren, von denen weder sie – noch vermutlich sonst ein Lebender – je gehört hatte. So viel Mühe für die Unsterblichkeit, dachte sie, und jetzt nichts als Futter für Büchermilben! Jemand räusperte sich, und sie erschrak. Die Art, wie Major Das in der Tür stand, ließ vermuten, dass er ihr schon eine Zeit lang zugesehen hatte. Schuldbewusst zuckte Vanessa zusammen.

»Ich wollte mir nur ein paar Bücher anschauen«, sagte sie.

Er nickte. »Ich habe viele … Kuriositäten.«

Das kann man wohl sagen, dachte sich Vanessa.

»Einzelne Werke, die Sie vielleicht interessant finden könnten.« Sein Blick schweifte ziellos im Zimmer hin und her. »Ich sehe, Sie … befassen sich mit der Vergangenheit.«

»Ja«, sagte Vanessa erwartungsvoll. »Ja, genau damit befasse ich mich.« Eine Pause. Major Das strich über den Ärmel seiner Jacke, als wolle er ein unsichtbares Staubkorn entfernen. Er räusperte sich wieder. »Diese Werke«, fing er an, »sind nicht für die Augen der Allgemeinheit bestimmt. Sie stehen nur …«

»Clubmitgliedern zur Verfügung?«

»Genau.«

»Ich würde sie mir sehr gern anschauen.«

»Kommen Sie bitte mit«, sagte der Major mit wichtiger Miene.

Vor der Bibliothek, im Säulengang neben dem Hof, blieb er vor einer alten Sauerstoffflasche stehen, die an der Wand hing. »Der erste Mensch auf dem Everest«, sagte er und klopfte auf das Metall. »Tensing Norgay. Genau diese Flasche verwendete er bei seiner historischen Besteigung.«

»Tatsächlich?«

»Sie ist natürlich leer«, sagte Major Das ein wenig geringschätzig. »Kommen Sie mit, ich habe noch andere Gegenstände.«

Er führte sie durch eine Tür in das alte Billardzimmer. Es war fast leer, nur eine kleine Kommode stand an der hinteren Wand. Major Das durchquerte das Zimmer und blieb davor stehen.

»Es ist notwendig, dass ich meine Stücke die ganze Zeit unter Verschluss halte«, sagte er und holte einen einzelnen verzierten Schlüssel aus der Tiefe seiner Westentasche. »Sie haben einen gewissen … Wert.«

»Sehr umsichtig«, sagte Vanessa und spähte in die Schublade, die er feierlich vor ihr geöffnet hatte. Auf einem weichen Ledertuch lag, in einen dünnen Goldrahmen gefasst, eine Glasscheibe von der Größe eines Talers. »Was ist das?« Sie griff hinein, um den Gegenstand zu berühren, aber Major Das mahnte zischend zur Vorsicht und schob ihre Hand weg.

»Hitlers Monokel«, hauchte er ehrfürchtig.

»Sein *Monokel*?«

»Ja. Er schenkte es dem Radscha von Peshwarighat. Als Zeichen des Dankes. Wie es mir in die Hände fiel, ist eine ganz andere Geschichte.«

»Ich wusste nicht, dass Hitler ein Monokel trug.«

»Es ist eine kaum bekannte Tatsache.«

»Meines Wissens trug er nicht einmal eine Brille.«

»Das wollte er die Welt glauben machen«, sagte Major Das mit großer Genugtuung.

»So«, sagte Vanessa zurückhaltend. Was hielt der Mann wohl noch in seinem geheimen Lager versteckt?, fragte sie sich. Winston Churchills Ohrenstöpsel?

»Vielen Dank, dass Sie es mir gezeigt haben«, sagte sie hastig, »aber ich muss … nach meiner Mutter schauen. Es geht ihr nicht sehr gut. Nichts Ernsthaftes, aber ich habe sie jetzt schon zu lange allein gelassen, wissen Sie, und … ich muss mich wirklich wieder um sie kümmern.«

Der Major konnte immer noch nicht die Augen von seiner Trophäe losreißen. »Natürlich«, sagte er gedankenverloren. »Natürlich müssen Sie das tun.«

Als sie ins Zimmer zurückkam, saß ihre Mutter aufrecht im Bett und kämmte sich das Haar.

»Wo warst du?«, fragte Marion und lächelte.

»Nirgends. Schon wieder ein fruchtloses Unterfangen. Übrigens, wie fühlst du dich?«

»Viel besser. Ich habe ein Nickerchen gemacht, und als ich aufwachte, war das Kopfweh weg.«

»Schön. Du siehst auch besser aus.«

»Ich hatte einen seltsamen Traum«, sagte Marion.

Der Traum hatte mit einem Gefühl begonnen. Das Gefühl war sehr stark, aber gleichzeitig schwer zu definieren. Es war wie ein Duft, der die Macht hatte, eine bestimmte Erinnerung zu wecken, aber je länger man den Duft einatmete, umso schwächer wurde die Erinnerung. Aber was sie in dem Traum roch, war keine Erinnerung, sondern etwas, das noch schwerer zu definieren war. Eine Art zu denken, fast eine Art zu leben, die auf eine große Wahrheit, eine große Freude hinzuweisen schien. Während sie sich noch bemühte, sie zu finden und festzuhalten, fand sie sich plötzlich auf der Straße nach Ashagiri: rechts der steile, felsige Hang, links der Nebel im Tal und die Straße, die sich in einer langen Kurve von ihr wegbewegte.

Zwei Mädchen standen hundert Meter vor ihr; sie hielten sich an der Hand und sahen sie an. Sie sah die beiden sehr deutlich, aber als sie erwachte, stellte sie fest, dass sie nicht in der Lage war, ihr Aussehen im Einzelnen zu beschreiben. Das Einzige, woran sie sich noch erinnerte, war ihre eigene starke Gewissheit, dass sie das Mädchen, das rechts stand, kannte. Das Gefühl des Erkennens überwältigte sie. Marion öffnete den Mund, um sie zu rufen, aber sie brachte kein Wort hervor. Nur das lähmende Bewusstsein war da, dass sie diesem Gesicht, das ihr so außergewöhnlich vertraut schien, keinen Namen geben konnte. Eine seltsame, unbegreifliche Verzweiflung überkam sie. Als hätte sie etwas schrecklich Wichtiges verpasst, als es ihr nicht gelang, das Kind zu identifizieren. Eine Antwort auf eine Frage, eine Gelegenheit.

»Das Mädchen, das ums Leben kam …«

»Welches Mädchen?«

»Bei dem Unfall. Ich habe dir von ihr erzählt. Sie war beim Zeichnen draußen gewesen. Sie hätte gar nicht da sein dürfen.«

»Warum war sie denn da?«

»Schwester Maureen hatte ihr die Erlaubnis gegeben«, sagte Marion langsam. »Sie war ein Mitglied des Vier-Uhr-Clubs.«

»Also war Schwester Maureen schuld?«

»Ja. Deswegen verließ sie die Schule. Das muss der Grund gewesen sein. Sie musste die Schule verlassen, weil sie … verantwortlich war. Das ist mir erst jetzt bewusst geworden. Es muss schrecklich für sie gewesen sein.«

»Noch schrecklicher für das Mädchen, hätte ich gemeint«, sagte Vanessa.

»Ja, natürlich.« Marion dachte einen Augenblick darüber nach, wie es wohl gewesen sein musste. Der plötzliche Taumel nach vorn, während sich der Boden verschob, dann wurde der Himmel dunkel, als sich die Steine lösten. Die Arme erhoben, um ihren Kopf zu schützen, eine instinktive, hilflose Geste.

»Ich weiß nicht einmal mehr, wer sie war«, sagte sie.

Als der Wecker läutete, war eine Zeit lang Stille, dann drehte sich Marion im Bett um. Vanessa konnte an den veränderten Atemzügen erkennen, dass ihre Mutter wach war.

»Wie spät ist es?«, fragte sie.

Marion hob den Kopf ein wenig vom Kissen hoch und ließ ihn dann mit einem Ruck wieder zurückfallen. »Wir müssen aufstehen«, sagte sie mit schwacher Stimme.

»Wie spät ist es?«

»Halb sechs.«

»Es ist noch mitten in der Nacht!«

»Wir müssen aufstehen. John wird uns gleich abholen.«

»Du kannst machen, was du willst«, sagte Vanessa. »Ich bleibe genau hier, wo ich bin.«

»Das geht nicht, Vanessa. Wir haben doch gesagt, dass wir mitgehen.«

»Nein. Du hast es gesagt. Du wolltest ihm doch beim Malen zusehen. Geh du nur.«

»Mir geht es nicht so gut«, sagte Marion mit leiser Kinderstimme. »Mein Kopfweh ist wieder da.«

»Pech gehabt.«

»Geh du. Du kannst doch ohne mich gehen, oder?«

Empört setzte sich Vanessa im Bett auf. »Du hast das alles ausgemacht! Nimm wieder ein Paracetamol oder so etwas. Lass mich aus dem Spiel.«

»John wird uns für unhöflich halten …«, fing Marion wieder an.

»Nein!«

»Eine von uns muss mitgehen. Sonst meint er, dass wir überhaupt keine Manieren haben.«

»Ist doch egal«, sagte Vanessa verbittert. Aber sie war schon dabei, nach dem Lichtschalter neben ihrem Bett zu tasten. »Ist doch scheißegal.«

Marion warf unter der Decke hervor einen verstohlenen Blick auf Vanessa, die im Zimmer herumstapfte und wütend ihre Trainingshose und ihren Bergsteigeranorak anzog.

»Ich muss schon sagen, deine Kopfschmerzen scheinen sich immer nach Bedarf einzustellen«, bemerkte Vanessa.

»Vergiss nicht, deinen Fotoapparat mitzunehmen. Du wirst doch viele Schnappschüsse vom Sonnenaufgang machen wollen.«

»Das Einzige, worauf ich jetzt schießen möchte«, sagte Vanessa, »liegt gerade hier, zwei Meter von mir entfernt.«

»Es wird dich nicht reuen … Der Schnee wird dich freuen.«

»Lass das sein, Mutter. Mein Gott, wie schaue ich bloß aus!«, sagte Vanessa, als sie sich im Spiegel erblickte. »Wie der leibhaftige Tod.«

»Du siehst schön aus. Du könntest höchstens einmal mit dem Kamm durch den Knoten an deinem Hinterkopf fahren.«

»Wenn du glaubst«, sagte sie wütend, »dass ich mich mitten in der Nacht herausputze …« Ein Klopfen an der Zimmertür unterbrach sie.

»Viel Spaß«, sagte Marion und machte es sich auf ihren Kopfkissen bequem. »Meinetwegen brauchst du dir keine Sorgen zu machen.«

Draußen war es sehr kalt und so dunkel, dass Vanessa kaum die Konturen der hölzernen Balkonstützen erkannte. John Walcott stand ein paar Meter entfernt und schaute diskret in eine andere Richtung. Als Vanessa erschien, wandte er sich mit einem Lächeln um.

»Meine Mutter kommt nicht mit«, erklärte Vanessa verstimmt. »Sie sagt, sie hat Kopfschmerzen.«

Er machte ein besorgtes Gesicht. »Vielleicht sollten wir es auf einen anderen Tag verschieben. Würde Ihnen das besser passen?«

»Jetzt bin ich sowieso aufgestanden«, sagte Vanessa unwirsch, »also gehen wir am besten los.« Sie starrte ihn an. Er hatte seine Tweedjacke zugeknöpft, aber abgesehen von dieser einzigen Maßnahme gegen die Kälte trug er das Gleiche wie sonst.

»Ziehen Sie sonst nichts an?«

»Ach, ich bin die Kälte gewöhnt. Ich bin abgehärtet.« Er warf einen etwas neidischen Blick auf ihren Anorak. »Das sieht schön kuschelig aus. Genau das Richtige.«

»Brauchen Sie nichts auf dem Kopf?«

»Nicht nötig.« Er dachte an die gelbe Pudelmütze, die er in seine Jackentasche gestopft hatte. Er hatte sie an einem Stand in der Stadt gekauft. Sie war mollig warm, ließ ihn aber – so vermutete er – etwas lächerlich erscheinen. »Es ist nicht so schlimm, wenn man sich bewegt.«

»Also gehen wir, ich bin jetzt schon halb erfroren.«

Anstatt den Weg nach rechts einzuschlagen, wie sie erwartet hatte, führte sie John nach links, den Berg hinunter in die Richtung des Stadtzentrums. Kein Mensch war auf der Straße. Weit ausholend, mühelos, ging er voran, und sie musste ihr Tempo etwas beschleunigen, um mit ihm Schritt zu halten.

»Ist das nicht schwer?« Sie zeigte auf den Rucksack.

»Ich bin es gewöhnt. Ich spüre ihn kaum.« Er lächelte sie an, und einen Moment lang war Vanessa beinahe fasziniert von seiner ständigen guten Laune. Flüchtig fragte sie sich, wie wohl sein Gesicht unter dem Eindruck ganz anderer Empfindungen aussehen würde.

»Sind Sie immer so fröhlich mitten in der Nacht?«

Er sah sie an, als wollte er etwas erwidern, dann schien er es sich anders zu überlegen.

»Sobald die Sonne aufgeht, wird es viel wärmer«, sagte er

und bog zwischen einem Schuhgeschäft und einem Teehaus abrupt in ein schmales Gässchen ein. Abgesehen von dem düsteren Licht der wenigen Straßenlaternen an der Hauptstraße war das Gässchen stockdunkel. John griff in seine Jacke und holte eine Taschenlampe hervor. »Passen Sie auf, wo Sie hintreten«, sagte er und richtete den Lichtstrahl auf den Boden vor ihren Füßen. Schweigend schritten sie mehrere hundert Meter zwischen den dunklen Mauern nebeneinander her. Hier war der Boden schlammig, und einmal, als sie die Hand ausstreckte, um das Gleichgewicht nicht zu verlieren, berührte Vanessa einen Backstein, der anscheinend von etwas anderem als Regenwasser nass geworden war.

Bald wurden die Häuser seltener und wichen unbebautem Gelände voller Gestrüpp. John blieb stehen und schwenkte die Taschenlampe zur Seite, sodass sie im Dunkeln stand.

»Wir müssen noch über einen kleinen Zaun steigen«, sagte er. »Aber er ist nicht hoch.«

»Wie sind Sie überhaupt auf diese Route gekommen?«, fragte Vanessa und schob seinen angebotenen Arm beiseite.

Der Zaun bestand aus einem niedrigen Draht, der zwischen zwei Pfosten hing, und nach kurzem Zögern schaffte sie es, ihre Beine etwas ungeschickt hinüberzuheben. »Ich glaube nicht, dass etwas davon in den Reiseführern steht.«

»Prasad hat es mir gesagt. Er kennt sich hier in der Gegend sehr gut aus.«

»Sind wir schon außerhalb der Stadt?«

»Nicht ganz. Wir müssen noch ein bisschen klettern, bis wir auf den Weg stoßen. Es dauert aber nicht lange. Dann geht es weiter bergauf. Bis wir oben sind, brauchen wir eine Dreiviertelstunde.« Er schwenkte die Taschenlampe und leuchtete ihr ins Gesicht. Sie musste blinzeln.

»Geht's noch?«

»Mir geht's prächtig«, sagte sie etwas unwirsch.

Inzwischen war es heller geworden. Auf dem Hang über ihnen versickerte allmählich die Dunkelheit, aber Vanessa konnte immer noch kaum den Weg erkennen. Es ging steil bergan, und der Boden war mit Geröll bedeckt, das sie bei jedem Schritt stolpern ließ. An mehreren Stellen des Aufstiegs musste sie sich mit beiden Händen festhalten; ihre Finger klammerten sich an die Erde, die Füße drohten, unter ihr wegzurutschen. John kam schnell voran. Immer wieder rollten große Steinbrocken, die er losgetreten hatte, in gefährlicher Nähe an ihrem Kopf vorbei.

»Entschuldigung«, drang seine gedämpfte Stimme zu ihr herunter. Vanessa, deren Hintern in die Luft zeigte, während die Hände die schwachen Zweige eines Strauchs umklammerten, biss die Zähne zusammen.

»Jetzt sind wir da!«, rief John und verschwand hinter einem kleinen Grat. »Kann ich Ihnen heraufhelfen?«

Sie kraxelte die letzten Meter hinauf. »Tut mir Leid«, sagte er besorgt. »Es gibt leider keine andere Möglichkeit, auf diesen Weg zu gelangen.« Vanessa verbrachte ein paar Sekunden damit, ihre Jacke abzuklopfen, um die Tatsache zu verheimlichen, dass sie schwer atmen musste. So viele Längen im Schwimmbecken, dachte sie verbittert, und ich bin immer noch ein Wrack.

»Von hier ab geht es leichter.«

»Mir hat es nichts ausgemacht«, sagte Vanessa, die sich über seine Besorgnis ärgerte. »Aber ich glaube nicht, dass es meine Mutter bis hierher geschafft hätte.«

»Daran hatte ich nicht gedacht.«

Der Pfad, auf dem sie jetzt gingen, brachte sie zu einer Mulde zwischen zwei kleinen Hügeln, führte kurz nach unten und stieg dann einen langen, schmalen Kamm hinauf, der die Dunkelheit ringsum durchbrach wie das riesige Rückgrat eines Meerestieres, das langsam zur Oberfläche aufsteigt. Am Fuße dieses Kamms blieb John stehen und wandte sich nach ihr um.

»Als ich das erste Mal hier heraufkam … nun, eigentlich gewöhnt man sich nie daran, aber das erste Mal …«

»Was ist mit dem ersten Mal?«

Er zögerte. »Versprechen Sie, dass Sie nicht hinaufschauen? Kein einziges Mal? Schauen Sie immer nur auf den Boden.«

»Wieso?«

»Versprechen Sie es einfach.«

»Gut, ich verspreche. Ich kann sowieso kaum etwas sehen.«

»Es wird Ihnen schwer fallen«, sagte er ernst. »Sie werden hinaufschauen wollen, aber Sie dürfen es auf keinen Fall tun.«

»Gut«, sagte sie wieder. »Ich werde es versuchen.«

Ihr Versprechen zu halten war leichter, als sie gedacht hatte. Der Pfad, obwohl deutlich erkennbar, war steil, und Vanessa merkte, dass sie die Augen auf den Boden richten musste, um mit Johns langen Beinen Schritt zu halten.

»Ich habe nie jemand anderen hier oben angetroffen«, sagte er, während sie weitergingen. »Ich verstehe nicht, warum niemand anders diese Route wählt. Es gibt noch einen Pfad auf der anderen Seite der Stadt, den die Touristen nehmen. Von dort oben hat man auch eine schöne Aussicht, aber sie ist nicht halb so schön wie diese hier.«

»Was machen Sie, wenn Sie nicht auf Reisen sind? Zu Hause, meine ich.«

»Ich bin Fahrradkurier«, sagte John. »In London. Ich mache es immer so lange, bis ich genug Geld beisammen habe, um wieder auf Reisen zu gehen und zu malen. Die nächste Reise führt nach Japan. Zum Fudschijama.«

»Warum gerade dorthin?«

»Kennen Sie Hokusai?«

»Nicht so recht.« Vanessa hatte eine vage Erinnerung an blaue Wellen. »Oder doch, ist das nicht der mit den Wellenbildern?«

»Ja, das stimmt. Riesige Wellen. Man schaut sie an und sieht nichts als Wasser, und dann sieht man im Hintergrund, ganz winzig klein, immer dasselbe. Den Fudschijama. Er ist der kleinste Teil des Bildes, aber der allerwichtigste.«

Vanessa hob die Augen ein klein wenig, um ihn anzuschauen, während er vor ihr weiterging.

»Wieso?«, fragte sie. »Wieso ist er das Wichtigste?«

»Ich weiß es nicht so genau«, sagte er schlicht. »Darum will ich hinfahren. Um es herauszufinden.«

Sie schwieg.

»Japan ist sehr teuer«, fuhr John, ein wenig traurig, fort. »Ich werde Monate brauchen, bis ich das Geld beisammen habe. Mindestens ein Jahr. Vielleicht noch länger. Was machen Sie, wenn Sie in England sind?«

»Ich arbeite in einer Firma von der Sorte, die Fahrradkuriere beschäftigt. Corporate Imaging – was in erster Linie eine hochgestochene Bezeichnung dafür ist, dass wir anderen Firmen sagen, wie ihre Logos aussehen und an welcher Stelle ihres Briefkopfs sie stehen sollten.«

»Sie sind also Designerin.«

»Aber nein. Ich manage die Projekte für ein paar Kunden. Ich sage den Designern, was sie machen sollen.« Sie hielt inne und rechnete damit, dass er entweder den Nutzen einer Beschäftigung in Frage stellte, die nur zu dem Zweck existierte, reiche Unternehmen noch reicher zu machen, oder –

noch schlimmer – dass er Interesse für ein Gebiet heuchelte, von dem er offensichtlich keine Ahnung hatte. Aber John tat weder das eine noch das andere.

»Es würde mir nicht so viel ausmachen«, fügte sie impulsiv hinzu, »wenn man wenigstens zugeben würde, dass wir eigentlich nichts anderes machen, als Hunderttausende von Pfund dafür zu verlangen, dass wir ein existierendes Logo nehmen, es zurechtbiegen, rot anmalen und den Kunden sagen, in welcher Größe es auf den Reklametafeln erscheinen soll. Ich meine, es ist nicht so, dass es nicht funktioniert. Wir können buchstäblich Millionen an zusätzlichem Gewinn für die Unternehmen herausholen, wenn wir die Art verändern, wie sie sich präsentieren. Aber das will man nicht zugeben. Alles muss zu einer großen Aufgabe … veredelt werden, die sich selbst rechtfertigt. Unser Vorsitzender, Terry Pryce, hält ganze Vorlesungen über die archetypische Bedeutung des Shell-Symbols. Und des Hakenkreuzes. Es klingt fast wie Neid, wenn er vom Hakenkreuz redet. Nein, nicht nur *fast*, sondern *voller* Neid. Weil es als Markenzeichen einen so enormen ›Erkennungswert‹ besitzt, wie er sich ausdrückt.«

»So, wie Sie darüber sprechen, klingt es … unredlich.«

»Wahrscheinlich klingt es so. Aber nicht unredlich im gewöhnlichen Sinn, sondern irgendwie sich selbst gegenüber. Es lässt sich schwer erklären.«

Sie hielt inne. »Ich sagte, ich arbeite dort, aber eigentlich stimmt das nicht. Jetzt nicht mehr. Ich habe gekündigt.«

»Hat sich etwas Besseres ergeben?«

»Nein. Ich habe mich plötzlich dazu entschieden.«

»Warum?«

Vanessa schwieg. Wie sollte sie die Unruhe der letzten Monate erklären? Etwas war passiert, als ihr Vater starb. Etwas mit ihr selbst. Zu der Trauer über das Ableben ihres Vaters war ein neues Gefühl gekommen, das Bewusstsein, dass ihre Mutter verwundbar war. Dass sie ihr Leben im Schatten eines anderen verbracht hatte. Vanessa kam es vor wie eine ... Leere. Und verpackt in das Mitleid hinter diesem Gedanken, deutete sich leise der Verdacht an, dass es auch andere Lebensweisheiten gab, in denen eine menschliche Existenz genauso leer sein konnte. Dass ein Leben voller Aktivität und Bewegung, ohne richtiges Ziel – ihr eigenes Leben vielleicht – auch eine Art Leere war.

Ihre Mutter hatte nur begrenzte Wahlmöglichkeiten gehabt, aber von sich konnte Vanessa das kaum behaupten. Vor ihr hatte man die Welt ausgebreitet, und am Horizont leuchteten Aussichten auf Erfolg. Sie konnte überall hingehen, alles tun.

Sie sah zu John hinauf, der vor ihr herging. Wie konnte sie sich darüber beklagen, dass ihr fast alles, was sie versucht hatte, gelungen war? Wie konnte sie erklären, dass das Einzige, das sich nicht mühelos ergeben hatte, eine Zufriedenheit war, die ein oder zwei Wochen überdauerte? Dass ihr Leben seit dem Tod ihres Vaters von einer schwelenden Panik beherrscht wurde, die aus dem Gefühl erwuchs, zu viele Wahlmöglichkeiten zu haben und keine klare Richtung.

»Irgendwie hat es mir einfach nicht mehr gefallen«, sagte sie schließlich.

»Aber früher hat es Ihnen gefallen?«

»Schon. Auf jeden Fall habe ich es gut gemacht. Was wohl auf dasselbe hinausläuft.« Sie zögerte. »Mein Vater war der Meinung, es sei ein toller Job. Der beste Weg nach oben. Für meinen Vater war es wichtig, auf dem besten Weg nach oben zu sein.«

»War?«

»Ja. Er ist voriges Jahr gestorben.«

John wandte sich nach ihr um. »Oh Gott, das tut mir Leid. Er muss noch ganz jung gewesen sein.«

»In den hohen Fünfzigern. Er ging viermal in der Woche zur Gymnastik. Spielte am Wochenende Golf. Hat nie geraucht.« Sie schüttelte den Kopf. »Sonst gibt es eigentlich nichts zu sagen. Jedenfalls nichts Nützliches.«

Sie waren etwa eine halbe Stunde gestiegen, und die Morgendämmerung zog schnell herauf. Jetzt sah Vanessa, dass der Kamm mit bleichen, drahtigen Grasbüscheln und niedrigen Wacholdersträuchern bedeckt war, die einen süßen, fast berauschenden Duft verströmten.

»Wann darf ich schauen?«, fragte sie. »Geht es jetzt?«

Er blieb stehen. »Bitte nicht«, sagte er eindringlich. »Sie werden es gleich verstehen. Es dauert nicht mehr lange.«

»Wie hoch steigen wir noch hinauf?«

»Die Stelle ist ein bisschen mehr als dreihundert Meter oberhalb von Ashagiri. Jenseits der Baumlinie. Es kann sein, dass Sie den Höhenunterschied ein bisschen spüren.«

»Ja«, sagte sie und griff das als Erklärung für ihre unerwartete Atemlosigkeit dankbar auf. »Ja, ich glaube, ich fange jetzt plötzlich an, ihn zu merken.«

Schweigend setzten sie ihren Aufstieg fort. Als sich der Himmel noch weiter erhellte, musste Vanessa gegen ein Schwindelgefühl ankämpfen. Es lag nicht daran, dass der Kamm zu schmal war – wenn sie den Kopf ein klein wenig von rechts nach links drehte, merkte sie, dass er mindestens fünfzig Meter breit war – sondern vielmehr daran, dass sie spürte, wie unermesslich tief der Raum auf jeder Seite des Kamms geworden war, und obwohl sie ihre Füße fest auf den Boden aufsetzte, fühlte sie sich gezwungen, bei jedem Schritt ihr Gleichgewicht zu überprüfen. Ihr Atem ging jetzt schneller, und sie hatte ganz vergessen, dass ihre Hände froren.

»Es ist nicht mehr weit«, rief ihr John zu. »Wir sind fast da.«

Der Pfad verlief allmählich ebener. John schritt etwas schneller aus und zwang sie fast zum Laufen. »Gehen Sie nicht so schnell«, keuchte sie. »Ich komme nicht mehr nach.«

»Entschuldigung.«

Während des ganzen Aufstiegs hatte Vanessa dankbar festgestellt, dass der Morgen fast völlig windstill war, außer einer leichten Brise, die sie von hinten anschob. Nun, in der Stille, hörte sie ein neues Geräusch. Ein leichtes und vielfaches Flattern, als ob eine große Zahl von Gegenständen, jeder für sich unbedeutend, im Zusammenspiel eine seltsame Musik erzeugte. Fast hätte sie den Kopf erhoben, aber John war schon vor ihr stehen geblieben und legte eine Hand auf ihre Schulter.

»Hier wird es etwas schmal. Sie dürfen immer noch nicht hinaufschauen. Halten Sie sich am besten an mir fest.«

Sie verspannte sich automatisch, als er sie am Ellbogen anfasste, und fragte sich plötzlich, ob er sie zum Narren halte. »Wehe, wenn jetzt nichts Großartiges kommt ...!«, sagte sie und tastete sich vorwärts.

»Jetzt dürfen Sie schauen.«

Er nahm die Hand weg und trat zurück.

Sie hob den Kopf, und der Anblick traf sie wie ein Schlag. Rings um sie herum, in einem Kreis, der den Kamm – bis auf den schmalen Weg, den sie gekommen waren – vollständig umgab, erhoben sich die Berge. Sie waren näher, als man unten in Ashagiri gedacht hätte. Viel näher. Schneebedeckt, gewaltig hoben sich die felsigen Spitzen, die vereisten Vorsprünge, die senkrechten Felswände vor dem blassen Himmel ab mit der Schärfe von Messern, die tief einschneiden und sich wieder zurückziehen, noch bevor der Schmerz einsetzt.

Unter ihnen, wo der Kamm endete und steil abfiel, sah sie das winzige silberne Band eines Flusses. Neben ihr, auf vier oder fünf langen Leinen, die zwischen hölzerne Pfosten gespannt waren, wehten Hunderte von buddhistischen Gebetsfahnen wie große Taschentücher in der Brise. Das also erzeugte das flatternde Geräusch, das sie beim Aufstieg gehört hatte. Die Fahnen, ursprünglich in kräftigen Farben, waren jetzt verschiedenartig verblasst, manche immer noch grell, andere vom Wind fast durchsichtig geblasen, nichts als Nebelfetzen, die ein Spinngewebe aus Baumwollfäden zusammenhielt.

»Gleich wird die Sonne aufgehen«, sagte John. Er hatte den Bergen den Rücken zugewendet und blickte stattdessen ihr ins Gesicht, als sei das, was er dort sah, einen Augenblick lang fesselnder als die Gipfel selbst.

Im gleichen Moment fiel die Sonne, die noch hinter den Bergen zu ihrer Rechten verborgen war, auf den höchsten Gipfel der Kette. Ein plötzlicher Saum aus Gold legte sich um den Schnee, schlug derart schnell und gebieterisch auf ihn ein, dass es schien, als müsse er von einem großen Geläute begleitet werden, obwohl man sich dessen Klang unmöglich vorstellen konnte. Das Licht hielt einen Moment inne, als wollte es sich in Ehrfurcht vor der Herrschaft des Berges verneigen, dann breitete es sich weiter nach unten aus. Vanessa schloss für einen Augenblick die Augen. Sie bemerkte, dass sich ihre Hand in der Jackentasche an etwas festhielt, an einem Stück Kaugummi, in Silberfolie verpackt, und für einen Moment kam ihr dieses winzige Objekt völlig fremd vor. Als hätte sie die Verbindung zu ihren eigenen Fingern verloren, zu allem, was zu ihr gehörte, und als könnte sie sie ohne konzentrierte Anstrengung nicht wieder zurückgewinnen. Sie sah, dass John neben ihr auf die Knie gesunken war, als wollte er ein obskures Anbetungsritual ausführen. Und in ihrer Verwirrung kam ihr dieses Benehmen nicht seltsam oder unpassend vor. Aber er wollte ihr einfach etwas zeigen.

»Sehen Sie die Räucherstäbchen?«, sagte er und zeigte auf den Fuß eines kleinen Steinhaufens, der am äußersten Ende des Bergkamms errichtet worden war. »Man bringt sie herauf und zündet sie hier an. Es soll ein heiliger Ort sein.«

»Ja«, sagte sie langsam. »Ja, das kann ich mir vorstellen.«

Er nahm den Rucksack ab und löste den Verschluss. »Haben Sie Hunger? Ich habe hier irgendwo ein paar Chapattis. Ich habe sie vom gestrigen Abendessen aufgehoben. Sie schmecken überraschend gut, wenn sie kalt sind.«

»Sie müssen anscheinend wirklich sparen.«

Er zuckte gut gelaunt die Schultern. »Ich werfe nicht gern etwas weg.«

»Hierher kommen Sie also zum Malen«, sagte sie und sah immer noch gebannt um sich.

»Ich habe Glück. Ich brauche keine Staffelei oder so etwas Ähnliches. Ich setze mich einfach auf den Felsen dort und male auf dem Schoß.« Er griff in seinen Rucksack und holte ein kleines Brett heraus, an dem ein viereckiges Vergrößerungsglas befestigt war.

»Sehen Sie, man kann das Glas auf die benötigte Höhe einstellen«, sagte er und führte es vor. »Ich lege die Leinwand hier herein, und dann schaue ich durch das Glas auf das, was ich gerade male. Es lässt sich ziemlich leicht zusammenlegen, obwohl ich dieses Scharnier etwas ölen müsste …«

»Wo haben Sie das bloß aufgetrieben?«

»Eigentlich musste ich es erfinden. Ich habe ewig gebraucht, bis ich den Winkel richtig hatte.«

Während er redete, knabberte Vanessa an ihrem Chapatti. Der Teig war etwas lappig, schmeckte aber immer noch gut, und sie merkte, dass sie immer größere Happen abbiss; nach dem anstrengenden Aufstieg verspürte sie plötzlich Heißhunger.

»Nun, wollen Sie es nicht aufklappen und mit der Arbeit anfangen? Deswegen sind wir doch heraufgekommen.«

Er schüttelte den Kopf. »Heute nicht«, sagte er und packte die Ausrüstung sorgfältig wieder ein.

»Warum nicht?«

»Es ist einfach nicht der richtige Zeitpunkt.« Ihr kam es vor, als hätte sich sein Gesicht verändert, als hätte er ein Geheimnis.

»Ich bin schuld«, sagte sie abrupt. »Ich würde Sie ablenken.«

»Aber *nein*«, sagte er mit großer Vehemenz. »Das dürfen Sie bitte nicht glauben. Das stimmt überhaupt nicht.«

»Es stimmt schon«, widersprach sie ihm, und sie fragte sich, warum es ihr plötzlich so wichtig war.

»Heute bin ich nicht heraufgekommen mit der Absicht zu arbeiten, wenn Sie es unbedingt wissen wollen«, sagte er hastig. »Um ehrlich zu sein, ich hatte es überhaupt nicht vor.«

»Warum haben Sie dann Ihre ganze Ausrüstung mitgenommen?«, fragte Vanessa unerbittlich.

»Wahrscheinlich aus Gewohnheit«, sagte er leichthin. Er sah sie in der ihm eigenen Art an, offen, ohne falsche Kühnheit. »Oder vielleicht habe ich bloß einen Vorwand gebraucht, um mit Ihnen die Zeit zu verbringen.«

Über seine Direktheit musste sie lächeln. »Ich fühle mich geschmeichelt«, sagte sie und war überrascht festzustellen, dass sie es ehrlich meinte.

Die Sonne hatte endlich ihren Bergkamm erreicht, fand

ihre kalten Hände und trocknete den fast unmerklichen Niederschlag des Taus auf den Gebetsfahnen, der nur ein wenig feiner war als der Stoff selbst.

»Darf ich nicht einmal das sehen, was Sie bisher gemacht haben?«

»Später vielleicht ... wenn wir wieder unten sind.«

»Warum? Warum darf ich es nicht jetzt schon sehen?«

»Weil ...« Mit weit ausholender Armbewegung zeigte er auf das Bergpanorama. »Wegen alldem hier, wahrscheinlich. Wenn man ... die Wirklichkeit sieht und dann meine Arbeit direkt daneben ..., dann muss man einfach Vergleiche ziehen. Man muss einfach denken ...«

»Los«, sagte Vanessa forsch. »Zeigen Sie es her.«

»Also ...« Zögernd griff er in die Brusttasche seiner Jacke und nahm einen kleinen Plastikbeutel heraus.

»Es ist noch nicht ganz fertig«, sagte er besorgt, als er ihr ein viereckiges Stück Leinwand reichte, das kaum größer war als eine halbe Spielkarte. Sie fasste es vorsichtig an den Rändern an.

Das Gemälde zeigte den höchsten Berg im ersten Licht des Tages, eingefangen in dem Moment, als das Gold unerwartet aus dem Nichts auftaucht, und es war wie ein Juwel zwischen ihren Fingern. John hatte Recht, dachte sie, es war nicht wie der echte Berg. Die Proportionen waren verändert, in die Breite gezogen, perspektivisch leicht verkürzt, und die ganze Oberfläche hatte einen leichten Glanz, als sei sie von einer durchsichtigen Flüssigkeit bedeckt, dichter als Wasser und sehr hell. Sie brauchte eine Weile, bis sie erkannte, was sie sah. Es war überhaupt nicht das Abbild des Berges, sondern sein Spiegelbild, das winzig klein in der feuchten Wölbung eines weit geöffneten Auges schwamm.

»Es ist ... erstaunlich«, sagte sie fasziniert.

»Es ist noch nicht fertig«, sagte John wieder, diesmal noch hastiger. »Es braucht noch etwas Zeit.«

»Es ist so schön. Das meine ich wirklich. Ich sage es nicht, weil ich nett sein will.«

»Tja …« Er nahm es ihr schnell wieder ab und steckte es in den Plastikbeutel zurück. »Ich tue es eben gern, wissen Sie.« Vanessa beobachtete ihn, wie er es einwickelte und wieder in die Tasche steckte.

»Woher wissen Sie das?«, sagte sie plötzlich.

»Was?«

»Dass Sie es gerne tun. Ich meine, woher wissen Sie es *wirklich*?«

John schien die Frage nicht komisch zu finden. Er überlegte eine Weile. »Es ist nicht so wie das, was Sie vorhin sagten, dass man etwas gerne tut, nur weil man es gut kann, denn die meiste Zeit glaube ich gar nicht, dass ich es besonders gut kann. Eigentlich weiß ich keine Antwort. Es ist nicht so, dass ich jemals irgendeinen Plan gemacht hätte. Es hat sich einfach so ergeben.«

»So?«

»Sie klingen … enttäuscht.«

»Nein«, sagte sie schnell, »nein, die Frage hat mich einfach interessiert.«

Als sie wieder im Ashagiri-Club ankamen, war der Vormittag schon halb vorbei, und Vanessa war müde. Ihre Mutter saß bei einer Tasse Tee auf dem Balkon; ihre Beine hatte sie bequem auf einen Schemel gelegt. Vor ihr auf dem Tisch lagen viele in braunes Papier gewickelte Päckchen. Sie sah Vanessa begeistert an.

»Du bist wieder da! War es schön?«

»Ja, es war sehr schön.«

»Ich war einkaufen«, sagte Marion mit schuldbewusster

Stimme. »Eigentlich wollte ich ein bisschen auf Entdeckungstour gehen. Ich war gerade auf dem Weg zum Taxistand, um mich über den Fahrpreis nach Sunny Valley zu erkundigen, als ich den Laden sah und … abgelenkt wurde.«

Tatsächlich aber hatte Marion von vornherein nicht die Absicht, in Ashagiri irgendwo hinzugehen, wo sie durch Erinnerungen enttäuscht werden könnte. Da das fast die ganze Stadt ausschloss, hatte sie sogar überlegt, ob sie überhaupt das Bett verlassen sollte. Lange, nachdem Vanessa weggegangen war, lag sie da und studierte die Risse und Flecken an der Decke mit der zwecklosen Konzentration eines Gefangenen, der jahrelang in derselben Zelle sitzen muss. Schließlich trieb sie der Hunger aus dem Bett. Sie zog sich mit Bedacht an, trug ihren Lippenstift auf und schenkte sich ihr übliches Spiegel-Lächeln: künstlich, ein wenig besänftigend, als wollte sie sich versichern, dass das Gesicht, das sie der Welt darbot, bei niemandem Anstoß erregen konnte. Unten im Speisesaal brachte ihr Prasad Pfannkuchen mit eingebackenen kleinen Bananenscheiben. Das Essen hob ihre Stimmung ein wenig.

»Wo kann man am besten Geschenke kaufen?«, fragte sie ihn. »Im Curio Emporium?«

Er schüttelte rasch den Kopf. »Zu teuer. Nicht echt. Am besten gehen Sie zu Avari.«

Er beschrieb ihr den Weg, und sie brach auf, die Handtasche unter einen Arm geklemmt, und versuchte, nur das anzusehen, was nötig war, um den Weg zu finden. Sie sagte sich, dass sie an jedem beliebigen Ort sein könnte und dass die Menschen und die Gebäude um sie herum reine Geschöpfe ihrer Fantasie seien, die sie mit Willenskraft wieder verbannen könnte. Aber der Lärm auf der Straße und Hunderte von verlockenden Formen und Farben stritten so sehr um ihre Aufmerksamkeit, dass sie von Zeit zu Zeit gezwungen war, stehen zu bleiben und kurz die Augen zu schließen, bevor sie imstande war weiterzugehen. Sie war erleichtert, als sie feststellte, dass Avaris Laden, obwohl in einer Seitenstraße versteckt, trotzdem leicht zu finden war. Sie öffnete die Tür zum Laden, und mit einem Gefühl freudiger Erwartung, die der Glückseligkeit nahe kam, blieb sie einen Augenblick auf der Schwelle stehen.

Falls Avaris Laden jemals architektonische Proportionen aufgewiesen hatte, waren sie jetzt völlig verwischt, verdeckt durch die reine Fülle seiner Waren. Gegenstände in allen verschiedenen Formen, Größen und Farben drängten sich in den Ecken und hingen in einem Schwindel erregenden Durcheinander von der Decke. Hüte, Teppiche, Schemel, Statuetten, reich verzierte Waffen, Tassen und Schalen aus Messing, Schnitzereien, Puppen, Wimpel, Masken, Briefbeschwerer aus Marmor, bestickte Westen, Kissen, Gemälde, Wandteppiche und unzählige Mengen von Schmuck, der verführerisch im sanften Licht funkelte. Inmitten dieser Schätze, hinter einer Vitrine, die mit emaillierten Döschen gefüllt war, saß Avari höchstpersönlich, sein rundes Gesicht leicht verwirrt, als könne er diese Spuren seines Wohlstandes selbst nicht so recht erklären. Ein winziger Rubin glitzerte an seinem Ohrläppchen. Als Marion eintrat, sah er sie mit einem außergewöhnlich charmanten Lächeln an.

»Kann ich Ihnen helfen?«

»Danke, eigentlich noch nicht. Ich weide mich bloß an dem Anblick.«

Er lächelte wieder. »Weiden ... so ein schönes Wort. Wie Schafe auf der Wiese.«

»Ich glaube, das heißt ›grasen‹«, sagte Marion schüchtern.
»Ja. Weiden und Grasen. Beides sind schöne Beschäftigungen.«

»Sie haben so viele Sachen hier … Ich weiß nicht, wo ich anfangen soll.« Sie trat zu einem Stapel von Teppichen und strich mit der Hand über den obersten. »Es ist alles so schön.«

»Lassen Sie sich bitte Zeit. Mit Eile lässt es sich nicht weiden. Das muss man mit Weile machen. Vielleicht möchten Sie eine Tasse Tee?«

»Das wäre nett«, sagte Marion, während ihre Hände über eine Ansammlung von Buddhastatuen aus Messing wanderten. »Die hier sind so schön. Ich glaube, ich muss mir mindestens eine leisten.«

Sie ging im Laden herum und kehrte von Zeit zu Zeit zum Ladentisch zurück, um ein ausgewähltes Stück hinzustellen und wieder an Avaris Tee zu nippen. Es war warm im Laden und sehr ruhig, und allmählich verlor sie das Gefühl für die Zeit. Avari beobachtete kommentarlos den wachsenden Berg ihrer Einkäufe und unternahm nichts, um ihre Aufmerksamkeit auf bestimmte Gegenstände zu lenken.

»Sie wohnen in England?«, fragte er schließlich.

»Ja«, sagte Marion. »Aber früher habe ich hier gelebt.« Unsicher lächelte sie ihn an. »Das ist schon lange her.«

»Und was halten Sie jetzt von Ashagiri?«

»Ich … ich weiß es nicht.«

Avari seufzte. »Jetzt hat man alles verkommen lassen.«

Sie schüttelte höflich den Kopf. »Aber nein …«

»Doch, doch, es stimmt schon. Völlig verkommen. Früher war alles anders. Die Menschen waren anders. Ärmer, natürlich. Sehr arm, aber alle halfen einander. Die Menschen dieser Stadt waren eine Gruppe für sich. Damals spielte Geld keine Rolle. Liebe und Verständnis – das war die Währung in Ashagiri.«

»Ich glaube nicht, dass das *ganz* stimmt«, sagte Marion leise.

»Früher hatte man von jedem Teil der Stadt Sicht auf die Berge. Jetzt gibt es keinen Ausblick mehr. Alle diese Betonklötze, die gebaut werden. Schnell, schnell. Keine Zeit zu weiden und zu grasen. Überhaupt keine Zeit.«

»So schlimm ist es doch nicht«, widersprach ihm Marion.

Er schüttelte den Kopf.

»Die Veränderungen haben auch Gutes gebracht«, sagte Marion hartnäckig, mehr aus dem Wunsch, den Mann aufzumuntern, als aus Lust am Widerspruch. »Diese ganze Stadtentwicklung, die Touristen. Gut für das Geschäft.« Mit ausladender Geste deutete sie auf den Verkaufsraum. »Ihr wunderschöner Laden …«

Er ließ seinen Blick herumschweifen, und es schien ihr wieder, als sei er erstaunt. Als sähe er den Laden zum ersten Mal.

»Nun«, sagte sie heiter, »ich glaube, ich sollte jetzt meine Einkäufe bezahlen.« Ihr kam in den Sinn, dass sie den Versuch unternehmen sollte zu feilschen. Sie wusste, dass man es von ihr erwartete, und Vanessa würde sich bestimmt danach erkundigen und sie für einen Waschlappen halten, wenn sie es nicht getan hätte. »Wäre es möglich …«, fing sie an.

»Ich kann Ihnen einen Rabatt von zehn Prozent gewähren«, unterbrach sie Avari, »und bei den Armreifen berechne ich natürlich den halben Preis.«

»Das ist sehr nett von Ihnen.«

»Und diese Ohrringe gebe ich Ihnen kostenlos«, fuhr er fort und steckte sie in einen kleinen seidenen, mit Zugband versehenen Beutel.

»Wollen Sie das wirklich tun?«, fragte Marion, bevor ihr wieder einfiel, dass eigentlich sie die Kundin war, und nicht umgekehrt.

Avari lächelte und zuckte die Achseln. »Soll ich das alles ins Glenside bringen lassen?«

»Glenside?«

»Zu Ihrem Hotel ...«

»Ich wohne aber nicht dort. Ich wohne im Ashagiri-Club.«

Er wirkte überrascht. »Aber wieso? Warum sind Sie nicht im Glenside?«

Als sie den Laden schließlich verließ, war Marion in Hochstimmung. Im Club breitete sie ihre Einkäufe auf dem Balkontisch aus und prüfte jedes Stück mit großer Genugtuung. Einkaufen, sagte sie sich, war eine tröstliche Beschäftigung. Das Vergnügen bestand nicht sosehr im Erwerb, sondern im Auswählen der verschiedenen Stücke. Es war eine Art sich auszudrücken.

»Er hat mir einen guten Preis für dieses Zeug gemacht«, sagte sie zu Vanessa.

»Wirklich?«, fragte Vanessa skeptisch.

»Das hier zum halben Preis!«, sagte Marion und hielt die Armreifen zur Begutachtung in die Höhe. »Und schau dir diese Kissenbezüge an. Diese feine Stickereiarbeit.«

»Was ist das?« Vanessa nahm eine kleine Messingglocke mit Griff in die Hand. »Es sieht aus, als hättet ihr Memsahibs sie benützt, um die Diener zu rufen.«

»Ich bin mir nicht ganz sicher«, gab Marion zu. »Mir hat einfach das Muster darauf gefallen. Ein kleines Holzstöckchen gehört dazu ...«

Prasad war mit einem frischen Kännchen Tee und einer zweiten Tasse erschienen. Nachdem er alles auf dem Tisch arrangiert hatte, zögerte er noch einen Moment. »Bitte«, sagte er und streckte die Hand aus. »Ich werde Ihnen etwas zeigen.«

Er hob die Glocke mit der einen Hand auf und fuhr mit dem Stöckchen am unteren Rand entlang, wobei sein Gesicht feierlich konzentriert wirkte. Zunächst war Vanessa versucht zu lachen, aber dann geschah etwas Unerwartetes. Die Glocke fing an zu summen. Es begann mit einem leisen Vibrieren und wurde stetig lauter und deutlicher, bis es zu einem einzelnen singenden Ton wurde, der von überallher gleichzeitig zu kommen schien. Immer wieder ließ er das Stöckchen auf dem Glockenrand kreisen, und der Laut schwoll an, bis es nicht mehr weiter ging. So etwas hatte Marion noch nie gehört. Es war ein Klang, wie ihn das Licht hervorbringen könnte, dachte sie. Gleißend, unerträglich rein. Prasad hörte auf, das Stöckchen kreisen zu lassen, und der Klang hing noch eine Sekunde in der Luft, bis er sich zurückzog wie etwas, das langsam auf der Zunge zergeht.

»Buddhistische Gebetsglocke«, sagte er höflich und stellte sie wieder auf den Tisch.

Erstaunt starrten die beiden Frauen die Glocke an.

»Glauben Sie, ich könnte das auch?«, sagte Marion schließlich. Sie nahm die Glocke in die Hand und fing an, den Rand zu reiben, aber das Stöckchen rutschte in ihren Fingern aus. Außer dem leichten Kratzen von Holz auf Metall kam kein Ton heraus. Sie versuchte es wieder. »Ich mache es doch genauso wie Sie, oder?«, fragte sie Prasad. »Sie haben es doch auch einfach gerieben?«

»Sie müssen üben«, sagte er, als er wegging.

Marion stellte die Glocke wieder hin. »Ich muss dir übrigens etwas sagen. Ich glaube, wir sollten umziehen.«

»Wohin?«

»Ins Glenside. Es ist ein Hotel. Oben am Fountain Square. Dort kriegt man in der Nacht eine Wärmflasche.«

»Woher weißt du das?« Vanessa ärgerte sich, dass ihre Mutter anscheinend etwas entdeckt hatte, das ihr entgangen war. »Warst du schon da?«

»Avari hat es mir gesagt. Der Mann im Laden. Er nahm an, wir würden dort wohnen, weil es angeblich das beste Hotel der Stadt ist.«

»Vermutlich hat es auch die höchsten Preise. Wahrscheinlich hat er einen Blick auf deine Handtasche geworfen und sich die Hände gerieben. Er muss jemand im Hotel kennen. Sie werden wahrscheinlich unter einer Decke stecken.«

»Er war ganz und gar nicht so«, protestierte Marion.

Vanessa war nicht überzeugt.

»Sie haben *Wärmflaschen*«, bettelte ihre Mutter.

»Wir könnten es uns vielleicht kurz anschauen.«

»Und jeden Tag gibt es ein richtiges Abendessen. Man kann auch hingehen, wenn man kein Hausgast ist. Vier Gänge. Avari sagt, dass es Klaviermusik gibt ...«

»Na gut. Besser als die Abendunterhaltung hier im Club wird es allemal sein«, sagte Vanessa etwas unwillig.

»Wir werden uns ein bisschen in Schale werfen müssen«, sagte Marion freudig erregt. »Ich habe doch gleich gewusst, dass ich meine silbernen Schuhe brauchen würde!«

Als sie der Diener mit dem weißen Turban in den großen Salon des Glenside hineinführte, nahm Vanessa an, er habe sich geirrt. Etwa ein Dutzend Gäste saßen auf geräumigen Sesseln vor dem Kamin und wirkten so entspannt und vertraut, als seien sie auf einer privaten Party. Der Raum selbst schien für einen solchen Anlass wie geschaffen. Die

Förmlichkeit der hohen Decke und des Kristalllüsters wurde abgeschwächt durch eine tröstliche planlose Schäbigkeit. Dunkelgrüne Samtvorhänge – nur am Rand etwas abgenutzt – waren fest zugezogen, um den Abend fern zu halten. Mit Petit-point-Stickerei verzierte Kissen lagen auf dem Sofa verstreut, und auf dem breiten Kaminsims tickte leise eine Uhr. Aber trotz der anheimelnden Details hatte der Raum etwas unbezähmbar Exotisches. Vielleicht lag es an den beiden kleinen schwarzen Lacktischen oder an der Vase mit den riesigen tropischen Blüten, die auf dem Kaminsims stand, oder an dem grünen Seidenkleid einer Engländerin mittleren Alters, die in der Mitte des Zimmers auf einem Sofa ruhte. Sie gestikulierte beim Sprechen, und wenn sie die Arme hob, enthüllte sie weite Ärmel, die mit einem Muster aus blauen, ineinander verschränkten Drachen bestickt waren.

Vanessa wandte sich an den Diener. »Wir wollten eigentlich ins *Restaurant.*« Aber er schien es nicht zu hören, und nun hatte die Frau im grünen Kleid sie in der Tür bemerkt. Sie lächelte ihnen zu und hielt ihnen eine Hand zur Begrüßung entgegen.

»Da sind Sie ja! Ich freue mich so, dass Sie hier bei uns sind«, sagte sie, als sei alles Vorherige nichts als ein Auftakt zum Eintreffen der Wests gewesen.

Marion ging auf sie zu. »Sie müssen mich entschuldigen, wenn ich nicht aufstehe«, fuhr die Frau fort. »Bitte kommen Sie herein und trinken Sie etwas mit uns. Wir unterhalten uns gerade über ein sehr interessantes Thema.«

Jetzt, aus der Nähe, sah Vanessa, dass die Frau älter war, als sie anfangs angenommen hatte. Bedeutend älter sogar. Ihr Gesicht hatte die Durchsichtigkeit des hohen Alters, das Leuchten der Haut, das sich nur am Anfang und ganz am Ende des Lebens zeigt. Ihr Haar und ihre Augen waren grau, ein blasser, silbriger Ton, der das Grün ihres Kleids ergänzte. Um den Hals trug sie eine Kette aus Jadeperlen, die auf einem roten Faden aufgereiht waren. Es war ihr Lächeln, das sie jünger aussehen ließ, dachte Vanessa. Die meisten alten Leute hatten diese Munterkeit, dieses rasche Zusammenspiel zwischen Lippen und Augen, verloren. Im Alter steht sich das Gesicht vielleicht selbst im Weg.

Sie wusste sofort, dass die Frau Mrs. Macdonald war.

Auf dem Weg zum Hotel hatte ihre Mutter von Mrs. Macdonald erzählt. »Sie führt dieses Haus schon seit ewiger Zeit, hat Avari gesagt. Ihr Mann war irgendwas beim Militär. Als er starb, nahm sie so ziemlich alles in die Hand.« Marion trug das neue rosafarbene Schultertuch, das sie am Vormittag gekauft hatte, und setzte ihre Schritte behutsam, um den Schmutz von ihren Schuhen fern zu halten.

»Sie sind hier geblieben, weißt du. Nach der Unabhängigkeit. Und damals kauften sie das Glenside.«

Von der Straße aus wurde das Hotel von einer dichten Baumhecke verdeckt. Eine schmale Auffahrt führte steil hinauf zu einem schräg ansteigenden Vorgarten, der von einem weiß gestrichenen Zaun umgeben war. Vanessa fiel auf, wie ordentlich, wie *sauber* alles aussah. Sie überquerten einen kleinen, makellos gefegten Platz, an Terracotta-Schalen mit orange- und rosafarbenen Geranien vorbei, und betraten den Vorraum des Gästehauses, wo ein großes Gästebuch mit Goldrand offen auf dem Tisch lag.

»Müssen wir unterschreiben, auch wenn wir nur zum Abendessen hier sind?«, fragte Marion die sichtlich tüchtige junge Frau, die mit einem Bleistift hinter dem Ohr an der Rezeption saß.

»Doch, alle unterschreiben.« Sie bot ihnen einen Kugelschreiber an. »In den letzten fünfzig Jahren haben alle Besucher des Glenside ihre Unterschrift im Gästebuch hinterlassen.«

Vanessa erinnerte das Hotel zunächst an die Landhäuser, die man nur in Filmen sieht, wo die Gäste die ganze Zeit mit Tennisschlägern hin und her wedeln und Telegramme aus dem Kriegsministerium in Empfang nehmen. Aber die viktorianischen Möbel, die Kollektion von Spazierstöcken neben der Tür, die leicht abgewetzten Orientteppiche, wirkten eher wie ein zufälliges Sammelsurium als ein bewusstes Arrangement – planlos verstreut wie Fossilien, die der Finder mit der Spitzhacke freilegt. Zum ersten Mal seit ihrer Ankunft in Ashagiri hatte Vanessa das Gefühl, in einer Umgebung zu sein, die sich seit der Kindheit ihrer Mutter praktisch nicht verändert hatte.

»Sie sind sicher Mrs. Macdonald«, sagte Marion und gab der Frau die Hand. »Es ist wirklich sehr freundlich von Ihnen …«

»Bitte nehmen Sie Platz.« Die alte Frau zeigte mit einer fast feierlichen Geste auf den Sessel neben sich. »Ist das Ihre Tochter?«

»Ja. Wir sind bisher im Club untergebracht, aber dann erzählte uns ein Mann in einem Laden von Ihrem Haus …«

»Ach so, im Club. Dann haben Sie Major Das kennen gelernt. Ein seltsamer Mann. Aber er war eigentlich auch ein seltsamer kleiner Junge. Wahrscheinlich war seine Mutter schuld daran. Sie hatte ein so aufbrausendes Naturell. Manchmal bekam sie eine solche Wut auf ihren Mann, dass sie ihm Tinte in die Badewanne schüttete. Und er war so gebrechlich.« Sie lächelte. »Was würden Sie gerne trinken?«

Während sie sprach, sah sie Marion an, und Vanessa nützte die Gelegenheit, um die anderen Gäste im Raum zu taxieren. Drei oder vier Männer im Straßenanzug, die in einer

Ecke saßen und sich leise miteinander unterhielten, nahm sie nur kurz zur Kenntnis, ebenso ein benommen aussehendes Mädchen, das am Rand eines Sofas hockte und ihre mageren Arme an den Ellbogen festhielt, als wollte sie den Drang bekämpfen, sich an ihren eigenen Körper zu klammern. Neben dem Mädchen saßen ein junger Inder in einem grellblauen Sportsakko und ein Rucksack-Typ mit rötlichem Ziegenbart, der sich die ganze Zeit Erdnüsse in den Mund stopfte und die beiden anderen ignorierte. Aber es war der einsame Mann, der am Kamin lehnte, der ihre Aufmerksamkeit erregte.

Eine dunkle, schön geschnittene Hose. Ein kragenloser Nehru-Mantel, der bis zum Hals zugeknöpft war. Dichtes, überlanges, schwarzes Haar. Das Gesicht vielleicht ein wenig zu breit für das konventionelle Schönheitsideal, aber trotzdem fesselnd. Ein wenig autoritär, dachte sie. Die Ausstrahlung einer gewissen Intensität noch verstärkt durch die dezente Wahl seiner Kleidung, die Reglosigkeit seiner Haltung.

Vanessa warf einen schnellen Blick um sich, als könne sie nicht glauben, dass sie die einzige Person war, die den Mann anstarrte. Er schien diesen Platz nur eingenommen zu haben, um betrachtet zu werden. Das Licht über seinem Kopf, das Mobiliar des Raumes, selbst der Kamin, an dem er lehnte, erhielten erst durch seine Gegenwart einen Zusammenhang. Er hob das Glas an seine Lippen, und als er fast unmerklich den Kopf drehte, trafen sich ihre Blicke. Erstaunt sah sie, dass seine Augen dunkelblau waren.

Schnell wandte sie den Blick ab. Mrs. Macdonald hatte sie soeben angesprochen.

»... ich habe Glück, dass Sie zu einem Zeitpunkt hierher gekommen sind, wo wir viele junge Gäste haben. So kann ich Ihre Mutter ganz für mich behalten. Es tut mir so gut, über die alten Zeiten zu plaudern.«

»Ja, das ist ein Glück«, erwiderte Vanessa automatisch und fragte sich, wovon die Rede war. Das Gesicht ihrer Mutter verriet freudige Verwunderung darüber, dass ihr so viel Aufmerksamkeit zuteil wurde.

»Ich habe gerade Mrs. Macdonald von unserer Reise erzählt. Dass sie für mich eine Rückkehr bedeutet. Sie sagt, dass es viele Leute tun. Zurückkehren, meine ich. Sie alle finden es schrecklich verändert. Anscheinend bin ich nicht die Einzige.«

»Ganz bestimmt nicht«, sagte Mrs. Macdonald mit Nachdruck. »Einmal hatte ich eine Frau hier im Haus, die sich einfach weigerte, ohne eine Tasche voller Steine nach Hause zu fahren, die sie aus der Mauer hinter dem Fountain Square genommen hatte. Sie hat sie mit einer Schere herausgepult. Erinnerungsstücke, wie sie sagte. Sie hatte die weite Reise auf sich genommen und wollte auf keinen Fall abreisen, ohne etwas mitzunehmen. Ich frage mich oft, wie es ihr ging, als sie nach Hause kam und sie auspackte und sah, dass es nichts als Steine waren.«

»Vielleicht hat sie einen Steingarten daraus gemacht«, sagte Marion und musste plötzlich an ihren Garten denken.

»In welcher Schule waren Sie? Ich selbst bin hier nicht zur Schule gegangen, aber es gibt schon noch einige alte Schulen in Ashagiri, die großen Erfolg haben.«

»Daran habe ich auch schon gedacht«, sagte Marion traurig. »Aber St. Margaret's ist völlig verschwunden.«

»St. Margaret's! Aber wir haben einen Gast hier von St. Margaret's.« Mrs. Macdonald klatschte vor Begeisterung in die Hände. »Hier im Glenside sogar!« Ganz aufgeregt winkte sie den Diener herbei. »Wo ist Miss Nichols? Ist sie noch auf ihrem Zimmer?«

Der Diener zeigte mit dem Kopf zur Tür.

»Ah, da sind Sie ja!«, rief Mrs. Macdonald. »Wie auf Bestellung. Ich habe jemand hier, den Sie mit Sicherheit furchtbar gern kennen lernen möchten.«

Marion und Vanessa wandten sich nach der Frau um, die eben hereinkam. Es war die Frau aus dem Zug. Diejenige, die so ein Theater wegen ihrer Reservierung gemacht hatte.

Sie war für das Abendessen mit einem Rock und einem Pullover aus weicher Wolle bekleidet. Ihr kurioses Haar sah genauso aus, wie sie es in Erinnerung hatten, außer dass auch hier der Versuch zu mehr Förmlichkeit erkennbar war: Eine Spange aus grünem Plastik in Form einer Schleife steckte über dem rechten Ohr im Haar. Vanessa starrte darauf, ohne zu wissen, weshalb ein derart harmloser Gegenstand ihre Aufmerksamkeit fesseln konnte. Vielleicht, weil er einfach dort hineingesteckt worden war, ohne einem Zweck zu dienen, als würde er nur in der Hoffnung getragen, dem Anlass gerecht zu werden – und als wüsste die Trägerin nichts von seiner eigentlichen Funktion. Die Schleife war ganz und gar unpassend, viel zu kleinmädchenhaft für Miss Nichols' verdrießliches Gesicht, und eine Sekunde lang empfand Vanessa eine plötzliche, unerklärliche Unruhe.

»Eine aus Ihrer alten Clique«, sagte Mrs. Macdonald. »Von St. Margaret's. Marion West. Können Sie sich an sie erinnern?« Sie wandte sich an Marion. »Aber natürlich hießen Sie damals noch nicht West.«

»Ich hieß damals Temple«, sagte Marion mit nervöser, hoffnungsvoller Stimme. Sie lächelte die andere an. »Marion Temple. Wann waren Sie an der Schule? Es tut mir Leid, dass ich Sie damals im Zug nicht erkannte, aber es ist schon so lange her ... Ich sehe bestimmt auch völlig anders aus ...«

Eine unbestimmte Regung flackerte über das Gesicht der Frau. Alarmstimmung? Oder vielleicht nur Überraschung?

Dann lächelte sie. Dabei sahen ihre Augen aus wie nasse Steine.

»Wie heißen Sie mit Vornamen?«, fragte Marion. »Vielleicht hilft es meinem Gedächtnis auf die Sprünge ...«

»Dorothy«, sagte die Frau. »Dorothy Nichols.«

»Dorothy ... der Name kommt mir schon ein bisschen bekannt vor. Vielleicht waren Sie ein paar Klassen unter mir. Das würde erklären, warum ich mich nicht an Sie erinnere. Kleine Mädchen wollen doch immer nur in der eigenen Clique bleiben.«

»Das dürfte wohl die Erklärung sein.« Sie wandte sich abrupt Mrs. Macdonald zu. »Es gibt einige Dinge, die ich mit Ihnen besprechen muss. Ich glaube, Sie dürften sie sehr interessant finden.«

»Großartig«, sagte Mrs. Macdonald. »Dann setzen wir uns alle gemeinsam an einen Tisch.« Sie warf einen Blick auf Vanessa, als hätte sie sie erst jetzt wieder bemerkt. »Wir brauchen noch jemand für den Tisch ...« Sie ließ die Augen durch den Raum schweifen, bis sie auf die Gestalt des jungen Mannes im himmelblauen Sportsakko fielen. »Und Bharani! Bharani muss auch zu uns kommen.«

Als er seinen Namen hörte, tat der Mann geradezu einen Sprung aus seinem Sessel. Er trat auf sie zu und hielt ihnen seine große Hand hin. »Eine Freude, Sie kennen zu lernen«, sagte er energisch. »Eine wahre Freude.«

»Bharani gehört schon richtig zum Glenside dazu«, sagte Mrs. Macdonald liebevoll. »Ich kann mir das Leben hier ohne ihn nicht mehr vorstellen.«

»Diese Dame ist so ein guter Mensch«, sagte Bharani zu Vanessa. »Diese Dame ist mir wie die eigene Mutter. Aber *alle* Leute lieben sie. Ich bin nur einer von sehr vielen.«

Ein Gong erklang in einiger Entfernung. »Und jetzt

geht's zum Dinner!«, sagte Bharani und rieb sich die Hände, als seien sämtliche Dinge, die ihm bisher noch im Leben gefehlt hatten, jetzt auf wunderbare Weise zusammengekommen. »Ich werde Sie zu Tisch geleiten.« Er ergriff Vanessas Arm.

»Sollten wir nicht auf Mrs. Macdonald warten?«

Bharani schüttelte den Kopf. »So eine tapfere Dame. Ich glaube, es ist ihr Rückgrat«, flüsterte er. »Seit zehn Jahren muss sie die ganze Zeit liegen, darf niemals aufstehen. Die Diener bringen sie zum Tisch. Es ist alles vorbereitet.«

»Was fehlt ihr denn?«

»Niemand weiß es. Es ist ein großes Rätsel. Sie hat schon jeden konsultiert, der auf medizinischem Gebiet einen Namen hat, aber vergeblich.« Sein fröhlicher Gesichtsausdruck verdüsterte sich ein wenig. »Ich weiß, dass sie oft große Schmerzen hat. Sehr große Schmerzen. Und in letzter Zeit, seit ein paar Tagen, hat sie einen neuen Rückfall erlitten. Sie fällt immer wieder in Ohnmacht, richtig in Ohnmacht. Wir sind alle in großer Sorge.«

Er lächelte wieder. »Aber sie ist immer so voller Freude. Das macht einen wahrhaftig demütig.«

»Das kann ich verstehen …«

»Ich glaube, dass heute Chicken Maryland auf dem Speiseplan steht«, fuhr Bharani begeistert fort. »Ein köstliches Gericht.«

Sie durchschritten einen langen Gang, dessen Wände zu beiden Seiten mit Schwarzweiß-Fotografien behängt waren. Ansichten des Hotels, Sportmannschaften, Porträts von Männern und Frauen auf Pferden, Panoramabilder der Berge, mit Bäumen statt Häusern im Vordergrund. Vanessas Aufmerksamkeit wurde von ein paar Bildern geweckt, die dieselbe Frau zeigten – eine kleine, ziemlich stämmige Gestalt mit stechendem, resolutem Blick. Auf einem der Bilder trug sie ein tibetanisches Gewand, einen konischen Hut hatte sie tief in die Stirn gezogen. Auf einem anderen stand sie neben mehreren Männern, offensichtlich irgendwelchen Würdenträgern. Auf einem dritten Bild bückte sie sich über einen der altmodischen, zusammenklappbaren Schreibtische, die die Forscher einer verflossenen Ära ihren Trägern zum Transport durch alle Ecken und Enden der Welt aufluden.

Vanessa blieb stehen und tippte auf eines der Bilder. »Wissen Sie, wer das ist?«, fragte sie Bharani.

»Aber natürlich«, sagte er etwas überrascht. »Das weiß doch jeder. Es ist Alexandra David-Néel.«

»Wer ist das?«

»Wer Alexandra David-Néel ist?«, wiederholte Bharani, als traue er seinen Ohren nicht. »Sie war die erste Europäerin, die ihren Fuß in die Stadt Lhasa setzte.« Er schüttelte den Kopf. »Die Geschichte ist sehr bekannt.«

»Das habe ich nicht gewusst«, sagte Vanessa etwas beschämt. »Wieso gibt es hier so viele Bilder von ihr?«

»Alexandra David-Néel und Mrs. Macdonald waren eng befreundet. Sie müssen sie dazu bringen, Ihnen davon zu erzählen. Es ist eine wahrhaft unterhaltsame Geschichte.«

»Wie lange wohnen Sie schon im Glenside?«, fragte Vanessa, während sie den Speisesaal betraten. »Sie scheinen sehr viel darüber zu wissen.«

»Morgen sind es genau zehneinhalb Monate. Das hier ist Mrs. Macdonalds Tisch.« Der Speisesaal war kleiner, als Vanessa erwartet hatte, und war nur von Kerzen beleuchtet. Die hohen Fenster, die zwei Seiten des Raums beherrschten, waren ohne Vorhänge; in ihren Scheiben blitzten und schwammen, von der milchigen Patina des Alters abgemildert, die Spiegelbilder von Glas und Tafelsilber wie Fische im dunklen Ozean. Auf den acht oder neun Tischen waren blassrosa Tischdecken ausgebreitet, und jeden schmückte eine kleine Vase mit Kapuzinerkresse. In der hinteren Ecke stand ein Flügel, hinter dem man gerade noch einen Teil eines Damenhuts sehen konnte, einen türkisfarbenen, gestrickten Blumentopf, der seltsam schief saß, als sei er verkehrt herum aufgesetzt worden. Als Vanessa und Bharani eintraten, tauchte der Hut ab, und das Klavier begann, eine hinkende, aber fröhliche Melodie zu spielen.

»Wir sind die Ersten!«, rief Bharani ein wenig triumphierend.

»Über zehn Monate! Was machen Sie die ganze Zeit hier?«, fragte Vanessa, als sie ihren Platz einnahm. Ihr fiel auf, dass der Tisch größer war als die anderen im Raum, vermutlich, weil Platz für die Chaiselongue zu ihrer linken Seite benötigt wurde.

»Ich bin Student.«

»An einer der hiesigen Schulen?«

»Aber nein«, sagte er mit wegwerfender Geste. »Die sind nur für Kinder. Ich habe mich für einige Fernkurse eingeschrieben. Ich studiere Französisch und Physik – und Gesellschaftstanz.«

»Tanzen? Im Fernkurs?«

»Natürlich. Es geht ganz leicht. Man schickt mir kleine Skizzen, die zeigen, wie man die Füße setzen muss. Seiten über Seiten mit Füßen, die alle in die richtige Richtung weisen …«

Er wurde unterbrochen durch die Ankunft von Marion und Mrs. Macdonald, die der Diener in den Armen trug. Jetzt, als die weite Fülle ihres Kleids gegen den Körper des Mannes gepresst wurde, sah Vanessa, wie klein sie war und wie wenig Anstrengung es bedurfte, sie hochzuheben. Der Diener setzte sie behutsam auf der Chaiselongue ab und arrangierte die Kissen, bis sie eine bequeme Lage, in Tischhöhe auf den linken Ellbogen gestützt, einnehmen konnte. Sie bedeutete Marion, sich neben sie zu setzen. Dorothy Nichols, die als Letzte der Gruppe an den Tisch trat, sah die Geste, blieb stehen und wich nicht von Mrs. Macdonalds Seite.

»Ich sitze sehr gut, Dorothy«, sagte Mrs. Macdonald. Sie wandte sich an Marion. »Dorothy ist so gut zu mir. Sie kümmert sich viel um mich, wissen Sie. Ihre Wässerchen haben mir schon sehr gut getan. Es ist kaum zu glauben, was sie alles in ihrem Zimmer zusammenbraut. Eine richtige Alchemistin.«

Dorothy Nichols erlaubte sich ein kleines Lächeln. »Es ist vielleicht eine treffende Analogie. Die Schulmedizin betrachtet alles, was alternativ ist, mit derselben Feindseligkeit, die die Alchemisten früher erdulden mussten. Mit den gleichen Verdächtigungen.«

»Damals hatten sie doch mit ihren Verdächtigungen sogar Recht«, bemerkte Vanessa.

»Ich habe das Beispiel als *Analogie* verwendet«, sagte Nichols, ohne Vanessa eines Blickes zu würdigen. »Die Vorstellung, dass man Grundelemente nimmt und aus ihnen etwas so Wertvolles wie Gold macht, ist eine sehr treffende Analogie. Dasselbe trifft für sehr viele alternative Heilmittel zu.«

»Dorothy hat schon viel Erfolg gehabt«, sagte Mrs. Macdonald. »Die Einzelheiten weiß ich nicht mehr so genau, aber ich glaube, sie hat sich selbst einmal von einem fürchterlichen Ausschlag kuriert, als ihr die Ärzte überhaupt nicht helfen konnten. Wie heißt dieser Ausschlag noch gleich, Dorothy?«

»Uticaria«, sagte Dorothy etwas unwillig. »Allgemein als Nesselsucht bekannt.«

Die anderen sahen sie erwartungsvoll an.

»Nach Meinung der *Schul*mediziner«, fuhr sie fort und dehnte die Worte sarkastisch in die Länge, »lag die Ursache in meinem Kopf. Psychosomatisch.«

»Dorothy verwendete Backpulver«, sagte Mrs. Macdonald bewundernd. »Sie rieb sich mit dem Zeug ein und stand eine ganze Nacht in der Badewanne. In der Frühe war der Ausschlag vollkommen weg.«

»*Backpulver?*«, wiederholte Vanessa.

»Es war eine Paste, in der Backpulver lediglich zu den Bestandteilen gehörte«, korrigierte Nichols. »Um zu wirken, muss sie jeden Quadratzentimeter des Körpers bedecken.«

Ein kurzes Schweigen entstand am Tisch.

»Ich muss Ihnen etwas von unseren anderen Gästen erzählen«, sagte Mrs. Macdonald zu den beiden Wests. »Zur Zeit haben wir eine ganz erlauchte Gesellschaft im Hause. Am Tisch da drüben sitzen Wissenschaftler aus Südindien, die an einer Konferenz teilnehmen. Sie gehören verschiedenen Disziplinen an und studieren die Auswirkungen des Sauerstoffmangels auf den menschlichen Körper in großen Berghöhen. Sie benützen unser Hotel als Tagungszentrum.«

Sie schwieg einen Augenblick. »Und da drüben sitzen Greg und Tish.« Sie zeigte auf den Mann mit dem rötlichen Ziegenbart und die magere Frau, die Vanessa vor dem Abendessen im Salon bemerkt hatte. Sie saßen an einem Tisch mit dem dunkelhaarigen Mann, der ihr vorher aufgefallen war. Er sah gelangweilt aus, dachte sie. Er lächelte seinen Tischgenossen zu, aber sie erkannte, dass er sich langweilte. Etwas in seinem Gesicht hinderte ihn daran, ein solches Gefühl zu verbergen. Oder vielleicht legte er keinen

Wert darauf. »Die arme Tish«, fuhr Mrs. Macdonald fort. »Sie ist so furchtbar dünn. Wir bemühen uns schon eine ganze Woche, sie aufzupäppeln.«

»Greg sieht recht gesund aus«, sagte Vanessa.

»Ja, Greg. Er ist so … begeisterungsfähig.«

»Greg ist daran schuld, dass Tish krank ist«, warf Bharani ein. »Dauernd muss sie hierhin und dorthin rennen. Er sucht immer die schäbigsten Gegenden auf und gibt so wenig Geld wie möglich aus. Und dann ein buddhistisches Kloster nach dem anderen. Dabei sehen sie alle gleich aus. Wenn man eines gesehen hat, kennt man sie alle, und das Essen ist dort so schlecht. Sobald es Tish wieder gut geht, werden sie wieder losziehen. Es ist sehr schade.«

»Es ist nur, weil Greg Entdeckungsreisen liebt«, sagte Mrs. Macdonald. »Er möchte nicht grausam sein. Tish hat schon zweimal die Ruhr gehabt. Und eine Grippe auch noch. Und gestern habe ich gesehen, wie sie in einer Ecke saß und auf ganz seltsame Weise in eine Papiertüte hineinatmete. Wir dürfen sie einfach erst dann abreisen lassen, wenn sie wieder zu Kräften gekommen ist.«

»Wer ist der Mann, der mit ihnen am Tisch sitzt?«, fragte Vanessa beiläufig.

»Das ist der Prinz.«

»Der Prinz?« Einen Augenblick lang glaubte Vanessa, dass die alte Frau ihre Bewunderung bemerkt hatte und verstohlen darauf anspielte. Sie errötete ein wenig. Aber Mrs. Macdonalds Worte enthielten nicht den leisesten Spott.

»Ja, Alex Khusam, der Prinz von Rupkhand. Es ist ein kleines Gebiet nördlich von hier. Sein Großvater war dort König, bevor das Land vor einiger Zeit von Indien annektiert wurde. Die Familie musste ein paar Jahre ins Exil gehen. Alex wurde in Amerika erzogen. Seine Mutter ist Amerikanerin, wissen Sie. Sie ist nie mehr in dieses Land zurückgekommen, aber Alex verbringt jetzt die meiste Zeit hier. Der alte Palast in Rupkhand steht immer noch. Es ist seine Leidenschaft geworden, ihn wieder in Stand zu setzen.« Sie lächelte. »Ich habe einmal ein Foto seiner Mutter gesehen. So eine wunderschöne Frau.«

»Also, wenn Rupkhand von Indien annektiert wurde, dann ist es kein unabhängiges Königreich mehr«, sagte Vanessa. »Und er ist auch kein richtiger Prinz.«

»Streng genommen nicht. Aber alle nennen ihn so. Und es steht ihm recht gut, finden Sie nicht?«

»Ja«, sagte Vanessa langsam. »Ja, das stimmt.«

»Haben Sie schon ... St. Margaret's gesehen?«, sagte Marion etwas schüchtern zu Dorothy. »Ich war vor einigen Tagen dort, und es war ein ziemlicher Schock.«

Dorothy nickte. »Damit war zu rechnen. Es war die einzige Schule in Ashagiri, die grundsätzlich keine Inderinnen aufnahm. Ein Beispiel für die Bigotterie, die die Stadt nur zu gern vergessen würde.«

»Ja. Ja, ich verstehe, was Sie meinen.«

»Ich selbst habe kaum glückliche Erinnerungen an diesen Ort«, fuhr Dorothy fort. »Selbst in jenem jungen Alter war mir die Ungerechtigkeit des Systems bewusst. Schon damals wusste ich, dass wir nicht das Recht hatten, hier zu sein. Überhaupt kein Recht.«

»Ich muss leider zugeben, dass mir so etwas nie eingefallen ist«, sagte Marion. »Wahrscheinlich habe ich es einfach akzeptiert. So wie es Kinder meistens tun. Erst später, als ich älter war ...«

Eigentlich hätte sie gerne gesagt, dass auch sie später, als sie älter war, gegen alle Grundlagen ihrer Erziehung gekämpft hatte. Aber das stimmte nicht so ganz. Natürlich hatte sie geglaubt, dass die Unabhängigkeit Indiens gerechtfertigt war. Wie hätte sie das nicht glauben können? Dass eine Hand voll Europäer versuchte, einen ganzen Subkontinent zu regieren, der ihnen gar nicht gehörte, diese Vorstellung war ihr schon bald ganz absurd vorgekommen. Absurd und beschämend. Aber dieser Glaube war ganz allgemein gehalten und hatte keinen Bezug zu ihrem täglichen Leben. Sie hatte ihre Eltern nie zur Rede gestellt, nie die konservative politische Einstellung ihres Vaters in Zweifel gezogen, seinen eingefleischten Rassismus, seinen Groll auf die ganze Welt, nie hatte sie sich über die Gefügigkeit ihrer Mutter gewundert und ihre Unfähigkeit, sich einem Leben anzupassen, in dem sie niemand mehr mit »Memsahib« anredete. Hatte sie nicht immer genau das getan, was man von ihr erwartete? Selbst, als es darum ging, einen »passenden« Mann zu heiraten? Ihr Blick wanderte zu der Vase in der Mitte des Tisches. Kapuzinerkresse. Pete im Adirondack-Liegestuhl. *Ich muss dir etwas sagen ...*

Marion wurde von dem Gefühl geplagt, dass sie sich an etwas erinnern sollte. Etwas Wichtiges. Aber sie hatte keine Ahnung, was es war. Ihr Versuch, diese Erinnerung zu fassen, war wie der Blick in eine lange enge Röhre, an deren Ende kein Tageslicht zu sehen ist. Ein bisschen wie ihr Staubsauger, dachte sie. Er hatte ein langes Rohr, mit dem man in die Ecken kam, aber ganz oben bog sich das Rohr ein wenig und blockierte die Sicht, wenn man hineinschauen musste, um nachzusehen, ob es verstopft war. Man war nie sicher, ob das Dunkel, das man sah, ein Staubpfropfen war oder die Biegung des Rohrs.

Jetzt hatte sie die gleiche Empfindung. Ein geistiges Halsverrenken, ohne dass sie eine Ahnung hatte, wonach sie suchte.

»Können Sie sich an eine Lehrerin erinnern, eine ältere Frau, Schwester Maureen?«

Dorothy Nichols zögerte einen Augenblick, bevor sie antwortete. »Der Name kommt mir schon etwas bekannt vor, ja.«

»Wissen Sie, was aus ihr geworden ist?«, drängte Marion. »Ich habe mich das immer wieder gefragt. Glauben Sie, dass sie nach England zurückging? Sie war so plötzlich weg …«

»Das weiß ich wirklich nicht.«

»Hat sie auch in Ihrer Klasse unterrichtet? Sie war ganz anders als die anderen Lehrerinnen. Ich dachte mir, Sie könnten sich vielleicht an sie erinnern.«

»Leider nicht.«

»Ich glaube, Sie würden sich schon erinnern, wenn sie Sie unterrichtet hätte. Wer waren denn Ihre Lehrerinnen? Vielleicht erkenne ich die Namen wieder.«

Dorothy ließ sich nicht darauf ein. »Es war ein Teil meines Lebens, an den ich mich nur ungern erinnere«, sagte sie abweisend. »Eine unglückliche Zeit. Eine repressive Umgebung für ein Kind. Äußerst repressiv.«

»So schlimm kann es doch nicht gewesen sein«, sagte Vanessa, die ihre Mutter in Schutz nehmen wollte. »Ich meine, Sie wurden doch nicht missbraucht, oder …«

»Nein«, sagte Marion, »ich glaube, ich verstehe, was Dorothy meint.« Sie lächelte die andere an. »Ich kann es verstehen, wenn Sie nicht darüber reden wollen.«

»Was halten Sie von diesem Essen?«, fragte Mrs. Macdonald. »Ich finde, der Koch hat sich heute Abend selbst übertroffen. Er wird immer besser.« Vanessa bemerkte, dass Mrs. Macdonald trotz ihrer bekundeten Begeisterung das Essen kaum angerührt hatte – sie hatte nur ganz wenige kleine Häppchen mit der rechten Hand von der Gabel an den

Mund geführt. Bharani jedoch bediente sich schon zum zweiten Mal. Es schien, als habe er sich vorübergehend von dem Gespräch verabschiedet, um sich besser auf sein Essen zu konzentrieren.

»Es ist wunderbar«, sagte Marion. »Alles ist so gut. Das Essen, dieses Haus ...«

Mrs. Macdonald lächelte. »Es hat Zeiten gegeben, da musste ich kämpfen, um das Haus zu behalten; ich sehe es gern als eine Art Refugium an.« Sie hielt inne. »Oje«, sagte sie und sah hinüber zum Klavier in der Ecke. »Die arme Lily. Sie spielt schon wieder ›Schöne, blaue Donau‹. Ich glaube, es ist das einzige Stück, das sie noch bis zum Ende kann. Aber ich bringe es einfach nicht fertig, ihr zu sagen, dass sie aufhören soll.«

»Sie hat einen neuen Hut«, bemerkte Bharani etwas undeutlich mit vollem Mund.

»Ja. Sie will immer *unbedingt* stricken, wissen Sie. Neulich hat sie für Bharani einen äußerst kuriosen Pullunder angefertigt. Ich glaube nicht, dass sie jemals neue Wolle kauft. Sie trennt einfach auf, was sie früher gestrickt hat. Ich sehe immer wieder die gleichen Farben in neuen Reinkarnationen.«

»Ganz buddhistisch«, sagte Marion.

»Das finde ich auch«, sagte Mrs. Macdonald und tätschelte Marion die Hand.

»Ich merke schon, dass wir zwei Freundinnen werden«, sagte sie. »Kommen Sie doch zu uns, ziehen Sie doch hier ein!«

Sobald das Dessert vorüber war, stand Dorothy Nichols abrupt auf. »Es ist Zeit für Ihre Behandlung«, sagte sie zu Mrs. Macdonald.

»Muss ich wirklich weg? Heute Abend ist es so schön hier.« Aber die alte Frau sah müde aus.

Der Diener kam, und sie streckte ihm die Arme entgegen, damit er sie hochheben konnte. In dieser Bewegung lag nichts von der stoischen Haltung von Menschen, die sich schon lange an ihre Hilflosigkeit gewöhnt haben, sondern, bei aller offenkundigen Erschöpfung, eine Art freudige Bereitwilligkeit. Als ob sie sich aus eigener Entscheidung tragen lasse und darüber froh sei. Marion, die einen Blick für solche Dinge hatte, dachte, dass es dem Diener die Aufgabe leicht, fast vergnüglich machen müsse.

»Bleiben Sie doch bitte zum Kaffee hier«, sagte Mrs. Macdonald, als sie den Raum verließ. »Bei uns gibt es einen sehr guten Kaffee, wissen Sie.«

Während der Diener es ihr auf dem breiten Sofa in ihrem privaten Wohnzimmer bequem machte, rieb sich Dorothy Nichols energisch die Hände, um sie zu wärmen.

»Ich glaube, Ihre Behandlungen bekommen mir sehr gut«, sagte Mrs. Macdonald, während sie mit der Sorgfalt, mit der man einen äußerst zerbrechlichen Gegenstand auf einem Samtkissen absetzt, ihren Kopf auf die Polster des Sofas legte. »Ich weiß gar nicht, wie ich ohne Sie auskäme.«

»Hinter einer Massage steckt kein großes Geheimnis«, sagte Nichols. »Man braucht nur sehr viel Übung.« Sie krempelte die Ärmel hoch. »Ich werde Sie jetzt umdrehen müssen. So.«

Sie hatte beschlossen, dass die heutige Behandlung länger als sonst dauern sollte. Auf die Füße allein wollte sie eine halbe Stunde verwenden. Das würde ihr Gemüt beruhigen. Das Zusammentreffen mit Marion West hatte sie in einen Zustand versetzt, der einer Panik nahe kam auch wenn sie es geschafft hatte, während des Dinners Haltung zu bewahren.

Was wusste diese Frau? Sie schien durchaus wohlwollend zu sein, aber Dorothy Nichols ließ sich von liebenswürdigem Getue nicht zum Narren halten. Ein solches Auftreten war typisch für Leute, die sich einmischen wollten.

»Dürfte ich Ihr Kleid ein wenig von den Schultern herunterschieben. Ja, so ist es gut.«

Sie betrachtete die bleiche, schlaffe Haut unter ihren Händen. Diese ersten Sekunden des Kontakts waren immer gleich. Der Augenblick des Ekels, wie das Schaudern, wenn man ins kalte Wasser geht. Und wie der Ekel dann vorüberging, sobald sie ihren Rhythmus gefunden hatte, sich auf den aromatischen Duft des Öls konzentrierte, mit Hingabe und ohne Unterbrechung den Körper vor sich bearbeitete, bis ihr die Arme wehtaten. So kräftig sie auch war, hatte es in letzter Zeit Nächte gegeben, in denen ihr das Schlafen schwer fiel, wegen der Schmerzen in ihren Schultern und Handgelenken. Trotzdem aber schonte sie sich nicht.

»Sie haben sehr trockene Ellbogen. Ich werde Ihnen etwas von meiner neuen Salbe geben müssen. Sie ist fast fertig.« Auch Vaseline würde helfen, natürlich, aber seit mehreren Tagen experimentierte sie mit einer eigenen Salbe, einer Kreation aus Ölen, die sie hier in der Gegend gefunden hatte. Im Augenblick war die Mischung noch nicht für ihre Zwecke zu gebrauchen, weil sie nicht richtig gelieren wollte. Einige flache Schalen der Mischung in verschiedenen Stadien der Gleitfähigkeit standen auf dem Fensterbrett in ihrem Zimmer. Die Vermengung von Ghee und Talg hatte sich als besonderer Misserfolg erwiesen. Es war viel zu flüssig und schien, was noch schlimmer war, die Fliegen anzuziehen.

»Ich komme mir richtig egoistisch vor, dass ich Ihre Zeit so sehr beanspruche«, sagte Mrs. Macdonald leise. »Meinetwegen dürfen Sie Ihre Forschungsarbeit nicht vernachlässigen.«

»Das macht doch nichts«, sagte Nichols beruhigend, obwohl sie seit mehreren Tagen keinen einzigen Eintrag in ihre Hefte gemacht hatte. Ihre Arbeit, die so lange im Planungsstadium gewesen war, hatte seit ihrem Einzug ins Glenside an Bedeutung verloren. Sie bedauerte es kaum. Schließlich konnte sie jederzeit zu ihren Forschungen zurückkehren. Das Vertrauen der alten Frau hatte sich schneller gewinnen lassen, als sie es sich an jenem ersten Tag vorgestellt hatte. Aber machte sie nicht, dachte Dorothy, immer denselben Fehler, anzunehmen, dass andere ebenso rigoros dachten wie sie selbst?

In jeder Hand hielt sie einen von Mrs. Macdonalds knochigen kleinen Füßen, und ihre Daumen ruhten auf dem Spann. Die Haut war hier so zart, dass man deutlich auf das darunterliegende Gewirr von Sehnen und Venen hindurchsehen konnte. Jemand hatte die Zehennägel der alten Frau rot lackiert. Der Lack war sorgfältig aufgetragen worden und leuchtete.

Sie hätte unmöglich das Erscheinen von Marion West voraussehen können. Es war purer Zufall, der schlimmste, der sich vorstellen ließ. Was konnte sie nur dagegen tun? Sie verstärkte den Druck auf die Füße der alten Frau. Die Sohlen waren so trocken und so gelb wie Zeitungspapier, das in der Sonne gelegen hat. Vielleicht machte sie sich unnötig Sorgen. Immerhin, wenn die West irgendeinen Einwand gehabt hätte, hätte sie ihn nicht sofort bei der Vorstellung vorgebracht? Unter ihren Händen krümmten sich die Füße der alten Frau.

»Haben Sie das auch für Ihre Mutter gemacht?«, fragte Mrs. Macdonald, und ihre Worte klangen durch die Kissen ein wenig gedämpft.

»Ja, natürlich. Sehr oft.«

Das und auch anderes, dachte Dorothy Nichols. Sie hockte neben den Knien ihrer Mutter und hob ihre Füße nacheinander hoch, um ihr die Zehennägel zu schneiden. Ihre Mutter hatte dicke, schwammige Beine. Sie hatte ihren Rock über die Knie gerafft, sodass Dorothy, wenn sie die Augen hob, ihr direkt zwischen die Beine schauen konnte. Kein Laut war im Zimmer zu hören, nur das scharfe Tack-Tack der Nagelschere und dann das Raspeln der Nagelfeile, wenn sie die scharfen Ränder glättete. Ihre Mutter hatte sich schon wieder in Schweigen gehüllt. Kaum mehr fähig, sich zu bewegen, hatte sie das Schweigen zu ihrer bevorzugten Art der Bestrafung gemacht.

Aber es hatte schon immer zu ihren Waffen gehört. Als Dorothy noch ein Kind war, pflegte ihre Mutter zu sagen: Ich schicke dich nach Coventry. Erst Jahre später wurde Dorothy bewusst, dass Coventry eine richtige Stadt war und nicht nur ein Wort für hilfloses Ausgeschlossen-Sein. »Jetzt werden wir sie wieder nach Coventry schicken müssen«, sagte ihre Mutter, und dann musste Dorothy mit anhören, wie sie über sie redeten. Ihre Mutter und ihr Vater. Ganz offen, als habe man sie durch den Zwang, stumm zu sein, gleichzeitig taub gemacht. »Hast du ihr Gesicht gesehen?«, sagte ihre Mutter. »Die ganze Zeit zupft sie an ihren Lippen herum. Zupf, zupf, zupf. Davon bekommt man Lippenkrebs.«

Sie achtete immer sorgfältig darauf, die Nägel ihrer Mutter in der gleichen Richtung zu feilen. Wenn sie die Richtung geändert hätte, wäre die obere Schicht möglicherweise abgesplittert. Der pulverisierte Nagel, so fein wie Puder, stieg zwischen ihren Fingern wie eine winzige Wolke auf. Er hatte einen trockenen, süßlichen Geruch. Später wusch sie sich immer die Hände und benützte dabei die kleine Bürste neben dem Waschbecken, um den Puder zu entfernen, der unter ihre eigenen Fingernägel geraten war. Aber der Geruch blieb noch eine Weile, trotz ihrer Mühe. Sooft sie die Hand an ihr Gesicht brachte, fing sie ihn wieder auf, den Geruch der Hilflosigkeit – und des Willens – ihrer Mutter.

Ihr Schweigen konnte Tage dauern. Es war ihre Methode, die Oberhand zu behalten, auch wenn der Körper ihr noch so viele Peinlichkeiten bescherte. Als dann in ihrem letzten Lebensjahr ihre Mutter die Fähigkeit zu sprechen ganz verlor, empfand Dorothy den Mangel an Gesprächen als vollkommen normal. Außerdem war das ein anderes Schweigen als bisher, ein Schweigen, dem sie sich mit Erleichterung fügte. Zum ersten Mal in ihrem Leben war das Schweigen etwas, das ihr, Dorothy, gehörte.

»Werden Sie nicht langsam müde?«, fragte Mrs. Macdonald. »Sie müssen aufhören, wenn Sie müde sind.«

Dorothy massierte ihre Knöchel. Sie waren so dünn, dass sie sie mit Daumen und Zeigefinger umfassen konnte. Die Wadenmuskeln darüber waren ganz verkümmert. Die alte Frau war dem Tod nahe, dachte sie. Große Sorgfalt war nötig.

»Sie müssen Ihre Mutter sehr geliebt haben.«

»Ja«, sagte Dorothy und spürte ein Aufwallen unerwarteter Trauer. Sie ließ es vorübergehen wie jemand, der sein Gesicht vom Wind abwendet. Sie kannte keine Wörter für das Brauchen und Gebraucht-Werden. In ihr lebten Liebe und Wut, wie siamesische Zwillinge zusammengewachsen, mit einem einzigen Herz.

»Ich glaube, das reicht für heute«, sagte sie und zog das Kleid wieder über den Körper der alten Frau.

Mrs. Macdonald seufzte. »Danke. Ich kann Ihnen gar nicht sagen, wie viel wohler ich mich jetzt fühle.«

Sie stützte sich wieder auf einen Ellbogen und sah Dorothy an. »Es ist fast Zeit für meinen kleinen Ausflug. Damit ich mir die Sterne anschauen kann, wissen Sie.«

»Ich rufe den Diener.«

»Nein, noch nicht. Kommen Sie, setzen Sie sich zu mir.« Sie klopfte auf den Platz neben sich.

Dorothy zögerte. Der Stoff von Mrs. Macdonalds Kleid breitete sich, glatt und leicht schimmernd, wie ein grüner Teich über dem Sofa aus. Es wäre unmöglich, jeden Kontakt damit zu vermeiden. Kurz davor hatte sie das nackte Fleisch der Frau berührt, aber das war eine berufsbedingte Berührung gewesen, während dieses hier ihr ganz anders vorkam. Eine Art Intimität, die Dorothy Nichols als seltsam, fast verstörend empfand.

»Kommen Sie«, sagte Mrs. Macdonald wieder.

Dorothy hockte sich auf den Rand des Sofas.

»Ich muss jeden Abend nach den Sternen schauen«, sagte Mrs. Macdonald. »Es ist mir zur Gewohnheit geworden.« Sie lachte. »Wenn man immer so liegen muss, ist der Blickwinkel auf die Sicht nach oben beschränkt, wissen Sie.«

Dorothy sah starr geradeaus. Das Zimmer, in dem sie saßen, war kleiner als der Salon. Ein privates kleines Zimmer, zum ausschließlichen Gebrauch der alten Frau bestimmt. Nur wenige Gäste bekamen Zutritt zum Allerheiligsten, dachte sie. Es war ein Zeichen, dass man besonders privilegiert war.

»Ich sehe, dass Sie sich die Thangkhas anschauen.«

Tatsächlich hatte sie sie überhaupt nicht angeschaut. Sie nahmen nur den Platz ein, auf dem ihre Augen geruht hatten – zwei ziemlich dunkle Bilder, die auf irgendeinen Stoff gemalt waren. Sie konnte ein Muster aus grimassierenden Gesichtern erkennen, die von Kreisen und Kringeln, vielleicht Wolken oder Lotosblüten, umgeben waren.

»Ja, großartig. Wunderbare Beispiele der buddhistischen Tradition.«

»Sie sind schon lange in meinem Besitz. Fast mein ganzes Leben lang. Seit ich dreizehn war. Ich bekam sie geschenkt.«

»Ein großzügiges Geschenk.«

»Ja, finden Sie nicht auch? Sie kommen aus Tibet. Die Forscherin Alexandra David-Néel schenkte sie mir in den Zwanzigerjahren, als sie auf dem Rückweg von Lhasa war. Können Sie sich das vorstellen? Ich war nur ein kleines Mädchen, aber sie hat mich anscheinend gemocht. Für mich war sie die großartigste Frau auf der Welt. Damals wohnten wir noch in Darjeeling. Sie blieb nicht lange. Danach habe ich sie nie wieder gesehen, obwohl ich immer wusste, wo sie sich gerade aufhielt.«

Dorothy Nichols lächelte höflich. Sie hatte das Gefühl, etwas sagen zu müssen, damit das Gespräch aufrechterhalten wurde, aber im Augenblick fiel ihr dazu nichts ein. Es schien nichts auszumachen. Mrs. Macdonald redete weiter, trotz ihres Schweigens.

»Es ist komisch – ich habe sie immer zu meinen wahren Freunden gezählt, obwohl wir nur so kurze Zeit zusammen waren. Sie wurde über hundert Jahre alt. Was für ein abenteuerliches Leben.« Mrs. Macdonald lachte. »Damals wollte ich selbst Forscherin werden wie sie, aber, wie Sie sehen, bin ich nicht sehr weit gekommen.«

»Aber das Glenside ist so schön …«

Wieder lachte Mrs. Macdonald. Fast alles brachte sie zum Lachen. »Ach, ich habe es nie bereut, dass ich hier geblieben bin. Nicht einen Augenblick lang. Ich habe fünf Kinder.

Und das ist schon ein Abenteuer für sich. Alle wohnen jetzt ziemlich weit weg, aber Weihnachten kommen sie hierher. Mit meinen Enkelkindern. Ich habe achtzehn. Weihnachten im Glenside ist etwas ganz Wunderbares.«

Sie hielt inne, und Dorothy spürte, dass sie sie auf ihre aufmerksame Weise ansah, den Kopf leicht zur Seite geneigt. »Das Schicksal ist eine eigenartige Sache, finden Sie nicht? Es klingt immer, als müsste es etwas Weiträumiges an sich haben. Aber manchmal – nun, manchmal ist es ganz in der Nähe. Direkt unter dem eigenen Fußabstreifer, wenn Sie recht verstehen.«

Dorothy Nichols war sich nicht sicher, ob sie recht verstand. Wieder hatte sie das Gefühl, dass sie zum Gespräch beitragen sollte. Mrs. Macdonald redete von etwas, das ziemlich privat klang. War es eine Art Einladung? Sie zerbrach sich den Kopf auf der Suche nach einer passenden Reaktion. Vielleicht wollte die alte Frau, dass sie ihr etwas von sich erzählte. Etwas Privates. Aber ihre ohnehin geringe Fähigkeit, Vertraulichkeiten auszutauschen, war heute Abend von ganz anderen Sorgen erstickt worden. Marion West war schuld. Diese Frau mischte sich jetzt schon ein. Wütend ballte Dorothy die Hände auf ihrem Schoß zur Faust.

»Sie sehen wieder müde aus«, sagte sie schließlich. »Soll ich jetzt den Diener rufen?«

Also, was hältst du von Mrs. Macdonald?«, fragte Marion, als sich die beiden Wests an jenem Abend zum Schlafengehen fertig machten. »Glaubst du, wir sollten ihr Angebot annehmen?«

»Es klang so, als wollte sie uns eher zu sich nach Hause einladen als uns überreden, in ihr Hotel zu ziehen.«

»Es ist doch ihr Zuhause«, sagte Marion. »Ich fand sie großartig.«

Vanessa schwieg. Gegen ihren Willen musste sie sich eingestehen, dass sie von Mrs. Macdonald beeindruckt war. Im Laufe des Abends hatte sie zunehmend ein Gefühl des Wohlbefindens ergriffen. Vielleicht lag es an der Qualität des Essens oder am Kerzenlicht oder am zufriedenen Gemurmel der Gespräche, die den Raum erfüllten, oder an der Größe ihres Gin-Tonics. Oder vielleicht an keinem dieser Dinge, sondern einfach am Anblick Mrs. Macdonalds, wie sie in den Armen ihres Dieners hinaus auf den Vorplatz getragen wurde, um die Sterne zu betrachten. Es war das Letzte, was sie beim Hinausgehen sahen. Als sie zur Straße hinuntergingen, hatten sie sich beide im gleichen Moment umgewandt. Als teilten sie einen Moment lang das Gefühl des Zweifels, ob es das Glenside überhaupt gab, als müssten sie sich wieder umdrehen, um es noch einmal zu sehen. Und da war sie. Ihr langes Kleid schleifte auf dem Boden, ihr Kopf war zum Himmel hinauf gerichtet. Reglos, aufmerksam. Vanessa konnte sich weder ganz erklären, weshalb sie sich so privilegiert gefühlt hatte, noch warum sie, obwohl sie ihr Essen bezahlt hatten – mit Abstand das teuerste, das ihnen bisher in Indien serviert worden war – warum sie das Gefühl hatte, man habe sie reich beschenkt.

»Es war ein schöner Abend, findest du nicht?«, sagte Marion.

»Ja. Ja, es war sehr schön.«

Nachdem Dorothy und Mrs. Macdonald den Raum verlassen hatten, bat Bharani Greg und Tish, mit ihnen am großen Tisch den Kaffee einzunehmen. Vanessa fiel auf, dass Alex Khusam von der Einladung ausgeschlossen blieb. Bharani schien durch den Mann hindurchzusehen. Trotzdem schaute Khusam zu ihnen herüber, als überlege er. Dann schob er seinen Stuhl zurück und näherte sich dem Tisch. Während sich die anderen beeilten, Platz zu machen, stand er reglos daneben und wartete.

»Alex Khusam«, sagte er schließlich und streckte Vanessa die Hand entgegen. Seine Hand fühlte sich kühl und sehr selbstbewusst an.

»Möchten Sie sich nicht setzen? Wir haben bestimmt Platz für einen weiteren Stuhl.«

»Das ist nicht nötig«, sagte er. »Ich trinke keinen Kaffee.« Er hatte einen leichten amerikanischen Akzent. »Ist das Ihre Mutter?«

Marion lächelte ihn unsicher an. »Es gibt bestimmt Platz für einen zusätzlichen Stuhl«, sagte sie. »Wir können uns ein bisschen zusammenquetschen.«

Er lächelte mit ausgesuchter Höflichkeit, als gehöre es nicht zu seinen Gepflogenheiten, sich zusammenzuquetschen, als sei er aber zu wohlerzogen, darauf hinzuweisen.

»Vielen Dank, ein anderes Mal vielleicht.« Wieder sah er Vanessa an. »Haben Sie sich hier im Glenside eingemietet?«

»Noch nicht, aber ich ahne, dass sich das ändern dürfte.« Sie lächelte. »Mrs. Macdonald scheint Wert darauf zu legen.«

»Es ist schwer, ihr zu widerstehen.«

»Ja, das stimmt.« Vanessa wurde abgelenkt von Bharani, der den Zucker in seinem Kaffee umrührte und dabei fast erregt mit dem Löffel gegen das Porzellan klapperte.

»Dieser Kaffee ist hervorragend«, brabbelte er. »Eine wunderbare Mischung. Mrs. Macdonald lässt ihn den ganzen Weg von Südindien bis hierher kommen.« Vanessa wandte sich wieder nach Khusam um, aber er war verschwunden.

Auf der anderen Tischseite sah Tish flehend zum Kellner hinauf, der hinter ihr stand. »Ich kann keinen Kaffee trinken. Er lässt mich nicht einschlafen.« Sie legte eine Hand auf ihre Tasse, als fürchte sie, er könnte sie trotz ihres Flehens zwingen, Kaffee zu trinken. Vanessa glaubte nicht, dass Schlaflosigkeit etwas mit ihrer Ablehnung zu tun hatte. Tish war die Essstörung überdeutlich ins Gesicht geschrieben. Vanessa hatte diesen Blick schon öfter gesehen. Die Greisenhaftigkeit hinter ihren Augen.

»Dieses Problem kenne ich persönlich nicht«, sagte Greg, der sich mit dem Handrücken einen Tropfen von seinem Ziegenbart wischte. »Ich kann immer schlafen. Überall, wenn es darauf ankommt. Mitten im Bahnhof von Delhi kann ich schlafen, in Unterkünften, die von Kakerlaken verseucht sind, in einer völlig verstunkenen Trekking-Hütte in Yuksom. Es gibt keinen Ort, wo wir nicht geschlafen haben. Stimmt's, Tish?«

»Die Toilette in der Hütte hatte ... Scheiße ... an der Decke. Die ganze Zeit musste ich darüber nachdenken, wie sie dort hingekommen war. Die ganze Nacht hindurch. Hab mich dauernd gefragt, wie sie an die Decke kam.«

»Diese Reise ist ein kleiner Kulturschock für Tish«, sagte Greg fröhlich. »Aber wir werden damit fertig.«

»Also, ich hätte gemeint, Scheiße ist Scheiße, überall auf der Welt«, bemerkte Vanessa.

»Sie haben bestimmt wunderschöne Dinge gesehen«, sagte Marion hastig. »Mrs. Macdonald erzählte mir, dass Sie sich besonders für den Buddhismus interessieren. Für die Klöster.«

»Ja«, sagte Greg eifrig. »Mrs. Macdonald hat sehr interessante Verbindungen.«

»Alexandra David-Néel!«, sagte Bharani. Er wandte sich an Vanessa. »Sehen Sie, jeder kennt sie. Sie ist sehr berühmt.«

»Sie glaubte, in einem früheren Leben eine von Dschingis Khans Mongolinnen gewesen zu sein«, sagte Greg. »Sie verbrachte ihr ganzes Leben mit dem Studium des Buddhismus. Nichts konnte sie abhalten. Nichts. Sie wohnte die ganze Zeit in *Höhlen*.«

Tish schauderte. »Greg hat ihre Autobiografie gelesen. Sie hat ihn auf viele … Ideen gebracht.«

»Sie hatte diesen Guru, diesen Lehrer«, fuhr er fort. »Er war Einsiedler. Er hat ihr Telepathie und Tumo beigebracht.«

»Tumo?«

»Das ist eine besondere Disziplin. Eine Atemübung, die einem ermöglicht, auch in Temperaturen unter Null die Körperwärme beizubehalten. Der übliche Test für einen Schüler war, im Winter die ganze Nacht draußen zu bleiben, ohne Kleider und in nasse Betttücher eingewickelt. Man musste die Tücher nach und nach trocknen, indem man über das innere Feuer meditierte.«

»David-Néel hat den Betttuchtest nicht gemacht«, fuhr Greg fort, »aber sie badete in einem Bach und saß die ganze Nacht vollständig nackt im Freien.« Er hielt inne. »Sie schenkte Mrs. Macdonald zwei Thangkhas. Das sind tibetanische Kultbilder. Sie hängen in ihrem privaten Wohnzimmer. Sie hat mich einmal hineingeführt, um sie mir zu zeigen.«

»Ich habe sie auch gesehen«, sagte Bharani wichtigtuerisch. »Sie sind sehr viel Geld wert. Ein Vermögen. Viele Museen und Institute auf der ganzen Welt wären begeistert, wenn sie sie in ihre Sammlungen aufnehmen dürften. Aber Mrs. Macdonald will sich auf keinen Fall von ihnen trennen.«

Das Zimmer im Club kam ihnen im Vergleich mit Glenside noch dürftiger vor als bisher. Es war spät, aber weder sie noch ihre Mutter wollte sofort ins Bett. Marion saß im Korbstuhl vor dem leeren Kamin; sie trug ihren Pyjama und hatte ihr Seidentuch fest um die Schultern gewickelt. Sie dachte an Dorothy Nichols.

»Er kommt mir so vertraut vor. Der Name, meine ich. Je mehr ich darüber nachdenke, desto vertrauter erscheint er mir.«

Vanessa rollte die Augen. »Fürchterliche Frau. Sie saß da und starrte mich den ganzen Abend finster an. Sobald ich etwas zu ihr sagte, schaute sie weg. Hast du das bemerkt? Als ob sie sich schon durch den Augenkontakt etwas holen könnte. Als ob ich sie wieder mit Nesselsucht anstecken könnte. Kannst du sie dir in der Badewanne vorstellen, mit nichts an außer Backpulver? Das ist ein Bild, das ich lieber nicht im Kopf hätte. Es wird mich die ganze Nacht wach halten.«

Marion ignorierte die Bemerkung ihrer Tochter. Sie war dabei, ihr Poesiealbum durchzublättern und sah jeden Namen sorgfältig an. »Das habe ich ja gewusst! Hier steht er, fast am Ende. Sie hat eine ganze Seite für sich allein. Schau her, Vanessa, ist es nicht hübsch?« Das kleine Blatt wurde fast vollständig von einem kunstvoll gemalten Blumenrahmen bedeckt. Die Zeichnung war außergewöhnlich genau. Jedes Blütenblatt schraffiert und unterschiedlich, jedes Blatt sorgfältig umrissen. Schmetterlinge mit leuchtenden, geäderten Flügeln schwebten über den Blüten. Genau in der Mitte waren zwei winzige blaue Vögel gezeichnet, deren Schnäbel die verschlungenen Buchstaben des Namens festhielten. Als trügen sie ihn im Fliegen durch die Luft.

Dorothy Nichols.

»Das werde ich ihr zeigen«, sagte Marion aufgeregt. »Ich

wette, sie hat nie damit gerechnet, dass sie es noch einmal sieht.«

»Das würde ich an deiner Stelle nicht tun. Sie hat überdeutlich klar gemacht, dass das Thema für sie tabu ist. Das fand ich gemein. Sie ist ein gemeiner Mensch.«

»Das solltest du nicht sagen. Du kannst nicht wissen, was jemand in seinem Leben alles durchgemacht hat.«

»Das ist mir egal. Sie ist ein Ekel.«

»Aber schau doch, wie schön sie diese Seite gezeichnet hat. Sie muss stundenlang darüber gesessen haben.«

»Dass sie zeichnen kann, bedeutet nicht, dass sie kein Ekel ist.«

Enttäuscht machte Marion das Buch zu. »Es gibt sehr viel, was du an anderen Menschen nicht verstehst.«

»Ich verstehe genug.«

Ihre Mutter seufzte. Vanessa war so gnadenlos, dachte sie. So voller Gewissheiten. Bei ihr war alles entweder so oder so. Hatte Marion selbst jemals eine Zeit erlebt, in der sie auch so gedacht hatte? Wahrscheinlich nicht. Ihr kam es vor, als hätte sich ihr ganzes Leben in den ruhigen Hohlräumen zwischen den Überzeugungen anderer Menschen abgespielt.

»Ich glaube, wir sollten unbedingt hinüberziehen«, sagte Marion. »Meinst du nicht auch? Wie wäre es mit morgen?«

»Gut«, sagte Vanessa. »Warum nicht?«

»Ich werde Prasad vermissen. Und John natürlich auch. Es wird wohl nicht möglich sein, John davon zu überzeugen, dass er auch umzieht. Was meinst du?«

»Ich habe meine Zweifel. Er kann sich das Zimmer hier nur mit Mühe leisten.«

»Armer John. Vielleicht könnten wir ihn einmal zum Dinner im Glenside einladen, wenn wir uns dort eingelebt haben.«

»Übrigens, wenn wir schon beim Plänemachen sind, könnten wir uns auch überlegen, wann wir nach Sunny Valley fahren? Ich weiß nicht, warum du das immer wieder hinauszögerst.«

»Ich habe es nicht hinausgezögert«, sagte Marion. Sie nahm ihre Gedichtsammlung in die Hand. »Ich würde gern noch ein bisschen lesen, bevor ich ins Bett gehe. Du hast doch nichts dagegen, wenn ich das Licht noch eine Weile anlasse?«

Vanessa sah hinauf zu der Birne, die von der Decke herunterhing. »Willst du damit sagen, dass das Licht an ist?«, fragte sie sarkastisch. »Das ist mir gar nicht aufgefallen. Also bleibt's dabei. Wir fahren so bald wie möglich nach Sunny Valley. Wie wäre es mit übermorgen?«

»Ich weiß nicht«, sagte Marion und blätterte in ihrem Buch, »weshalb so viele dieser Gedichte von einem Ort namens Yarrow handeln. Da gibt es ›Besuch in Yarrow‹, ›Kein Besuch in Yarrow‹, ›Die Böschungen von Yarrow‹, was sind denn *die* bloß? Aus irgendeinem Grund sind sie alle traurig. Das traurigste Gedicht heißt: ›Willie, in Yarrow ertrunken‹.«

»Bis übermorgen werden wir uns bestimmt eingelebt haben«, fuhr Vanessa fort. »Wir können uns ein Taxi nehmen am Stand unten in der Stadt, oder vielleicht hat das Glenside einen Fahrer, den wir für einen Tag anheuern könnten. Ich werde versuchen, es herauszufinden. Ich würde lieber einen Fahrer vom Hotel nehmen. Der Mann, der uns hierher brachte, war ja wohl todessehnsüchtig.«

Aber Marion hatte nicht hingehört. »Es ist nicht einmal so, dass sich auf Yarrow viele Wörter reimen«, sagte sie. »Mir fallen bloß *barrow* und *marrow* ein. Und wie bringt man Schubkarren und Kürbisse in einem Gedicht unter?«

»Was redest du denn daher?«

»*Warum machen Yarrower so viel Zinnower?*« Hoffnungsvoll sah Marion ihre Tochter an.

»Ach, Mutter, das ist doch schwach. Das ist wirklich schwach!«

Zum ersten Mal seit ihrer Ankunft in Ashagiri öffnete Marion am nächsten Morgen die Augen ohne das dumpfe Gefühl der Enttäuschung, das sie meistens beim Aufwachen empfand. Der Tag war hell, ohne den Nebel, der so oft im Laufe des Vormittags über die Stadt kroch, und sie betrachtete das als gutes Omen. Schnell packte sie den Koffer, setzte sich mit ihrem Tee hinaus auf den Balkon und wartete auf Vanessa. Unter ihr im Garten standen die Ringelblumen in voller Blüte, große feuerfarbene Stauden, die gleichzeitig exotisch und außerordentlich vertraut aussahen. Am Traumfelsen hatte es solche Ringelblumen gegeben. Sie erinnerte sich an ihren Duft, daran, wie sie sich den Hang hinunter ausbreiteten. Sie blühten nicht das ganze Jahr hindurch. Sie musste auch zu Zeiten dort gewesen sein, als sie nicht zu sehen waren. Aber weil das Gedächtnis immer nach einer oder zwei Episoden greift und sie in eine Ewigkeit verwandelt, sah sie in ihrer Erinnerung den Felsen nur zur Zeit der Ringelblumenblüte. Als sei der Ort immun gegen den Wechsel der Jahreszeiten und kenne nur den Sommer.

Sie erinnerte sich daran, wie es damals war. Die Knie bis zum Kinn hochgezogen, die Augen auf die Aussicht gerichtet, sah sie nicht, was vor ihr lag, sondern einen anderen Ort. Sie hatte ihn noch nicht betreten, sie stellte sich ihn nur vor, und trotzdem gab es ihn. In ihrem künftigen Leben. Die Bäume verschwanden in der Ferne, auch die brennenden Blumen, der lebendige Himmel. Es war ein intensives Gefühl, sicherer als die Hoffnung, zu stark, sich in Worte fassen zu lassen. Heute noch erinnerte sie sich daran, an diese

Vision. Der Anblick der Ringelblumen brachte sie ihr für einen Augenblick zurück, so deutlich, als säße sie immer noch dort am Traumfelsen und als seien die Jahre dazwischen nichts gewesen. Wo denn, fragte sich Marion, lag die Linie, die die Vision von der Erinnerung an sie trennte? Gab es einen Punkt, wo beides zusammentraf? Wo die kommende Zeit die vergangene Zeit trifft, auf einem Äquator, der durch das Leben eines Menschen hindurchläuft. Wenn es so war, musste es einen Tag gegeben haben, einen Augenblick, in dem sie diese Linie überquert hatte. Einen ganz normalen Nachmittag, den sie wie üblich verbracht hatte, an dem sie, ohne es zu merken, von einem Kontinent auf einen anderen übergewechselt war.

Sie nippte an ihrem Tee und lächelte in sich hinein. Konturen und Landkarten und Territorien, die markiert werden mussten. Der Kolonialgeist in ihr vermutlich. Sie dachte wie ihr Vater. Sie sah auf die Ringelblumen, sog ihre Farbe in sich auf, beobachtete den Clubgärtner, der, uralt und beharrlich, langsam zwischen den Sträuchern herumkroch, vertieft in die endlose Mühsal, wachsende Pflanzen zu pflegen. Vielleicht, dachte sie, vielleicht gab es gar keine Trennlinie. Nichts, was Traum und Erinnerung trennt. Könnte es wirklich so einfach sein? War es möglich, durch das bloße Denken alle Grenzen zwischen damals und heute niederzureißen? Schließlich waren sich beide so ähnlich, man musste sie nur aus der Ferne sehen. Beide Orte lagen im Kopf, dachte sie. Beide waren Orte der Sicherheit.

Vanessa unterbrach sie mit gereizter Stimme. »Hast du meinen Füller gesehen? Ich kann ihn nirgends finden.«

»Hast du auf dem Tisch nachgesehen?«

»Natürlich! Dort habe ich zu allererst geschaut. Er ist nirgends.« Sie kam mit beiden Koffern aus dem Zimmer.

»Wahrscheinlich taucht er erst wieder auf, wenn wir schon weg sind«, sagte sie mürrisch. »Major Das wird ein neues Ausstellungsstück für seine Sammlung bekommen. Er wird ihn in eine Schachtel stecken und den Leuten erzählen, dass Rudyard Kipling das *Dschungelbuch* damit geschrieben hat.«

»Es ist nur ein Füller, Vanessa.«

»Aber Daddy hat ihn mir geschenkt. Zum Examen.« Ihr Vater hatte immer etwas Passendes geschenkt, dachte sie. Er schenkte grundsätzlich nützliche Dinge. Sie erinnerte sich an ein Restaurant. Sie saßen dort zu zweit und sahen zum Fenster hinaus auf einen alten Mann auf der Straße. Damals war sie vielleicht zehn oder elf. Der alte Mann trug einen zusammengerollten Regenschirm in der einen Hand, an der anderen Hand baumelte ein Rosenkranz. »Siehst du?«, hatte ihr Vater gesagt, an das Fenster getippt und gelächelt. »Alles, was er braucht, hat er dabei. Perfekt ausgerüstet, siehst du?« Damals hatte sie den Witz nicht so recht verstanden; erst später war ihr aufgegangen, dass der Kommentar ihres Vaters keinen Spott enthielt, sondern seine Bewunderung für die Demonstration eines Prinzips ausdrückte.

»Es würde ihm sehr missfallen, wenn ich den Füller verlöre.«

»Ich habe mir gerade die Ringelblumen angeschaut«, sagte Marion, um sie abzulenken. »Zu Hause sind es ganz ordentliche Blumen, aber hier spielen sie verrückt.«

»Ja. Ich verstehe auch, warum. Meinst du, dass uns Prasad hilft, dieses ganze Zeug zum Glenside hinaufzuschaffen?«

»Er wartet schon unten.«

Der Weg zum Hotel war nur kurz. Am Eingang setzte Prasad Marions Koffer ab, den er auf seiner Schulter getragen hatte, und gab beiden mit einer höflich zurückhaltenden Bewegung seines Ellbogens die Hand. Marion kramte in ihrer Handtasche nach einem Trinkgeld.

»Ich habe noch ein Geschenk für Sie«, sagte sie und überreichte ihm eine ihrer Wolljacken, aus schwarzer Kaschmirwolle und mit kleinen Glasperlen bestickt. »Sie ist für Ihre Frau«, setzte sie etwas besorgt hinzu. »Ich hoffe, dass sie ihr gefällt.«

»Das war nett von dir«, sagte Vanessa, als Prasad außer Hörweite war.

»Weißt du nicht mehr, wie er uns von ihr erzählte? Dass sie bettlägerig ist? Ich habe mir gedacht, die Jacke könnte sie ein bisschen aufheitern.«

»Ich hatte es vergessen.« Vanessa sah ihre Mutter an. »Du vergisst solche Sachen nie. Du bist so ein netter Mensch ...«

Das Zimmer der Wests im Glenside war auf der Nordseite, weg von der Stadt, den Bergen zugewandt. Vanessa ging schnell zum Fenster und sah hinaus.

»Von hier aus können wir tatsächlich den Schnee sehen«, sagte sie aufgeregt. Ohne diesen Ausblick hätte sie sich im Schlafzimmer eines altmodischen englischen Landhauses gewähnt, bis hin zu den Tagesdecken aus blassgelber Chenille und den gelben Blümchentapeten. Nebenan im Badezimmer stand eine Wanne mit Klauenfüßen, die Tür war diskret mit einem schweren Vorhang verhüllt. Das Schlafzimmer war voll von jenen Haushaltsgegenständen, die zwei Generationen zuvor unentbehrlich schienen und jetzt nur mehr schrullig wirkten. Eine Waschschüssel aus Porzellan mit dazugehörigem Wasserkrug, ein Paar bestickte Taschentuchetuis auf den Nachtkästchen, drei lange Hutnadeln mit Köpfen aus Perlen, die in einem verblichenen Nadelkissen neben dem Spiegel steckten. Marion packte ihr Bettjäckchen aus und drapierte es sorgfältig auf ihrem

Kopfkissen. »Es sieht aus, als ob es zur Einrichtung gehört«, sagte Vanessa. »Im Gegensatz zu meinem Zeug …« Sie suchte nach einem Platz, wo sie ihren North Face Anorak verstauen konnte. »Ich glaube, den sollte ich lieber in eine Schublade stecken. Rotes Nylon passt nicht so gut zum Dekor.«

»Glaubst du, dass man hier einen Nachmittagstee serviert?«, fragte Marion hoffnungsvoll.

»Ich würde mich sehr wundern, wenn das nicht der Fall wäre.«

»Macht es dir etwas aus, wenn ich hinuntergehe und nachschaue? Ich kann den Rest später auspacken.«

»Du musst mich nicht immer um Erlaubnis bitten. Wieso sollte es mir etwas ausmachen?«

Als ihre Mutter aus dem Zimmer war, fuhr Vanessa fort, ihre Sachen einzuräumen. Es war sehr ruhig. Immer wieder unterbrach sie das Auspacken und kehrte zum Fenster zurück, um die Aussicht zu genießen. Der Himmel war voller Wolken, riesiger Ballons mit dunklen Bäuchen, deren Ränder sich aufhellten, wo sie auf das Blau trafen. Solche Wolken hatte sie noch nie gesehen. So leuchtend in ihrer Substanz, so monumental. Vielleicht hatte sie einfach zu selten hinaufgeschaut. Der Anblick stimmte sie optimistisch. Sie hatten ihre Suche zu schnell aufgegeben, dachte sie. Sich zu leicht entmutigen lassen. Hier gab es bestimmt etwas zu finden, wenn man nur an den richtigen Stellen suchte. Der Mann im Fotoatelier zum Beispiel. Mr. Lehkraj. Das Bild ihrer Mutter hatte er nicht mehr, aber er hatte sicher andere. Dinge von allgemeinerem Interesse. Bilder von St. Margaret's vielleicht, bevor das Gebäude verfiel. Vom Ashagiri-Club in seiner Blütezeit, Bilder von Jagdtrophäen und alten Sportmannschaften. Er hätte sie unmöglich *alle* weggeworfen.

Sie entdeckte ihre Mutter zusammen mit Tish im Speiseraum. Die rosafarbenen Decken des Vorabends waren durch weiße ersetzt worden, auf denen Teller mit Scones und Gurkensandwiches großzügig verteilt waren. Vielleicht weil letzteren die Kruste entfernt worden war, hatte Tish Mut gefasst und eines auf ihren Teller gelegt; jetzt war sie in die Aufgabe vertieft, die dünnen grünen Scheiben herauszuziehen. Sie hob den Kopf und lächelte plötzlich über etwas, das Marion gesagt hatte, und Vanessa bekam den Eindruck, dass sie weniger nervös, fast glücklich war.

»Worüber unterhaltet ihr euch denn?«

Marion sah auf. »Es ist so lustig. Ich habe Tish gerade von ein paar Sachen erzählt, die mir hier aufgefallen sind. Wie einen die Leute dazu bringen wollen, etwas zu kaufen. Unten neben Klein gibt es einen Laden mit Stricksachen. An allen ihren Wolltüchern haben sie diese kleinen Schilder hängen. Um die Kunden davon zu überzeugen, dass sie nur Qualitätswaren kaufen. Weißt du, was darauf steht?«

»Hundertprozent Schultertuch!«, stieß Tish hervor. »Ist das nicht komisch?«

»Und das Allerkomischste daran ist«, fügte Marion hinzu, »dass es sogar stimmt.«

Vanessa lachte. »Seid ihr mit dem Essen fertig? Ich habe mir nämlich gedacht, es wäre nicht schlecht, wenn wir noch einmal in dieses Fotoatelier gehen würden. Mr. Lehkraj könnte etwas Interessantes im Archiv haben.«

Marion verzog den Mund ein wenig. »Das geht jetzt nicht. Ich habe soeben Tish versprochen, dass ich sie auf eine kleine Einkaufstour mitnehme. Wir wollen bis zum Aussichtspunkt hinaufspazieren und dann zu Avari hineinschauen. Sie war noch kein einziges Mal einkaufen, seit sie hier ist. Nicht wahr, Tish?«

Tish schüttelte zaghaft den Kopf. »Falls Sie andere Pläne haben …«

»Nein«, sagte Marion. »Wir hatten uns sonst nichts vorgenommen.«

»Wir können es auch verschieben«, sagte Vanessa, überrascht und etwas pikiert. »Vielleicht gehe ich allein.«

»Oder du könntest mit uns kommen.«

»Nein«, sagte Vanessa, »ich kann schon allein gehen.«

Als sie draußen war, lief Vanessa unwillkürlich schneller als sonst, angefeuert von dem unangenehmen Gefühl, dass ihre Wünsche missachtet worden waren. Sie fragte sich, ob ihr beharrliches Wühlen nach Spuren von Marions Vergangenheit nicht einer Obsession nahe kam. Könnte es sein, dass sie dieses Projekt als … Ablenkungsmanöver benützte? Vanessas Gedankengang wurde von einem Jeep unterbrochen, der seine Fahrt verlangsamt hatte und im Schritttempo neben ihr herfuhr.

»Möchten Sie einen kleinen Ausflug machen?«, sagte Alex Khusam.

Erstaunt sah ihn Vanessa an. Er hatte einen Ellbogen auf das offene Fenster des Jeeps gestützt und sah sie irritierend ruhig an. Als sei er nicht eben erst neben ihr zum Stehen gekommen, sondern als habe er sie schon längere Zeit beobachtet. Auch seiner Einladung schien irgendwie die Spontaneität zu fehlen. Als sei es ihm im Grunde egal, ob sie die Einladung annehme oder nicht, dachte sich Vanessa. Oder als ob er die Antwort schon im Voraus wüsste. Wieder war sie von seinem ungewöhnlichen Aussehen gefesselt, von den seltsam hohen, flachen Wangenknochen und den nicht dazu passenden Augen.

»Okay«, sagte sie. Erst als sie zur anderen Seite des Jeeps hinübergegangen war, die Tür geöffnet und sich auf den Platz neben ihn gehievt hatte, fiel ihr ein zu fragen, wo er hinfahren wolle. »Sie werden sehen.« Er lächelte ein wenig und hielt die Augen nach vorn gerichtet, während er sich wieder in den Verkehrsfluss einfädelte.

Sie durchquerten schweigend die Stadt. Khusam fuhr schnell, mit einer Hand am Lenkrad, das er fast beiläufig mit der Handfläche drehte. Vanessa wusste nicht, was sie sagen sollte. Der Mann hatte etwas an sich, das belangloses Gerede unpassend erscheinen ließ. Oder vielleicht lag es an ihrer Überraschung, sich mit ihm im Wagen wiederzufinden; am Gefühl, gegen jede Erwartung *ausgewählt* worden zu sein. Er sah sie kurz an, mit einem belustigten Blick. »Sie können Ihre Jacke auf den Rücksitz legen, wenn Sie wollen«, sagte er. »Sie brauchen sich doch nicht so dick einzupacken.« Sie zog die Jacke aus und genierte sich ein wenig, weil das Nylon so raschelte. Khusam hatte die Ärmel seines Hemdes hochgekrempelt und den Kragenknopf geöffnet. Sicher hielt er sie für verklemmt.

»Es ist wirklich ein bisschen warm heute«, sagte sie und versuchte, locker zu wirken.

Sie sah zum Fenster hinaus. Nachdem sie die Stadt verlassen hatten, nahm sie an, dass Khusam die Straße bergab zum kleineren Dorf weiter unten wählen würde. Aber während sie sich mit ihrem Anorak beschäftigte, bog er ab, und sie fuhren jetzt in eine ganz andere Richtung um den Hügel herum. Diese Straße war viel schmaler und in einem noch viel schlechteren Zustand als die erste. Große Felsbrocken und kleineres Geröll lagen am Straßenrand, und der Asphalt war aufgerissen und uneben. Khusam brachten diese Hindernisse nicht aus der Ruhe; er behielt sein hohes Tempo bei, und auch in unübersichtlichen Kurven schien er es nicht für nötig zu halten, das Lenkrad fester in die Hand zu nehmen. Vanessa wurde nervös, sagte aber nichts, weil sie sich ihrer Angst schämte. Die Angst schien zum neuerdings verschmähten Anorak zu gehören, der als Knäuel auf dem Rücksitz lag. Außerdem war sie bei weitem nicht überzeugt, dass Khusam langsamer fahren würde, auch wenn sie den Wunsch äußerte.

»Diese Straße braucht ... eine Reparatur«, sagte sie, außerstande, sich völlig eines Kommentars zu enthalten.

Er nahm eine weitere scharfe Kurve und schwang so weit aus, dass der Jeep an den äußersten Straßenrand geriet und nur ein paar Büsche und ein winziger Streifen lockerer Steine das Fahrzeug vom steilen Abhang trennten. Vanessa sah, mit der unwillkommenen Klarheit solcher Augenblicke, dass große Teile des Asphalts an der Kurve abgebröckelt waren. Anscheinend waren die zwei linken Räder des Jeeps eine Sekunde lang über nichts als Luft gefahren.

»Vor drei Monaten hat mein Cousin einen Kopfsprung von dieser Straße gemacht«, sagte Khusam ohne Gemütsregung. »Es hat eine Weile gedauert, bis man seinen Jeep gefunden hat. Die Bäume wachsen sehr dicht da unten.«

Vanessa war sich nicht so sicher, dass sie gerade jetzt wissen wollte, wo sein Cousin gelandet war. »Schrecklich.«

»Keine Bange. Es ist in der Nacht passiert. Wahrscheinlich war er betrunken.«

»Soll das heißen, Sie fahren nachts auf dieser Straße?«

»Etwas langsamer«, sagte Khusam. Er sah sie kurz an und lächelte. »Er war nur ein sehr entfernter Cousin«, fügte er hinzu.

»Oh.«

Wieder fuhren sie um eine Kurve. Ein Mann hockte am Straßenrand. Auf diese Entfernung ließ sich nicht feststellen, ob er sich die Schnürsenkel band oder zwischen den Steinen nach etwas suchte. »Es ist John!«, rief Vanessa aus. »Ich kenne ihn.« Als der Jeep näher kam, stand John auf und drehte sich zu ihnen um. Er trug seinen Malkasten in der Hand. Sie bemerkte, dass der Tragegurt zerrissen und notdürftig zusammengebunden worden war. Er hob einen Arm, als wollte er grüßen, oder vielleicht einfach in der Hoffnung, mitgenommen zu werden. Aber sie konnte Khusam nicht mehr rechtzeitig bitten anzuhalten. Während der Jeep an ihm vorbeifegte, sah Vanessa die Überraschung in Johns Gesicht, als er sie plötzlich erkannte. Dann war er nicht mehr zu sehen.

»Ich kenne ihn«, sagte sie wieder. »Ich glaube, er wollte vielleicht mitgenommen werden.«

»Wir können halten und zurückfahren, wenn Sie wollen«, sagte Khusam und machte keine Anstalten, langsamer zu fahren. Er sah sie an und hob, halb spöttisch, halb verschwörerisch, die Augenbrauen.

»Lieber nicht«, hörte sie sich sagen. »Er findet sicher allein nach Hause.«

Sie dachte daran, wie John da am Straßenrand gestanden und ihnen nachgesehen hatte, und er tat ihr Leid. Was machte er da bloß? War er die ganze Strecke zu Fuß gegangen, und wollte er jetzt den ganzen Weg zurücklaufen? Gleichzeitig konnte sie nicht umhin, sich ein wenig überlegen zu fühlen. Wie verblüfft er doch war, als er sie sah! Fast einfältig verblüfft. Sie konnte sich kaum vorstellen, dass dieser Ausdruck jemals auf Khusams Gesicht erscheinen könnte. Khusam sah aus, als ob er *dazu*gehörte. Wie ein Insider. Und ganz kurz kam ihr der Gedanke, dass sie an dieser Eigenschaft teilhaben könnte, wenn auch nur durch ihren Umgang mit ihm. Sie verbannte John Walcott aus ihrem Kopf.

»Wollen Sie mir immer noch nicht sagen, wo wir hinfahren? Fahren wir etwa nach Rupkhand?«

Er schüttelte den Kopf. »Das würde zwei Stunden dauern. Wir fahren nur ein Stück in diese Richtung.«

»Ist Ihr Palast sehr schön?«

Er zögerte. »Das war einmal.«

»Sie restaurieren ihn, habe ich gehört?«

»Es geht sehr langsam voran«, sagte er mit verhaltener Heftigkeit. »Aber eines Tages wird es fertig sein.«

»Woher nehmen Sie das Geld?«

»Meine Familie ist reich«, sagte er gleichgültig. »Als wir im Exil waren, hat meine Mutter …« Er machte eine kurze angewiderte Pause. »Meine Mutter hat ein zweites Mal geheiratet. Einen reichen Amerikaner.«

»Ach so.«

»Die Arbeit wird vollendet«, wiederholte Khusam. »Bis ins letzte Detail. Alles wird restauriert, bis auf die Eingangstore. Sie müssen bleiben, wie sie sind. Unberührt.«

»Die Tore?«

»Als die indische Armee einrückte, starb die Wache bei der Verteidigung der Tore. Es waren zwei Männer. Die Soldaten holten uns heraus, und wir mussten über ihre Leichen gehen. Mein Vater bückte sich und benetzte seine Hände mit ihrem Blut und machte damit ein Zeichen auf die Tore. Er zwang mich, ihm dabei zuzusehen. Er sagte, ich dürfe nie vergessen, dass diese Männer für uns gestorben sind. Ich müsse immer daran denken.«

»Wie alt waren Sie damals?«, fragte Vanessa erschrocken.

»Sieben.«

Vanessa war verwirrt. »Aber ich dachte … Mrs. Macdonald sagte, die Übernahme sei friedlich vonstatten gegangen. Dass fast alle … es so wollten, dass die indische Regierung die Macht übernehme. Sie sagte, es sei sinnvoll gewesen, aus militärischen und wirtschaftlichen Gründen.«

Khusams Gesicht erstarrte. »Sie wurden abgeschlachtet. Alle beide.«

»Aber warum?«

»Man hatte ihnen befohlen, die Tore zu verteidigen.«

»War das Ihr Vater?«

»Man hatte es ihnen befohlen«, wiederholte er. »Ihre Familie war seit Generationen in unseren Diensten.«

Wie seltsam, dachte Vanessa: Leute, die Diener haben, beschreiben sie immer so, wie sie von ihrem Familiensilber reden. Aber es war nur ein flüchtiger Gedanke. Khusam, der jetzt wieder fröhlich wirkte, lächelte sie an.

»Eines Tages müssen Sie zum Palast mitkommen und ihn sich mit eigenen Augen ansehen.«

»Das wäre schön.« Sie beugte sich nach vorn und umfasste ihre Knie. Er sah sie immer noch lächelnd an.

»Steigen Sie aus!«, sagte er plötzlich.

»Wie meinen Sie das?« Der Jeep fuhr nach wie vor mit hoher Geschwindigkeit.

Er lachte. »Wie ich es gesagt habe. Steigen Sie aus!«

»Aber warum?« Hatte sie etwas Falsches gesagt?

»Tun Sie es einfach.«

»Das kann ich nicht.«

»Stellen Sie sich auf das Trittbrett! Sie erleben diese Straße erst dann richtig, wenn Sie außen auf dem Trittbrett stehen.«

Sie brauchte ein paar Sekunden, bis sie begriff, was er von ihr verlangte. Sie sollte ihren Platz verlassen und hinausklettern und sich an der Seite des Jeeps festhalten, und dieses

Manöver sollte sie während der Fahrt ausführen, denn er machte keine Anstalten, stehen zu bleiben oder wenigstens langsamer zu fahren.

»Das kann ich nicht«, sagte sie wieder.

Er sah sie spöttisch an. »Haben Sie Angst?«

»Sie wollen, dass ich während der Fahrt die Tür öffne?«

»Sie können durch das Fenster aussteigen«, sagte er unbekümmert. »Das habe ich hundertmal getan.«

Sie sah hinaus auf den vorbeirauschenden Straßenrand und auf den steilen Abgrund zu ihrer Linken. Der bloße Gedanke, zu tun, was er sagte, war absurd, aber die Alternative, ihr schwaches »Ich kann nicht« noch einmal zu wiederholen, schien ihr plötzlich noch unmöglicher. Selbst Feigheit erfordert Stärke, dachte sie betrübt und packte den Fensterrahmen mit beiden Händen. Sie hob sich halb aus ihrem Sitz und reckte Kopf und Schultern aus dem Fenster. Der Wind, der ihr ins Gesicht blies, nahm ihr fast den Atem.

»Ich glaube wirklich nicht, dass ich das schaffe.«

»Das Trittbrett«, befahl Khusam. »Stellen Sie die Füße auf das Trittbrett!«

Sie schaffte es, ihren Kopf zu drehen und ihren Oberkörper zu verrenken, und langte verzweifelt nach einem Haltegriff auf dem Dach des Fahrzeugs. Ihr Po ruhte nun auf dem offenen Fenster, und nur der Gedanke, wie lächerlich sie wohl wirkte, halb drinnen, halb draußen, die Beine albern nach innen baumelnd, gab ihr die Kraft weiterzumachen. Sie sah hinunter, schwang ein Bein zum Fenster hinaus und fand den schmalen Steg des Trittbretts. Der Wind peitschte ihr Haar, und sie konnte nichts mehr sehen. Sie fand einen Halt für die andere Hand an der Seite der Tür und verrenkte ihren Körper wieder, sodass sich ihr Bauch an den Jeep presste und sie das zweite Bein hinausbekam.

»Na, also! Sehen Sie, ist doch gar nichts dabei«, sagte Khusam. Ihr Kopf war auf gleicher Höhe mit seinem Kopf, und sie sah ihn grinsen. »Es sieht alles anders aus, wenn man draußen steht, was?«

Sie nickte und klammerte sich mit beiden Händen an die Tür. Sie wagte nicht, ihren Blick vom Wageninneren abzuwenden. Plötzlich fuhr er um eine Ecke, und ihr Körper schwenkte einen Augenblick nach außen. Fast hätte sie geschrien.

»Eine Hand!«, lachte er. »Fahren Sie einhändig!«

Sie schüttelte verzweifelt den Kopf, sah nach vorn auf die Straße, die ihnen entgegenraste; die Bäume verschwammen, die Luft blies ihr warm und wild ins Gesicht, in ihren Ohren rauschte es. Bald konnte sie einen Blick nach links werfen, wo der Hang steil abfiel, auf die Felsbrocken von früheren Erdrutschen, die zwischen den Büschen verstreut lagen, und weiter unten auf die winzige Falte des Tales, das ruhig im Sonnenlicht dalag, wie ein Scheitel im Haar. Sie lockerte ein klein wenig ihren Griff.

»Gar nicht übel.«

»Wie?«

»Ich sagte, das ist nicht übel!«, schrie sie. Er lachte wieder, ohne sie anzusehen. »Ich kann *alles* sehen«, sagte sie. Sie schloss einen Moment die Augen. »Selbst wenn ich die Augen zumache!«

Khusam bewegte knirschend die Gangschaltung und beschleunigte weiter.

»Halten Sie sich jetzt fest«, rief er, »sonst treffen Sie gleich meinen Cousin!«

Sie fuhren noch einige Meilen weiter, dann hielt Khusam an und wendete den Wagen. Dankbar schlüpfte Vanessa wieder auf ihren Sitz zurück und hoffte, dass der Rückweg ohne weitere Torturen ablaufen würde. Dass er seinen toten Cousin noch einmal erwähnt hatte, war schon ein bisschen grausam gewesen. Er hatte sie quälen wollen, dachte sie. Das Erstaunliche daran war, dass sie es ihm nicht übel nahm. Stattdessen fühlte sie sich geschmeichelt, war fast dankbar für seine Aufmerksamkeit. Und in dieser Reaktion lag etwas Beunruhigendes, etwas Gefährliches, auch wenn Vanessa, die sich immer noch von ihrem windumtosten Ritt erholte, nicht wusste, was es war. Sie sprachen wenig auf dem Rückweg. Vanessa war mit ihren Gedanken beschäftigt, und Khusams Stimmung verdüsterte sich, als würde jede Drehung der Räder, die sie weiter von Rupkhand entfernte, ihm die Kraft rauben. Als sie wieder in Ashagiri ankamen, waren beide völlig stumm geworden. Khusam fuhr den Jeep auf den Parkplatz, und Vanessa drehte sich zur Rückbank um.

»Mein Gott!«, sagte sie wütend, »ich habe meine Jacke verloren.«

Drei Tage waren seit Mrs. Macdonalds letzter Massage vergangen. Jeden Abend, wenn die gewohnte Zeit nahte und Dorothy Nichols fragte, ob sie bereit sei, winkte sie ab. Natürlich lächelte sie dabei, aber sie wollte nicht. Sie hatte sich so viel mit Marion West zu erzählen. Immer nach dem Dinner steckten die beiden die Köpfe zusammen. Und gestern Abend verschwanden sie ins private Wohnzimmer, um dort ihr Gespräch allein fortzuführen. Was hatten sie denn so Interessantes zu besprechen, fragte sich Dorothy. Was könnte denn wichtiger sein als die lebensnotwendige Fürsorge, die ihre Pflege bot? Nichts. Sie redeten über nichts. Meistens über die Gartenpflege. Rosen und Kräutergärten, das endlose Für und Wider der verschiedenen Verfahren zur

Pflanzenzucht. Oder die beiden begannen eine lange Diskussion über irgendein sinnloses Thema, zu dem Dorothy nichts beitragen und dem sie sogar kaum folgen konnte. Gestern Abend zum Beispiel hatte diese West angefangen, sich über ihre Erinnerungen auszulassen. Von vornherein schon ein langweiliges Thema, aber dann hatte sie auch noch lang und breit über das Gedächtnis *an sich* gefaselt. Irgendetwas übers Reisen, soweit Dorothy verstand. Aber was das mit dem Gedächtnis zu tun haben sollte, war ihr entgangen.

»... man ist immer gleich halbwegs drin, wissen Sie«, hatte die West gesagt. »Wenn man auf Reisen ist. Schon auf dem halben Weg ins Gedächtnis hinein. Das Bedürfnis, einen Teil jedes Augenblicks im Gedächtnis zu behalten. Man kauft Souvenirs, man knipst Fotos ...« Dann hatte sie, etwas atemlos, den Satz abgebrochen. »Vielleicht rede ich da lauter Unsinn.«

Das war der einzige Satz, dem Dorothy zustimmen konnte. Aber da saß Mrs. Macdonald und nickte und lächelte, als würde diese Frau nicht lauter Unsinn daherreden, sondern etwas Tiefsinniges von sich geben.

»Das leuchtet mir ein«, sagte sie. »Wie die Nostalgie in die Gegenwart hineingewoben wird. Als sei der Moment schon vorbei, während man ihn noch erlebt ... Ich habe nur wenige Reisen gemacht, daher habe ich das selber nie verspürt, aber ich verstehe, was Sie meinen.«

»Ich kann auch verstehen, was Sie meinen.« Ausgerechnet Tish meldete sich zu Wort und sah Marion mit liebedienerischem Blick an. Das Mädchen hatte sich sonst immer stumm verhalten, aber jetzt, seit der Ankunft der Wests, bildete sie sich ein, etwas zur Unterhaltung beitragen zu müssen. »Dass man hier ist, weit weg von zu Hause ... es ist alles ein bisschen surreal.«

»Wenn man auf Reisen ist, kann man gar nicht anders, als darüber nachdenken, dass absolut alles vergänglich ist.« Greg hatte sich hier mit dieser irrelevanten Bemerkung eingemischt. »Es ist etwas Buddhistisches. Aus-Schreiten nennt sich das. Alle Yoga-Meister sind da eingestiegen. Das war für sie der erste Schritt.«

Es war unerklärlich. Als sie heute beim Mittagessen darüber nachdachte, hatte sich Dorothy dabei ertappt, wie sie im Speisesaal vor den Augen aller anderen Gäste ihren Mund bearbeitete. Ihre Gedanken kreisten so intensiv um dieses Thema, dass sie zunächst gar nicht merkte, wie sie die Innenseite ihrer Wange attackierte und dabei die untere Gesichtshälfte völlig verdrehte bei dem Versuch, ihre Kiefer zu manövrieren und mit den Zähnen einen Fetzen der abstehenden Haut zu packen. Sie war gezwungen, den Tisch zu verlassen und in ihrem Zimmer Zuflucht zu suchen, wo sie auf dem Bett saß, während ihr Mund heftig, ungezügelt, seine Arbeit fortsetzte.

Dorothy schloss die Augen und versuchte, sich den Kreis der Steine oben auf dem Hügel vorzustellen. Seit ihrem ersten Besuch war sie zwei weitere Male da gewesen, jedes Mal vom drängenden Bedürfnis überfallen, dorthin zurückzukehren. Aber jetzt gelang es ihr nicht, das gewünschte Bild vor sich zu sehen. Was hatte Mrs. Macdonald von Marion West erfahren? Ihr kam es vor, als sähen diese beiden sie jetzt anders an als früher. Als hätten sie ein Geheimnis miteinander. Sie hatte sich eingeredet, dass Marion nichts wusste, aber jetzt zweifelte sie daran. Vielleicht wollte diese Frau einfach … abwarten. Ein leises Klopfen an der Zimmertür unterbrach ihren Gedankengang. Automatisch warf Dorothy einen Blick auf die kleine Sammlung der Medizinflaschen auf dem Tisch neben dem Fenster und machte Anstalten aufzustehen. Wieder klopfte es. Es könnte einer der Diener sein, dachte sie, obwohl sie ihnen ausdrücklich befohlen hatte, sie nicht zu stören. Aber vielleicht wurde sie wegen eines Notfalls benötigt. Vielleicht hatte sich der Zustand von Mrs. Macdonald plötzlich verschlechtert. Sie stand auf und ging zur Tür.

»Entschuldigen Sie, dass ich Sie störe«, sagte Marion. »Komme ich zu einer unpassenden Zeit?«

Dorothys Herz klopfte heftig. Dass sie soeben an diese Frau gedacht hatte und sie nun in der Tür stehen sah, war ungewöhnlich, konnte kein bloßer Zufall sein. Automatisch stellte sie sich ihr in den Weg, als wollte sie ihr Zimmer vor den Blicken des Eindringlings schützen.

»Ich wollte mich ausruhen«, sagte sie kalt.

»Oh, das tut mir Leid. Vielleicht sollte ich ein anderes Mal wiederkommen ...«

Dorothy sagte nichts. Jetzt würden die Fragen beginnen. Die Verdächtigungen. Aber Marion schien etwas ganz anderes im Sinn zu haben. Sie hielt etwas in der Hand und streckte es ihr jetzt mit einer schrecklichen, zögernden Beharrlichkeit entgegen. Ein kleines Buch. Es sah alt aus.

»Ich wollte Ihnen das hier zeigen«, hörte sie sie sagen. »Ich dachte, es würde Sie interessieren. Ich habe es die ganzen Jahre aufbewahrt.«

Dorothy nahm Marion das Buch aus der Hand und warf einen flüchtigen Blick darauf, ohne zu verstehen. Vielleicht könnte sie, wenn sie tat, was die Frau wollte, die Begegnung auf den kleinen Fleck zwischen ihrer Tür und dem dahinter liegenden Flur beschränken. Aber anscheinend betrachtete Marion das kurze Gespräch als Erlaubnis einzutreten und war schon an ihr vorbeigegangen.

»Was für ein schönes Zimmer!«, rief sie aus. Dorothy sah,

wie ihre Augen alles aufnahmen. »Das Glenside ist so ein schönes Hotel! Wir hatten solches Glück, dass wir es entdeckt haben. Was sind das für Pflanzen auf dem Fensterbrett? Ist es eine Art Gras? Ich glaube nicht, dass ich diese Sorte kenne.«

»Eine Weizensorte. Quecke.«

»Quecke? Was für ein schönes Grün! Gehört es zu Ihren Forschungen? Mrs. Macdonald hat mir gesagt, dass Sie etwas schreiben …«

»Was ist das für ein Buch?«, sagte Dorothy hastig und verstellte ihr den Blick auf das Zimmer.

»Mein altes Poesiealbum. Erinnern Sie sich nicht mehr daran? Jede von uns hatte eines. Wahrscheinlich haben Sie Ihres schon längst verloren.«

»Ja. Wahrscheinlich.«

»Schauen Sie bei den letzten Seiten nach!«, sagte Marion eifrig. »Die dritte oder vierte Seite von hinten.«

Dorothy blätterte unwillig die Seiten durch.

»Haben Sie es gefunden? Dort ist es. Ihr Blatt. Als ich es entdeckte, dachte ich mir, das muss ich Ihnen unbedingt zeigen. Es ist so hübsch, finden Sie nicht auch?«

Dorothy starrte auf den Namen und die beiden blauen Vögel. Sie wusste nicht so recht, wie sie sich verhalten sollte.

»Danke«, sagte sie schließlich und machte das Album zu. »Es war sehr freundlich von Ihnen, mir das zu zeigen.«

Ein kurzes Schweigen folgte, und wieder hoffte Dorothy, es würde dem Gespräch ein Ende bereiten. Aber die Frau schien überhaupt nichts zu merken. Jetzt tappte sie im Zimmer herum und sah sich alles genau an. Dorothy vermutete, dass sie in kürzester Zeit anfangen würde, ihre Sachen zu befingern.

»Es war sehr nett von Ihnen, mir das zu zeigen«, sagte sie

wieder und versuchte, ihren Worten einen möglichst endgültigen Klang zu verleihen.

»Ich hoffe, es macht Ihnen nichts aus, wenn ich mir Ihre Heilmittel ansehe«, sagte Marion. »Sie verstehen so viel davon. Haben Sie lange gebraucht, das alles zu erlernen?«

»Viele Jahre.«

»Sie haben so viel Geschick mit kranken Menschen«, fuhr Marion bewundernd fort. »Ich wünschte, ich hätte diese Begabung.« Sie dachte an Petes letzte Tage. Das leise Saugen und Zischen der Maschine, die seinem Körper stündlich Morphium injizierte. Ihre eigenen Hände schienen damals in ihrem Schoß einzufrieren, während sie zusah, wie er langsam dahinschied.

»Die meisten Menschen haben solche Angst vor Krankheiten, finden Sie nicht? Fast mehr vor den Krankheiten anderer Menschen als vor den eigenen. Gestern Nachmittag, als Mrs. Macdonald in Ohnmacht fiel, wusste niemand, was er tun sollte. Wir standen alle einfach herum. Außer Ihnen.«

»Es war eine einfache Angelegenheit.«

»Sie hat Glück, dass sie Sie jetzt hier im Haus hat.«

Dorothy neigte leicht den Kopf, als stimme sie bescheiden zu.

»Es dauerte eine Weile, bis mir klar wurde, dass sie tatsächlich ohnmächtig geworden war«, fuhr Marion fort. »Aber sie war völlig bewusstlos. Woher wussten Sie, was Sie zu tun hatten?«

Als Dorothy an den Vorfall zurückdachte, verlor ihr Unbehagen über Marions Anwesenheit vorübergehend an Bedeutung. Sie musste an die beiden Wests und Tish und Bharani denken, die wie Schaufensterpuppen dastanden und die alte Frau begafften. Es hatte eine lange, hilflose Pause gegeben, in der sie der einzige Mensch im ganzen Raum gewesen zu sein schien, der imstande war, zu denken und zu handeln. Sie hatte sich schnell an Mrs. Macdonalds Seite begeben, ihren Kopf sanft angehoben, damit sie das Bewusstsein wieder erlangte.

»Es war eine einfache Angelegenheit«, sagte sie wieder. Es klang ein wenig großspurig. Sie gab Marion das Poesiealbum zurück.

»Nun ... ich glaube, ich sollte Sie jetzt in Ruhe lassen«, sagte Marion.

»Ja.«

Marion, schließlich doch irritiert durch das kurz angebundene Verhalten der Anderen, ging auf die Tür zu. Vielleicht war es nichts als Schüchternheit, was bei Dorothy Nichols dieses offenkundige Unbehagen auslöste. Oder vielleicht fühlte auch sie sich krank. Wieder warf Marion einen Blick auf die Medizinflaschen, die auf dem Nachttisch standen. Ihr kam der Gedanke, dass kaum jemand an die Gesundheit der Pflegenden denken wollte. Von ihnen wurde einfach erwartet, dass sie weitermachten, immer aufmerksam blieben, vor Energie strotzten. Aber Dorothy war nicht mehr jung, und in ihrem Alter war es sicher sehr erschöpfend, sich immer so anstrengen zu müssen.

»Ich hoffe, Sie können sich bis zum Dinner erholen«, sagte Marion sanft. »Wir sehen uns dann.«

Nachdem sie fort war, kehrte Dorothy zum Bett zurück und setzte sich wieder hin, aber sie konnte keine Ruhe finden. Die Gegenwart der Frau schwebte noch im Zimmer wie ein Geruch. Eigentlich hätte sie über den Anlass von Marions Besuch nichts als Erleichterung empfinden sollen, stattdessen nagte sie mit zunehmender Unruhe an ihrer Wange. Sie heftete die Augen auf den Teppich; die Worte der Frau, ihr Aussehen, ihre neugierigen Blicke konnte sie nicht aus ihrem Kopf verbannen. Diese Schnüfflerin, diese neugierige Person. Sie bildete sich ein, jeder müsse von ihrem lächerlichen kleinen Buch fasziniert sein. Fast hätte Dorothy gelacht, aber die Hände waren ihr im Weg.

Für was hielt denn Marion dieses Poesiealbum? Für den Beweis, dass sie damals Freundinnen gehabt hatte? Als ob es von Bedeutung wäre, wie viele Kinder ihre Namen dort hineingeschrieben hatten.

Von dem Augenblick an, als sie damals am Abend dieses Sportfests zum ersten Mal dem Mädchen näher gekommen war, hatten die beiden niemanden sonst mehr nötig. Sie war die Beschützerin des Mädchens geworden. Eine Art Fürsprecherin. Das Hänseln und Schikanieren hörte auf. Die anderen Mädchen sahen, dass sich ein Bündnis gebildet hatte, und das machte sie vorsichtig. Eine Zeit lang zogen die beiden neugierige Blicke auf sich, später wurden sie einfach ignoriert. Es war auch besser so.

Sie waren die Rundköpfe, die Puritaner; die anderen waren die Kavaliere, die Königstreuen. Die Rundköpfe waren unbeliebt, sie trugen die falschen Kleider, aber zum Schluss waren sie doch die Sieger.

»Weil sie im Recht waren«, erklärte sie dem Mädchen.

Das Mädchen entwarf Abzeichen für sie beide. Kreisrunde Scheiben aus Pappe mit ausgeklügeltem Farbmuster und einem großen ›R‹ in der Mitte. Auf der Rückseite klebte eine Sicherheitsnadel. Monatelang trugen sie sie an ihren wollenen Unterhemden unter der Schuluniform. Die Kavaliere wollten die Rundköpfe vernichten, erzählte sie dem Mädchen. Sie waren die Feinde.

Das Mädchen hörte sich das an und nickte.

»Ich werde nichts verraten«, sagte sie. »Ich werde es nie verraten.«

Nachts lagen sie nebeneinander im Bett, und sie redete auf das Mädchen ein. Geschichten von Rache und Rettung. Von einer Feuersbrunst in der Schule, von einem nächtlichen Erdrutsch und von ihnen beiden, allein in einer Welt ohne Lehrerinnen und ohne Eltern. »Aber wo würden wir hintiehen? Würden wir nicht terben?«, sagte das Mädchen. Während der Nacht vermieden sie es, Zischlaute auszusprechen. Es war ein alter Trick der Rundköpfe, um Lauschern das Handwerk zu legen. Wenn man flüsterte, klang das ›S‹ besonders laut.

»Ich glaube, meine Eltern würden mich tuchen«, sagte das Mädchen.

»Dat würden tie nicht können, wenn du deinen Namen ändert.«

Sie hatten die anderen nicht mehr nötig, deren Cliquen sich immer wieder neu zusammensetzten, die ihre kleinen Poesiealben mit ihren Namen füllten und sich dann einbildeten, es hätte etwas zu bedeuten. Mehr als zwei Jahre war es so gegangen. Eine lange Zeit im Leben eines Kindes.

Aber trotz der beruhigenden Wirkung dieser Gedanken musste Dorothy Nichols immer wieder über Marions letzte Worte nachdenken. Nicht so sehr darüber, was sie gesagt, sondern wie es geklungen hatte. Als tue der Frau etwas Leid. Nein, als tue *sie* ihr Leid. Wut kochte in ihr hoch, und im Luxus ihrer Einsamkeit gewährte sie ihr Raum, spürte, wie sie sich in ihr ausbreitete und ausdehnte. Sie war immer verkrampft, diese Wut, und sie war es auch jetzt. Sie drückte von innen gegen ihren Leib, wie etwas, das herauswollte. Manchmal kam es ihr vor, als wollte ihre Haut bersten.

Die Frau hatte versucht, nett zu ihr zu sein. *Nett*. Sah man sie wirklich so: als Gegenstand des Mitleids? Sie dachte an Mrs. Macdonald, die nur Gutes über andere zu sagen wusste. Selbst über Bharani. »Ich kann mir das Glenside ohne ihn nicht mehr vorstellen«, hatte sie gesagt. Sie hatte ihm das Gefühl gegeben, dass er gebraucht würde, wo doch jeder sehen konnte, dass dieser Mann nichts als ein idiotischer Schwätzer war. War da wirklich ein Unterschied, wenn sie zu Dorothy sagte, dass sie ohne sie wohl nicht zurechtkäme? Wenn sie es dauernd wiederholte, um ihr das Gefühl zu geben, dass sie gebraucht würde, dass sie nützlich sei? Dorothy schloss die Augen, und ihr Entsetzen angesichts dieser Vorstellung brachte ihre Hände vorübergehend zur Ruhe. Dass sie bei all ihrer Fürsorge und Zuwendung gar nicht die Spenderin der Nächstenliebe war, sondern das genaue Gegenteil: ein Gegenstand des Mitleids, eine Empfängerin von *Nettigkeit*.

Das konnte nicht sein. Sie schob den Gedanken von sich. Sie hatte gewusst, was zu tun war, als Mrs. Macdonald in Ohnmacht fiel. Und sie würde es das nächste Mal wieder wissen.

Die Magenschmerzen begannen am frühen Nachmittag und mit ihnen kam das Schwindelgefühl. Der Himmel nahm ein körniges Aussehen an, fleckig wie eine schmutzige Windschutzscheibe. Unter Vanessas Fingern bewegten sich die Wände ihres Zimmers ein klein wenig, wichen ein bisschen zurück, als sie ins Badezimmer ging, um sich zu übergeben. Sie kniete sich auf den Boden und beugte sich mit weit offenem Mund über die Kloschüssel. An der Unterseite des Deckels klebte das kleine Bild eines Vogels und das Wort KUCKUCK in sauberen schwarzen Buchstaben.

Vanessa würgte und spuckte.

»Kuckuck«, sagte der Vogel.

Sie richtete sich auf, kam in die Hocke und stützte ihre

Hände auf den Rand der Schüssel. Dann übergab sie sich wieder.

»Kuckuck, kuckuck«, sang der Vogel mit kratziger Stimme.

Vanessa wischte sich den Mund ab. »Scheißvogel.«

»Mit wem redest du da?«, rief ihre Mutter. »Fehlt dir etwas?«

»Scheißvogel will nicht aufhören.«

Ihre Hände waren zwei-, dreimal größer geworden als normal, aber als sie sie vors Gesicht hob, um sie genauer zu betrachten, sahen sie genauso aus wie sonst.

»Kuckuck«, sagte der Vogel wieder. Das Gesicht ihrer Mutter erschien, beängstigend nahe.

»Am besten legst du dich hin.«

Sie saß auf dem Bett, und ihre Mutter kniete vor ihr und zog ihr die Schuhe aus. Und plötzlich war es dunkel. Schon wieder Nacht. Marion trug bereits einen Pyjama und wusch sie mit einem nassen Waschlappen.

»Geh runter! Geh runter von mir!«, sagte Vanessa. Ihre Mutter zog das Betttuch zurück und rieb ihr die Arme und die Brust mit dem Lappen.

»Halt dich ruhig, Vanessa!«, sagte sie. »Ich muss es herunterkriegen.«

»Was herunterkriegen?«

»Halt dich ruhig!«

Jede Minute war ein Berg, den sie besteigen musste, aber die Stunden vergingen wie im Flug. Weder wach noch schlafend, lebendig in ihrem Körper begraben, wo Stein auf Stein gehäuft war. Und dann die Spaten, die sie ausgraben sollten. Dunkle Erde und ein entsetzlicher Schmerz in ihrem Magen, als die Schaufeln hinunterstießen.

»Mach, dass sie aufhören!«, sagte sie zu ihrer Mutter. Marion steckte ihr ein Thermometer in die Achselhöhle und presste ihre Hand fest an ihre Brust.

»Einhundertfünf«, flüsterte sie. Die Zahlen klangen wie ein Gebet. »Einhundert und fünf. Jesus. Jesus.«

Es war schon Morgen, oder vielleicht erst zehn Minuten später. »Hier ist Doktor Kaskusthan«, sagte ihre Mutter. Jemand sah auf sie herunter. Ein Mann. Dunkle Augen, kühle Hände.

»Es tut mir Leid, dass ich dich wecken musste«, sagte ihre Mutter.

»Ist schon gut«, sagte Vanessa. »Ich habe sowieso nicht geschlafen. Ich dachte, ich würde schlafen, aber als ich aufwachte, merkte ich, dass ich gar nicht geschlafen hatte.«

»Ich wusste mir keinen anderen Rat.«

Doktor Kaskusthan trug einen Bademantel. »Tut es hier weh?«, fragte er. »Und das Erbrechen? Ist Blut im Erbrochenem? Im Stuhl?«

»Es tut mir sososo Leid«, sagte Vanessa.

Er war wieder fort, und es war endlich Morgen. Ihre Mutter trank eine Tasse Tee am Tisch auf der anderen Seite des Zimmers, und das Licht war klar und roch frisch.

»Du hast die Ruhr«, sagte ihre Mutter. »Doktor Kaskusthan hat mir Antibiotika für dich gegeben.«

Wieder glitt sie weg. In den Schlaf, der kein Schlaf war, sondern ein stilles Warten darauf, dass man sie ausgrub. Eine Tasse Tee erschien, schwarz mit etwas Zucker. Im Bad sang der Kuckuck. Ihre Mutter kam und ging. Es war dunkel und dann wieder hell. Jemand klopfte an die Tür, und sie hörte, wie Marion danke sagte und wie die Tür zuging. Sie schlief und träumte, dass sie beobachtet wurde. Knopfaugen in kleinen Gesichtern. Eine ganze Reihe davon sah sie reglos an. Dann, als sie am ersten Nachmittag ihrer eigentlichen Genesung aufwachte, merkte sie, dass es gar kein Traum gewesen war. Wenigstens nur zum Teil. Am Fuß ihres Bettes hatte jemand – sicher ihre Mutter – ein Dutzend Puppen hingestellt. Das Beste von Avari. Aufgereiht in traditioneller tibetischer und nepalesischer Tracht, mit bemalten Stoffgesichtern. Vanessa richtete sich im Bett auf und starrte sie an. Natürlich konnte nur ihre Mutter so etwas gemacht haben. Sie hatte sie dort hingesetzt, während Vanessa schlief, in der Hoffnung, sie aufzumuntern. Vanessa hatte Puppen noch nie richtig gemocht, nicht einmal als Kind. Aber das hatte ihre Mutter nicht davon abgehalten, welche für sie zu kaufen. Große Dinger mit teigigem Gesicht und Rüschen um den Hals und Kordeln am Rücken, an denen man ziehen musste, damit sie etwas sagten. *Willst du meine Mama sein? Ich muss Pipi.*

Vanessa lehnte sich wieder zurück auf das Kissen. Sie hatte drei Tage lang im Bett gelegen, und ihre Übelkeit war einem neuen Gefühl des Ekels gewichen, weil sie sich schmutzig vorkam. Ihre Beine unter der Decke schienen aus Papier zu sein, ohne Substanz. Typisch für ihre Mutter, dass sie die Puppen einfach da hingelegt hatte. Eine indirekte Art zu schenken, als hege sie – durch langjährige Erfahrung – den Verdacht, dass ihre Geschenke bei ihrer Tochter nie richtig ankamen. Sie enttäuschten.

Ihre Mutter hatte sich so sehr ein mädchenhaftes Mädchen gewünscht, dachte Vanessa. Ein richtiges Mädchen, das wegen einer Puppe, die Pipi machte, vor Freude in die Luft springen würde. Plötzlich erinnerte sie sich an die Reise, die sie unternommen hatten, als sie zwölf war. Ihre Mutter, ihr Vater und sie, mit dem Auto durch Amerika. Sie hatten einen genauen Reiseplan: New York, die Niagara-Fälle, Chicago, der Yosemite National Park. Zwei Wochen Besichtigungsreise in einem gemieteten Lincoln. Ihr Vater am Steuer, ihre Mutter mit der Straßenkarte auf dem Schoß, und Vanessa auf dem Rücksitz, die am ledernen Polster zupfte.

Ihr Vater hatte seinen Reiseplan, und sie hatte ihren: ein Armband, an dem sie silberne Anhänger befestigte. An jedem Ort, den sie besuchten, kaufte sie einen. Es gab sie in allen Souvenirläden. Ein winzig kleines Empire State Building aus New York, ein springender Fisch von den Niagara-Fällen. Sogar vom Hoover-Damm gab es einen Anhänger – nach Vanessas Meinung viel schöner als das Original. Winzige Fähnchen daran gaben den Namen des Ortes an, von dem sie stammten. Sie hatte acht Stück gesammelt, und sie klimperten erfreulich an ihrem Handgelenk, wenn sie den Arm bewegte. Das Armband würde jeden einzelnen Ort erfassen, den sie besuchten, und eine vollständige Chronik der Reise darstellen.

Und dann kamen sie nach Arizona, und ihre Mutter las die Karte falsch. Man konnte schwer verstehen, wie sie das fertig gebracht hatte, denn es gab nur wenige Straßen. Eigentlich waren sie auf dem Weg zum Grand Canyon. Stattdessen stellte sich heraus, dass sie blindlings durch die Wüste fuhren. Ein Hügel, braun und glatt wie ein Pudding, direkt in der Mitte des Horizonts, dünne Wolken, die am riesigen Himmel kratzten, und die Straße so lang und so gerade, dass sich nicht feststellen ließ, mit welcher Geschwindigkeit sie unterwegs waren.

Ihr Vater hielt in einem kleinen Ort an, um nach dem Weg zu fragen. Es war sehr windig. Den Jungen, der das Benzin heraufpumpte, hatte der Wind in eine Vogelscheuche verwandelt, die Kleidung gegen den Körper geweht. Er ging vornüber gebeugt, ganz Schultern und Knie. Der Wind ließ seine Augen schmal und seinen Mund breit werden. »Das nennt ihr windig?«, sagte er. »Ihr müsst einmal herkommen, wenn es windig ist.«

»Sind wir hier auf dem richtigen Weg zum Grand Canyon?«, rief ihr Vater. Hinter der Tankstelle standen ein paar Wohnwagen mit zugenagelten Fenstern und Verbotstafeln an den Türen.

»Grand Canyon?«, schrie der Junge zurück. »Tuba City ist der nächste Ort. Geradeaus die Straße runter.«

»Also werden wir dorthin fahren«, sagte ihr Vater, als er wieder in den Wagen stieg. Ihre Mutter seufzte.

»Ich verstehe nicht, wie er mir entkommen ist«, klagte sie. »Der Grand Canyon, meine ich. Er ist so groß. Man möchte meinen, dass es Wegweiser gibt …«

Tuba City war überhaupt keine Stadt. Nur ein weiterer kleiner Ort mitten im Nichts. Gleich bei der Ankunft war Vanessa klar, dass es dort keine Souvenirläden gab. Sie hielten vor dem Tuba City Truck Stop. Es war spät. Das kleine Restaurant war fast leer. Ein enorm dicker Mann mit einer breiten purpurroten Krawatte saß hinten im Raum unter einer gerahmten Fotografie von Bruce Springsteen.

»Am besten bleiben wir über Nacht hier im Ort und fahren morgen weiter«, sagte ihr Vater.

»Warum?«, fragte Vanessa. »Wir haben immer noch so viel Zeit, dass wir den Grand Canyon erreichen könnten. Das weiß ich ganz genau.«

Aber jetzt unterhielten sich ihre Eltern mit dem Mann mit der purpurroten Krawatte. Sie erkundigten sich über Motels in der Umgebung. Er zeigte auf das Bild über seinem Kopf. »Bruce Springsteen«, sagte er stolz. »Er war einmal hier. Er trank einen Kaffee, genau auf dem Platz, wo Sie jetzt sitzen. Eier wollte er. Ganz weich. Er hatte schon eine volle Stunde dagesessen, bis ihn jemand erkannte. Ihr hättet sehen sollen, wie viele Trucks auf dem Parkplatz standen, sobald es sich herumgesprochen hatte.«

»Wieso müssen wir hier bleiben«, drängte Vanessa. »Wieso fahren wir nicht zum Grand Canyon?«

»Kopf hoch, Vanessa«, sagte ihr Vater. »Mach das Beste daraus.«

»Ein richtiges Abenteuer!«, sagte ihre Mutter.

Sie saß mit ihren Eltern in der Nische und stocherte wütend in ihren Pommes Frites herum.

»Was hast du denn?«

»Nichts.«

»Dann benimm dich nicht wie ein Baby.«

»Von diesem Ort gibt's keine Anhänger«, platzte es schließlich aus ihr heraus. »Was hat es für einen Sinn, hier zu sein, wenn es keinen Anhänger für mein Armband gibt?«

»Darum geht es also«, sagte ihr Vater verärgert.

»Ich kaufe dir zwei im nächsten Ort«, sagte Marion gutmütig. »Dein Armband wird so hübsch sein ...«

Sie beugte ihren Kopf über den Teller. Was hatte es für einen Sinn, ihrer Mutter zu sagen, dass sie gar nichts verstand. Genauso wie sie die Karte missverstanden und den Weg verpasst hatte. Jetzt hatte das Armband keinen Sinn mehr. Es sollte eine Chronik der Orte sein, die sie besucht hatte, und jetzt war alles für die Katz.

»Mach dir keine Mühe«, sagte sie verbittert.

Nein, ihre Mutter hatte nie richtig verstanden, was sie wollte und warum. Vanessa setzte sich wieder im Bett auf und befingerte eine der Puppen. Es war eigenartig, welche Erinnerungen aus der Kindheit einem im Gedächtnis blieben. Kleine Ärgernisse. Ihre Mutter hatte sich immerhin Mühe gemacht, was man nicht von allen Müttern behaupten konnte.

Es klopfte an der Tür.

»Herein«, sagte Vanessa und bereute es sofort wieder. Sie sah bestimmt fürchterlich aus, dachte sie. Aber es war zu spät. John stand schon da und hielt ein Päckchen Kekse in der Hand.

»Es tut mir *Leid*«, sagte er und sah sich im Zimmer um. »Ich dachte, Ihre Mutter ...«

»Sie ist irgendwo hingegangen. Es macht nichts. Ich bin schon ewig wach.«

Er blieb unschlüssig neben der Tür stehen. »Ich habe Ihnen etwas mitgebracht.«

»Was denn?«

»Hobnobs. Leider sind sie etwas krümelig.« Er legte die Schachtel sorgfältig auf das Nachtkästchen. »Ich hatte sie für eine besondere Gelegenheit aufgehoben.«

Vanessa wusste, dass Johns schwindende Finanzen ihn zu einer Diät aus Linsen und Reis zwangen, und war von seiner Großzügigkeit gerührt. »Setzen Sie sich doch hin«, sagte sie. »Bleiben Sie ein bisschen da. Wir können uns ein bisschen unterhalten.«

»Geht es Ihnen jetzt besser?«

Vanessa war froh, dass sie nicht sehen konnte, wie fettig ihr Haar jetzt sein musste. »Viel besser, danke.«

»Ihre Mutter hat mir regelmäßig Bericht erstattet. Ich habe mir Sorgen um Sie gemacht.«

Sie rollte die Augen. »Mir kommt es vor, als hätte sie die ganze Affäre sogar ein bisschen genossen. Sie hat nur selten die Gelegenheit, mich zu bemuttern.« Dann fügte sie noch hinzu: »Ich gebe ihr normalerweise kaum eine Chance.«

Er sah sie an und lächelte ein wenig. »Ich mag Ihre Mutter«, sagte er. »Mit ihr kann man sich unterhalten.«

»Finden Sie?« Vanessa runzelte die Stirn. »Manchmal

kommt es mir vor, als ob …« Sie brach den Satz ab. Marion war soeben mit einem Tablett ins Zimmer gekommen.

»Hallo, John« sagte sie. »Ich hatte gehofft, Sie würden einmal vorbeischauen.«

»Danke für die Puppen«, sagte Vanessa schnell.

Das Gesicht ihrer Mutter hellte sich auf. »Gefallen sie dir? Sie sind doch wunderschön. Eigentlich wollte ich nur eine kaufen, aber ich konnte mich für keine entscheiden, sie sind alle so hübsch. Avari hat mir Rabatt gegeben …«

»Sie haben mich richtig aufgemuntert. Und John hat mir Hobnobs mitgebracht. Direkt aus England.«

»Jetzt darfst du sie noch nicht essen«, sagte Marion. »Du darfst überhaupt noch nichts essen, nur ein paar Schluck Reiswasser trinken.«

Vanessa sah ihre Mutter an. »Ich glaube, es macht dir wirklich Spaß. Dass ich krank bin.«

»Red keinen Unsinn, Vanessa. Ich habe mir schrecklich Sorgen gemacht.«

»Was hast du die ganze Zeit getan? Außer, dass du dich um mich gekümmert und Puppen gekauft hast?«

Marion zuckte die Schultern. »Eigentlich nichts. Ich habe Tish dazu gebracht, sich für Perlen zu interessieren.«

»Für Perlen?«

»Hier gibt es wunderschöne Steine. Lapislazuli und Bernstein. Sie möchte Halsketten machen, für ihre Verwandtschaft in Amerika. Das hat sie richtig aufgemuntert.«

»Und was hält Greg davon?«

»Nicht viel. Nach seiner Ansicht ist es eine typische Frauenmarotte. Er meinte, es gebe keinen jämmerlicheren Anblick als einen Mann, der in einem Souvenierladen in der Falle sitzt. Lieber wäre es ihm, man würde ihn gleich mit einem Kopfschuss ins Jenseits befördern.«

»Immer noch die große moralische Stütze, wie mir scheint.«

»Ich habe mich auch mit Doktor Kaskusthan unterhalten«, sagte Marion. »Er ist so ein liebenswürdiger Mensch.«

Marion nannte ihn Doktor, aber eigentlich war er Professor. Ein Mitglied der Delegation aus Südindien, die sich im Glenside aufhielt. Er war, wie er ihr sagte, Neurobiologe, obwohl er auch ausgebildeter Mediziner war und diesen Beruf in jungen Jahren ausgeübt hatte, bevor er in die Forschung ging.

Am Morgen nach Vanessas Fiebernacht war Marion im Frühstücksraum auf ihn zugegangen, um ihm für seine Hilfe zu danken.

»Ich habe es gern getan«, sagte er schlicht. Er war nicht mehr jung, ein paar Jahre älter als sie, und gehörte zu den Menschen, deren Gesicht nicht durch eine gefällige Anordnung der Gesichtszüge oder durch ein lebhaftes Temperament beseelt wurde, sondern durch unverkennbare und ausdrucksstarke Intelligenz. In seiner Gesellschaft fühlte sie sich seltsam entspannt, als wären sie bereits alte Freunde.

»Ich hatte solche Angst. Ich wusste nicht, was ich tun sollte.«

Er lächelte. »Aber Sie haben genau das Richtige getan.« Er deutete etwas schüchtern auf den leeren Platz neben sich. »Bitte. Setzen Sie sich doch.«

»Oh, das geht nicht. Ich muss zu Vanessa zurück und nach ihr schauen. Sie schlief noch, als ich wegging, aber ich muss unbedingt bei ihr bleiben.«

»Ihr wird schon nichts passieren«, sagte Kaskusthan. »Sie ist in guten Händen.«

»Später vielleicht?«

»Gern. Das wäre schön.«

Der wahre Grund war, dass er seine Frau vermisste. Diese und andere Tagungen hielten ihn immer wieder wochenlang von zu Hause fern. Er sei jetzt fünfunddreißig Jahre verheiratet, sagte er. Sie saßen draußen im Hotelgarten und unterhielten sich, bis hinter ihnen die Lichter im Speisesaal angingen und es Zeit war hineinzugehen.

»Und *Ihr* Mann?«, fragte er.

»Er ist gestorben«, sagte Marion. »Krebs. Letztes Jahr.«

»Das tut mir sehr Leid.«

»Auch wir waren sehr lange verheiratet.«

»Ich glaube«, sagte Professor Kaskusthan, »wenn man mit jemandem jahrelang zusammen ist ... dieses Zusammenleben nimmt ein Eigenleben an. Und wenn es vorbei ist, wohin verschwindet dieses Eigenleben? Dafür gibt es keine Begräbniszeremonie. Es verschwindet ziemlich spurlos.« Er hielt inne. »Das ist vielleicht der allergrößte Verlust.«

»Das versteht man erst in unserem Alter, glaube ich«, sagte Marion traurig.

»Vielleicht.«

Einen Augenblick lang schwiegen sie.

»Sie haben mir gesagt, dass Sie Neurobiologe sind«, sagte Marion. »Aber was machen Sie genau?«

»Ich studiere das Gedächtnis.«

Sie sah ihn überrascht an. »Ich wusste gar nicht, dass so etwas möglich ist. Als Wissenschaft, meine ich.«

»Aber doch«, sagte er angeregt. »Das Gedächtnis ist ein *riesiges* Feld.«

Sie sah vor sich das Bild einer großen Wiese. Das Gras kniehoch, voller Blumen.

»Wie gut, dass ich Sie kennen gelernt habe.«, sagte Marion. »Vielleicht können Sie mir helfen, mich an etwas zu erinnern.«

Kaskusthan lachte laut auf. »Schön wäre es. Aber ich studiere nur den Mechanismus. Die Schrauben und Nieten. Die Erinnerungen selbst ... sie sind nach wie vor sehr schwer zu fassen, fürchte ich.«

»Aber ich habe mir solche Mühe gegeben«, sagte Marion beharrlich. »Das Problem ist nur, dass ich nicht weiß, woran ich mich erinnern sollte. Es lässt sich schwer erklären. Ein Gefühl, ... dass es etwas gibt, das nicht stimmt und das sich klären ließe, wenn ich mich an diese Sache – was auch immer sie ist – erinnern könnte.«

»Vielleicht bemühen Sie sich zu sehr«, sagte Kaskusthan. »Sie wissen, dass es unmöglich ist, etwas absichtlich zu vergessen. Es lässt sich einfach nicht machen, auch wenn wir manchmal eine Erinnerung unterdrücken können. Und das Gleiche gilt für das Gegenteil. Manchmal ist es unmöglich, sich durch einen bewussten Willensakt an etwas zu erinnern. Es scheint, als ob das Bemühen, sich zu erinnern, das Gedächtnis blockiert. Es stellt sich ihm in den Weg. Das ist der Grund, weshalb uns manches in den Sinn kommt, wenn wir nicht mehr daran denken. Man muss es dem Gedächtnis überlassen, den passenden Augenblick zu wählen.«

»Ich weiß genau, dass es irgendwo stecken muss.« Marion blieb hartnäckig.

»Vielleicht, aber wir vergessen mehr, als wir glauben«, sagte Kaskusthan sanft. »Wir bilden uns ein, dass wir uns ziemlich gut an unser Leben erinnern können, aber in Wirklichkeit erinnern wir uns nur an einen sehr kleinen Teil davon.«

»Also, weshalb erinnern wir uns an das eine und nicht an das andere? Es kommt mir so willkürlich vor.«

Kaskusthan lächelte ein wenig traurig. »Wir wissen es

nicht. Oder nicht ganz. Es ist furchtbar kompliziert.« Er dachte nach. »Ich könnte Ihnen eine lange Antwort geben und die ganze Nacht darüber reden und hätte es immer noch nicht richtig erklärt.«

»Und wie sieht es mit der kurzen aus?«

Wieder dachte er nach. »Die Menschen, die meisten Menschen, betrachten Erinnerungen als eigenständige, unveränderliche Teile der Vergangenheit. Aber so sind sie ganz und gar nicht. Tatsächlich haben Erinnerungen genauso viel mit dem zu tun, was jetzt passiert, wie mit der Vergangenheit.«

Er sprach sehr ernst. Als liege ihm wirklich daran, es ihr verständlich zu machen, dachte Marion. Es kam selten vor, dass in einer Person seines Alters so viel Leidenschaft steckte. Ein Mann, der immer noch in sein Fach verliebt war. Und auch in seine Frau. Das kam vielleicht noch seltener vor.

»Das verstehe ich nicht ganz ...«

»Wenn wir uns an etwas erinnern, spielen sowohl die Bedeutung, die wir einem Ereignis in der Vergangenheit beimaßen, als auch die Umstände, in denen wir uns Jahre oder Jahrzehnte später befinden, eine Rolle«, sagte Kaskusthan. »Es geht hier um zwei Dinge. Ein Ereignis in der Vergangenheit und einen Auslöser – eine Landschaft, eine Person, eine Stimmung – in der Gegenwart. In der wechselseitigen Beziehung zwischen beiden finden wir die Erinnerung. Meistens fehlerhaft, manchmal sogar völlig falsch. Immer subjektiv.« Er hielt inne. »Ich fürchte, Sie bekommen jetzt von mir doch die lange Erklärung. Es tut mir Leid, wenn ich Sie langweile. Leider neige ich dazu, Gespräche in Vorlesungen zu verwandeln.«

»Sie wollen also damit andeuten«, sagte Marion, »dass die richtigen Bedingungen erfüllt sein müssen, damit bestimmte Erinnerungen an die Oberfläche gelangen. Das bedeutet, dass es große Brocken gibt, die nie wieder ans Tageslicht kommen. Weil wir die richtigen ... Auslöser nicht finden, oder weil wir nicht auf sie stoßen.«

»Ja. Und sie können ganz plötzlich zurückkommen. Wie Proust und seine berühmten Madeleines.«

»Ich weiß immer noch nicht, weshalb ich mich nicht an diese Sache erinnern kann. Ich habe das Gefühl, als müsste ich mich erinnern. Dass meine Reise hierher ... sie hätte zurückbringen müssen.«

»Vielleicht war es etwas, das damals nicht sehr wichtig zu sein schien«, meinte Kaskusthan. »Die Forschung hat uns gezeigt, dass wir Erinnerungen wirksamer verschlüsseln – viel wirksamer – wenn unsere Gefühle betroffen sind. Besonders die negativen Gefühle. Traumata, Trauer, Angst ...«

»Ja, vielleicht liegt es daran. Damals schien es nicht wichtig zu sein, aber jetzt ist es wichtig.« Sie lächelte ein wenig traurig. »Ich wünschte, wir könnten zu jedem Zeitpunkt wissen, an was wir uns später erinnern müssen. Dinge, die für uns wichtig *werden*.«

»Aber das würde heißen, dass das Gedächtnis immer einem nachvollziehbaren Zweck dient. Aber wenn es etwas gibt, das ich bei meinen Forschungen herausgefunden habe, dann ist es, dass das Gedächtnis – oder große Teile davon – keinen erkennbaren Zweck erfüllt. Wenn doch, dann liegt er jenseits unseres Verständnisses.«

Er hielt inne. »Es gibt einen Jungen, der in Bombay lebt. Als er zwölf war, wurde bei ihm ein Gehirntumor diagnostiziert. Man musste operieren, um ihm das Leben zu retten. Der Junge überlebte, aber seine Fähigkeit, Erinnerungen zu bilden, ging verloren. Alles, woran er sich vor seiner Erkrankung erinnert hatte, blieb ihm erhalten, aber vom Tag der Operation an konnte er sich an nichts Neues mehr erinnern. Wenn man mit diesem Jungen spricht, könnte man ein paar

Sekunden lang glauben, dass alles ganz normal ist. Er kann sich ziemlich lebhaft über eine Reihe von Themen unterhalten, er wirkt ganz gut gelaunt. Aber nach einer gewissen Zeit zögert er und verliert den Faden. Es wird klar, dass er keine Ahnung hat, wovon er spricht, auch nicht, wovon er vorher gesprochen hat, auch nicht, wer sein Gesprächspartner ist oder warum er da sitzt.

Aber es gibt eine Möglichkeit für diesen Jungen, Erinnerungen zurückzurufen. Durch Schreiben. Es ist ein höchst seltenes Phänomen. Er kann Sachen aufschreiben, die er erlebt hat, obwohl er zur Zeit des Schreibens keine Ahnung hat, was die Wörter bedeuten und wovon er schreibt.«

»Das ist wenigstens etwas«, sagte Marion, »Erinnerungen aufschreiben zu können. Sie gehen dann nicht völlig verloren, oder?«

»Aber es gibt einen Haken«, fuhr Kaskusthan fort. »Der Junge kann nicht lesen. Er kann nicht lesen, was er geschrieben hat. Und wenn ihm andere seine Worte vorlesen, ergeben sie für ihn keinen Sinn. Also wem gehören sie dann, seine Erinnerungen? Und was hat es für einen Zweck, wenn er sie aufschreibt? Er schreibt ganze Hefte voll. Jeden Tag schreibt er und schreibt. Aber zu welchem Zweck?«

»Ich weiß nicht«, sagte Marion langsam. »Vielleicht für einen anderen Jungen ... Den Jungen, der er ohne die Krankheit geworden wäre.«

Er lächelte und schwieg.

»Sie sind anderer Meinung.«

»Wer weiß, wo die Wahrheit liegt?«

»Das ist das Besondere an den Naturwissenschaften«, sagte Marion. »Das, was ich auf eine komische Weise tröstlich finde. Sie sind so ... ganz und gar nicht sentimental.«

»Aber nicht ohne ihre eigene Poesie.«

Sie sah ihn fragend an. »Das ist es also. Für Sie …«

Er lächelte und schüttelte den Kopf. »Ich weiß nicht. Eines ist mit Sicherheit wahr: Je mehr man das studiert, was die Menschen bereits wissen und was sie vielleicht eines Tages wissen werden, desto öfter stößt man auf das … Unfassbare. Mag sein, dass darin der Reiz liegt.«

»Sie muss großartig sein, Ihre Arbeit«, sagte sie mit einem Anflug von Neid.

»Manchmal schon. Zwischen diesen langweiligen Tagungen«, sagte Kaskusthan. »Das Gedächtnis mag ein weites Feld sein, aber trotzdem sieht man jedes Mal dieselben bekannten Gesichter. Man hört dieselben bekannten Argumente. Immerhin ist es schön, hier in den Bergen.«

»Ja, die Berge. Ich habe nie … Madeleines gebraucht, um mich daran zu erinnern. Wenn man mit diesen Bergen aufwächst, bleiben sie einem immer erhalten.« Sie musste plötzlich an Pete denken. Wie verrückt hätte er diesen Ort gefunden und wie schön. Sie hätten schon vor langer Zeit gemeinsam hierher kommen sollen. Bevor es sich so verändert hatte. Solange sie noch jung waren.

»Wenn Sie das nächste Mal hierher kommen, müssen Sie Ihre Frau mitbringen«, sagte sie und meinte es sehr ernst. »Sie müssen zusammen im Glenside wohnen. Ich bin mir sicher, das würde sie sehr glücklich machen.«

An den Tagen nach ihrer Krankheit war Vanessa zu schwach, mehr als kurze Spaziergänge, auf den Arm ihrer Mutter gestützt, zu unternehmen. Seit mehr als einer Woche hatte sie fast gar nichts gegessen, und sie brauchte einen Gürtel, um ihre Jeans oben zu halten.

»Ich muss mindestens zehn Pfund verloren haben«, sagte

sie mit einer gewissen Befriedigung. »Die Leute sollten lieber hierher kommen, anstatt ein Vermögen in Wellness-Hotels auszugeben. Die Ruhr-Diät. So was könnte ich vermarkten.«

»Du bist viel zu dünn«, sagte Marion besorgt. »Das ist ungesund.«

Sie gingen sehr langsam die Straße zur anglikanischen Kirche hinauf und blieben immer wieder stehen, damit sich Vanessa erholen konnte. Marion kramte in ihrer Tasche und zog eine kleine Banane heraus.

»Iss das!«

»Ich habe doch nur Spaß gemacht, Mutter ...«

»Iss sie nur!«

Ein junger Mann im gestreiften Pullunder kam ihnen entgegen. Er trug eine Plastiktüte, in der drei eingerollte Chapattis lagen.

»Hallo«, sagte er. »Wo kommen Sie her?« Sein Englisch klang flüssig, fast ohne Akzent.

Er ergriff Marions Hand mit beiden Händen, schüttelte sie und ließ sie nicht los, während er auf sie einredete. Äußerlich wirkte er ruhig, aber am Druck seiner Finger spürte Marion, dass er erregt war, dass sein Zutrauen etwas Zwanghaftes an sich hatte.

»Verstehen Sie etwas von Gehirnerschütterung?«

»Wieso? Hat es einen Unfall gegeben?«

»Bitte«, sagte der junge Mann, »Sagen Sie mir Ihre Meinung. Als mein Bruder noch ein Kind war, stürzte er und fiel auf den Kopf. Viele Jahre lang fehlte ihm nichts. Aber jetzt ist er krank geworden. Er liegt im Bett und starrt an die Decke. Er redet Unsinn daher und schreit und zittert ohne Grund.«

»Könnte es vielleicht eine Hirnschädigung sein?«, sagte Vanessa.

Der junge Mann winkte ab. »Ja, ja, natürlich. Das wissen wir. Ich glaube, es ist schon zu spät, ihm das Leben zu retten. Ich möchte etwas anderes wissen.«

Marion warf Vanessa einen ratlosen Blick zu. »Wir könnten es versuchen ...«

»Mein Bruder macht böse Sachen«, sagte der junge Mann. Er sah zu Boden. »Verzeihen Sie mir, wenn ich so etwas ausspreche, aber er onaniert fünfzig Mal am Tag. Er flucht. Er kennt sich selbst nicht mehr.«

»Das tut mir Leid«, sagte Marion unsicher. »Das klingt schon ziemlich schlimm ...« Sie sah etwas nervös um sich. Es war sonst niemand in Sichtweite. Das Gesicht des jungen Mannes hatte plötzlich ein spitzes, ängstliches Aussehen angenommen, und ihr kam der Gedanke, dass vielleicht er selbst derjenige war, von dem er in der chiffrierten Sprache der Verrückten sprach.

»Es muss sehr schwer für Sie sein«, sagte sie vorsichtig.

»Ich möchte nur Folgendes wissen«, sagte der junge Mann. Er beugte sich gespannt vor, sodass sie einen kleinen Schritt zurücktrat. »Glauben Sie, dass ihn Gott bestrafen wird?«

Marion und Vanessa schwiegen.

»Vorher war er kein schlechter Mensch ...«, sagte der junge Mann.

Marion sah ihm ins Gesicht und erkannte darin nicht die Verwirrtheit eines Verrückten, sondern ein tiefes, unerträgliches Leid. Er liebt seinen Bruder, dachte sie, mehr vielleicht als alles andere auf der Welt. »Nein«, sagte sie sanft, aber mit großer Überzeugung.

»Nein. Die Kranken bestraft Gott nicht.«

Der junge Mann nickte, als habe er mit dieser Antwort gerechnet, finde sie aber nicht überzeugend. Er machte seine

Plastiktüte auf, um den beiden Frauen die mit Brandflecken gesprenkelten Chapattis zu zeigen.

»Das ist das Frühstück meines Bruders«, sagte er schlicht. »Ich bringe es den Bettlern. Er würde es selbst tun, nur kennt er sich nicht mehr.« Er machte die Tüte wieder zu. »Ich werde es in seinem Namen verteilen.«

Marion sah ihm nach, während er weiterging.

»Mein Gott«, sagte Vanessa, »was für ein unheimliches Gespräch. Wo sonst außer in dieser Stadt würde ein vollkommen Fremder auf uns zugehen und eine Unterhaltung über masturbierende Verwandte anfangen …« Sie unterbrach sich.

»Was hast du? Du siehst ganz bestürzt aus.«

Marion schüttelte den Kopf. »Nein, nein, mir fehlt nichts. Aber etwas, was er sagte …«

»Ich frage mich, wie viele andere Leute er schon gefragt hat. Wegen Gott, meine ich. Ich habe so das Gefühl, dass wir nicht die Ersten sind. Auch nicht die Letzten.«

Aber Marion hörte nicht hin. Sie dachte über Professor Kaskusthan und die Auslöser nach. Er hatte ihr doch gesagt, dass eine Erinnerung wiederkommt, wenn man es am wenigsten erwartet. Ein junger Mann im gestreiften Pullunder, der von der Vergebung spricht. Ziemlich zusammenhanglos, wie es schien. Und doch gab es eine Verbindung. War das ein weiterer Beweis für die absolute Zufälligkeit aller Erfahrung, fragte sich Marion, oder war es genau das Gegenteil? War es ein Zeichen, dass alles seine Ordnung hatte, dass nichts abgetrennt, dass alles miteinander verbunden war …?

Vanessa schwenkte die Banane vor ihrer Nase hin und her. »Muss ich dieses Zeug wirklich aufessen? Mir ist jetzt schon ein bisschen schlecht.«

»Doch«, sagte sie automatisch. »Bis zum letzten Bissen.«

»Du wirst langsam zu einer echten Tyrannin«, klagte Vanessa.

Also, wo ist er passiert, der große Diebstahl?«, fragte Vanessa. »Zeig mir ganz genau, wo es war.« Zwei Tage waren inzwischen vergangen, ein Teil ihres gewohnten Eifers hatte sich zurückgemeldet. Jetzt konnte sie ohne Hilfe gehen, und sie wollte unbedingt ihre Suche wieder aufnehmen.

Sie besuchten den Botanischen Garten von Ashagiri. Obwohl das größte Treibhaus des Parks ziemlich verwüstet aussah, waren das Gelände und der Rasen gepflegt und die Beete voller Blumen. Mehrere Frauen gingen nebeneinander her einen kleinen Hang hinauf und entfernten die Zweige und Blätter von den Wegen. Sie bückten sich langsam, drehten einander die Köpfe zu und verrichteten ihre Arbeit ohne Anstrengung. Der Klang ihrer Stimmen wurde den beiden Besucherinnen von einer leichten Brise zugetragen.

»Ich weiß nicht«, sagte Marion und schaute in alle Richtungen. »Eigentlich könnte es überall gewesen sein. Es war auch nichts Weltbewegendes, weißt du, Vanessa. Es war keine richtig schlimme Sache.«

Sie kamen zu einer kleinen Bank im Schatten eines großen namenlosen Baumes, dessen Zweige sich tief und dunkel fast bis zum Boden ausbreiteten. Mit einem Seufzer setzte sich Marion hin. »So etwas hätten vielleicht die meisten kleinen Mädchen getan.«

»Aber du doch nicht. Du warst immer so brav. Es ist das einzige Mal, dass du auch nur ein bisschen unartig warst.«

»Ich konnte nicht widerstehen.«

Die Gerbera waren so besonders hübsch gewesen, dachte

sie. Nein, mehr als nur hübsch, fast essbar. Sie konnte sich immer noch an die Farbe erinnern, ein tiefes, sattes Rosa. Als Kind hatte sie gedacht, dass es für jede Farbe auf der Welt einen entsprechenden Körperteil gab. Rot spürte man im Hals und Gelb auf den Fingerspitzen und Grün an den Schläfen und Blau tief im Herzen. Wenn sie auf die Blumen sah, nahm sie die Farbe auf der Innenseite ihrer Augenlider wahr. Sie blinzelte schnell und genoss die neue Empfindung. Aber die Mädchengruppe, zu der sie gehörte, war schon weitergegangen. Trödeln wurde auf Schulausflügen nicht gern gesehen.

Im Botanischen Garten durften sie keine Blumen pflücken. Dieses Verbot ging nicht nur von der Schule aus, sondern auch von der Parkverwaltung. Das war allen bekannt. Und sie war ein braves Kind, das sich immer an die Bestimmungen hielt. Aber plötzlich kniete sie neben den Blumen und zog an den Stängeln. Immer noch wusste sie nicht so recht, was in sie gefahren war. Nur, dass die Gerbera so schön rosa waren, und dass sie sie haben wollte. Nicht nur in ihren Augen und Händen, sondern tief in ihrem Inneren. Und obwohl sie schon, als sie nach den Blumen griff, wusste, dass das Pflücken nicht genügen, sie dem richtigen Besitzen nicht näher bringen würde, konnte sie sich nicht zurückhalten, und sie griff nach einer, dann nach einer zweiten und dann nach einer dritten Blume, und ihre Bewegungen waren hastig vor Gier und schuldbewusster Panik.

»Wie konntest du denken, dass man dich nicht erwischen würde?«, fragte Vanessa. Es war ihre Lieblingsgeschichte. Sie stellte sich ihre Mutter so gern in diesem Augenblick des Trotzes vor. Und doch, wie klein diese Rebellion gewesen war! Ein kleines Mädchen, das verbotene Blumen pflückt.

»Ich habe gar nicht weiter gedacht. Als die Lehrerin sich

umdrehte, habe ich sie in meine Unterhose gestopft. Sie hat sie natürlich sofort bemerkt. Ein Strauß Gerbera passt in keine Unterhose, und wenn sie noch so groß ist.«

»Und dann hat man dich bestraft.«

»Ja. Ich musste einen Psalm auswendig lernen. Immer, wenn man etwas Verbotenes machte, musste man einen Psalm auswendig lernen. Ein paar Mädchen mussten immer wieder den einen oder anderen auswendig lernen. Ich erinnere mich noch an ein Mädchen, das alle konnte. Sie war die Unartigste von uns allen. Und stell dir vor, ich habe sie immer gerne gemocht. Seitdem habe ich nur selten jemanden kennen gelernt, der so viel Temperament hatte wie sie.«

»Wo mag sie jetzt wohl sein?«, fragte Vanessa beiläufig.

»Irgendwo, wo sie immer noch nicht tut, was man von ihr erwartet, nehme ich an. Den ganzen Tag hatte ich Gerberablätter in meiner Unterhose. Als ich mich vor dem Schlafengehen auszog, fielen sie alle heraus.«

»Also, wo genau hast du sie gepflückt? Zeig mir das Beet! Vielleicht wachsen immer noch welche dort. Wir könnten eine pflücken, wenn niemand hinschaut. Nur eine.«

»Ach, jetzt sind die Beete ganz anders angeordnet. Ich weiß es nicht. Und warum sollten wir den Garten schädigen?«

»Ich glaube kaum, dass es etwas ausmacht, wenn wir eine einzige Blume pflücken.«

Marion stand auf. »Wenn jeder diese Einstellung hätte, würde nicht viel übrig bleiben.«

Sie gingen noch ein Stück hinunter zum alten Treibhaus. Das Gebäude war eine wunderschöne Konstruktion aus zarten Eisenbögen, aber kaum eine Glasscheibe war ganz geblieben oder verschont vom schwarzen Pilz der Vernachlässigung. Dieses Treibhaus schützte nicht mehr. Es ließ Regen und Wind genauso hinein wie die brennende Sonne. Die beiden Frauen spazierten zwischen den dicht beieinander stehenden Töpfen mit Blumen und Farnkraut einher und blieben neben einem alten, mit Algen verkrusteten Steinbassin stehen, in dessen schmutzigem Wasser ab und zu Fische aufblitzten.

»Komisch, dass es eigentlich nichts ausmacht«, murmelte Marion.

»Was macht nichts aus?«

Sie sah hinauf zu dem kaputten Dach des Treibhauses und beobachtete, wie die Wolken zwischen den leeren Fensterrahmen vorüberzogen. »Dass alles hier so … verkommen ist. Schau es dir nur an! Es gedeiht trotzdem wunderbar. Ich habe noch nie so riesige Begonien gesehen, und diese Fische sind geradezu dick.«

Vanessa schob mit der Fußspitze den lockeren Kies auf dem Weg zur Seite. »Warum reißen sie das Treibhaus nicht einfach ab? So ein Verhau! Die Pflanzen sind nicht einmal mit Namen versehen. Was für einen Zweck hat ein Botanischer Garten, wenn man nicht erfährt, was darin wächst?«

»Ich finde es sogar schön. Wie der Fantasiebau eines Spinners.«

»Ja, aber Fantasiebauten wurden *geplant*. Das hier hat man einfach sich selbst überlassen.«

»Warum bist du immer so *streng*?«, sagte Marion unvermittelt.

Vanessa sah sie überrascht an. Normalerweise neigte ihre Mutter nicht dazu, jemanden zu kritisieren. Die letzten Tage hatten einen Wandel in ihr bewirkt. Sie wirkte abgelenkt, fast ungeduldig.

»Bin ich doch gar nicht«, sagte sie gepresst. Wieder stieß sie den Kies zur Seite. Dieser Ausflug in den Botanischen

Garten stellte sich als genauso sinnlos heraus wie ihre anderen Unternehmungen. Viel zu viele Tage waren durch ihre Krankheit bereits verloren gegangen. Und ihre Mutter hatte die Krankheit als Ausrede benützt, die Zeit zu verbummeln. Stunden hatte sie damit vergeudet, im Hotelgarten Pflanzen zu betrachten oder auf dem Bett zu sitzen und diese Glocke zu reiben, um sie zum Klingen zu bringen, oder stundenlang beim Tee im Speisesaal zu sitzen und mit den anderen Gästen zu schwätzen …

»Wie kommst du darauf, dass ich streng bin? Ich bin nicht streng.«

»Komm schon. Wir müssen rechtzeitig zum Polizeirevier gehen, bevor sie mittags zumachen.«

Das Büro des Polizeikommissars lag weiter unten in der Stadt, in einer der schmalen Gassen, die vom Markt und dem ohrenbetäubenden Gedränge des Busbahnhofs wegführten. Die beiden Frauen mussten eine halbe Stunde warten, bis der Polizeichef Zeit für sie hatte. Vanessa warf einen kurzen Blick auf die sechs uniformierten Beamten, die sich in dem kleinen Raum aufhielten. Sie schienen nicht allzu beschäftigt zu sein, dachte sie ungeduldig. Sie lehnten an den Wänden und rauchten und unterhielten sich. Ab und zu sah der eine oder andere zu den beiden Frauen hin und fixierte sie, starrte sie regelrecht an. Vanessa presste die Lippen zusammen und sah zur Decke hinauf. Neben ihr hatte Marion ihre Gedichtanthologie herausgeholt und schien sich um die Verzögerung nicht zu scheren.

Der Polizeikommissar hatte viele Stempel auf seinem Schreibtisch liegen. Sie ruhten alle auf eigenen Stempelkissen, und seine Hände streiften ständig darüber hinweg, als könnte er nur schwer der Versuchung widerstehen, alles, was ihm unter die Finger kam, abzustempeln. Aber als er sich den Wests zuwandte, wurden seine Hände ruhig und die Fingerspitzen fügten sich zu einem Giebel zusammen. »Was kann ich für Sie tun?«, fragte er und sah sie durchdringend an.

»Ich möchte einen Diebstahl melden«, sagte Vanessa. »Meine Jacke. Ich möchte Sie bitten, ein Formular zu unterschreiben, damit ich meiner Reiseversicherung den Verlust melden kann. Es war eine teure Jacke.«

Er hob die Hand, um ihren Redefluss zu verlangsamen. »Sie möchten einen Diebstahl melden?«

»Ja, meine Jacke.«

»Sind Sie sicher, dass sie gestohlen wurde?«

»Sie lag auf dem Rücksitz eines Jeeps. Als wir den Jeep anhielten, war sie weg. Sie kann unmöglich herausgefallen sein. Man hat sie offensichtlich herausgenommen, als wir durch die Stadt fuhren. Vielleicht, als wir im Stau standen.«

Der Mann nickte. »Vielleicht, als Sie im Stau standen ...« Er machte eine lange Pause. »Sie saßen am Steuer dieses Fahrzeugs?«

»Nein. Ich brauche nur Ihre Unterschrift – für die Versicherung.«

Der Kommissar schob ein Blatt Papier und einen Kugelschreiber über den Schreibtisch. »Ich brauche eine vollständige schriftliche Erklärung«, sagte er. »Welche Personen im Jeep saßen, die Dauer der Fahrt, der Zweck der besagten Fahrt. Bitte lassen Sie nichts weg. Ich kann die Bestätigung nur erteilen, wenn ein vollständiger Bericht vorliegt.«

Mit einem kleinen Seufzer nahm Vanessa das Blatt entgegen und beugte sich darüber. Während sie die Aufgabe erledigte, wandte der Kommissar seine Aufmerksamkeit Marion zu.

»Gedichte«, sagte er, als er das Buch auf ihren Knien sah.

»Eine wunderbare Lektüre.« Er lächelte freundlich. »Sagen Sie, ist Ihnen Tagore, einer unserer größten Dichter, vertraut?«

»Eigentlich nicht«, musste Marion zugeben.

»Ein wunderbarer Dichter, Tagore«, fuhr er fort und hob dabei die Stimme. Die anderen Polizisten im Zimmer nickten begeistert, und ein Raunen durchlief das Büro. »Ja, Tagore, Tagore.«

»Sehr wunderbar, sehr tiefsinnig«, sagte der Kommissar, »sehr lesenswert.«

»Ich werde nach seinem Werk Ausschau halten«, sagte Marion mit großem Interesse. »Vielen Dank für den Hinweis.«

Vanessa beendete ihren Bericht und gab ihm das Blatt zurück. »Werde ich lange warten müssen, bis die Schreibarbeit erledigt ist?«

Es dauerte einige lange Sekunden, während derer er, ohne ihre Frage zu beantworten, das Blatt eingehend prüfte.

»Ist etwas nicht in Ordnung?«

Er legte das Blatt hin und sah eine Weile mit strengem Blick in die Ferne.

»Ich glaube, das ist das falsche Wort«, sagte er endlich. »Sie schreiben, dass Ihre Jacke gestohlen wurde. Ich glaube …«, er hielt inne und kniff die Augen zusammen, um sich besser zu konzentrieren. »Ich glaube … *verschwand* wäre hier ein besseres Wort.« Wieder hielt er inne, als drehe er das Wort in seinem Kopf hin und her, um die Bedeutung aus jedem Blickwinkel zu prüfen. »Immerhin können wir nicht sicher sein, dass sie gestohlen wurde, aber sie ist zweifellos *verschwunden*.« Er sah den Bericht wieder an.

»Außerdem haben Sie ein Komma vergessen. Hier.«

Vanessa warf ihrer Mutter einen verärgerten Blick zu. Aber Marion lächelte.

»Hier scheint jeder so etwas wie ein Dichter zu sein«, sagte sie.

Auf einem Sofa in der Nähe der Rezeption saß Alex Khusam und las eine Zeitung, die er mit spitzen Fingern vor sich hielt. Bei jedem anderen hätte diese Haltung wahrscheinlich spießig gewirkt, als sei er darauf bedacht, die Hände sauber zu halten. Bei ihm aber sah es eher … vornehm aus, dachte Vanessa und schämte sich sofort für diesen Gedanken. Der Prinz senkte die Zeitung ein wenig, als sie vorüberging. »Nun, haben Sie Ihre Jacke schon gefunden?«

Seit ihrem gemeinsamen Ausflug im Jeep hatten sie kaum miteinander gesprochen, und sie fragte sich, ob sie ihn auf irgendeine Weise enttäuscht hatte. Er gehörte zu den Menschen, die sich oft von anderen enttäuscht fühlten, dachte sie. Es war ein Teil seiner Unnahbarkeit.

»Nein. Ich war gerade bei der Polizei, um den Verlust zu melden.«

»Wahrscheinlich schicken sie schon die Suchtrupps los.«

»Es ging mir nur um eine Bestätigung. Damit die Reiseversicherung sie ersetzt …«, sagte Vanessa und verstand selbst nicht, warum sie es für nötig hielt, eine Erklärung abzugeben.

Er sah sie spöttisch an. »Ich hab's nicht ernst gemeint. Ich wollte Sie bloß ärgern, Vanessa.«

»Das habe ich auch gemerkt.«

»Eigentlich können Sie froh sein. Es war eine sehr hässliche Jacke.« Er setzte ein entwaffnendes Lächeln auf. »Sie hat Ihnen überhaupt nicht gestanden.«

»Ich weiß nicht, ob ich das als Kompliment betrachten soll«, sagte Vanessa. Sie sagte es leichthin, aber wie schon zuvor war ihr bewusst, dass er sie irgendwie blamiert hatte. Der Mann hatte eine Begabung dafür. Eine Art, sie spüren zu lassen, dass er nur aus einer Laune des Augenblicks heraus mit ihr redete. Sie setzte sich in den Sessel neben ihm.

»Ist es die hiesige Polizei, die verrückt ist, oder bin es bloß ich?«

»Sie sind alle verrückt. Und sie tun überhaupt nichts.«

»Jedenfalls haben sie für jede mögliche Gelegenheit einen Stempel. Ich habe noch nie so viele auf einem Fleck gesehen …« Sie unterbrach sich. Khusam starrte mit irritierender Eindringlichkeit auf ihre Hände.

»Sie sind Taucherin, wie ich sehe.«

»Ich bin *was*? Ach so, die Uhr …« Etwas verlegen sah sie hinunter auf ihre klobige Tag Heuer. »Ja, das ist schon eine Taucheruhr, aber ich … eigentlich bin ich noch nie getaucht.« Wie sollte sie ihm erklären, dass ihr dieses Ding einfach vom Aussehen her gefiel? Es machte etwas her, als sei seine Trägerin für alle Eventualitäten gerüstet – wie dieser Kommissar mit seinen blöden Stempeln, dachte sie und kam sich jämmerlich vor. Ein Mann wie Khusam würde nie eine Taucheruhr tragen, wenn er nicht ein waschechter Scuba Diver wäre, sagte sie sich. Mangel an Authentizität konnte man ihm auf keinen Fall vorwerfen.

»Sie ist nützlich in der Badewanne.«

Darüber musste er lachen. »Ich trage nie eine Uhr«, sagte er. »Ich hasse das Gefühl, eingeengt zu sein.«

»Woher wissen Sie denn, wie spät es ist?«

Khusam ignorierte die Frage. »Wann sehen Sie sich mit mir den Palast an?«, sagte er beiläufig.

»Ich weiß nicht«, sagte Vanessa erschrocken. Während der Jeep-Fahrt hatte Khusam davon gesprochen, aber sie hatte es für eine nichtssagende Bemerkung gehalten. Seit dieser Episode hatte sein Verhalten in keiner Weise vermuten lassen, dass er es ernst gemeint haben könnte. Andererseits war er nicht der Typ, der sich mit leeren Floskeln abgab. Er sagte, was er meinte, und hatte offenkundig nicht das Bedürfnis, sich zu wiederholen. Sie schämte sich wegen ihrer eigenen konventionellen Gewohnheiten.

»Ich weiß nicht so recht, ob ich meine Mutter allein lassen sollte«, sagte sie.

»Wieso? Es geht ihr doch prächtig.«

»Ja, natürlich. Es geht ihr gut. Es ist nur ... dass ich ... mich ein bisschen um sie kümmere.«

»Ich dachte, es sollte andersrum sein«, sagte Khusam.

»Irgendwie fühle ich mich verantwortlich für sie. Es war meine Idee, hierher zu kommen. Sie wäre überhaupt nicht nach Indien gefahren, wenn ich sie nicht beinahe gezwungen hätte. Ich muss dafür sorgen, dass sie es nicht bereut.«

Halb erwartete sie die Frage, wie sie das bewerkstelligen wolle. John Walcott hätte sie gestellt, fiel ihr plötzlich ein. John hätte sie gefragt, was sie hier suchte. Ganz einfach, in seiner direkten Art. Und sie wusste so deutlich, als fände dieses Gespräch tatsächlich statt, dass sie keine Antwort auf diese Frage hatte.

Aber Khusam schien ihre Situation nicht besonders zu interessieren. Er faltete die Zeitung ordentlich zusammen und legte sie auf den Tisch. »Gut, überlegen Sie sich's«, sagte er fast gleichgültig.

Ihr fiel ein, dass die Sache sehr leicht zu lösen wäre, wenn er auch Marion in den Palast einladen würde. Ein höflicherer Mensch hätte es sicherlich getan. »Bringen Sie sie einfach mit«, hätte er gesagt. Unkompliziert und ganz beiläufig. Aber Khusam war weder unkompliziert noch höflich. Es gehörte nicht zu seinem Stil.

»Ich fahre morgen Abend«, sagte er nur. »Falls Sie es sich anders überlegen.«

An diesem Abend war das Glenside voller Gäste. Im Speisesaal war jeder Tisch besetzt. Am Klavier arbeitete sich Lily enthusiastisch an »Que sera, sera« ab, wobei die Fransen ihres grünen Ponchos – steif vom achtlosen Eintauchen in zahllose längst vergessene Speisen – ihren Fingern auf den Tasten in die Quere kamen. Unter den Gästen herrschte Hochstimmung, eine Art kollektiver Freude, die sich nur selten einstellt und unerklärlich zu sein scheint. John Walcott, der zwischen den beiden Wests saß, lehnte sich zufrieden in seinem Stuhl zurück und überlegte, ob er jemals ein so schönes Abendessen erlebt hatte. Nur schade, dass der kleine braune Bär aus dem Club nicht hier sein konnte, um es mit ihm zu genießen.

Er sah Vanessa an, die in eine Unterhaltung mit Greg vertieft war. Während der Mann redete, hörte sie engagiert zu und schüttelte ein wenig ungeduldig den Kopf. John konnte sich nicht erinnern, jemals eine Person kennen gelernt zu haben, die so eigensinnig war, so schnell bereit zum Widerspruch. Ihr ungeduldiges Interesse wirkte auf ihn, als fordere die Welt sie ständig heraus. Hinter ihrer Streitlust lag die Verletzlichkeit eines Menschen, der auf irgendetwas eine Antwort suchte. War es ihre Idee gewesen, ihn zum Dinner einzuladen? Eher nicht. Die Einladung war von Marion gekommen, und es passte wohl kaum zu Vanessa, ihre Mutter für sie reden zu lassen. Er lächelte wehmütig in sich hinein. Immer waren es die Mütter, die ihn zu mögen schienen.

Während die Diener die letzten Kaffeetassen wegräumten, schlug Mrs. Macdonald vor, sich im Salon zum Brandy zusammenzusetzen. Die Zeit, zu der sie üblicherweise schlafen ging, war längst vorbei, aber sie schien nicht müde zu sein, auch wenn Dorothy Nichols sie flüsternd ermahnte, sich zur Ruhe zu begeben.

Sie setzten sich im Halbkreis um den Kamin: John, die beiden Wests, Alex Khusam, Dorothy und ein stämmiger Mann aus Colorado, der am Vormittag eingetroffen war. Professor Kaskusthan, der allein am anderen Ende des Salons saß, sah auf, als sie hineinkamen.

»Doktor Kaskusthan«, rief Marion eifrig, »setzen Sie sich doch zu uns.«

Er machte das Buch zu, in dem er gelesen hatte. »Eigentlich wollte ich gerade schlafen gehen …«

»Bitte«, drängte ihn Marion. »Es ist noch so früh.«

Er fand einen Stuhl zwischen Vanessa und dem Prinzen und setzte sich hin mit der schuldbewussten Miene eines Menschen, der eigentlich nicht dazugehört. »Geht es Ihnen jetzt etwas besser?«, fragte er Vanessa leise.

»Viel besser. Ich glaube, das habe ich Ihnen zu verdanken.«

»Ganz und gar nicht. Es war ziemlich einfach …«

Mrs. Macdonalds Aufmerksamkeit galt dem Mann aus Colorado. »Darf ich Jack Hudson vorstellen«, sagte sie. »Er ist auf einer Art Mission hier. Zum Everest, glaube ich.«

»Nur zum Basislager.« Selbstsicher streckte er die Beine aus. »Diesmal wenigstens.«

»Sind Sie Bergsteiger?«, fragte Marion. Hudson sah aus wie ein Mann, der das Leben in der freien Natur gewöhnt ist. Aber seine Robustheit wirkte wohlgenährt, ein wenig selbstzufrieden. Wie ein Mann, der die Ausrüstung zu einem Fetisch macht: seine Fleece-Jacke feuchtigkeitsabstoßend, seine Hose atmungsaktiv, seine Trek-Ready-Strümpfe auf wundersame Weise warm und trotzdem leicht.

»Ich klettere viel«, sagte er leichthin. »Wenn auch nicht jetzt bei dieser Reise.« In Colorado, erklärte er, habe er an einem Projekt teilgenommen, bei dem Probleme der Fäkalienentsorgung in großen Höhen untersucht wurden. Sie hätten einige Erfolge mit Solarenergie gehabt.

»Das Zeug zersetzt sich normalerweise nicht, wenn zu wenig Sauerstoff vorhanden ist«, sagte er. Er sah in die Runde. »Entschuldigen Sie, dass ich so etwas erwähne, wo Sie eben zu Abend gegessen haben.« Er grinste Beifall heischend. »Das Entsorgungssystem hat in Colorado großartig gearbeitet, wir wollten herausfinden, ob es auch in einem Monsun-Klima funktioniert.«

Die Probleme hatten schon nach der Landung in Indien begonnen. Die Zöllner in Delhi waren zutiefst misstrauisch. »Ich hatte einen Brief des stellvertretenden Premierministers in der Tasche, aber es hat nichts geholfen. Sie wollten die beiden Entsorgungssysteme einfach nicht ins Land lassen.« Schließlich, sagte er, hätte er sie dort zurücklassen müssen. »Ich weiß immer noch nicht, was aus ihnen geworden ist.« Er grinste wieder. »Wahrscheinlich haben sich inzwischen in jedem Container drei Familien eingenistet.« Ihm war nichts anderes übrig geblieben, als die Dinger neu zu basteln, was seine Pläne um Wochen verzögert hatte. Aber nun war es endlich soweit, dass er zum Basislager reisen konnte.

»Entsorgungssysteme – das dürften Toiletten sein«, sagte Vanessa. »Sie wollen tatsächlich zwei Klos zum Everest hinaufschleppen?«

»Nur bis zum Basislager. Dort werden sie dringend gebraucht. Sie können sich gar nicht vorstellen, was für eine Schweinerei die Mannschaften dort oben fabrizieren. Fast so schlimm wie in der Grand Central Station.«

»Darüber habe ich mich immer gewundert. Über die Leidenschaft für das Klettern«, sagte Marion. »Warum machen das die Leute? Sich in eine solche Gefahr zu begeben. Die Berge machen doch so einen … gleichgültigen Eindruck, finden Sie nicht?«

»Klettern Sie?«, fragte Vanessa und wandte sich an Khusam.

Er zuckte die Achseln. »Nicht ernsthaft. Ich habe ein paar Gipfel gemacht. Wegen der Herausforderung.«

»Wie Mallory also. ›Weil sie dastehen.‹«

»Ja, so wird es wohl sein.«

»Der arme Mallory«, sagte Mrs. Macdonald. »Man hätte nie nach ihm suchen sollen. Als ich die Bilder seiner Leiche sah, die die Expedition zurückbrachte, dachte ich, das Schlimmste ist, dass er immer noch so jung aussieht. Die Zeit war einfach an ihm vorübergegangen und hatte ihn zurückgelassen. So ein einsamer Tod.« Sie hielt inne. »Er war gar nicht viel älter als ich, wissen Sie.«

»Ist es nicht unglaublich, dass er versucht hat, in einer Tweedjacke auf den Everest zu steigen?«, unterbrach Jack Hudson ihre Rede. »Der Mann steht da oben auf einem der unwirtlichsten Flecken unseres Planeten, und seine gesamte Ausrüstung besteht aus einem zweiten Paar Socken und einer Büchse Trockenfleisch. Dann gab es diesen anderen, George Finch, der beim Unternehmen von 1922 dabei war. Er hatte eine Art Daunenanzug erfunden, und – stellen Sie sich vor! – die anderen lachten ihn aus. Die mit den Tweedjacken!«

Hudson hielt kurz inne, um die Verwunderung über so viel Dummheit auszukosten. »Finch wurde von der 1924er Expedition ausgeschlossen. Und ich wette, er wäre damals hinaufgekommen. Mit seinem Daunenanzug. Dann hätte er der erste Mensch auf dem Gipfel des Everest sein können. Lange vor Tensing und Hillary.«

»Ah, Tensing«, sagte Mrs. Macdonald. »Er war ein paar Mal hier in Ashagiri. Begraben ist er natürlich in Darjeeling, aber ich glaube, es gibt irgendwo hier in der Gegend eine Statue von ihm.« Sie lächelte traurig. »Jeder erhebt Anspruch auf ein kleines Stück von so einem Mann.«

Marion hatte während der letzten Minuten der Unterhaltung nicht mehr zugehört. Sie dachte immer noch an das Klettern. Die schreckliche Kälte. Die vollkommene Erschöpfung. Und wofür?

»Wieso macht man so etwas?«, fing sie wieder an und sah zu Hudson hin. »Warum gefällt Ihnen das Klettern so sehr?«

Nach einem kurzen Schweigen antwortete er: »Ich glaube, es geht um das, was Sie vorhin gesagt haben«, meinte er ernst. »Die Gleichgültigkeit der Berge, haben Sie es genannt. Ich glaube, das stimmt genau. Wenn man da oben ist, weiß man, dass man nichts ist. Ein Insekt. Es ist eine andere Welt, ein anderes Universum. Man bricht auf mit der richtigen Ausrüstung, mit einem Plan. Man glaubt, dass man das Ding besiegen kann, und dann kommt der Moment, in dem das alles keine Rolle spielt. Es ist, wie wenn einem eine Last abgenommen wird.« Er lachte. »Man ist nicht mehr verantwortlich für das Schicksal des Universums.«

»Es gibt eine höhere Macht«, sagte Marion.

»Nun, so würde ich es nicht nennen, aber doch, wenn Sie wollen.«

»Es ist typisch für den Westen«, sagte Khusam etwas verächtlich, »dass die Suche nach spiritueller Erfüllung als Sport getarnt wird. Hier haben wir seit Generationen die Berge verehrt, ohne dass wir das Bedürfnis hatten, sie zu erobern. Die Sherpas sind auf den Everest gestiegen, aber es würde ihnen nie einfallen, den Khumbila zu besteigen, der ihnen noch viel heiliger ist. Es wäre eine Entweihung.«

Hudson zuckte selbstbewusst die Schultern. »Jeder auf seine Weise also.«

»Interessant ist«, sagte Professor Kaskusthan etwas zögernd, »dass der Everest seinen Namen erst in der Mitte des neunzehnten Jahrhunderts erhielt. Bis dahin war er bloß Gipfel XV auf der britischen Generalkarte von Indien. Dann nahm ein Beamter trigonometrische Messungen in dieser Gegend vor und entdeckte, dass er der höchste Punkt im Himalaja ist. Nun wurde er wichtig, obwohl die Einheimischen ihn nie als etwas Besonderes angesehen hatten.«

»Ich wusste nicht, dass Sie sich in dieser Gegend so gründlich auskennen«, sagte Mrs. Macdonald. »Sie haben die ganze Zeit Ihr Licht unter den Scheffel gestellt.«

Kaskusthan genierte sich. »Ich weiß nicht, ob ich mich besonders gut auskenne, ich will nur sagen, dass der Everest allein wegen der Zahlen interessant wurde. Verstehen Sie? Wenn wir ihn verehren, geschieht das nur, weil wir die Macht der Zahlen verehren.« Er sah Khusam an. »Wieder eine ausgesprochen westliche Gepflogenheit, finden Sie nicht auch?«

Aber Khusam schien das Interesse an der Diskussion verloren zu haben. »Vermutlich«, sagte er gleichgültig.

John, der fürchtete, dass sich Kaskusthan brüskiert fühlen könnte, wandte sich an den Professor.

»Was bringt Sie hierher?«, fragte er ihn. »Sind Sie auch in der Forschung tätig?«

»Er erforscht das Gedächtnis«, platzte Marion heraus. »Wir haben so interessante Gespräche geführt …«

»Was ich noch fragen wollte«, sagte Kaskusthan zu ihr, »haben Sie sich wieder an diese Sache erinnern können, die Ihnen so viel Kummer bereitet hat?«

»Ja. Ja, tatsächlich. Es war genauso, wie Sie gesagt haben.«

»Und war es so wichtig, wie Sie dachten?«

Marion zögerte. Sie hob den Kopf und merkte, dass Dorothy sie ansah.

»Ich weiß nicht«, sagte sie verlegen.

»In großen Höhen wird das Hirn ziemlich durcheinander gebracht, was?«, warf Jack Hudson ein.

»Sauerstoffmangel hat durchaus eine negative Wirkung«, stimmte ihm Kaskusthan zu.

»Wenn man *ganz* hoch oben ist«, sagte Hudson mit großer Befriedigung, »ist das Gedächtnis im Eimer.«

Sie redeten und redeten, aber Dorothy Nichols hörte sie nicht mehr. Sie sah Marion nicht wieder an, sondern saß ganz reglos da, die Hände auf dem Schoß, das Hirn erstarrt.

Woran erinnerte sich diese Frau? Dass es eine Freundschaft gegeben hatte?

Nieselregen. Nasse weiße Knie unter der Schuluniform.

»Sollten wir nicht zurückgehen? Ist es nicht schon Zeit?«

Das Mädchen hatte ihren Zeichenblock unter den Pullover gesteckt, damit er nicht nass wurde. Sie sah aus wie ein Kasten. Mühsam kletterte sie mit ihren kurzen Beinen den Hang hinauf; ein Anflug von Unsicherheit trübte ihre charakteristische Bereitwilligkeit.

»Vielleicht ist es heute zu nass zum Zeichnen.«

»Schwester Maureen hat uns gesagt, dass wir gehen dürfen.« Schwester Maureen hatte viel gesagt. Du hast einen Blick dafür, hatte sie dem Mädchen gesagt. Du könntest ihn weiter entwickeln. Eine Begabung, wie du sie hast, ist etwas Wertvolles. Etwas Besonderes.

Vorher schon hatte es Zeiten gegeben, in denen sie Eifersucht empfunden hatte. Immer in den Wochen vor dem

Ende des Trimesters und dann ein paar Tage nach der Rückkehr aus den Ferien hatte sie gespürt, dass das Mädchen … abgelenkt war. Erfüllt von Gedanken an ihre Familie, an das Wiedersehen und an den traurigen Abschied. Während der letzten Tage vor dem Trimesterende kam es ihr oft vor, als sei das Mädchen schon abgereist. Sie hatte ihren Koffer viel früher gepackt als nötig, ihr ganzes Wesen war von dem Verlangen bestimmt, anderswo zu sein.

Es fiel ihr schwer, aber sie hatte sich damit abgefunden. Der Kreislauf des Schuljahres war eine feste Einrichtung, so unverrückbar wie die Jahreszeiten. Und schließlich waren die Ferien bloße Unterbrechungen. In der restlichen Zeit hatten sie einander.

Aber das hier war etwas anderes. Es war etwas Neues. Schwester Maureen mit ihrem Vier-Uhr-Club, mit ihrem Gerede von Talent und Begabung. Einmal, nach dem Unterricht, hatte sie das Mädchen auf die Seite genommen und ihr einen Kasten Wasserfarben geschenkt.

»Ich habe die ganze Zeit darauf gewartet, dass ich sie jemandem schenken kann«, sagte sie. »Ich habe sie bekommen, als ich ungefähr in deinem Alter war. Ich wusste schon, es musste einen Grund geben, weshalb ich sie so lange aufbewahrt habe.«

Sie hatte gespürt, wie ihr das Mädchen entglitt. Sie waren noch Freundinnen, aber unter der Oberfläche war alles dabei, sich zu verändern. Das Glück war schuld daran. Ein Glück, woran sie nicht beteiligt war. In der Nacht weinte das Mädchen nicht mehr, und während des Tages, wenn sie beisammen waren, kam es ihr vor, als sähe es sie auf eine andere Weise an. Immer noch darauf bedacht, ihr alles recht zu machen, aber weniger als früher. Sie bastelte ihre kleinen Notizhefte und füllte sie jetzt mit Zeichnungen. Anderen Mädchen fiel das auf, und sie baten sie, ihnen auch solche Hefte zu basteln.

Sie sah auf, erstaunt und überglücklich. »Ja, natürlich mache ich das. *Natürlich*.«

Als sei ihre Freundschaft nichts mehr wert.

»Können auch andere Rundköpfe werden?«, fragte sie eines Tages.

»Wer, zum Beispiel?«

»Nun … Ros Conway … ich glaube, sie könnte ein Rundkopf sein.«

»Nein. Das geht nicht. Niemand kann das.«

»Warum nicht?«

»Weil es ein *Geheimnis* ist. Weißt du das nicht mehr?«

»Ich habe ihr nichts erzählt«, sagte das Mädchen schnell. »Ich habe mich nur gefragt, sonst nichts. Sie ist im Vier-Uhr-Club dabei …«

»Du hast es ihr doch gesagt. Stimmt's?«

»Nein. Ich schwöre. Ich schwöre, dass ich nichts gesagt habe.«

In diesem Augenblick wurde ihr klar, dass die Freundschaft dieses Mädchens nur auf ihrer unselbstständigen Natur basierte. Sobald ein anderer führte, folgte sie hinterher, gedankenlos wie ein Blatt, das im Bach schwimmt. Mit nicht mehr Dankbarkeit, als ein Blatt sie gegenüber der Strömung empfindet, die es fortträgt.

»Schwester Maureen hat mir erlaubt, nach dem Unterricht zum Zeichnen wegzugehen«, sagte das Mädchen. »Sie sagte, ich könne es tun, wenn jemand mitgeht. Möchtest du mitkommen?«

Sie nickte. Sie fühlte sich jetzt von der Liebenswürdigkeit des Mädchens angeekelt. Diese Liebenswürdigkeit war etwas Schwaches, geschah nur aus Gewohnheit und unterschied sich von ihrer eigenen heftigen Liebe, wie sich ein Schatten von einem wirklichen, lebenden Menschen unterscheidet.

»Gut«, sagte sie. »Ich kann schon mitgehen.«

Unerwartet hatte es zu regnen angefangen, als sie schon eine Dreiviertelstunde unterwegs waren. Sie gingen einen steilen Hügel hinauf und kamen in eine Gegend, wohin sich die Schülerinnen von St. Margaret's nur selten verirrten.

»Meinst du nicht, dass wir umkehren sollten?«, fragte das Mädchen. Im trüben Licht sah sie sehr bleich aus.

»Noch nicht. Es nieselt bloß.« Es verschaffte ihr eine heimliche Befriedigung, als sie den Ausdruck der Angst im Gesicht der anderen feststellte.

»Mein Zeichenblock wird nass«, sagte das Mädchen und stapfte gehorsam weiter.

»Wir sind fast oben.«

»Mir gefällt es hier nicht. Es macht mir Angst.«

»Ist doch nichts dabei. Ich möchte wetten, dass noch nie ein Mensch hier gewesen ist.« Plötzlich sah sie das Mädchen an. »Es ist ein geheimer Ort. Nur für Rundköpfe. Wir dürfen es niemandem verraten. Versprichst du?«

Aber das Mädchen schüttelte nur den Kopf.

»Sollten wir jetzt nicht umkehren? Wird es nicht zu spät?«

Der Gipfel des Hügels war nichts anderes als ein schmaler, mit großen Steinen übersäter Kamm. Einige Schritte weiter vorn endete der Kamm in einer steil abfallenden Wand. Wenn man hinuntersah, konnte man nur die braune, verwundete Felswand sehen, aufgerissene Erde und Felsbrocken und weit unten, am Fuß der Klippe, dichtes, vom Dunst verschleiertes Gestrüpp.

Sie spähte über den Rand nach unten. »Schau, komm mal her!«

Und das Mädchen kam, zögernd, aber gehorsam. Die Haare, vom Regen durchnässt, klebten am Kopf. Der Zeichenblock, ein dürftiger Brustpanzer, ihr einziger Schutz. Eine andere Richtung kam für sie nicht in Frage.

Sie schubste. Nicht fest.

Überhaupt nicht fest. Es schien, als sei die Tat beides gewesen, sowohl geplant als auch aus einem Impuls heraus geschehen. Als hätte sie es schon immer vorgehabt, sei sich dieser Tatsache aber erst in der allerletzten Minute bewusst geworden. Unter ihren Fingern spürte sie den kleinen, harten Umriss eines Wirbelknochens, und dann war sie weg. Nur das Kullern der Steine markierte ihren Abgang. Kein Angstschrei, kein Protest. Als hätte das Mädchen gewusst, wie es kommen würde, und ihr Schicksal angenommen. Erst später wurde ihr klar, was sie getan hatte. Sie sah es in den erschrockenen Gesichtern derjenigen, die sie ausfragten, und im entsetzten Schweigen der anderen Mädchen, als sie die Nachricht von dem Unfall erfuhren. Die Welt stand still und hörte sich ihre Geschichte an.

»Schwester Maureen hat uns gehen lassen«, sagte sie ihnen. »Sie hat es uns erlaubt.«

Sie sah es wieder am Tag des Begräbnisses. Die Eltern des Mädchens waren die ganze Nacht durchgefahren. Solche Gesichter hatte sie noch nie gesehen. Vom Schmerz weit aufgerissen, wie Mäuse auf dem Seziertisch. Die Mutter kannte ihren Namen. Sie riss sie an sich, drückte ihren Kopf an ihre Wolljacke, weinte und wiegte sie hin und her. Die Jacke roch nach Veilchenwasser und Katzenpisse.

Die ganze Welt aus den Angeln durch einen einzigen Ruck ihres Ellenbogens.

Später, als niemand mehr dorthin ging, war sie zum Gipfel des Hügels zurückgekehrt, um ihr Denkmal zu errichten.

Ohne dass sie zu jenem Zeitpunkt den wahren Zweck ihrer Handlungen verstand. Aber sie spürte, dass dieses sorgfältige Setzen von Stein an Stein seine Richtigkeit hatte.

Ihr Zeichen auf der Erde.

An diesem Abend stand Professor Kaskusthan im Mittelpunkt. Anscheinend war das Thema Gedächtnis von grenzenlosem Interesse. Das überraschte ihn nicht. Fragen über seine Arbeit war er selbst von Menschen, die überhaupt nichts mit Wissenschaft zu tun hatten, gewöhnt. Aber er staunte immer ein wenig, wie stark sein Forschungsgebiet die Fantasie der Allgemeinheit beflügelte. Es ging um Besitz, dachte er, und um die Fähigkeit, im Gedächtnis der Mitmenschen einen Platz einzunehmen. Er hatte Personen gesehen, denen das Gedächtnis abhanden gekommen war, und er verstand, dass sich ein Mensch ohne Gedächtnis als ein Nichts empfindet. Als eine Schliere auf der Oberfläche des Lebens.

»Was machen Sie denn eigentlich ganz konkret?«, fragte Vanessa. »Ich meine, *wie* erforschen Sie so etwas?«

»Meine Arbeit befasst sich hauptsächlich mit einem bestimmten Teil des Hirns, dem Hippocampus. Wir haben untersucht, auf welche Weise dieses Gebilde bestimmte Erinnerungen kodiert. Wir glauben, dass es bei der Entstehung neuer Erinnerungen eine Rolle spielt. Patienten mit einer Schädigung des Hippocampus haben Schwierigkeiten, sich an Dinge zu erinnern, die in letzter Zeit passiert sind. Sie sind, wie es scheint, nicht imstande, diese Vorgänge auf normale Weise zu verarbeiten.«

»Hippocampus«, sagte Mrs. Macdonald. »Ist das nicht ein Seepferdchen?«

Er lächelte. »Genau. Wegen seiner Form.«

»Heutzutage brauchen höchstens Ärzte noch Latein zu können«, bemerkte Mrs. Macdonald. Sie sah Marion an. »Und Gärtner, natürlich.«

»Mich hat schon immer die Theorie interessiert, dass es ein absolutes Erinnerungsvermögen gibt«, sagte Jack Hudson. »Ich meine, es steckt doch alles irgendwo da drin. Das Problem ist, wie kommen wir dran?«

Kaskusthan schüttelte den Kopf. »Leider funktioniert es nicht ganz so. Die meisten Menschen glauben, dass das Gedächtnis ungefähr so wie eine Video-Kamera funktioniert, dass es die Ereignisse aufnimmt und sie dann wieder abspielt, aber so ist es ganz und gar nicht. Es ist vollkommen anders. Die Erinnerungen scheinen nicht die Vorgänge an sich aufzuzeichnen, sondern wiederzugeben, *wie* wir diese Vorgänge erlebt haben. Ein Auswahlprozess, der in höchstem Maße persönlich ist. Und einer, der viele Teile des Gehirns betrifft, die alle zusammenarbeiten müssen.«

»Also, dieser Hippocampus«, sagte Vanessa. »Kann man tatsächlich sehen, wie die Erinnerungen dort gebildet werden?«

Kaskusthan lächelte etwas wehmütig. »Schön wäre es. In der Gedächtnisforschung ist das so viel wie der Heilige Gral. Unsere Möglichkeiten, die Prozesse sichtbar zu machen, sind leider noch zu wenig ausgefeilt. Ich stelle mir vor, wenn es uns gelingen würde, würden wir die Neuronen wie ein Feuerwerk im Hirn herumschwirren sehen.«

»Wie die Sterne!«, sagte Mrs. Macdonald.

»Ja, so ungefähr, vielleicht. Wie der Nachthimmel, voller Konstellationen. Aber sie würden sich dauernd verändern. Immer neue Muster, andere Formen.«

»Was Sie eben gesagt haben«, warf John begeistert ein, »dass das Gedächtnis nicht wie eine Video-Kamera funktioniert, sondern eher eine Aufzeichnung unserer eigenen … subjektiven Erfahrungen ist! Das ist interessant! Ich versuche doch auch immer, so zu malen.« Er unterbrach sich abrupt, beschämt durch seine Offenheit. »Sie haben es mir bewusst gemacht.«

Jetzt sah ihn Khusam zum ersten Mal an. »Sie sind also der Maler«, sagte er. »Der Miniaturist. Ich habe von Ihnen gehört.«

»Seine Bilder sind richtig gut«, sagte Vanessa. Irgendetwas an der Art, wie Khusam bei dem Wort »Miniaturist« gezögert hatte, hatte sie zur Verteidigung angestachelt. »Sogar ganz erstaunlich.«

Khusam lächelte ihr etwas spöttisch zu. »Sie durften sie also schon bewundern …«

»Was meinen Sie damit, wenn Sie sagen, dass Sie auch so malen?«, fragte Marion. »Das sagten Sie doch gerade.«

»Die alten Miniaturisten malten Porträts, die die Leute mit sich herumtragen konnten«, sagte John ernst, wobei sein Sprachfehler stärker auffiel. »Damit sie sich an die Gesichter der Menschen erinnern konnten, die sie liebten. Aber es waren keine wirklich genauen Bilder. Sie waren idealisiert. Weil wir uns auf diese Weise an die Menschen erinnern – erinnern wollen. Dann kamen eines Tages die Fotografien, und man brauchte keine Miniaturen mehr. Aber etwas ging verloren. Wie oft macht man ein Foto von etwas Schönem, lässt es zu Hause entwickeln und denkt, nein, so habe ich es nicht in Erinnerung. Früher ist es mir oft so gegangen. Ich brachte die Fotos nach Hause und dachte, nein, das ist es nicht, was ich gesehen habe. Es war ganz anders.«

»Wahrscheinlich liegt es daran, dass die meisten Leute miserable Fotografen sind«, meinte Vanessa.

John Walcott schüttelte den Kopf. »Das glaube ich nicht«,

sagte er. »Fotografien zeigen nicht das, woran wir uns erinnern, sondern das, was tatsächlich da ist. Was ich mache – wenigstens bemühe ich mich – ist, so zu malen, wie wir uns erinnern. Es ist sehr schwer.« Er hielt inne. »Ich male klein, weil auch die Erinnerungen so sind. Kleine Teile von den Dingen. Kleine Stücke, die wir bei uns tragen und von Zeit zu Zeit anschauen. Dinge, die uns gehören.«

»Das ist wirklich schön«, sagte Marion.

»Aber Miniaturen!«, sagte Khusam wieder, als hätte das bloße Unternehmen schon etwas grundsätzlich Unmännliches an sich. »Man könnte genauso gut Briefmarken sammeln.«

»Es gibt eine Ähnlichkeit«, sagte John und stolperte noch mehr als sonst über seine Worte. »Aber bei den Briefmarken, wissen Sie, fängt man mit einem großen Gegenstand an, mit einem großen Bild, und dann wird es verkleinert. Ich fange schon klein an, wissen Sie ... es ist anders ...«

»Ich fürchte, ich komme immer noch nicht mit«, sagte Khusam. Er sah Vanessa an und hob die Augenbrauen. »Sie haben mir keinen ausreichenden Grund nennen können, weshalb ich nicht eines Ihrer Bilder nehmen und einfach ... auf einen Briefumschlag kleben sollte.«

»Nun ...«, John sah auf seine Hände hinunter, »vielleicht ist diese Kritik berechtigt.«

»Nein, das ist sie nicht«, sagte Vanessa schnell. »Alex meint, er muss witzig sein.«

»Ich glaube, was John sagen will«, sagte Mrs. Macdonald, »ist, dass Briefmarken am Anfang groß sind, dann verkleinert werden, und damit hat sich's. Aber bei seinen Bildern, nun, wenn man den Prozess umkehren und die Bilder vergrößern würde, wer weiß, was man da finden könnte? Man könnte alle möglichen Dinge entdecken, die so klein sind, dass man sie vorher überhaupt nicht sah. Eine ganze verborgene Welt. Habe ich Recht? Was meinen Sie, Dorothy?«

Nichols rutschte verlegen in ihrem Sessel hin und her. »Ich bin bestimmt nicht die richtige Person für eine solche Frage. Ich verstehe nichts von Kunst«, sagte sie in einem Ton, der eher eine gewisse hochnäsige Verachtung für das ganze Thema verriet als Unwissenheit.

»Also, *ich* würde mich sehr für Ihre Bilder interessieren«, sagte Jack Hudson plötzlich. »Ich sammle Kunst, die von der Bergwelt inspiriert ist. Eigentlich mehr Fotografien. Ich besitze sogar ein paar von Ansel Adams. Heute sind sie doppelt so viel wert, wie ich dafür bezahlt habe.« Er zeigte sein übliches Grinsen. »Und ich kann Ihnen sagen, sie waren nicht billig, als ich sie kaufte.«

Mrs. Macdonald lächelte John an. »Sehen Sie, ich habe Ihnen vielleicht einen Kunden verschafft.«

»Er braucht einen guten Marketing-Manager«, sagte Vanessa. »Stimmt's, John?«

Neben ihr gähnte Alex Khusam unverhohlen, ohne Hemmungen. »Klingt wie eine Einladung«, sagte er. »An Ihrer Stelle würde ich gleich einschlagen.«

Vanessa sah ihn prüfend an. Wie muss das sein, fragte sie sich, wenn man so mühelos attraktiv ist? Denn für sie war er attraktiv. Das wusste er ganz genau. Dieses Geplänkel mit John sollte ihr zeigen, dass es ihm bewusst war. Ein Ausdruck des Vertrauens in seine Überlegenheit als Rivale. Sie fühlte sich zwar angezogen, aber auf eine seltsame Weise, dachte sie sich. Es war nichts Persönliches – dafür stellte es sich zu automatisch ein. Nichts vom üblichen Drama von Entdeckung und Spannung. Einen Augenblick lang fragte sie sich, wie es wohl mit ihm sein würde. Es wäre leidenschaftlich, dachte sie, aber auf eine andere Art. Etwas Abgetrenntes, etwas, das schon vorher vorhanden war. Eine Leidenschaft, die – weder von ihr noch von ihm geschaffen – aus eigenem Antrieb über sie kam …

»Ich glaube nicht, dass es Vanessa so gemeint hat«, unterbrach ihn John hastig. »Es war nur eine Bemerkung.«

»Lassen Sie sich nicht von ihm irritieren«, sagte Vanessa zu John und warf Khusam einen tadelnden Blick zu.

John wollte gerade antworten, als der kleine Kreis plötzlich in Bewegung geriet. Dorothy Nichols war aufgesprungen. »Ich habe gleich *gewusst*, dass das alles zu viel für sie ist«, rief sie heftig aus. »So lange aufzubleiben, das ganze Gerede …« Sie beugte sich über Mrs. Macdonald und ergriff ihr Handgelenk. Es sah aus, als sei die alte Dame, von den Gästen unbemerkt, eingeschlafen.

»Was ist passiert?«, fragte Marion. »Ist sie krank?«

Dorothy, immer noch über ihre Patientin gebeugt, machte eine abwehrende Bewegung mit ihrer freien Hand, als wollte sie alle anderen fernhalten. »Kommen Sie nicht so nahe«, befahl sie. »Sie braucht Luft.«

»Ist sie wieder ohnmächtig geworden?«, fragte Marion. »Ist es dasselbe wie neulich?«

Jack Hudson und Professor Kaskusthan waren beide aufgesprungen. »Sollten wir einen von diesen Dienern rufen?«, fragte Hudson.

»Vielleicht sollte ich ihr ein Glas Wasser bringen …«, sagte John und eilte zur Tür. »Ein kaltes Handtuch oder so etwas.«

»Vielleicht könnte ich helfen. Darf ich einmal nachsehen?«, sagte Kaskusthan. Dorothy wandte sich ab und kehrte ihm den Rücken zu, worauf er in verblüfftes Schweigen fiel.

Nur Alex Khusam zeigte keine Gefühlsregung. Er beugte sich in seinem Sessel nach vorn und starrte Mrs. Macdonald an, deren Gesicht ganz grau geworden war. »Meiner Meinung nach sollten wir genau das tun, was Dorothy sagt«, stellte er ungerührt fest, »und ihr etwas Luft verschaffen.«

»Ich glaube immer noch, dass wir einen der Diener holen sollten«, sagte Hudson. »Ich komme mir komisch vor, wie wir alle hier herumstehen und nichts tun.«

»Sie ist einfach in Ohnmacht gefallen«, verkündete Dorothy. »Ich habe alles unter Kontrolle. Überlassen Sie es mir. Das hier passiert nicht zum ersten Mal.«

»Das stimmt«, sagte Marion. »Ich war dabei, als sie das letzte Mal ohnmächtig wurde. Dorothy hat genau gewusst, was zu tun war.«

»Sie hat sich zu sehr verausgabt«, sagte Dorothy zärtlich. Sie legte Mrs. Macdonalds schlaffen Arm wieder hin und begann sehr ruhig und sanft, die Stirn der alten Dame zu streicheln. »Sie möchte einfach nicht folgen, wissen Sie. Das passiert sehr oft, wenn alte Menschen wieder jung werden. Sie müssen mir vertrauen. Ich habe es schon einmal erlebt.«

Ich hoffe so, dass Mrs. Macdonald wieder gesund wird«, sagte Marion.

»Ich glaube schon«, sagte Vanessa, die alles andere als sicher war.

»Sie sah so … klein aus.« Fast hätte Marion »leblos« gesagt, schreckte aber davor zurück. Die alte Dame war nicht gestorben, sie war nur ohnmächtig geworden. Marion wusste, wie Tote aussahen. Es war mehr als nur die Verfärbung ihrer Haut, ihre bleierne Bewegungslosigkeit; sie waren unerreichbar geworden. Keine Menschen mehr, sondern nur mehr *Gegenstände*. Als sie damals Pete tot in dem Bett liegen sah, das sie seit Jahrzehnten mit ihm geteilt hatte, schien es ihr, als hätte er mit dem Nachtkästchen und der Leselampe und dem kleinen Häufchen Haarnadeln, die sie am Abend zuvor aus ihrem Haar entfernt hatte, mehr gemeinsam als mit ihr. Sie hatte sich von ihm verabschiedet. Sie hatte die Worte laut ausgesprochen, weil es sich so gehörte, weil erwartet wurde, dass man es auch tun *wollte*. Aber die Worte waren ihr töricht vorgekommen. Mit dem toten Pete zu reden war so absurd, wie ein Gespräch mit der Tür zu führen.

»Dorothy wird sich um sie kümmern«, sagte Vanessa. »Sie scheint sich auszukennen.«

Nach dem Zwischenfall waren die im Salon Versammelten betreten auseinander gegangen. Die beiden Wests, die das Bedürfnis nach frischer Luft hatten, kehrten nicht auf ihr Zimmer zurück, sondern zogen einen kleinen Spaziergang zum Aussichtspunkt vor. Es war schon sehr spät, und die Sterne blieben unsichtbar hinter einer dicken Schicht vorüberziehender Wolken. Dicht, undurchdringlich, nur eine Spur schwärzer als der Himmel standen die Bäume zu beiden Seiten des Weges. Ein einsames Glühwürmchen flackerte unsicher im Gebüsch.

Marion hielt ihre Handtasche fest an sich gepresst.

»Was kann ihr bloß fehlen?«, sagte sie. »Dass sie einfach so zusammenbricht. Es geschieht nicht zum ersten Mal ...«

»Wahrscheinlich liegt es daran, dass sie so alt ist«, sagte Vanessa zweifelnd.

»Aber dass sie gleich ohnmächtig wird?«

»Keine Ahnung. Ich bin doch kein Arzt.«

»Ich glaube, ich muss jemanden anrufen«, sagte Marion. »Zu Hause, in England, meine ich.«

»Wen willst du anrufen? Um was geht es denn?«

Aber Marion gab keine Antwort. Sie heftete die Augen auf den Boden, als konzentriere sie sich auf ihre Schuhe. Im trüben Licht schimmerte das silberfarbene Leder wie Perlmutt.

»Du kannst es vom Hotel aus machen«, sagte Vanessa. »Wir haben ein Telefon in unserem Zimmer.«

»Hast du es nicht bemerkt? Vom Zimmer aus kann man nicht nach außen telefonieren. Die Apparate sind nur untereinander verbunden. Man kann nur jemanden anrufen, der im Gebäude ist.«

»Das Pförtnerhaus. Dort muss es eine Leitung geben.«

»Ja. Ja, das werde ich machen.«

»Was hältst du von Alex?«, sagte Vanessa plötzlich. »Dem Prinzen.«

Marion reagierte nicht – anscheinend überlegte sie immer noch, wie sie den Telefonanruf zu Stande bringen könnte.

»Ich halte ihn für … interessant«, sagte Vanessa. »Er hat diese fixe Idee, so etwas wie eine Berufung, könnte man sagen. Er will den alten Palast seines Vaters restaurieren. Es scheint eine richtige Obsession zu sein. Jemand wie er … er könnte praktisch überall Erfolg haben, aber stattdessen sitzt er hier, mitten im Nichts, und verplempert seine Zeit und Energie mit diesem Projekt. Geradezu *getrieben* ist er. Findest du das nicht bemerkenswert?«

»Etwas stimmt nicht … mit seinem Gesicht«, sagte Marion langsam. »Mit seinem Mund.«

Vanessa blieb stehen. »Wie kannst du bloß so etwas sagen? Was hat sein Mund damit zu tun?«

»Wahrscheinlich gar nichts, aber du hast mich nach meiner Meinung gefragt. Ich finde, sein Mund stimmt nicht.«

»In welcher Hinsicht?«

»Ich weiß es nicht, Vanessa. Immer verlangst du eine Erklärung. Es ist einfach der Eindruck, den ich von ihm habe.«

»Einen solchen Eindruck halte ich für sehr oberflächlich«, sagte Vanessa mit selbstgerechter Überzeugung. Sie hätte lieber nicht fragen sollen. Die Meinungen ihrer Mutter basierten immer auf Beweismaterial, das sie willkürlich auswählte. Fast so, als mache sie es mit Absicht, dachte Vanessa empört. Aus purem Eigensinn.

Sie hatten den dichtesten Teil des Waldes hinter sich gelassen und näherten sich der Lichtung, die bei Tage einen weiten Blick auf das Tal und die dahinter liegenden Berge bot. Zu dieser späten Stunde aber war der Horizont unsichtbar. Man spürte nur plötzlich – nicht durch die normalen Sinnesorgane – den unermesslichen Raum. Und in der Dunkelheit war es möglich, sich vorzustellen, dass dieser Raum grenzenlos war, aus soviel Zeit und Leere bestand, dass ein Mensch bis in alle Ewigkeit fallen könnte.

»Schade, dass man den Mond nicht sieht«, sagte Marion. »Heute müsste Vollmond sein. Oder fast voll.« Ihre Hände umklammerten das kalte Eisengeländer am Aussichtspunkt. »Gestern war er fast voll.«

Sie dachte an John Walcott. An seine Malerei. Und auch daran, was Kaskusthan über das Gedächtnis gesagt hatte. Sie wünschte, sie hätte mehr Gelegenheit gehabt, sich mit ihm darüber zu unterhalten. Vielleicht klappt es morgen, dachte sie. Es schien ihr, als hätte sie noch sehr viele Fragen, aber jetzt, hier in der Dunkelheit, war sie nicht mehr sicher, was für Fragen das genau waren.

Sie sah zum Himmel hinauf. »Schau dir den Mond an!«

Während der kurzen Minuten, die sie dort gestanden hatten, war der Himmel ein wenig heller geworden. Die Dunkelheit schien sich zu bewegen, schwächer, dann wieder schwerer zu werden. Die Wolken zogen weiter, ein paar Sterne erschienen. Und der Mond zeigte sich, voll und golden, wie ihn keine der beiden Frauen je zuvor gesehen hatte. Er brannte wie eine langsame Sonne, erleuchtete die Wolken, die ständig, geschwind wie Gebirgswasser, über ihn hinwegzogen. Wie eine Goldmünze auf dem Grund eines trüben Flusses schimmerte der Mond, verdüsterte sich, brannte wieder. Es war ein Mond, nach dem man hätte fischen wollen, mit hochgekrempelten Ärmeln und eisigen Fingern zwischen den Kieseln, und das Wasser ließ das Mondlicht tanzen und täuschte das Auge.

Marion sah lange hinauf. Ihr Mond. Ihr Glückspfennig.

Was war es genau, worüber sich John und die anderen unterhalten hatten? Es ging darum, dass Erinnerungen uns gehören. Wie das Gehirn funktioniert, um das wahr zu machen. Der Hippocampus, so hatte ihn Professor Kaskusthan genannt. Seltsam, dachte sie, dass sie ihr Seepferdchen wieder gefunden hatte. Diesmal nicht in Watte gewickelt in der Schublade eines Klassenzimmers, sondern fest installiert in ihrem eigenen Kopf. Unbemerkt von ihr herumgetragen, wie dieser arme verlorene Fötus im Hirn ihrer Freundin Ann. Die gleiche Gestalt, auch mit dem winzigen Rückgrat, das sich gegen die Welt stemmt. Wie unbezähmbar, unglaublich vielfältig das Leben doch war! Wie voll gestopft mit Widersprüchen und Sackgassen! Einem Impuls folgend, wandte sie sich an Vanessa.

»Ich glaube …«, sagte sie, »… diese Reise … Weißt du, ich glaube, sie wird ein Erfolg.«

»Glaubst du das wirklich?«

»Ich habe lange Zeit gedacht, dass es nicht so recht klappen würde. Dass es ein Fehler war, hierher zu kommen.«

»Aber wir haben immer noch Zeit«, unterbrach sie Vanessa erfreut. »Ich bin so froh, dass du auch so denkst. Wir haben immer noch Zeit, für den Erfolg der Reise zu sorgen.

Wir können immer noch vieles entdecken. Wir waren noch nicht in Sunny Valley, wir haben den Traumfelsen noch nicht gefunden, und wir haben noch nicht richtig mit jemandem gesprochen, der Verbindungen zur Vergangenheit haben könnte.«

»Niemand möchte darüber reden«, sagte Marion. »Ihr Ashagiri ist nicht das gleiche wie meines. Niemand will von der Vergangenheit reden.«

»Wir haben einfach noch nicht die richtigen Leute gefunden«, beharrte Vanessa.

»Das will ich ja damit sagen. Dass es nicht darauf ankommt. Es ist schon gut so.«

»Aber wir haben es noch gar nicht richtig *versucht*.«

»Es ist schon gut«, wiederholte Marion sehr sanft.

»Ich kann es gar nicht fassen, dass du einfach … aufgeben willst.«

»Nein, Vanessa, ich meine etwas ganz anderes.«

»Für mich klingt es aber so. Können wir uns nicht wenigstens die Mühe machen und Sunny Valley aufsuchen? Ich meine, wenn wir schon diese lange Reise auf uns nehmen. Wenn wir nicht einmal dort hinfahren, weiß ich nicht, was das alles für einen Zweck hat. Ich weiß es wirklich nicht.«

»Es geht nicht um die Mühe.«

Vanessa holte tief Luft. Ihre ganze Wut auf Marion schien plötzlich an die Oberfläche zu kommen. Genau diese Trägheit, diese offenkundige Bereitschaft, sich von der beschissenen Strömung der Umstände treiben zu lassen, war es, was alle Geschehnisse im Leben ihrer Mutter bestimmt hatte. Am liebsten hätte sie mit den Fäusten auf den Körper ihrer Mutter eingetrommelt, wie sie es als Kind getan hatte.

»Also, worum geht es denn?«, sagte sie zornig. »Sag's mir doch. Eins ist sicher: Ich habe mich nicht hierher geschleppt, um in irgendeinem Garten herumzutrödeln und den ganzen Tag die Berge anzuschauen.«

»Warum denn sonst?«

»Darum geht es nicht«, entgegnete Vanessa schnell. »Das weißt du ganz genau. Du hast dieses Gespräch angefangen. Es geht um dich bei diesem Gespräch und bei dieser Reise.«

»Dann lass es doch um mich gehen!«

Vanessa schüttelte den Kopf. »Ich kann es nicht fassen. Ich kann es einfach nicht fassen.«

»Lass es gut sein, Vanessa. Wechseln wir das Thema.«

»Ich will nicht das Thema wechseln. Ich habe sogar meine Stelle gekündigt, um deinetwegen diese Reise zu machen.« Noch während sie sprach, wurde Vanessa bewusst, dass dies nur zum Teil stimmte. Aber sie wollte, dass es stimmte. Das Bedürfnis, ihrer Mutter die Schuld zu geben, kam mit plötzlicher Wut in ihr hoch.

»Begreifst du das nicht? Ich habe meinen verdammten Job aufgegeben!«

Marion seufzte. »Ich bin nun mal nicht die Mutter, die du dir ausgesucht hättest.«

»Was soll denn das wieder heißen? Natürlich bist du das. Und wer kann sich schon seine Mutter aussuchen?«

»Ich habe das hypothetisch gemeint, Vanessa.« Irgendetwas an der Art, wie ihre Mutter den Namen hinauszögerte, brachte sie auf. Wie sie die erste Silbe dehnte in der ihr eigenen Langmütigkeit. Die müde Duldsamkeit in ihrer Stimme. Als ob sie, Vanessa, die Uneinsichtige sei. Die schon immer uneinsichtig war. Ein schwieriges, unzufriedenes Kind, das überall aneckt, eine bockige Erwachsene, die immer noch lauthals ihre unmöglichen Forderungen stellt.

»Das ist doch jämmerlich«, sagte sie boshaft. »Richtig jämmerlich. Du bist …«

»Jämmerlich?«

Vanessa zögerte.

»Ich weiß, dass du mich für jämmerlich hältst«, sagte Marion schlicht. »Du brauchst es mir nicht zu sagen. Seit dem Augenblick, als wir hier ankamen, war es nicht zu übersehen.«

»Das ist unfair. Und auch nicht wahr.«

»Doch. Du hältst mich für jämmerlich. Ich kann dir auch sagen, warum ich nicht nach Sunny Valley fahren will. Es hat überhaupt nichts mit dem Ort zu tun. Es hat auch nichts damit zu tun, ob ich die Vergangenheit finde oder nicht finde.«

So hatte Vanessa ihre Mutter noch nie reden hören. Ganz ruhig und bedacht, als würde sie ihre Worte mit Sorgfalt wählen, statt sie wie üblich hervorsprudeln zu lassen.

»Ich halte dich nicht für jämmerlich. Das habe ich nie gesagt.«

Marion schien sie nicht zu hören. »Der Grund, warum ich nicht nach Sunny Valley fahren will, ist, weil ich nicht mit *dir* hinfahren will«, sagte sie ruhig. »Ich will nicht das Gefühl haben, nutzlos zu sein. Ich will nicht wie ein kleiner Hund sein, den man zum Spaziergang ausführt.«

»Und ich gebe dir dieses Gefühl?«

»Ja. Du gibst mir dieses Gefühl.«

»Wie kannst du so etwas sagen, wo ich mit dir hierher gekommen bin, alles organisiert habe, ertragen habe, dass ...«

»Ich habe dich nicht darum gebeten.«

»Nein, du bittest nie um etwas«, sagte Vanessa verbittert. »Du bittest nie.« Sie hielt inne. »Ich verstehe nicht, wie du solche Dinge sagen kannst. Ich verstehe dich überhaupt nicht.«

»Dafür gibt es einen Grund«, sagte Marion. »Der Grund,

weshalb du mich nicht verstehst, ist, dass ich nicht ich selbst bin, wenn du dabei bist.«

Vanessa wandte sich ab. »Du hast Recht«, sagte sie grausam, unfähig sich zu beherrschen. »Du bist tatsächlich nicht die Mutter, die ich mir ausgesucht hätte. Ich hätte eine bessere Wahl getroffen. Eine Mutter, die ganz anders ist. Einen ganz anderen Menschen.«

Schweigend gingen sie zum Glenside zurück, Vanessa ein paar Schritte voraus. Sie liefen schnell, und plötzlich kam es ihr erstaunlich vor, dass sie so zielstrebig ausschreiten konnte. Als trügen ihre Beine immer noch den Körper und nicht bloß den Umriss, die leere Hülle, die ihr Körper jetzt geworden war.

Die Worte ihrer Mutter waren so leichthin, so einfach ausgesprochen worden. Als sei die Mauer zwischen dem gesprochenen Wort und allem, was normalerweise ungesagt bleibt – jene große Mauer, die es den Menschen ermöglicht, daran zu glauben, dass die Art und Weise, wie sie sich der Welt präsentieren, die Art und Weise ist, wie die Welt sie auch sieht – als sei diese Mauer nichts als ein dünner Strich auf dem Boden, den man schnell überschreiten kann. Und warum auch nicht? Warum sollte es nicht einfach sein, etwas so Offenkundiges festzustellen? Nämlich, dass die Reise hierher nichts anderes war als wieder eine ihrer fruchtlosen Unternehmungen. Ihre Rolle selbst auferlegt, ihre Bemühungen unerwünscht.

Also alles zwecklos, auch hier! Die Angst, die sie nach Ashagiri geführt hatte, die Angst vor der inneren Leere, vor dem großen krebsartigen Vakuum tief in ihr, war also berechtigt. Ihre eigene Mutter hatte es ihr gesagt. Sie hatte die Decke in die Höhe gehoben, um es ihr zu zeigen: Ja, in dem dunklen Ort unter dem Bett liegt tatsächlich ein Ungeheuer. Du hast Recht, dass du es für wirklich hältst. Hier sind seine Augen und hier seine Klauen.

Sie schritt weiter, mit tränenlosen Augen, und wünschte, sie wäre zu Hause. Wünschte, sie wüsste, wo ihr Zuhause war.

DRITTER TEIL

Das Seepferdchen

Sie hätte vielleicht unten beim Frühstück sein können oder bei einem Morgenspaziergang im Garten, aber Vanessa wusste, dass beides nicht der Fall war. Ihre Mutter war fort. Sie sah Marions ungemachtes Bett, den Haken, an dem gewöhnlich ihre Jacke hing, und den leeren Platz auf dem Nachttischchen, wo immer ihre Brille lag, und wurde von dem Gefühl ergriffen, dass sie ganz allein war.

In der Nacht hatte sie sich elend gefühlt; jetzt wurde sie von Reue überwältigt. Vanessa rief sich ins Gedächtnis zurück, was sie als Letztes zu ihrer Mutter gesagt hatte. Wörter haben die schreckliche Gewohnheit, uns zu verfolgen, dachte sie. Man spricht sie zu einer bestimmten Zeit und an einem bestimmten Ort aus und stellt sich vor, dass sie dort bleiben, auf ewig ihrem Zusammenhang verhaftet. Sie breiten sich aus wie ein Giftstoff im Wasser, der alles verpestet. Marion musste sehr früh aufgestanden sein, dachte sie verzagt. Vielleicht schon vor der Morgendämmerung. Wahrscheinlich hatte sie die Kleider vom Stuhl am Bettende mit ins Bad genommen und sich dort im Dunkeln angezogen. War der Plan schon in der Nacht entstanden, oder hatte sie den Entschluss am Morgen gefasst? Kam das Verlangen, anderswo zu sein, beim Erwachen? Einige Sekunden lang hatte sie wohl mit offenen Augen dagelegen und sich überlegt, wie sie ihre Flucht am besten anstellen sollte. Dann das vorsichtige Aufstehen, das Tasten nach der Handtasche, das leise Klicken der Tür, die sie hinter sich schloss.

Vanessa zog sich schnell an. Die Gewissheit, dass sie ganz

allein war, ließ alles in einem anderen Licht erscheinen. Irgendwie schäbiger, zusammenhanglos. Als hätte ihre Mutter mit ihrer Handtasche und ihrem Mantel noch etwas anderes mitgenommen: Vanessas Zielbewusstsein, ihre Rechtfertigung. Vanessa beschloss, hinunterzugehen und im Garten und im Speisesaal nachzusehen. Und wenn sie ihre Mutter dort nicht fand, würde sie sich hinsetzen und etwas essen und überlegen, wo Marion sein könnte. Sie würde es sich auf keinen Fall erlauben, unruhig zu werden. Die Vorstellung, dass sich ihre Mutter verlaufen habe oder verletzt oder tot am Fuße einer Felswand liege, würde sie gar nicht erst aufkommen lassen. Sie war einfach zu irgendeinem kleinen Ausflug losgezogen. Sie würde schon wieder zurückkommen.

Vanessa empfand die eigene Verärgerung als erleichternd. Auszureißen, das stand doch eigentlich nur Kindern zu! Nicht einmal hier war ihre Mutter imstande, den Erwartungen zu entsprechen. Es war noch früh, und der Speisesaal war fast leer. Nur Dorothy Nichols und Greg saßen schon da, an verschiedenen Tischen. Dorothy sah kurz auf, als Vanessa eintrat, und vertiefte sich grußlos wieder in ihr Buch. Offenbar fühlte sie sich genötigt, ihre Missachtung bei jeder sich bietenden Gelegenheit zu demonstrieren, und, damit es kein Missverständnis gab, anderen die selbstverständlichste Höflichkeit vorzuenthalten. Als ob andere für die Meinungen dieser Frau auch nur das geringste Interesse hegten!, dachte Vanessa wütend. Mit einer halbherzigen Geste hob Greg die Hand zum Gruß, und Vanessa dachte kurz daran, ihn zu fragen, ob er ihre Mutter gesehen habe. Aber die Frage würde den Eindruck erwecken, dass sie sie suchte, und daran wollte Vanessa gar nicht denken. Noch nicht. Aber immerhin, vielleicht *hatte* er sie gesehen und würde das im Verlauf eines gewöhnlichen Gesprächs erwähnen. Sie trat an seinen Tisch.

»Darf ich mich zu Ihnen setzen?«

Er deutete auf den leeren Platz. »Ja. Wenn Sie möchten. Eigentlich bin ich gleich fertig.

»Sie sind früh auf.«

»Für mich ist es nicht früh. Ich wache immer um sechs Uhr auf. Ich kann nicht den ganzen Tag im Bett herumliegen.«

»Wo ist Tish?«

»Tish isst kein Frühstück«, sagte Greg kategorisch.

»Ich wollte Sie fragen, ob Sie meine Mutter gesehen haben«, sagte Vanessa unwillkürlich.

»Wieso? Hat sie sich auf und davon gemacht?«

»Ich weiß nicht so recht. Ich kann mir schon denken, wo sie wahrscheinlich ist; ich wollte nur wissen, ob Sie sie zufällig weggehen sahen.«

Greg lutschte an den obersten Haaren seines Ziegenbärtchens. »Nö. Sie muss sich rausgeschlichen haben, bevor ich herunterkam. Aber vielleicht hat die Böse Hexe der Westlichen Welt sie gesehen.«

»Wer? Dorothy?«

»Ja, sie könnte sie gesehen haben. Sie saß schon hier, als ich hereinkam.«

»Warum nennen Sie sie so?«

Er zuckte die Achseln. »Die Frau ist zum Fürchten. Immer, wenn ich aufschaue, sehe ich, wie sie Tish auf diese unheimliche Weise anstarrt.«

»Wahrscheinlich macht sie sich bloß Sorgen. Tish wirkt schon ein wenig … leidend.«

»Hören Sie zu, ich kümmere mich um Tish. Vielleicht sieht es nicht danach aus, aber ich kümmere mich schon.«

»Natürlich. Natürlich, das weiß ich schon.«

»Hoffentlich finden Sie Ihre Mutter«, sagte Greg, jetzt wieder freundlicher. »Eine tolle Frau, Ihre Mutter! Sie ist richtig lieb zu Tish. Hat sie auf ganz andere Gedanken gebracht. Es hat ihr ... gut getan.« Er wechselte schnell das Thema. »Sie hat sämtliche Taschen in meinem Rucksack mit ihren Glasperlen voll gestopft. Wie eine verdammte Kinderrassel laufe ich herum!«

»Meinen Sie nicht, Sie sollten Tish vielleicht nach Hause bringen?«, sagte Vanessa mit sanfter Stimme.

»Wir haben zwei Jahre lang darauf gespart, um hierher zu kommen. Tish wird das schon packen.« Er schob seinen Stuhl zurück und stand auf. »Wir sehen uns noch.«

Nachdem er fort war, begann Vanessa zu überlegen, wo ihre Mutter sein könnte. Oben auf ihrer Liste stand die Vermutung, dass sie einfach wieder einkaufen war. Vielleicht bei Avari oder in einem anderen der vielen Andenkenläden der Stadt. Sie nahm sich eine Tasse Tee und zwang sich, ihn langsam zu trinken, als sei dies ein ganz gewöhnlicher Morgen. Aber etwas zu essen ging über ihre Kräfte. Sie spielte mit einer Scheibe Toast, starrte die gegenüberliegende Wand an und fragte sich, warum sie immer noch dasaß. Während sie so tat, als sei alles normal, verging die Zeit. Eine halbe Stunde schon, seit sie aufgewacht war und entdeckt hatte, dass ihre Mutter fort war! Sie sah auf die Uhr. Fast vierzig Minuten sogar. Panik regte sich in ihr. Sie kämpfte dagegen an und bemühte sich, klar zu denken.

Also zu Avari. Dort wollte sie als Erstes suchen. Sie wollte nicht darüber nachdenken, was sie tun würde, wenn ihre Mutter nicht dort wäre. Sie würde einfach hingehen.

Im Laden war es ruhig. Avari sah zu ihr auf, als sie in der Tür stand und das Ladeninnere absuchte, in der schwachen

Hoffnung, Marion könnte hinter einem der Teppichstapel auftauchen. Er lächelte und bedeutete ihr einzutreten. »Die Tochter meiner Lieblingskundin!«, rief er aus. »Bitte, setzen Sie sich, trinken Sie einen Tee ... Sie sind hier immer willkommen.«

»Das geht nicht. War meine Mutter heute schon hier?«

Er schüttelte den Kopf. »Es ist noch früh. Noch keine Kunden.«

»Sind Sie sicher?«

»Natürlich. Ich kenne Ihre Mutter. Wir haben schon viele schöne Gespräche geführt.«

»Nun, entschuldigen Sie die Störung«, sagte Vanessa und wandte sich zum Gehen.

»Meine Lieblingskundin«, rief ihr Avari nach. »Sagen Sie ihr bitte einen schönen Gruß von mir!«

Vanessa setzte ihre Suche fort. Ashagiri bestand aus Schichten, wie eine Hochzeitstorte. Ganz oben, als krönende Verzierung, stand das Glenside, über dem nur der Hügel und der Aussichtspunkt lagen. Nur ein wenig weiter unten, aber noch zur obersten Schicht gehörig, standen die meisten Wahrzeichen des alten Ashagiri, der Stadt der englischen Kolonialzeit. Die anglikanische Kirche, das verlassene Grand Hotel, die kleinen Häuser mit ihren Art-déco-Balkonen, der Fountain Square, Kleins Restaurant und die anderen etwas vornehmeren Speiselokale. Auf dem Weg hinunter gelangte man in die mittlere Schicht Ashagiris, die Geschäftszone. Drei große Banken, ein Postamt, ein Kino, viele Läden mit mäßigen Preisen, in denen Schuhe, Lebensmittel, Eisenwaren und Stoffe angeboten wurden. Weiter unten wucherte der größte Stadtteil, mit dem Markt, dem Busbahnhof und endlosen heruntergekommenen Bauten, in denen die Mehrheit der Einwohner Ashagiris lebte.

Wenn man vom obersten Teil der Stadt zum untersten ging, kam man allmählich von der Stille in den Bereich des aufgeregten Lärms. Von leeren Plätzen mit Bäumen und Bergblick gelangte man in voll gestopfte, wimmelnde Straßen von planloser Zufälligkeit, in eine wilde Mischung von Farben, erregter Gestik, gebrochenen Schatten, von Rufen und staubigen Füßen, wirbelnden Fetzen und halb erahnten Dingen. Vanessa brauchte mehrere Stunden für den Weg.

Der Vormittag war schon vorbei, als sie sich auf dem Markt wiederfand, mit einem Korb gackernder Hühner zu ihren Füßen und ohne klare Vorstellung, welche Richtung sie als Nächstes einschlagen sollte.

Zweimal war sie schon am Aussichtspunkt und auf dem Fountain Square gewesen, war langsam gegangen und hatte im Vorübergehen durch die Fenster in die Läden gespäht. Dann hinunter zum Club, durch den Innenhof und zur düsteren Rezeption. Der Speisesaal und der Salon waren beide leer gewesen. Als Nächstes zu Klein. Schon an der Tür, während einer der Kellner herbeieilte, um sie an einen Tisch zu führen, hatte sie sich enttäuscht wieder umgedreht. In allen Banken war sie gewesen, im Postamt und sogar im Naturkundemuseum, obwohl sie kaum Hoffnung hatte, ihre Mutter dort zu finden. Die Ausstellungsstücke wirkten beim zweiten Besuch noch erbärmlicher, und während sie durch das Gebäude eilte, fühlte sie sich von deren Überflüssigkeit besudelt.

Einsamkeit überkam sie nun. Sie suchte die Stoffläden auf, in denen Rollen mit glänzendem Nylon und Tüll gestapelt waren, überquerte immer wieder die Straße, unternahm kleine Abstecher in Gässchen und schwach beleuchtete Restaurants. Nach mehr als einer Stunde war ihr klar, dass sie ihre Mutter an keinem der vermuteten Orte finden würde.

Sie war schon überall gewesen. Jetzt konnte sie nur noch hoffen, dass sie ihr zufällig auf der Straße begegnete.

Sie ging weiter bergab.

Vanessa war schon früher in der unteren Stadt gewesen, aber nie allein und nie mit dem Gefühl der Verwundbarkeit, das sie jetzt überkam. Heute schien es ihr, als sei jeder Ruf, jeder Stoß aus der Menge, jeder wild flatternde Fetzen in ihrem Blickfeld ein neuerlicher Schlag, der an ihrer Selbstbeherrschung rüttelte. Ein Straßenhändler rasselte mit einer Kette vor ihrem Gesicht. Pfiffe ertönten. Die Hühner zeterten und flatterten, kleine weiße Federn flogen durch das Gestänge ihres Weidenkäfigs. Rotes Pulver bedeckte ihre rechte Hand, nachdem sie sich an einer Backsteinmauer abgestützt hatte. Sie wischte sie an der Hose ab und fühlte sich völlig desorientiert. Die Mittagszeit war schon vorbei. Es war bereits Nachmittag.

Sie erreichte den Rand des Marktes und schlug eine schmale Gasse ein, die zu einer Ansammlung von Holzhäusern, eine halbe Meile weiter unten, führte. Der Weg war sehr steil und eng und voller Leben. Wäsche hing an Leinen, und Kinder in Zweierreihen mit schmutzigen Schleifen im Haar riefen »Hallo, hallo!«, mit grellen, aufgeregten Stimmen. Männer saßen am Straßenrand beisammen und spielten auf großen polierten Holzbrettern Karom, wobei sie gehämmerte Kronkorken als Spielmarken verwendeten. Im dichten Gebüsch, das zwischen den Häusern hervorwucherte, leuchteten ab und zu die gelben, teilnahmslosen Augen von Ziegen auf, die nach etwas Essbarem suchten.

Alles, die Häuser, die Frauen, die verschiedenen Haustiere, die Schulkinder, die bunten Baumwollfahnen eines kleinen Tempels, die Büschel der Prunkwinde, der Schmutz, die trocknende Wäsche, Rinnsale, die die Gosse hinunterliefen, die kleinen Bächlein neben dem Weg, die Steine, die wackligen, mit Ocker und zerstoßenen Blütenblättern eingefärbten Altäre, die metallenen Spielmarken, die über die Karom-Bretter flitzten, die Spielbretter selbst, alles stürzte in einer großen unbezähmbaren Welle aus Dreck und Lärm und Bewegung den Hang hinunter, und Vanessa wurde mitgerissen, hilflos und verängstigt, ohne Willen und ohne Ziel.

Ihre Mutter war nicht hier. Vanessa wusste nicht mehr, was sie tat oder wohin sie ging. Sie setzte sich auf eine niedrige Mauer am Wegrand und bedeckte ihr Gesicht mit den Händen. Sie war es, die mit ihrer Grausamkeit an diesem ganzen Unglück schuld war. Weil sie ihre Mutter glücklich machen wollte, hatte sie alles nur noch verschlimmert. Und jetzt saß sie irgendwo an einem Berghang, weit weg von allem, ohne jeden Plan. Ausgelaugt, von Schuldgefühlen zermürbt. Aus dem Trubel um sie herum hörte sie Schweine grunzen. Ein leises, ekliges Geräusch, das ihre Reue verstärkte und in Selbsthass verwandelte. Was sollte sie tun, wenn sie ihre Mutter nicht fand? Wie könnte sie das jemals erklären? Sie sah sich wieder im Polizeirevier bei der Berichterstattung. Diesmal kein gestohlener Anorak, sondern eine vermisste Angehörige. Der Polizeichef würde wieder auf einem Bericht bestehen, ihr über die Schulter schauen und ihre Formulierungen kritisieren. »Ich glaube nicht, dass ›vermisst‹ ganz das richtige Wort ist«, würde er sagen, »ich glaube, ›vertrieben‹ trifft eher den Sachverhalt.« Und dann würde er sämtliche Papiere in seiner Sichtweite abstempeln, mit diesen kleinen Gummistempeln auf seinem Schreibtisch, und sie würde allein nach England zurückkehren müssen. Mit zwei Reisekoffern.

Jemand berührte ganz sanft ihre Schulter. Sie sah hoch.

»Prasad! Was machen Sie denn hier?«

Er lächelte schüchtern und zeigte auf die Häuser, die weiter unten am Hang lagen. »Ich wohne hier«, sagte er einfach. Er wartete. »Suchen Sie jemand?«

»Meine Mutter«, sagte Vanessa, dem Weinen nahe. »Ich suche meine Mutter.«

Er trug seine Clubuniform; die Nehru-Jacke aus dunkelgrünem Filz war ordnungsgemäß zugeknöpft, die Kappe saß korrekt auf dem Kopf. Er war wohl auf dem Weg zur Arbeit, dachte sie. Sie hatten sich oft darüber amüsiert, dass Prasad alles wusste. Dass man ihn alles fragen konnte und immer die richtige Antwort bekam. Es war kindisch, zu glauben, dass das tatsächlich stimmte, aber sie war zu erschöpft und zu unglücklich, sich deswegen zu genieren. »Haben Sie sie zufällig irgendwo gesehen?«, fragte sie.

Sein Gesicht hellte sich auf. »Heute früh!«, sagte er. »Ich sah sie heute früh.« Er deutete hinauf zum oberen Teil der Stadt. »Wie sie in einen Jeep einstieg. Mit einem Herrn.«

»Mit einem Mann?«

»Ja. Er trug eine Jacke. Eine rote Jacke.« Er zögerte, als suche er nach dem richtigen Wort. »Nicht rot … etwas heller, wie diese Blume …« Er zeigte auf eine Cosmeenstaude neben der Mauer. »Eine Jacke in dieser Farbe.«

»Rosa?«

Er nickte. »Heute Morgen. Sehr früh.«

Bharani, dachte Vanessa. Es musste Bharani sein. Nur in ihm fand die Herrenmode einen solchen Enthusiasten.

Dass sich Marion mit Bharani aus dem Staub gemacht hatte, ließ für Vanessa die Sache noch rätselhafter werden, aber gleichzeitig fühlte sie sich beruhigt. Bharani konnte man vieles nachsagen, aber bestimmt keine bösen Absichten. Mit neuer Energie ging sie wieder den Berg hinauf. Wohin bloß könnten die beiden gefahren sein? Offenkundig an einen Ort, den man nur mit einem Jeep erreichen konnte. Allmählich kam Vanessa ein Verdacht. Sie gelangte an den Taxistand, blieb stehen und fasste einen Entschluss. Wenn sie richtig geraten hatte, machte es keinen Sinn, zum Glenside zurückzukehren. Ihre Mutter konnte unmöglich jetzt schon wieder da sein. Sie ging auf eines der Taxis zu.

»Was kostet die Fahrt nach Sunny Valley?«, fragte sie.

»Einhundert Rupien«, erwiderte der Fahrer tollkühn.

»Okay, ist egal.«

In einer Wolke aus Staub und Steinchen brauste er los. Eine Hand lag auf dem Lenkrad, die andere hing aus dem offenen Fenster, die Finger trommelten unbekümmert gegen die Außenseite der Tür. »Zwanzig Kilometer«, sagte er, als wollte er den unverschämten Preis rechtfertigen. »Weit weg.«

»Ja«, sagte Vanessa gleichgültig. »Weit weg.« Sie drückte den Kopf gegen die Lehne und heftete die Augen auf einen kleinen grüngelben Elefanten, der am Rückspiegel hing und hin und her schaukelte, während der Wagen dahinraste. Er hat einen selbstgefälligen Blick, dachte sie. Winzige glitzernde Plastikaugen, den Rüssel zu einem süffisanten Grinsen hochgerollt. Warum bloß Bharani?, wunderte sie sich. Warum in aller Welt ausgerechnet Bharani?

Ohne weitere Kommentare des Fahrers ratterte der Jeep dahin. Sie fuhren durch zwei kleine Städte und bogen dann in eine unmarkierte Straße ein, mit niedrigen Sträuchern zu beiden Seiten. Vanessa setzte sich auf und sah aufmerksam aus dem Fenster. Sie fuhren durch eine Teeplantage.

Er war wunderschön, dieser Ort, an dem ihre Mutter auf die Welt gekommen war. Er sah aus wie ein Garten. Die Teesträucher, die sich über den sanft abfallenden Hang ausbreiteten, waren ein wenig feucht, und im schwachen Dunst schimmerte ein silbriger Glanz auf ihren dunklen Blättern. Jeder Strauch war niedrig und rund und schön dicht. Bäume säumten die Hügel am Horizont und wuchsen vereinzelt zwischen den Teepflanzen, wo sie, da der Ansatz ihrer Stämme unsichtbar war, über den Sträuchern zu schweben schienen.

In mittlerer Entfernung war eine kleine Gruppe von Arbeiterinnen damit beschäftigt, die Blätter zu pflücken und in riesige Buckelkörbe zu werfen, die sie am Rücken festgegurtet hatten. Jede Frau hatte an ihrem Korb einen aufgespannten Schirm befestigt, der sie gegen Regen und Sonne schützte. Alles in diesem Bild war rundlich. Die Bögen der Schirme, die Sträucher, die sanften, rollenden Hügel, der gewundene Pfad, der die Hänge leicht ansteigend durchzog.

Das Taxi holperte den abschüssigen Weg hinunter, Steine polterten gegen das Fahrgestell, die Gänge knirschten. »Straße nicht gut!«, verkündete der Fahrer fröhlich. »Alt. Kein Asphalt.« Ohne zu antworten sah Vanessa hinaus und versuchte, ihren Kopf vor einem Anprall gegen die Decke zu schützen. Vom Jeep ihrer Mutter war nichts zu sehen. Sie war sich so sicher gewesen, dass die Plantage Marions Ziel war.

Vor einigen Gebäuden am Grund eines kleinen Tales hielten sie schließlich an. Ein paar niedrige Schuppen umgaben ein größeres Gebäude, die eigentliche Teefabrik. »Hundert Rupien«, sagte der Fahrer.

Vanessa blieb diesmal hart. »Das gilt für Hin und Zurück«, sagte sie. »Und es ist der reinste Nepp.«

»Es ist der übliche Preis, Madam«, sagte der Fahrer herausfordernd.

»Bleiben Sie hier. Ich zahle, wenn ich wiederkomme.«

Auf dem Schild an der Tür des nächst gelegenen Gebäudes stand »Manager's Office«. Ohne zu zögern stieß sie die Tür auf und trat ein. Ihre Mutter, Bharani und zwei andere Männer saßen gemeinsam um einen wackligen Tisch. Darauf standen vier oder fünf kleine Teekannen und ein paar Tassen, halb voll mit dunkler Flüssigkeit. Einer der Männer hatte den Kopf nach hinten geneigt und machte ein leises, gurgelndes Geräusch. Der zweite hielt mit beiden Händen eine Tasse fest und schnupperte hingebungsvoll an ihrem Inhalt. Marion, die eben noch gelacht hatte, verstummte abrupt, als Vanessa eintrat. Alle vier wandten sich nach ihr um und sahen sie an.

Ein großes Teeblatt klebte an Bharanis Nasenspitze.

Marion hatte Mr. Bharucha und Mr. Karanth sofort sympathisch gefunden. Die beiden stellvertretenden Geschäftsleiter der Teeplantage ergänzten sich hervorragend. Mr. Karanth war groß und lustig. Er lachte viel und wollte die Besichtigung der Fabrik schnell abwickeln, damit sie sich in seine Privatwohnung begeben könnten, wo er einen Vorrat an Teelikör aufbewahrte. Mr. Bharucha andererseits war klein und äußerst gewissenhaft. Er bestand darauf, dass sich die Besucher jede Einzelheit genau anschauten. Er war entschlossen, ihnen alles über Teeanbau und -produktion auf der Plantage Sunny Valley beizubringen. Als ihnen Mr. Karanth erzählte, dass einhundert Kilogramm frisch geernteter Blätter getrocknet auf lediglich dreißig Kilogramm schrumpften, beeilte sich Mr. Bharucha, ihn zu korrigieren. »Tatsächlich sind es neunundzwanzig Kilogramm«, sagte er, und er bestand darauf, dass Marion die Zahl auf einen Zettel schrieb, den er ihr zu diesem Zweck gegeben hatte.

»Während des Fermentierens«, sagte Mr. Karanth mit einer lässigen Geste, »muss eine Raumtemperatur von siebzig Grad eingehalten werden.«

»Genau genommen ist die ideale Temperatur einundsiebzig Grad«, korrigierte ihn Bharucha. »Und sie muss jederzeit vollkommen konstant bleiben.«

Dieses ganze Gerede von Fakten und Zahlen ließ Bharanis Augen etwas glasig werden. Er war es nicht gewöhnt, so lange pausenlos auf den Beinen zu sein. Karanths Erwähnung des Teelikörs hatte ihn für kurze Zeit optimistisch gestimmt, aber als er merkte, dass der Drink auf sich warten ließ, schienen seine Knie ein wenig weich zu werden. Aber er war kein Spielverderber, dachte sich Marion. Ein gutmütiger Mensch.

Sie hatte nicht geplant, allein nach Sunny Valley zu fahren. Es hatte sich einfach ergeben. Sie war vor der Morgendämmerung aufgewacht mit nichts anderem im Sinn als dem starken Wunsch, allein zu sein. Eine Zeit lang war sie im Garten umherspaziert, und dann, als sie durch das leere Vestibül ging, fiel ihr Blick auf eine der Fotografien an der Wand. Frauen saßen in einer Reihe auf dem Boden, vor sich gefüllte Körbe und im Hintergrund Teesträucher und lange, niedrige Dächer. Das Bild zeigte nicht Sunny Valley, sondern eine andere Plantage, deren Namen sie nicht kannte. Erst in diesem Moment war ihr der Gedanke gekommen, diesen Ausflug zu unternehmen. Zum Teil war es der Wunsch, den viel diskutierten Besuch endlich hinter sich zu bringen, zum Teil das Bedürfnis, ihrer Tochter zu zeigen, dass sie trotz allem selbstständig zu handeln vermochte. Der Hauptgrund aber war eine Sehnsucht, die sie beim Anblick dieser lächelnden Frauen überkam. Ein plötzliches Verlangen, an den Ort zurückzukehren, wo sie angefangen hatte.

Die Menschen lieben die Vorstellung, dass ihre Existenz im Kreis verläuft, dachte sie. Dass der Anfang dem Ende begegnet, dass Reisen immer zum Ausgangspunkt zurückführen. Sie wollen das Leben als Kreislauf sehen, in dem sich jeder Verlust durch die mathematische Endlosigkeit, die Infinitesimalvorstellung, erklären lässt. Irgendwo hatte sie gelesen, dass der Instinkt, der neugeborene Babys veranlasst, Wurzeln zu suchen – wenn sie beim Berühren ihrer Wange den Kopf drehen und blind zu saugen beginnen –, dass dieser Instinkt im Greisenalter wiederkehrt. Alles andere ist verschwunden, nur dieser erste, letzte, primitive Impuls bleibt. Eine Art Heimkehr. In solchen zufälligen Launen der Natur kann der Mensch Muster erkennen und Trost finden. Es hatte natürlich nichts zu bedeuten, dachte sie. Das Leben vollzog sich nicht im Kreis, es ging einfach weiter. Aber trotzdem sollte man sich ein paar sentimentale Eskapaden gönnen. Es war nicht zu viel verlangt. Mit einem Ruck wandte sie sich von dem Foto ab, ihr Entschluss war gefasst. Vor dem Hoteleingang traf sie Bharani. Er sah leidend aus. Er habe schlecht geschlafen, sagte er. Sich die ganze Nacht im Bett hin und her gewälzt. Seine Verdauungsbeschwerden. Das liege bei ihm in der Familie, sagte er. Die ganze Verwandtschaft leide daran.

»Aber wo gehen Sie jetzt hin?«, fragte er. »Sie können nicht allein gehen.«

»Mir wird schon nichts passieren, Bharani. Zum Abendessen bin ich wieder da.«

Besorgt trottete er neben ihr her. »Sie brauchen jemand, der mit dem Taxifahrer verhandelt. Diese Männer sind die reinsten Wölfe. Sie sind ganz und gar erbarmungslos.«

»Mir wird schon nichts passieren.«

Aber er wollte ihr unbedingt helfen und lächelte sie trotz seiner Magen-Darm-Beschwerden strahlend an. Er ließ nicht locker. »Ich kann hervorragend feilschen«, beteuerte er. »Ich werde für Sie einen guten Preis aushandeln. Und wir werden viel Tee trinken. Es wird meinen Beschwerden gut tun. Tee hat eine hervorragende heilende Wirkung.«

»Sind Sie ganz sicher, Bharani? Es ist eine lange Fahrt. Wir würden fast den ganzen Tag fort sein …«

Aber er eilte schon ins Hotel zurück. »Ich bin in Nullkommanix wieder da«, rief er ihr fröhlich zu. »Ich muss nur noch meine Jacke holen …«

Mr. Karanth und Mr. Bharucha waren offensichtlich hoch erfreut, sie zu sehen. Besonders als sie erfuhren, dass Marion hier geboren war. Sie berichteten, dass die alten Wohnhäuser auf der Plantage vor längerer Zeit abgerissen und neue gebaut worden waren. »Es gab ein Problem mit dem Boden. Die Fundamente kamen ins Rutschen«, sagte Bharucha entschuldigend. »Die neuen sind nicht mehr so wie früher. Nicht so vornehm.«

»Jetzt sind es Junggesellen-Bungalows«, ergänzte Karanth mit schelmischem Lächeln.

Aber die Teefabrik selbst war genau dieselbe wie zu der Zeit, als ihr Vater Produktionsleiter war. Dieselben Steinböden, auf denen die Teeblätter aufgehäuft waren, dieselben summenden Maschinen. Die Maschinen hatten ohne Unterbrechung seit über hundert Jahren ihren Dienst versehen; sie wurden von Transmissionsriemen und schweren Zahnrädern angetrieben, die gleichmäßig und wunderbar leicht liefen.

»Damals wusste man noch, wie man Maschinen baut«, sagte Mr. Karanth zärtlich. Ihre Namen waren in das silbrige Metall eingeprägt. Maguire Patent Packer, Britannia Balanced Pukka Tea Sorter – die Hersteller waren inzwischen in Vergessenheit geraten, ihre Produkte hatten sie überlebt.

Der Weg vom rohen Teeblatt zum Frühstückstisch war eine komplizierte und bezaubernde Reise. Nur der jüngste Teil des Strauchs wurde geerntet – zwei Blätter und eine Blüte, die zwischen Finger und Daumen gepflückt und zum Ausdörren in lange Holztröge gelegt wurden. »Diese Tröge sind sechs Fuß lang, und der Tee darf nicht höher als vier Zoll darin geschichtet werden«, sagte Bharucha ehrfürchtig, während sie die langen Streifen betrachteten, die wie kostbare Stoffbahnen im oberen Stock der Fabrik ausgebreitet waren.

Der gedörrte Tee wurde gerollt und dann zum Fermentieren auf Marmorplatten ausgelegt. Ein langes Förderband brachte ihn zur Trockenanlage; dann wurde er sortiert. Auf die Sortiermaschine war Mr. Karanth besonders stolz. »Sehen Sie diese Rutsche? Wir legen den Tee hier herein, und er wird von diesem Fächer erfasst. Die leichteren Partikel werden nach hinten geblasen. Die größeren Teile bleiben vorn.« Er streichelte das Metall. »Es gibt zwölf verschiedene Bahnen, die der Tee nehmen kann, je nach Größe und Gewicht. Sehen Sie, hier kommt er wieder heraus.« Er machte eine der zwölf kleinen Schubläden am Fuß der Sortiermaschine auf, um ihnen den darin aufgehäuften Tee zu zeigen. »Der Tee in den ersten drei Schubladen entspricht unserer höchsten Qualitätsstufe. Der Inhalt der letzten drei Schubladen wird weggeworfen, um die Qualität unserer Ware zu schützen.«

»Und dann kommt die Verpackung«, sagte Bharucha. »Die Teekisten müssen etwas geschüttelt werden, damit wir möglichst wenig Platz verschwenden. Auf jede stempeln wir das Datum und die Güteklasse. Täglich verlassen siebzig Kisten diese Fabrik. Siebzig!«

Marion dachte, sie sei selten an so einem angenehmen Ort gewesen. In der ganzen Fabrik gab es nichts Schmutziges und nichts Künstliches. Nur helles Holz, silbriges Metall und Haufen von dunklen Teeblättern. Während der Besichtigung war die Sonne herausgekommen und strömte jetzt durch die Fenster herein. Sie warf goldenes Licht auf die Teeschippen, das verblasste Sackleinen, die abgelegten Buckelkörbe und die sauber gefegten Böden. Sie schien auf den dunkelbraunen Tee und ließ ihn rostrot aufglühen wie Strähnchen im Haar. Sie schien auf Mr. Bharuchas Gesicht, während er den Mechanismus weiterer Maschinen erklärte. »Diese hier hat einen sechsunddreißig Zoll Kolbenmotor«, sagte er gewichtig. »Diese hier hat einen sechsundvierzig Zoll Kolbenmotor.« Der ganze Bau war durchdrungen vom schweren Duft des Tees, warm und staubig und süß; und die Sonne schien diesen Duft zu verstärken und ihm eine noch größere Fülle zu verleihen.

Neben ihr trat Bharani erschöpft von einem Fuß auf den anderen. »Wird es eine Verkostung geben?«, fragte er weinerlich. Aber Bharucha hetzte sie weiter zum Heizkessel. »Sie müssen nahe hingehen«, befahl er und steuerte Marion auf das Feuerloch zu. »Sehr viel Kohle wird benötigt, um ihn in Gang zu halten. Die ganz genauen Zahlen habe ich jetzt nicht parat. Aber es ist eine sehr große Menge.«

Karanth war fest entschlossen, jemanden auf der Plantage zu finden, der Marions Vater noch erlebt hatte. Auf der anderen Seite des Heizkessels bemerkte er einen alten Mann. Er sprach kein Englisch und wirkte etwas verwirrt, als Karanth ihn mit Fragen bombardierte, aber er nickte.

»Temple«, sagte er unsicher und nickte immer noch. »Mr. Temple.«

»Fragen Sie ihn, wie alt er ist.«

»Er sagt, er ist sechzig.«

»Er ist zu jung«, sagte Marion. »Er kann sich unmöglich an ihn erinnern.«

»Darauf dürfen Sie nichts geben«, sagte Karanth etwas verächtlich. »Diese Leute wissen nicht, wie alt sie sind. Sie werden nie alt. Sie bleiben sechzig Jahre alt, bis sie sterben.« Er lachte. »Es ist ein Wunder!«

»Wird es eine Verkostung geben?«, fragte Bharani wieder,

diesmal lauter als zuvor. Sie sahen ihn an. »Wissen Sie, die Zeit ist wie im Flug vergangen«, sagte er. »Ich bin ganz sicher, dass es schon Mittagessenszeit ist …«

Teeproben sind eine Kunst – wie Weinproben – und die beiden stellvertretenden Produktionsleiter waren stolz auf ihr Können. Sie holten zwei zusätzliche Stühle aus dem Büro des Geschäftsleiters und stellten ein gutes Dutzend Kannen verschiedener Qualitätsstufen auf ein Tablett. Diese Verkostung – was für eine fröhliche Angelegenheit!, dachte Marion. Und geräuschvoll obendrein. Zuerst mussten sie den trockenen Tee beschnuppern, dann wieder daran riechen, nachdem er mit Wasser übergossen worden war, und die ganze Zeit auf die helle Farbe der Flüssigkeit achten, die ein sicheres Qualitätsmerkmal war.

»So nicht!«, rief Karanth, als er Marion zögernd schnuppern sah. Er hielt seine Nase tief über den Tisch und schnaubte laut. »Man muss das volle Aroma aufnehmen. Gründlich absorbieren!«

Nach dem Schnuppern kam das Nippen. Eine Kakophonie des Gurgelns. Karanth und Bharucha behielten die Flüssigkeit im Mund und veranstalteten damit ein Pfeifkonzert. Sie spitzten die Lippen und schlürften den Tee. Sie ließen ihn hinten im Rachen gluckern. Dann spuckten sie ihn mit lautem anerkennendem Zischen aus und steckten wieder die Nasen in die feuchten Blätter, um das verbliebene Aroma erneut einzuatmen.

»Jetzt sind Sie an der Reihe«, befahl Bharucha und reichte Bharani eine Tasse.

Er blinzelte nervös.

»Es schmeckt doch alles so köstlich …«

»Komm schon, Bharani!«, sagte Marion. »Gurgeln Sie! Es wird Ihrem Magen gut tun.«

Da bist du also!«, rief Vanessa wütend aus. »Ich suche dich schon den ganzen Vormittag!«

»Oh Vanessa, du bist die ganze lange Strecke hierher gefahren …« Marion spürte Reue, als ihr bewusst wurde, dass sie den ganzen Tag kein einziges Mal an ihre Tochter gedacht hatte. »Du hättest nicht zu kommen brauchen. Wir wollten sowieso bald aufbrechen.«

»Du hättest doch eine Nachricht hinterlassen können.«

»Habe ich das nicht getan? Ich hatte es vor …«

»Ich hatte keine Ahnung, wo du bist.« Vanessa wusste, dass sie mürrisch klang, und das machte sie nur noch zorniger. »Du kannst dich doch nicht einfach in der Landschaft herumtreiben, ohne Bescheid zu sagen. Hast du die leiseste Ahnung, wie …?«

»Bitte, Vanessa, nicht hier«, unterbrach sie Marion. »Darüber können wir später reden.« Entschuldigend sah sie die anderen an. »Darf ich dir meine beiden neuen Freunde vorstellen? Mr. Bharucha und Mr. Karanth. Sie leiten hier die Geschäfte.«

Unwillig gab Vanessa den beiden die Hand.

»Du hast die Besichtigung verpasst«, sagte Marion. »Es war so schön.«

»Instruktiv!«, platzte Bharani dazwischen.

Vanessa warf ihm einen vernichtenden Blick zu. »Ihnen klebt etwas auf der Nase«, sagte sie.

Betreten wischte er das Teeblatt weg.

»Bharani kann nichts dafür«, sagte Marion. »Ihm brauchst du nicht böse zu sein.«

»Möchten Sie mit uns Tee trinken?«, fragte Mr. Bharucha. »Wir kosten die verschiedenen Güteklassen.«

»Nein, danke. Ich brauche nichts«, sagte Vanessa mit gepresster Stimme. »Ein Taxi wartet draußen auf mich.«

»Bitte, Vanessa. Setz dich doch hin. Nur fünf Minuten.« Marion lächelte hoffnungsvoll, beschwichtigend. »Ich weiß, dass ich nicht einfach hätte wegfahren sollen.«

»Ich habe gegurgelt«, verkündete Bharani wichtigtuerisch. Er versuchte, die Wogen zu glätten. »Das ist die korrekte Weise, Tee zu kosten, müssen Sie wissen.« Er legte den Kopf in den Nacken und führte es ihr vor.

»Die Fabrik ist wunderschön«, wiederholte Marion. »Ich wünschte, wir hätten mehr Zeit, damit wir sie dir zeigen könnten. Alles ist so ruhig – genauso, wie es gewesen sein muss, als ich ein Baby war.«

»Nun, freut mich, dass du wenigstens etwas davon hattest«, lenkte Vanessa ein.

»Sehr viel sogar. Eine ganze Menge. Mr. Bharucha und Mr. Karanth waren so liebenswürdig …«

»Ich habe den Fahrer gebeten, auf mich zu warten. Ich weiß nicht, wann ihr zurückfahren wolltet. Selbstverständlich könnt ihr hier bleiben, wenn es euch lieber ist.«

»Nein. Am besten fahren wir auch mit.« Bedauernd stand sie auf, und wandte sich an die beiden Manager. »Wir haben Ihre Zeit schon so lange in Anspruch genommen.«

»Es war uns ein Vergnügen!«, rief Karanth. »Bitte kommen Sie wieder.« Mr. Bharucha verließ kurz den Raum und kehrte mit zwei Päckchen in Silberfolie zurück. »Ein Andenken«, sagte er schüchtern. »Unsere allerbeste Qualität. Damit Sie es in einer ruhigen Stunde genießen können.«

Die Rückfahrt im Taxi verlief schweigend. Vanessa, auf dem Beifahrersitz, starrte geradeaus. Marion, die auf Versöhnung bedacht war, wurde von der starren Haltung ihrer Tochter eingeschüchtert und wusste nicht, was sie sagen sollte. Selbst der geschwätzige Bharani fühlte sich zu nervösem Schweigen genötigt. Er tat Marion Leid.

»Geht es Ihrer Gastritis besser?«, fragte sie leise.

Er lächelte heroisch. »Ein ganz kleines bisschen. Obwohl ich damit rechne, dass sie bald mit aller Wucht zurückkehrt.« Er klopfte auf sein silberfarbenes Päckchen. »Ich werde sie immer wieder mit Aufgüssen abwehren.«

Der Taxifahrer trommelte wie gewohnt an die Außenseite der Tür, ihm waren die Probleme seiner Fahrgäste egal.

»Ich glaube nicht, dass ich zum Abendessen da sein werde«, sagte Vanessa plötzlich. »Ich fahre eine Zeit lang weg.

Marion beugte sich besorgt nach vorn. »Wohin denn?«

»Ich wüsste nicht, wieso ich es dir erzählen sollte, aber wenn du es unbedingt wissen musst: Ich fahre nach Rupkhand. Mit Alex. Er hat mich eingeladen, seinen Palast zu besuchen, und ich habe mich entschlossen, sein Angebot anzunehmen.«

»Glaubst du, dass das eine … gute Idee ist?«

»Natürlich glaube ich das. Ich würde es nicht tun, wenn ich es für eine schlechte Idee hielte.«

»Aber wo liegt der Palast? Wie wirst du hinkommen?«

»Er wird mich hinfahren. Er hat einen Jeep. Es ist eine ziemlich lange Fahrt. Ich werde mindestens eine Nacht fort sein. Vielleicht länger.«

Hilflos starrte Marion ihre Tochter an. Vanessa sah immer noch unbewegt nach vorn.

»Können wir nicht darüber reden?«

»Das tue ich ja jetzt.« Vanessa sprach zum Fenster, sie hatte die Augen auf den linken Scheibenwischer geheftet.

»Bist du ganz sicher, dass du mit ihm fahren willst?«

Sie gab keine Antwort.

»Dann bleib doch wenigstens zum Abendessen im Glenside. Du könntest morgen fahren.«

Bharani rutschte auf seinem Sitz hin und her. Er wirkte

aufgeregt. »Mrs. West«, flüsterte er. »Mrs. West. An der Sache ist etwas faul. Ganz bestimmt.«

Marion legte ihm beschwichtigend die Hand aufs Knie. »Schon gut, Bharani«, sagte sie. »Vanessa weiß, was sie tut.«

»Der Prinz wohnt sehr weit weg von hier«, sagte Bharani unglücklich. »Und er ist …« Er zögerte. »Ich sage es nicht gern, aber ich muss es tun. Er ist kein Gentleman.«

Vanessa lachte kurz auf. »Ich bin schon groß. Fragen Sie meine Mutter.«

»Sie kann selbst auf sich aufpassen«, sagte Marion, aber ihre Worte klangen unsicher.

Bharani schüttelte den Kopf.

»Du tust es doch nicht bloß, weil … weil ich heute weggefahren bin?«, sagte Marion.

»Natürlich nicht! Ich habe es mir schon länger vorgenommen. Es gibt keinen Grund, warum wir nicht einmal jede für sich etwas unternehmen sollten, oder?«

Sie drehte sich um und schaute ihre Mutter zum ersten Mal während dieses Gesprächs an. Im Laufe des Tages hatte sich Vanessas Verstimmung in Angst und Reue verwandelt. Jetzt, auf die Erleichterung hin, Marion wiedergefunden zu haben, war die Verstimmung zurückgekehrt. Marion schien es gleichgültig zu lassen, dass sie bei ihr so viel Sorge ausgelöst hatte. Dann hatte sie ausgerechnet Bharani als Begleiter für ihren Ausflug nach Sunny Valley gewählt. Am meisten aber ärgerte sie die Tatsache, dass ihre Mutter nicht daran dachte, über ihre Auseinandersetzung zu reden, jetzt nicht und in der Zukunft auch nicht. »Wir können später darüber sprechen«, hatte sie gesagt. Aber dazu würde es nicht kommen. Das passte nicht zum Stil ihrer Mutter. Marion war nie bereit, Probleme auszudiskutieren, dachte Vanessa. Und diese Passivität erschien ihr plötzlich äußerst egoistisch.

»Wir sind schließlich nicht an der Hüfte zusammengewachsen«, sagte sie. Und alle heimlichen Zweifel an dem geplanten Ausflug wurden erdrückt durch die Befriedigung, die unverkennbare Sorge im Gesicht ihrer Mutter zu sehen.

Die Nacht war sehr still und voller Insekten. Großleibige Dinger, die mit kleinen tödlichen Stößen gegen die Scheinwerfer des Jeeps prallten. Aufgeregt schwirrten sie um die Straßenlaternen, ihre Flügel verschleierten die Luft in dumpfer Beharrlichkeit und knisterten wie eine defekte elektrische Leitung. Vanessa warf einen Blick auf ihren Begleiter. Wie immer, wenn sie mit Khusam beisammen war, spürte sie seine Gegenwart überdeutlich, aber heute Abend war diese Wahrnehmung schärfer, mit Erwartung geladen.

Sie hatte ihn gefunden, als er schon seine Koffer in den Jeep lud und dabei war aufzubrechen. »Haben Sie noch Platz für einen Passagier?«, fragte sie in lässigem Ton.

Er schien sich zu amüsieren. »Ich dachte, Ihre Mama lässt Sie nicht mitfahren.«

»So? Aber jetzt bin ich hier.«

»Sind Sie sicher, dass Sie sie nicht irgendwo versteckt haben?« Er tat, als sähe er auf dem Rücksitz nach.

»Sehr witzig.«

Er schwang sich auf den Fahrersitz. »Also steigen Sie ein! Falls Sie sich's nicht schon wieder anders überlegt haben.«

Er fuhr vorsichtiger als sonst, und als sie die Lichter der Stadt hinter sich gelassen hatten, verlangsamte er das Tempo und sah konzentriert nach vorn. Das letzte Mal, bei Tageslicht, hatte sie auf dieser Straße Angst gehabt. Jetzt, in der Dunkelheit, wirkte sie noch gefährlicher, aber Vanessa war so sehr von ihrer Waghalsigkeit eingenommen, dass sie keine Angst verspürte. Als sei sie, indem sie *ein* Risiko einging, gegen alle anderen Gefahren geschützt.

»Ich nehme an, dass sich meine Mutter tatsächlich Sorgen macht. Bharani hat ihr etwas eingeredet. Er scheint sich seit neuestem für ihren besten Freund zu halten.«

»Ach, Bharani ...«

»Er hat ihr gesagt, dass Sie kein Gentleman sind. Was auch immer das heißen soll.«

»Aber ich habe die allerbesten Schulen besucht«, sagte er spöttisch. »Ich habe sogar in Harvard studiert.«

»Wie war es dort?«

»Ich habe nichts gelernt«, sagte er kurz und bündig.

»Warum nicht?«

»Ich habe Staatswissenschaft studiert. Zeitverschwendung. Ich hätte mehr gelernt, wenn ich die Zeit hier verbracht hätte, bei meinem eigenen Volk.«

Schon wieder dieser Besitzanspruch. Sie ignorierte die Bemerkung und betrachtete seine Hände auf dem Lenkrad, wie die weiten Manschetten seines Hemds zurückglitten und seine Handgelenke bloßlegten. Sie waren zartknochig, ungewöhnlich schlank.

»Bharani kommt auf die bizarrsten Ideen«, sagte Vanessa. »Wissen Sie, was er mir neulich erzählt hat? Er plant eine Reise um die Welt. Er hat einen Cousin, der demnächst in London heiratet. Ausgerechnet in Dalston. Also will er hinfliegen, den Tag auf der Hochzeit verbringen und dann zurückfliegen. Über Chicago. Dort will er umsteigen und dann um die andere Hälfte der Welt herum wieder nach Kalkutta zurückfliegen. Weiß Gott, warum. Es wird eine ganze Woche dauern. Die ganze Zeit in den verschiedenen Flugzeugen und einen Tag in Dalston. Ich glaube kaum, dass Sie jemals in Dalston waren. Sie kämen gar nicht auf einen solchen Gedanken.« Sie legte den Kopf zurück und lachte laut auf. »Wissen Sie, was er sagte? ›Es dauert sechs Tage, aber während ich den Erdball umrunde, werde ich tatsächlich sieben Tage auf Reisen sein, dank des glücklichen Umstandes der Zeitverschiebung.‹ Er freut sich geradezu darauf, eine ganze Woche lang im Flugzeug zu sitzen. Wahrscheinlich wegen der Aussicht auf die Bordverpflegung.«

Khusam lächelte etwas abwesend; offenbar dachte er an etwas anderes.

»Je mehr ich daran denke, umso angemessener kommt mir seine Reise vor.« Vanessa gab nicht auf. »Ich meine, es passt so gut zu ihm. Eine Weltreise ohne Unbequemlichkeiten: man bleibt auf seinem Platz sitzen und wird ununterbrochen mit Mahlzeiten versorgt. Ganz auf ihn zugeschnitten!« Sie lachte wieder.

Aber Khusam schien das Thema zu langweilen. »Sitzen Sie bequem?«, fragte er. »Sie können den Sitz weiter zurückschieben, wenn Sie mehr Platz für die Beine wollen.«

»Danke, es geht schon.«

Schweigend fuhren sie weiter. Vanessa dachte an ihre Mutter. Im Hotel war jetzt das Dinner fast vorbei. »Bleib doch hier«, hatte ihre Mutter gesagt, als Vanessa eine kleine Tasche für ihren Ausflug packte. »Bleib doch wenigstens zum Dinner hier. John kommt wieder herauf. Ich habe ihn eingeladen. Gestern Abend.«

Vanessa schüttelte den Kopf. »Es geht nicht. Alex fährt in ein paar Minuten ab.«

»Aber John wird so enttäuscht sein. Er kommt doch deinetwegen her, das weißt du.« Sie trat zum Fenster. »Es ist schon dunkel. Ich habe ein ungutes Gefühl, wenn du bei Dunkelheit fährst.«

»Mir wird schon nichts passieren. Das weißt du doch.«

»Ich habe immer noch nicht diesen Telefonanruf gemacht«, sagte Marion unvermittelt, als habe ihr der Anbruch der Nacht plötzlich einen Schubs versetzt. »Ich habe ihn schon so lange hinausgeschoben. Wie spät wird es wohl jetzt in England sein?«

Vanessa schüttelte den Kopf. »Weiß ich nicht. Warte doch bis morgen. Wen musst du so dringend sprechen?«

»Tracy. Tracy Fuller. Ich wollte sie schon früher anrufen. Das hatte ich ganz fest vor.«

Vanessa gab den Versuch auf, die sprunghaften Wendungen in den Denkvorgängen ihrer Mutter nachzuvollziehen. »Egal, es kann bestimmt noch warten. Geh doch morgen früh zum Pförtnerhaus. Oder warte, bis ich wieder da bin. Ich kümmere mich dann darum.«

»Ich weiß nicht. Vielleicht sollte ich es jetzt gleich machen. Ich weiß bloß nicht, wie spät es dort ist.« Sie setzte sich auf das Bett. »Der Unterschied beträgt neun Stunden, oder? Aber ist das neun Stunden voraus oder neun Stunden hinterher? Ich will sie doch nicht mitten in der Nacht aufwecken …«

Vanessa zögerte. Sollte sie wirklich wegfahren? Ihre Mutter schien mehr als nur geistesabwesend zu sein. Sie machte einen fast verzweifelten Eindruck. Dann dachte sie wieder an die Szene auf der Teeplantage. Wie die vier dort im Büro saßen. An das unbeschwerte Lachen ihrer Mutter. Ohne an die Qualen zu denken, die sie bei ihr ausgelöst hatte. Oder vielleicht waren sie ihr bloß gleichgültig. Vanessa wandte sich ab. »Dafür habe ich jetzt keine Zeit. Wir sehen uns morgen wieder. Oder übermorgen.«

»In diesen Wäldern gab es früher Bären«, sagte Khusam unvermittelt. Vanessa starrte hinaus in die Finsternis. Wildes Gelände. »Was ist mit ihnen geschehen?«

»Abholzung«, sagte Khusam tonlos. »Die Hälfte der Bäume ist verschwunden. Bei Tageslicht kann man es sehen. Ganze Berghänge liegen blank. Sie kamen einfach her und haben sie gefällt. Und es geht immer noch weiter.«

»Lässt sich das nicht stoppen?«

»Seit zwei Jahren hat man keine Bären mehr gesehen«, fuhr Khusam fort. »Aber ich glaube, es gibt sie noch irgendwo da draußen. Nur mehr ganz wenige.

»Das macht Sie wütend, oder?«

Er ignorierte die Frage. »Als ich klein war, durften wir wegen der Bären nicht in den Wald hinter dem Palast gehen. Damals gab es so viele. Natürlich gingen wir trotzdem. Wir klauten Brot von den Dienern und versuchten, die Vögel damit anzulocken. Ich hatte Pfeil und Bogen, selbstgebaut.«

»Um die Vögel abzuschießen?«

»Ja.« Er lächelte, als er daran dachte. »Wir haben immer furchtbaren Ärger bekommen. Weil es so gefährlich war.«

»Haben Sie jemals Bären gesehen?«

Er schüttelte den Kopf. »Sie werden wiederkommen«, sagte er und wurde plötzlich zornig. »Irgendwie werden wir die letzten übrig gebliebenen finden und sie wieder zurückbringen. Dafür werde ich sorgen.«

»Ja«, sagte Vanessa. »Das traue ich Ihnen wirklich zu.« Bewundernd sah sie ihn an. »Sie werden dafür sorgen, dass der Wald wieder wild wird.«

Sie waren fast zwei Stunden auf einer ständig ansteigenden Straße gefahren, als Khusam abbremste und nach rechts in einen unbefestigten Weg einbog. Es ging sehr steil bergauf. Vanessa hielt sich am Türgriff fest. Die Räder des Jeeps drehten sich wie rasend auf dem lockeren Boden, und dann war es soweit: Sie fuhren zwischen zwei Säulen hindurch. Die Tore, dachte Vanessa. Das müssen die berühmten Tore sein.

Nach ein paar Sekunden hielten sie vor einem großen unbeleuchteten Gebäude. Khusam legte sich auf die Hupe, und kurz darauf flammte ein Licht im Eingang auf.

»Kommen Sie«, sagte er und sprang von seinem Sitz hinunter.

Im trüben Licht sah sie die riesengroßen hölzernen Palasttore. Tiefrot lackiert, ein paar Töne dunkler als Blut. Oben stieß der Umriss eines langen pagodenartigen Dachs in den Himmel. Aber ihr blieb wenig Zeit, sich zu orientieren, denn jetzt ging das große Tor auf, und ein Mann mit eckigem, regleosem Gesicht begrüßte Khusam und verneigte sich mit schroffem Respekt, während sie über die Schwelle schritten.

Khusam sprach sehr schnell mit ihm in einer Sprache, die Vanessa nicht verstand. Offenbar war der Mann eine Art Diener. Er war barfuß und trug eine bestickte Weste über einer abgetragenen Hose. Die Weste hing schief, als sei er etwas hastig hineingeschlüpft.

»Kommen Sie«, sagte Khusam wieder, »er wird uns etwas zu essen bringen.«

Sie folgte ihm in einen großen leeren Vorraum. Steinboden, Türen in der linken Wand und ein hölzernes Treppenhaus am hinteren Ende. Brandgeruch. Nicht der rauchige Duft versengten Holzes aus jüngerer Zeit, sondern der kalte Geruch eines längst verloschenen Feuers. Vanessa zögerte. Aber Khusam ging schon die Treppe hinauf. Unsicher folgte sie ihm. Als sie oben waren, blieb er vor einer zweiten großen Doppeltür stehen.

»Willkommen in meinem Haus«, sagte er, und mit ausholender Geste stieß er die Türflügel auf. Er trat zurück, um sie als Erste eintreten zu lassen.

Ihre Augen glitten über den großen Raum. »Alex, es ist *fantastisch*!« Der lange Raum mit seiner hohen Decke bot einen prächtigen Anblick. Ein Irrgarten aus Farben und Mustern. Die Wände bemalt mit Lotosblüten und Wolken, die in Spiralen aufstiegen, der Boden und die Bänke mit dicken Teppichen bedeckt, rot, gold und grün. Geschnitzte Drachen mit blauen Mäulern über den hohen Fenstern, sprungbereit und feuerspuckend. Anstelle von Stühlen lagen unzählige Kissen auf dem Boden, mit silbernen und goldenen Fäden bestickt, die im Schein der Lampen glitzerten. Die Farbenpracht hätte überwältigend sein können, wenn die wenigen Möbelstücke des Raumes nicht so einfach gewesen wären. Die Bänke waren spartanisch, und die niedrigen, schwarz lackierten Tische unverziert. Drei einfache irdene Töpfe standen auf einem schmalen steinernen Regal, und neben dem Kamin war nur ein schlichter Rattankorb für das Holz. Vanessa glaubte, noch nie etwas so Sinnliches und gleichzeitig so Heiteres gesehen zu haben, und ihre Erleichterung steigerte ihre Begeisterung. Sie wandte sich an ihren Begleiter.

»Als wir unten waren, dachte ich …«

»Dass es hier nicht gerade nach einem Palast aussieht?«

»Ja, so ungefähr. Wahrscheinlich habe ich so etwas gedacht. Da unten ist es so leer.«

»Sie haben sich gefragt, was Sie eigentlich hier sollen. Vielleicht hatte Ihre Mutter Recht mit ihrer Meinung von mir.«

»Nein. Nein, das dachte ich nicht …« Sie hielt inne. Genau das hatte sie gedacht. »Aber das hier. Es ist so schön …«

»Ich habe noch nicht alle Räume restauriert. Nur diesen hier und einige der Schlafräume.«

»Ich hatte keine Ahnung, dass es so aussehen würde.«

Er lächelte stolz. »Alles von Handwerkern dieser Gegend. Etwas anderes als das Zeug, das man in den Souvenirläden von Ashagiri findet.« Er breitete die Arme aus. »Diese Sachen kann man nicht kaufen. Sie wurden hergestellt, um einen Palast auszustatten. Von Menschen, die sich noch daran erinnern konnten, wie es einmal war.«

»Erzählen Sie mir davon! Wie es früher war.«

»Zuerst müssen wir essen und trinken. Ich habe einen sehr guten Wein. Indischen Wein.«

»Ich wusste gar nicht, dass es guten indischen Wein gibt. Ich hätte angenommen, dass man ihn importieren muss.«

»Stimmt nicht«, sagte er sehr ernst. »In Indien wird ein hervorragender Wein angebaut.«

Sie machten es sich auf den Kissen vor dem Kamin bequem. Hier, in seiner eigenen Domäne, sah Khusam anders aus, dachte Vanessa. Vollkommen entspannt, noch schöner als sonst. Der Widerschein des Feuers auf seinen flachen Wangenknochen, seine Pharaonen-Lippen. Schnell sah sie zur Decke hinauf. Dort oben hatte man Lotosblüten gemalt, ein sich kringelnder Wildwuchs.

»Es ist erstaunlich, wie bequem man auf dem Boden sitzen kann.« Vor der Tür hatte sie die Schuhe ausgezogen, und unter ihren bloßen Füßen fühlte sich der Teppich warm und sehr weich an. »Ich weiß nicht, warum sich der Rest der Welt mit Möbeln abgibt.«

Der Diener betrat den Raum. Er trug ein Tablett mit mehreren Schalen und einer Flasche Rotwein. Er stellte alles auf einen der niedrigen Tische. »Was ist denn das alles?«, rief Vanessa aus, als sie die Speisen sah.

»Das da ist Farnkraut«, sagte Alex und zeigte auf ein Häufchen grüner Kringel. »Sehr zart und lecker. Und das hier sind gedämpfte Mo-Mos.«

»Mo-Mos?«

»So etwas wie Dim-Sum«, sagte Alex. »Aber viel besser.« Er reichte ihr den Teller. »Kosten Sie mal!«

Er schenkte den Wein ein. Er war besser, als Vanessa erwartet hatte. Und das Farnkraut schmeckte außerordentlich gut. Ein leichter Holzgeschmack, der an Wald und junges Wachstum erinnerte.

»Es gefällt mir, wie sie so gekringelt daliegen«, sagte sie. »Wie kleine Rädchen.«

»Man sammelt sie im Wald. In der Frühe, wenn sie noch nass vom Tau sind …«

Jetzt sah er sie an. Er streckte die Hand aus und nahm ihr das Weinglas ab, und dann küsste er sie. Sie lehnte sich in die Kissen zurück. Im ersten Augenblick konnte sie nur daran denken, dass sie noch ein Farnblatt zwischen Finger und Daumen festhielt. Sie fragte sich, ob sie es hinlegen sollte. Es würde einen Fleck auf dem Teppich hinterlassen, aber welche Alternative hatte sie? Sollte sie es einfach weiter festhalten? Aus der Nähe sah sein Gesicht sehr breit aus. Er küsste sie und tastete die Konturen ihres Kopfes ab, als wollte er ihn untersuchen. Sie lag sehr still da und spürte nichts als Fremdheit.

»Ich mag dich«, sagte Khusam und richtete sich ein wenig auf, »weil du nicht weißt, wie attraktiv du bist.«

»Oh«, sagte Vanessa etwas unsicher. Ihr war schwindlig. Es lag am Wein, am Gewirr der Lotosblüten über ihrem Kopf und an seiner überraschenden Berührung, obwohl sie von Anfang an gewusst hatte, dass es so kommen würde.

»Erzähl mir etwas, was ich nicht weiß!«, sagte er unvermittelt.

»Wie meinst du das?«

Er hockte sich auf die Fersen und beobachtete sie.

»Irgendetwas. Erzähl mir etwas, was ich nicht weiß!«

Dieses Ansinnen ließ Vanessa wieder klar denken. Sie setzte sich auf. »Was für ein komischer Wunsch! Etwas, was du nicht weißt. Wie soll ich wissen, was du nicht weißt?«

Er zuckte amüsiert die Schultern. »Überrasche mich einfach!«

»Okay. Also, was ich gerade denke. Das weißt du nicht.«

»Oh, ich glaube, ich kann es erraten.«

»Was ich denke«, sagte Vanessa, »ist Folgendes: Weshalb bloß stellst du mir so eine Frage? Vielleicht soll es ein Test sein. Oder vielleicht macht es dir einfach Spaß, unzusammenhängende Informationen zu sammeln. Nein, es ist ein Test.« Sie legte die Stirn in Falten und bemühte sich, hinter die Logik zu kommen. »Aber warum solltest du mich testen? Aus Langeweile? Nicht sehr schmeichelhaft. Und jetzt denke ich, dass ich vielleicht den Test nicht bestanden habe. Hätte ich etwas anderes sagen sollen?«

Er lachte. »Du redest zu viel.«

»Ich habe lediglich versucht, deine Frage zu beantworten«, sagte Vanessa indigniert. Er legte ihr die Hand auf die Schulter und zog sie an sich. »Sei still!«, sagte er.

»Okay. Ich werde still sein. Ganz still.«

Er küsste sie wieder, und dann legte er seinen Mund auf ihren Nacken und begann, sie dort zu beißen. Sehr fest und gleichzeitig sanft. Seine Zähne drängten sich wild, fast grausam, in ihre Haut hinein. Als wollte er sie aufreißen. Aber dann, im Moment der Berührung, zuckte er wieder zurück. Fast tat er ihr weh, aber dann doch nicht ganz. An einem einzigen Punkt auf der Schwelle des Schmerzes begegneten sich Hemmungslosigkeit und Zurückhaltung. Bis zu diesem Moment war Vanessa weit weg vom Geschehen gewesen, hatte Abstand von seinen Berührungen bewahrt. Jetzt, während er sie biss, spürte sie, wie sie zitterte, in den Abgrund glitt. Sie dachte an die legendären Bären drüben im Wald und spürte, wie sie näher kamen. Sogar bis vor die Mauern des Palasts. Mit dunklen Schenkeln, nicht zu bändigen. Vanessas

Lider flackerten. Um sie herum brachen die Farben und verschwammen.

Er hielt plötzlich inne und sah sie an, berechnend und gleichzeitig amüsiert.

»Das gefällt dir, glaube ich«, sagte er.

Sprachlos starrte sie ihn an.

»Auf diese Weise paaren sich die Tiere. Das männliche Tier verbeißt sich in den Nacken des Weibchens«, sagte er mit einem etwas grausamen Lächeln. »Das ist das Primitive in dir.« Er beugte sich wieder über sie. »Du musst ihm nachgeben.«

Plötzlich unsicher, zögerte sie einen Augenblick. »Ich hoffe, du glaubst nicht, dass ich regelmäßig so etwas mache. Das stimmt nämlich nicht. Es passt gar nicht zu mir.«

Er warf den Kopf zurück und lachte. »Vanessa, Vanessa.«

»Was denn?«

»Es ist doch nicht so, dass ich dich als Kandidatin antreten lasse, die möglicherweise meine Kinder austrägt.«

Erschrocken biss sie sich auf die Lippe. Natürlich hatte er mit seiner Bemerkung Recht. Sie wäre ein wenig beunruhigt gewesen, wenn sie hätte glauben müssen, dass er an so etwas dachte. Es wäre unpassend, eigenartig. Aber trotzdem, dass er es so direkt aussprach, als sei die bloße Möglichkeit nicht nur weit hergeholt und voreilig, sondern jenseits aller Grenzen der Glaubhaftigkeit, ärgerte sie sehr. Es war wie eine Beleidigung.

»Das weiß ich. Ich wollte nicht andeuten …«

»Du brauchst nicht gleich in die Defensive zu gehen.« Er legte wieder seine Hand auf ihre Schulter. »Wo waren wir stehen geblieben?«

Sie rückte von ihm ab. »Und überhaupt, was hast du gegen meine Gebärfähigkeit? Wenn wir schon davon reden.«

Er machte ein gelangweiltes Gesicht. »Gar nichts, natürlich. Ich wüsste keinen Grund. Darum geht es nicht.«

»Also, sag mir schon, worum geht es denn?«, sagte Vanessa, von seinem Ton irritiert.

»Das ist mir zu blöd.«

Sie hob den Kopf. »Worum geht es also?«

»Meine Kinder werden die Thronerben sein«, sagte er langsam, als wolle er einer geistig Behinderten etwas erklären. »Die Frau, die ich heirate, muss zum Adel gehören. Sie muss von einer der alten Familien abstammen.«

Vanessa lachte. »Der Thron? Adelig? Aber Alex, mach einen Punkt!«

Er schwieg, mit unbewegtem Gesicht. Sie sah, dass er plötzlich vor Wut kochte.

»Ich verstehe schon, warum du den Palast und alles restaurieren willst … aber die Dynastie fortsetzen? Geht das nicht ein Stück zu weit? Es gibt ja schließlich kein Königreich mehr.«

»Du hast keine Ahnung«, sagte Khusam. »Du kannst nichts dafür …«

»Aber ich habe trotzdem Recht. Es gibt kein Königreich.« Allmählich fing Vanessa an, zu denken, dass ihre Mutter Recht hatte, was Khusams Mund anging. Er hatte einen bedrohlichen Zug. »Ich meine, Indien hat schon vor Jahren die Macht übernommen.«

Das Gesicht des Prinzen war dunkelrot angelaufen. »Du bist … als Touristin hier. Als Gast in meinem Haus. Du hast von nichts eine Ahnung.«

»Ich wollte dich nicht kränken.«

»Ich bin nicht *gekränkt*«, sagte er und dehnte das Wort in die Länge, als halte er sie für unfähig, ein solches Gefühl hervorzurufen.

»Also verärgert. Es tut mir Leid, falls ich dich verärgert habe.«

Er sagte nichts.

»Vielleicht sollte ich gehen.« Sie stand auf. »Ich glaube, ich sollte besser gehen.«

Aber Khusam machte keine Anstalten, ihr entgegenzukommen. Er blieb auf dem Boden sitzen, und sein Gesicht sah nicht mehr verärgert aus, sondern starr, fast ausdruckslos. »Es ist eine lange Fahrt zurück«, sagte Vanessa verlegen.

»Ja, eine lange Fahrt. Und nun rechnest du anscheinend damit, dass ich dich fahre.«

»Es tut mir Leid«, sagte Vanessa wieder. »Ich habe keine andere Möglichkeit ...«

»Ich bin nicht dein Chauffeur.«

»Nein, das weiß ich. Ich habe es nicht so gemeint.«

»Ich bin müde«, sagte er. »Ich habe keine Lust, heute Nacht wieder ins Auto zu steigen.«

»Vielleicht dein Diener ...?«

Er sah sie an, und sie merkte, dass es falsch war, anzunehmen, er sei nicht mehr verärgert. Ihre Worte hatten seine Verachtung nur noch gesteigert.

»Vielleicht brauche ich ihn selbst«, sagte Khusam kategorisch. »Und außerdem haben wir noch nicht getan, wozu du hergekommen bist.«

»Wie meinst du das?«

»Du weißt ganz genau, was ich meine.«

Sie wünschte, sie könnte etwas tun, aber sich wieder hinzusetzen wäre das Eingeständnis ihrer Niederlage. Sie könnte zur Tür gehen, aber was dann? Was, wenn Khusam sie weiterhin ansah, mit dem gleichen unbeweglichen, wütenden Gesicht, und einfach abwartete? Ich kenne diesen Mann nicht, dachte sie und spürte, wie die Angst in ihr hochstieg.

»Ich bin nicht hierher gekommen … deswegen«, sagte sie. »Ich wollte nur …«

»… meine Briefmarkensammlung sehen.« Er lachte.

Sie war aus Abenteuerlust gekommen, dachte sie, aber an welche Art Abenteuer hatte sie gedacht? Er hatte natürlich Recht. Die späte Stunde. Die Tatsache, dass ihre Mutter von der Einladung ausgeschlossen war. Der Blick, mit dem der Diener sie an der Tür angestarrt hatte. Sie hatte die Augen abgewendet von diesem Blick, der, wie sie jetzt merkte, alles andere als gastfreundlich oder höflich gewesen war.

Khusam beobachtete sie spöttisch. »Komm«, sagte er und deutete auf den Platz neben sich. »Setz dich doch. Trink noch ein Glas Wein.«

Einen Moment lang erwog Vanessa zu tun, was er sagte. Einfach weiterzumachen, wo sie aufgehört hatten, ihren Streit zu vergessen und den grausamen Zug in Khusams Gesicht zu ignorieren, den sie immer gesehen, aber bis zu diesem Augenblick nicht hatte beachten wollen. Sie könnte ihm gegenüber so tun, als halte sie es für nichts anderes als eines seiner Spielchen, wie damals, als sie auf dem Trittbrett des Jeeps stand. Eine Mutprobe, sonst nichts. Vielleicht könnte sie sich sogar selbst davon überzeugen. Sie würde mit der Zeit so fest daran glauben, dass sie die Geschichte als Anekdote bei Dinner-Partys in England erzählen könnte. Die Nacht, die sie mit einem Prinzen verbracht hatte. Ein Beweis ihres Wagemuts. Es wäre ganz leicht. Leicht, ihn weitermachen zu lassen, leicht, sich selbst einzureden, es habe keinen Zwang gegeben. Es wäre auch sicherer. Er würde sie morgen zurückfahren. Sie würden nicht viel reden müssen.

Wie leichtsinnig war sie doch vom Bekannten, dem Sicheren, in diesen Ort ohne Orientierungspunkte hineingetappt. Sie wusste nicht, wo sie war, nicht einmal, wie der Palast von außen aussah. Es war Nacht, und sie war in einem fremden Land, und selbst wenn sie zur Tür ging und sie öffnete und einfach weglief, mit oder ohne Jeep, würde er sie dann gehen lassen? Sie kannte ihn nicht, sie wusste nicht, was er tun würde. Sie sah hinunter auf ihre bloßen Füße, bemerkte, dass sie nicht mehr wusste, wo sie ihre Schuhe hingestellt hatte, und spürte die ersten Tränen hinter ihren Augen brennen.

Er beobachtete sie noch immer. Jetzt nippte er ganz entspannt an seinem Wein. Er genießt das alles, dachte sie. Vielleicht fragt er sich, wie lange ich noch hier stehen kann. Und sie wurde überwältigt von etwas, das ihr ganz unbekannt war. Einem Gefühl, gedemütigt zu sein, das nicht nur mit ihrer gegenwärtigen Hilflosigkeit zusammenhing, mit diesen fremden Mauern und mit Alex Khusams spöttischem Gesicht, sondern all das einschloss, was sie an diesen Ort gebracht hatte. Das Schweigen ihrer Mutter, der Tod ihres Vaters, das ganze unsinnige Unternehmen. In ihrer Selbstüberschätzung hatte sie geglaubt, hier unverzüglich einen Sinn zu finden, aber jetzt konnte sie nicht einmal mehr ihre Schuhe finden.

»Hör auf zu schmollen, Vanessa«, sagte Khusam. »Es steht dir nicht.«

Sie sah ihn schweigend an. Nicht zum ersten Mal versuchte ein starker Mann sie einzuschüchtern. Es gab viele solcher Typen.

»Wenn du mich nicht mit dem Jeep zurückfährst«, sagte sie mit ruhiger Stimme, »dann gehe ich eben zu Fuß.«

Marion verschob die geplante Unterredung mit Dorothy Nichols bis nach dem Abendessen; sie wollte warten, bis sich alle für die Nacht auf ihre Zimmer zurückgezogen hatten. Sie redete sich ein, dass sie auf den richtigen Moment warte, aber eigentlich sah sie dem Zusammentreffen mit nervöser Spannung entgegen. Man konnte nicht behaupten, dass ihr Dorothy freundlich begegnet war, und das Thema, worüber Marion mit ihr reden musste, war eine heikle Angelegenheit, die ihr Dorothy verübeln könnte. Marion hatte das Gefühl, dass Dorothy alles Mögliche übel nahm. Aber es blieb ihr nichts anderes übrig. Als sie endlich mit ihrem Telefongespräch durchkam, schien Tracy Fuller die Sache ernst zu nehmen. Marion hatte gehofft, ihre Freundin würde die ganze Angelegenheit als belanglos abtun, aber Tracy war hörbar beunruhigt.

»Ich glaube, du solltest wenigstens *fragen*«, hatte sie gesagt. »Obwohl … es ist wahrscheinlich ein Zufall. Im diesem Alter … nun, bei alten Leuten kann man nie wissen.« Tracy war vor ihrer Heirat Krankenschwester gewesen und verfügte über eine gewisse Kompetenz. »Aber du solltest der Sache nachgehen. Es kommt mir schon etwas seltsam vor.«

»Übrigens, wie geht es dir?«

»Abgesehen davon, dass du mich mitten in der Nacht aufgeweckt hast, meinst du?«

»Mein Gott, das tut mir Leid«, sagte Marion. »Ich habe es nicht geschafft, den Zeitunterschied richtig zu berechnen.«

»Mir geht's gut. Ausgezeichnet. Macht dir der Urlaub Spaß?«

»Hast du meine Karte bekommen?« Es piepste in der Leitung, dann trat Stille ein.

»Es ist ein Pandabär drauf«, sagte Marion. Ein paar Sekunden lauschte sie in die Stille, dann legte sie den Hörer auf. »Die Verbindung wurde unterbrochen«, erklärte sie der Empfangsdame.

»Ja«, sagte die Frau. »Möchten Sie es noch einmal versuchen?«

»Nein«, sagte Marion langsam, »es ist nicht nötig.«

Erst kurz vor elf nahm sie ihren Mut zusammen und ging zu Dorothys Zimmer hinauf. Sie zögerte, dann klopfte sie an. Von innen drang ein leises mahlendes Geräusch zu ihr heraus. Wie ein Stein, der an Metall gerieben wird, ein ausdauerndes, nervenzehrendes Knirschen. Auf ihr Klopfen hin hörte das Geräusch sofort auf, und vollkommene Stille trat ein.

Sie klopfte wieder.

Der Türknauf wurde von innen gedreht. »Dorothy«, rief sie, »ich bin's, Marion.«

Dorothy trug einen violetten Schlafrock, dessen hoher Kragen um den Hals zerknautscht war. Der Schlafrock ging ihr nur bis zu den Knien, und ihre Füße waren nackt. Ohne die leiseste Regung ihres Gesichts sah sie Marion an, in starrer Unbeweglichkeit, die mit jeder Sekunde unerträglicher wurde. »Entschuldigung, dass ich Sie störe«, sagte Marion. »Darf ich eintreten?«

»Ich habe Sie erwartet«, sagte Dorothy ausdruckslos.

»Ich weiß, es ist furchtbar spät und so. Ich hätte früher kommen sollen. Aber es ist wichtig. Ich muss unbedingt mit Ihnen reden.«

»Ja. Ich verstehe, dass Sie sich das einbilden.« Mit einem plötzlichen, schroffen Ruck trat sie zur Seite und ließ Marion ins Zimmer treten. Bei ihrem letzten Besuch war Marion die peinliche Ordnung aufgefallen; jetzt war sie überrascht, als sie die Unordnung sah. Kleidungsstücke lagen verstreut auf dem Bett, Gläser und Flaschen standen durcheinander auf dem Tisch am Fenster, manche ohne Deckel, andere umgekippt. Die Schalen lagen noch auf dem Fensterbrett, aber jetzt wuchs das Gras wild und ungepflegt, und die Spitzen waren braun geworden. In dem Mörser auf dem Tisch lag der Stößel, und ein Teil des Inhalts, ein grobes, dunkelbraunes Pulver, war auf dem Fußboden verstreut. Anscheinend war Dorothy dabei gewesen, etwas zu mahlen, als sie anklopfte, dachte Marion.

»Wollen Sie gleich zur Sache kommen«, sagte Dorothy, »oder haben Sie wieder ein kleines Buch, das Sie mir zeigen wollen?« Sie setzte ein verächtliches Lächeln auf.

»Nein, nichts dergleichen.« Marion war von der Grobheit der anderen etwas schockiert. Dorothy war nie besonders liebenswürdig gewesen, aber bisher hatte sie wenigstens die Höflichkeitsregeln eingehalten. Marion beschloss, auf einleitendes Gerede zu verzichten.

»Es geht um etwas anderes …« Sie zögerte. »Mir ist diese Angelegenheit ein bisschen peinlich, also komme ich gleich zur Sache. Als ich das letzte Mal hier war, ist mir eine Arzneiflasche aufgefallen. Auf dem Etikett stand ›Propranolol‹. Ich habe es ganz deutlich gelesen.«

Dorothy schien überrascht zu sein. Ihre Hand flog an ihren Mund, dann ließ sie sie sinken.

»Tatsächlich?«

»Ja. Ich erkannte den Namen, weil es zu den Medikamenten gehört, die meine Freundin Tracy Fuller nach ihrem Schlaganfall einnehmen musste. Sie sagte mir, dass sie es brauchte, um einen weiteren Schlaganfall zu verhindern.«

»Wie traurig.« Der Sarkasmus in ihrer Stimme war nicht zu überhören. Marion holte tief Luft und ließ sich nicht beirren.

»Wenn man zu viel davon nimmt, kann Propranolol zu Bewusstlosigkeit führen«, sagte sie. »Man fällt in Ohnmacht. Ich weiß noch, wie mir Tracy das erklärte. Weil sie so vergesslich ist, wissen Sie. Sie hatte so eine kleine Schachtel mit der Dosis und dem Datum darauf, damit sie es nicht versehentlich zweimal einnahm.«

»Hat diese kleine Vorlesung irgendeine Pointe?«

»Ich weiß, dass es spät ist und dass ich mich womöglich unnötig aufrege, aber ich wollte sichergehen«, fuhr Marion nervös fort, und sie merkte, dass sie ins Schwafeln kam. »Wie gesagt, ich liege wahrscheinlich völlig falsch, aber Tracy hat gemeint, ich sollte wenigstens fragen. Sie war nämlich früher Krankenschwester.«

»Sie war Krankenschwester, und sie hatte einen Schlaganfall. Gibt es sonst noch etwas, was ich von dieser Tracy wissen muss?«

»Ich will Ihnen nicht zu nahe treten. Sie sollen bitte nicht meinen ... ich wollte nur etwas fragen, sonst nichts.«

»Was wollten Sie fragen?«

Marion sah sie flehend an. Sie hatte von vornherein gewusst, dass diese Unterredung heikel sein würde, aber eine so offene Feindseligkeit hatte sie nicht erwartet. Sie wünschte, sie wäre niemals hierher gekommen. Es war offenbar ein Fehler gewesen. Aber jetzt war es zu spät umzukehren.

»Ich wollte fragen, ob die Möglichkeit besteht, dass jemand – vielleicht einer der Diener – an das Zeug hätte kommen können, dass er es Mrs. Macdonald gibt. Ich dachte, Sie könnten vielleicht nachsehen, ob Ihnen etwas davon fehlt.«

Jetzt, wo sie es laut ausgesprochen hatte, erschien ihr die Vermutung völlig aus der Luft gegriffen. Was war bloß in sie gefahren, dass sie mit ihren weit hergeholten Verdächtigungen in Dorothys Zimmer hineingeplatzt war? Aber Tracy hatte gesagt, dass sie fragen sollte. Tracy war der gleichen Meinung wie sie. Aus diesem Gedanken schöpfte Marion Kraft.

»Ich dachte mir bloß, ich sollte fragen«, wiederholte sie. »Nur, um sicherzugehen.«

Dorothy warf den Kopf zurück und lachte. Ein lautes, heiseres Geräusch.

»Arme Mrs. Macdonald! Die arme, arme Mrs. Macdonald! Zu allen anderen Beschwerden wird sie jetzt auch noch vergiftet. Wo sie so eine nette alte Dame ist.«

Marion war sprachlos.

»Aber wer steckt bloß dahinter? Oberst von Gatow im Salon? Fräulein Gloria mit dem Strick?«

Marion errötete. »Ich weiß schon, dass es etwas albern klingt …«

»Ist Ihnen noch nie eingefallen, dass eine Flasche etwas anderes enthalten kann als das, was auf dem Etikett steht?«, fragte Dorothy. Sie sprang zum Nachttischchen und kramte in den Gegenständen, die dort verstreut lagen. »Ich sammle Behälter verschiedenster Art. Um meine Kräuter und Mischungen aufzubewahren.« Sie hielt die Flasche des Anstoßes hoch und schüttelte sie. »Diese hier, die Sie damals sahen, war ursprünglich im Medizinschrank meiner Mutter. Und tatsächlich enthielt sie früher Propranolol. Können Sie sehen, was jetzt drin ist?«

Marion schüttelte den Kopf. »Ich fürchte, ich habe mich etwas dumm verhalten.«

»Machen Sie schon, schauen Sie nach!«, beharrte Dorothy. Sie ging auf sie zu und schüttelte die Flasche vor Marions Gesicht. »Was sehen Sie da?«

»Es sieht aus wie … irgendwelche Zweige.«

»Nelken. Einfach Nelken. Vom Markt hier in Ashagiri.«

»Es war dumm von mir«, sagte Marion wieder, etwas hilflos. »Ich wollte einfach sichergehen. Ich hoffe, dass Sie das verstehen können.«

»Ich verstehe das nur zu gut.«

Bis zu diesem Moment hatte Marion viele unterschiedliche Gefühle empfunden. Bestürzung, Verlegenheit, Sorge. Nun, zum ersten Mal, kam Angst in ihr hoch. Es lag daran, wie Dorothys Stimme klang. Die Befriedigung, die darin mitschwang. Es lag an der Art, wie sie dastand, ein bisschen zu nahe an ihr.

»Ich verstehe das nur zu deutlich«, fuhr Dorothy mit ruhiger Stimme fort. »Sie sind mit Anschuldigungen hierher gekommen.«

»Nein«, protestierte Marion. »Nein. Sie verstehen mich falsch ...«

»Sie haben Anschuldigungen erhoben. Es ist eine Angelegenheit, die man öffentlich bekannt machen sollte.«

»Wie meinen Sie das?«

»Ich glaube, Mrs. Macdonald sollte erfahren, dass ein Gast glaubt, ein Giftmischer treibe hier sein Unwesen. Hier im Glenside, wo alles so herzlich und freundschaftlich ist. Ein Wurm im Apfel, sozusagen.«

»Aber das glaube ich gar nicht«, sagte Marion verzweifelt. »Deswegen bin ich nicht zu Ihnen gekommen. Ich habe nie gemeint, dass jemand so etwas tut, um Schaden anzurichten, sondern weil er vielleicht helfen wollte. Dass er vielleicht nicht wusste, was für ein Medikament das ist, und glaubte, es könnte ihr gut tun. Ich wollte nur ... Ich hatte nur an Mrs. Macdonald gedacht.«

»Ja, ein Wurm. Aber wer ist dieser Wurm? Sie sind es, Mrs. West. Sie, mit Ihren Verdächtigungen und Ihren Anschuldigungen.«

»Sie verdrehen alles. Ich verstehe nicht, warum Sie sich so verhalten.«

»Ich kümmere mich um Mrs. Macdonald. Ich bin diejenige, der ihr Wohlergehen am Herzen liegt.«

»Ich hätte nicht herkommen sollen.«

»Ja. Da haben Sie Recht. Und jetzt ist es Zeit, dass Sie verschwinden. Aus dem Glenside. Sie werden hier nicht länger willkommen sein, sobald die Fakten bekannt geworden sind. Das lauschige Geplauder im privaten Salon wird es nicht mehr geben. Weder für Sie noch für Ihre Tochter«

Marion, die schon nach dem Türknauf greifen wollte, drehte sich abrupt um. Dass Vanessa ins Spiel gebracht wurde – das war zu viel. Etwas stieg in ihr hoch. Wilder Zorn.

»Meine Tochter hat damit nichts zu tun«, sagte sie. »Lassen Sie meine Tochter in Ruhe!«

Die andere, von der Stärke ihrer Position überzeugt, lächelte spöttisch.

»Aha, jetzt sehen Sie es endlich ein.«

»Vor ein paar Minuten, als ich an Ihre Tür klopfte, haben Sie eine Bemerkung gemacht«, sagte Marion nachdenklich. »Sie sagten, Sie hätten mich erwartet. Ich glaube, ich weiß den Grund. Ich weiß es schon seit einiger Zeit. Ich hatte nicht vor, etwas dazu zu sagen. Ich glaubte, es gehe mich nichts an. Wir haben alle unsere … Geheimnisse.«

Jetzt, wo die Sache endlich ausgesprochen war, empfand Dorothy eine seltsame Erleichterung, vermischt mit einer Spur von Triumph. Diese Frau konnte ihr nichts antun. Sie hatte aus Schwäche geschwiegen.

»Ich habe mich gefragt, wann wir endlich darauf zu sprechen kommen«, sagte sie ruhig.

»Ich dachte, Sie hätten wohl Ihre Gründe«, fuhr Marion fort. »Ich habe immer noch nicht die Absicht, jemandem etwas zu sagen. Ich will keinen Ärger.«

»Was gibt es denn zu sagen? Welche Beweise haben Sie? Es ist schon lange her, Mrs. West. Sie ist schon so lange tot.«

»Ja. Es ist schon lange her …«, sagte Marion und war plötzlich unsicher. »Ich hätte es tun können, ohne sie überhaupt zu berühren, wissen Sie«, sagte Dorothy fast im Plauderton. »Sie hat immer alles gemacht, was ich ihr sagte. Am

Ende, als sie dort stand, hätte ich ihr einfach befehlen können, dass sie springen soll. Ich hätte behaupten können, sie würde vom Felsen wegfliegen, und sie hätte es mir geglaubt. Ich dachte auch daran. Aber ich hätte sie zuerst überzeugen müssen, und ich fing an zu frieren. Also gibt es nichts, was Sie erzählen können, verstehen Sie? Ob ich sie berührt habe oder nicht, es wäre auf das Gleiche hinausgelaufen.«

Ein sehnsüchtiger Ausdruck erschien auf Dorothys Gesicht. Als erinnere sie sich an etwas, das ihr schon lange vertaut war und ihr immer von neuem ein Glücksgefühl bescherte.

»Das, woran Sie sich erinnern, Mrs. West, hat heute nichts zu bedeuten.«

»Woran ich mich erinnere? Das war es doch nicht. Wie hätte ich mich daran erinnern können?« Noch nie in ihrem Leben hatte Marion eine solche Abneigung empfunden. Ihre Hände fühlten sich kalt an, als wollte sogar ihr Blut sich zurückziehen. »Ich habe mich nur an den Namen erinnert. Ich habe von ihr geträumt, von dem Mädchen, das den … Unfall hatte. Aber ich wusste ihren Namen nicht mehr. Ich war eigentlich nicht mit ihr befreundet. Und dann ist mir jemand über den Weg gelaufen. Ein Mann, der für seinen kranken Bruder den Bettlern Essen brachte. Ich nehme an, er wollte, dass sein Bruder von dieser guten Tat profitiere. Also tat er es im Namen seines Bruders. In diesem Moment wurde mir klar, dass Sie nicht Dorothy Nichols sein können. So hieß das Mädchen, das in mein Poesiealbum geschrieben hat. Das Mädchen, das ums Leben kam.« Sie schluckte. »Das Mädchen, das Sie … umgebracht haben.«

»Sie sind eine andere«, fügte sie hinzu.

Die andere schaute weg, aus Furcht oder vielleicht nur aus Gleichgültigkeit.

»Wer sind Sie?«

»Prudence«, sagte sie plötzlich. »Prudence Jebb.«

Ein hässlicher Name. Ein Name, den man vielleicht einer Tochter gab, wenn ein hübscherer nicht zu passen schien, Prudence. Oft auf eine einzige Silbe verkürzt. Prue, Prue, Pruuuh. Wie wenn jemand ausspuckt.

»Ich kann mich nicht an Sie erinnern«, sagte Marion. »Ich kannte jede dort, aber an Sie kann ich mich nicht erinnern.«

»Ja«, sagte Prudence Jebb hasserfüllt. »Es ist doch klar, dass Sie sich nicht erinnern. Natürlich.«

»Selbst als Tote kam sie Ihnen wirklicher vor«, sagte Marion verwundert. »Sie hatte mehr Existenz, ... mehr Leben. Ich habe niemandem etwas gesagt. Ich hielt es nicht für wichtig.«

»Ist es denn wichtig? Was geht es Sie an? Was geht es andere an?«

Die Frau wandte sich von ihr ab. Marion sah auf ihre bloßen Füße, die vom groben Pulver auf dem Zimmerboden verschmutzt waren. Vanessa hatte unbedingt irgendeinen Schlüssel finden wollen, dachte sie, eine sinnvolle Verbindung zwischen Vergangenheit und Gegenwart hier in Ashagiri. Die arme Vanessa, so hoffungsvoll, so verzweifelt darum bemüht, ihr einen Gefallen zu tun. Als könnte sie mit der Kraft ihres Willens das Leben ihrer Mutter zu einem Kreis biegen, obwohl es kein Kreis war. Und endlich war sie entstanden, diese Verbindung. Durch diese schreckliche, ungepflegte Frau und ihre Geständnisse.

»Ist es denn wichtig?«, sagte Prudence Jebb wieder. »Die Sache mit den Namen ist irrelevant, Mrs. West. Was das ... andere betrifft, daran können Sie nichts mehr ändern. Ihr Wort steht einfach gegen meines.«

Marion schloss die Augen und sah wieder zwei Wörter

des Namens, die Schriftzüge, die so sorgfältig in ihr Poesiealbum gezeichnet worden waren.

Dorothy Nichols.

Die kleinen blauen Vögel, die in die Höhe schweben. Die frommen Sprüche ihrer halb vergessenen Klassenkameradinnen. *Wenn die Flüsse aufwärts fließen/und die Hasen Jäger schießen/und die Mäuse Katzen fressen,/dann erst will ich dich vergessen.* Dorothy war tot. Ihre Eltern auch. Ihre Schule, die Kleider, die sie getragen hatte, die Spielsachen, die sie geliebt hatte, das alles gab es nicht mehr. Vielleicht war das Einzige, was von Dorothy Nichols übrig blieb – der einzige Beweis, dass sie nicht nur als Name in einem Register existiert hatte, sondern auch als wirkliches Individuum –, ihre Zeichnung in Marions Poesiealbum.

Eine Empfindung stieg in Marion auf. Stärker als Zärtlichkeit, älter als Liebe. Das Bedürfnis zu beschützen. Dorothy war der Grund, weshalb sie hierher gekommen war. Um Dorothy zu finden. Die ganze Zeit hatte sie geglaubt, dass sie um ihrer selbst willen gekommen war, weil sie die Flucht ergreifen wollte. Aber sie hatte es nie nötig gehabt zu fliehen. Das hatten ihr schon die Berge gezeigt. Die Freundlichkeit einer alten Dame und der süße Duft trocknender Teeblätter.

Sie war gekommen, um Dorothy Nichols zu retten. Fünfzig Jahre nach dem Geschehen, aber nicht zu spät.

»Es ist wichtig«, sagte sie ganz ruhig. »Es ist wichtig, weil Dorothy eine wirkliche Person war. Sie schrieb ihren Namen in mein Poesiealbum. Sie muss sich stundenlang damit beschäftigt haben.«

Prudence Jebb starrte sie an. Marion kam sie jetzt kleiner vor, irgendwie zusammengeschrumpft. Aber Marion spürte kein Mitleid.

»Sie war noch ein kleines Mädchen«, fuhr Marion fort.

»Jemandes Tochter. Sie ihnen wegzunehmen, dazu hatten Sie kein Recht. Damals nicht und heute nicht.«

Einen Augenblick lang schwieg sie. »*Sie* waren es doch!«, sagte sie, »*Sie* haben Mrs. Macdonald Propranolol gegeben, damit sie ohnmächtig wird. Um sie noch kränker zu machen. Die ganze Zeit haben Sie sich um sie gekümmert, und die ganze Zeit haben Sie sie kränker gemacht.« Sie nickte. »Doch, ich sehe es Ihrem Gesicht an, es ist wahr. Ich will nicht fragen, warum. Am liebsten möchte ich den Grund gar nicht wissen. Vielleicht wissen Sie ihn selber nicht. Menschen, die so etwas tun, wissen niemals den Grund. Wir wollen immer, dass sie die Gründe nennen, aber sie können es nie tun.«

»Wissen Sie, wie viele Stunden ich mit dieser alten Frau verbracht habe?«, schrie Prudence mit schriller Stimme heraus. »Haben Sie die geringste Ahnung, wie viel Zeit, wie viel Energie ich für sie aufgewendet habe? Ich habe mich selbst dabei krank gemacht. Ich habe mich richtig krank gemacht.«

»Ich glaube, Sie sind schon lange krank.«

»Ich habe mich um Mrs. Macdonald bemüht, wie ich mich um meine eigene Mutter …« Plötzlich unterbrach sie sich, ihr Gesicht war weiß geworden.

»Ihre Mutter?«, wiederholte Marion entsetzt. Jetzt endlich stieg Neugier in ihr auf. Eine seltsame Faszination, erschütternd über alle Maßen. »Ihre Mutter? Was sind Sie denn für eine … Kreatur?!«

»Was fällt Ihnen ein? Das ist eine … Unverschämtheit«, sagte Prudence benommen.

Marion wandte sich zur Tür. »Ich gehe jetzt«, sagte sie müde.

»Sie können nicht gehen. Wohin wollen Sie gehen?«

»Es ist vorbei. Diese ganze Geschichte.«

Prudence Jebb sah ihr nach. Sie sollte sie aufhalten, sagte sie sich. Sie sollte sie aufhalten. Wieso konnte sie sich nicht bewegen?

Der Hals tat ihr weh. Dagegen hatte sie ein Heilmittel, dachte sie automatisch. Aber wo war es? Alles war durcheinander geraten. Bewegungslos stand sie da, mit leeren Händen. Selbst wenn sie wüsste, wo es war – käme sie überhaupt dran? Könnte sie den kleinen Deckel des Glases aufschrauben, oder würden ihre Hände, schattenhaft wie Geister, durch das Glas hindurchgreifen? Das Risiko war zu groß. Sie durfte sich nicht bewegen. Nur ihre Bewegungslosigkeit stand zwischen ihr und dem Nichts.

Draußen hörte sie den plötzlichen Schrei der Krähen. Sie lauschte angestrengt und dachte an den kreisenden Flug der schwarzen Vögel und an die nassen Wälder ihrer Kindheit.

Vanessa und Khusam starrten sich eine Zeit lang schweigend an. »Du kannst nicht zu Fuß gehen«, sagte Khusam schließlich, fast unbekümmert, »die Bären werden dich fressen.«

»Du hast doch gesagt, es gibt keine mehr«, sagte Vanessa und war erleichtert, dass die Unterhaltung eine Wendung ins Scherzhafte nahm. Aber ihre Erwiderung schien ihn wieder in Wut zu versetzen. Abrupt stand er auf und packte sie an den Schultern, als wollte er sie schütteln.

»Hör mit dem Geplänkel auf«, sagte er zornig.

Bis zu diesem Augenblick hatte Vanessa noch nicht richtig begriffen, was ihr drohte. Mit dem Verstand hatte sie es gewusst, aber sie hatte noch nicht das Gefühl gehabt, dass es ihr mit Sicherheit bevorstand. Jetzt, als er sie berührte, war ihr klar, dass nichts, was sie vielleicht sagen oder tun konnte, den

Lauf der Dinge ändern würde. Dass sein Zorn ein Teil von ihm war, etwas, woran er sich klammerte, so, wie er sich an seinen Titel klammerte, der vor fünfzig Jahren noch einen Sinn gehabt hätte, aber jetzt nichts als ein Spitzname war, ein Scherz. Kurz zuvor war es ihr vorgekommen, als ob er es genieße, und jetzt sah sie, dass sie sich nicht geirrt hatte. Es verschaffte ihm Befriedigung – fast Freude – eine Zielscheibe für seinen Zorn zu haben. Aber diese Einsicht war zu spät gekommen. Der richtige Zeitpunkt war schon lange vorbei. Sie wusste, dass sie Ashagiri erreichen musste. Die Straße, die dorthin führte. Irgendwann in den nächsten Stunden. Darauf konzentrierte sie sich jetzt. Sie stellte sich vor, wie es am Morgen sein würde, wenn sie alles, was hier passieren müsste, schon hinter sich hatte. Die Räder des Jeeps, der sie zurückbrachte. Wie sich der Abstand zwischen dann und jetzt mit jeder Sekunde vergrößerte. Alles andere war unbedeutend. Alles andere musste sie sich aus dem Kopf schlagen. Sie musste auf irgendeine Weise das Entsetzen und die Schande der unmittelbaren Zukunft überspringen und sich jetzt schon in jener Sicherheit wähnen. Auf der Straße, auf dem Weg zurück. Immer noch sie selbst, unter einem anderen Himmel. Khusam packte sie plötzlich an der Taille, zog und schob sie gleichzeitig, sodass sie zu einem kleinen schlurfenden Tanz gezwungen war, um das Gleichgewicht nicht zu verlieren.

»Hör auf! Lass das sein!«

Er zwängte seinen Oberschenkel zwischen ihre Beine, hob sie an und schob sie vor sich her. Gleich würde sie hinfallen. Instinktiv, verwirrt griff sie nach seinen Schultern, um sich festzuhalten. In diesem Augenblick wusste sie nicht, welcher Wunsch dringender war: sich ihm zu widersetzen oder die Balance zu halten.

»Bitte, Alex. Bitte.«

Seine Hand lag an ihrem Nacken, er drehte ihren Kopf zu sich hin, wie jemand, der einen Spiegel einstellt. Er roch anders als zuvor. Verschwitzt. Gewürzt mit dem leichten, unangenehmen Beigeschmack seiner Erregung.

Ich bin auf dieser Straße, dachte sie. Ich bin schon dort. Das hier gehört der Vergangenheit an.

Gleich werde ich hinfallen, dachte sie. Er wird auf mir liegen. Und ich weiß nicht, ob ich dann noch atmen kann. Etwas an ihm stimmt nicht. Ja, es ist sein Mund. Meine Mutter hat es erkannt. Ach, Mama. Ihre Augen füllten sich mit Tränen. Bitte, mach, dass ich wenigstens atmen kann! Mach, dass er mich atmen lässt.

Ein Geräusch an der Tür. Khusam, der sie immer noch festhielt, horchte auf und wandte sich um. Wieder das Geräusch. Laute Stimmen, ein Klappern, als versuche jemand hereinzukommen, der mit der Mechanik der Tür nicht vertraut war.

Khusam sagte etwas. Einen Befehl. Sehr laut und zornig. Vanessa hörte, wie der Diener auf der anderen Seite der Tür mit großer Erregung sprach. Die Tür flog auf.

»Hallo!«, sagte John Walcott mit lauter Stimme. Seine Augen erfassten die Szene. Khusam, erstaunt, mit rotem Kopf. Vanessa, die Arme gegen ihn gestemmt, mit nassem Gesicht. »Ich komme Vanessa abholen«, sagte John mit fröhlicher Stimme. »Ich hatte versprochen, sie abzuholen.«

Khusam starrte ihn entgeistert an und bekam kein Wort heraus.

»Hast du dein Zeug beisammen, Vanessa?«, fragte John im gleichen leutseligen Ton. »Am besten fahren wir gleich los. Ich habe Mrs. Macdonalds Jeep geborgt, weißt du, und ich muss ihn noch in der Nacht wieder zurückbringen.«

»Was haben Sie hier zu suchen?«, sagte Khusam wütend. »Unterstehen Sie sich …«

»Man wird sich Sorgen machen, wenn wir nicht rechtzeitig zurück sind«, unterbrach ihn John. »In der Nacht ist die Strecke ziemlich schwer zu befahren. Wir wollen doch nicht, dass man Suchtrupps nach uns losschickt.«

Khusam sah seinen Diener kurz an, der hinter John den Raum betreten hatte und jetzt in der Tür stand, als wollte er den Weg versperren. Er zögerte. Dann ließ er die Arme fallen.

»So, so. Jetzt ist unser Maler auch noch hier«, sagte er mit ausdrucksloser Stimme. »Der Maler der kleinen Dinge.«

John lächelte. »Hattest du eine Tasche mit, Vanessa?«

Einen Augenblick lang sah sie verwirrt aus, dann fiel ihr der kleine Rucksack ein, der neben den Kissen lag. Mit steifer Bewegung hob sie ihn auf.

»Der Maler der kleinen Dinge«, wiederholte Khusam. Vanessa beachtete er nicht. »Neulich, als wir uns am Abend unterhielten, fragte ich mich, ob er vielleicht klein malt, weil auch sein Gesichtsfeld ... sehr klein ist.«

»Die Frage ist nicht unberechtigt«, sagte John freundlich.

»Ja.« Khusam hakte nach. »Ein Gesichtsfeld, das nicht größer ist als seine Bilder. So klein wie eine Briefmarke.«

»Wahrscheinlich haben Sie Recht. Das war schon immer mein Problem. Leider kann ich nichts dafür. Ich muss mir immer die Einzelheiten ansehen.«

Khusam verzog verächtlich den Mund.

»Am besten gehen wir jetzt gleich«, sagte John und gab Vanessa ein Zeichen. Schweigend ging sie auf ihn zu, ohne Khusam noch einmal anzusehen. An der Tür blieb sie plötzlich stehen.

»Ich kann nicht ...«, flüsterte sie John zu. »Meine Schuhe!«

»Darüber würde ich mir nicht gerade jetzt den Kopf zerbrechen«, erwiderte John flüsternd und warf einen Blick auf

Khusams grimmigen Diener. »Barfuß geht es auch. Wir müssen nicht weit laufen.«

Gemessenen Schrittes ging er mit ihr die Treppe hinunter und durch die Eingangshalle auf die Tore des Palastes zu. Nichts an seiner Haltung ließ den Eindruck von Flucht aufkommen. Aber sobald er im Jeep saß, startete er den Motor und fuhr schon rückwärts aus dem Hof, noch bevor Vanessa Zeit hatte, den Sitzgurt festzuschnallen.

»Pass auf die Torpfosten auf«, schrie sie.

»Verdammte Dinger. Schauen aus wie bluttriefende Galgen.«

»Ja. Das sind sie auch. Sie triefen von Blut. Ganz wörtlich.«

John sah sie fragend an.

»Es ist eine lange Geschichte«, sagte sie tonlos.

Als sie die Straße erreicht hatten, schwiegen sie eine Weile. John fuhr langsam. Er beugte sich weit nach vorn und umklammerte bei jeder Kurve das Lenkrad.

»Woher wusstest du, wo ich war?«, sagte sie schließlich.

»Deine Mutter und Bharani. Beim Dinner. Anscheinend hat der Prinz einen gewissen Ruf. Sie machten sich Sorgen um dich. Mrs. Macdonald auch.«

Dann fing sie zu weinen an. Die Tränen kamen so schnell, dass es keinen Zweck hatte, sie wegzuwischen.

»Ich komme mir so dumm vor. So dumm und nutzlos.«

»Habe ich dir schon erzählt, dass auch ich ein Einzelkind bin?«, sagte John, um sie vom Thema abzulenken. »Ich kam erst auf die Welt, als meine Eltern schon ziemlich alt waren. Aber sie gehörten zu der Sorte von Leuten, die schon wie fünfzig wirken, wenn sie noch in den Zwanzigern sind. So waren sie einfach. Mir kam es vor, als seien sie schon immer alt gewesen.«

Er redete, ohne sie anzuschauen, und das wirkte ungemein freundschaftlich. Als wollte er ihr Weinen nicht in den Mittelpunkt stellen, aber ihr gleichzeitig zeigen, dass sie sich dessen nicht schämen musste.

»Jedes Jahr fuhren wir in den Urlaub«, fuhr er fort. »Immer in England. Wir haben das Land nie verlassen. Wir fuhren nach Cumberland und Devon. An Orte, deren Namen eine Beziehung zu Speisen haben. Cumberland Pie. Kendall Mint Cake. Vermutlich gab es ihnen ein Gefühl der Sicherheit. Meine Eltern waren nicht gerade risikofreudig. Wir übernachteten immer in Bed-&-Breakfast-Häusern. Ich erinnere mich noch an lange Gespräche über die Qualität der verschiedenen Frühstücke. Über die Schwierigkeit, ein wirklich gutes, altmodisches englisches Frühstück zu bekommen, im Gegensatz zum kontinentalen. Meine Mutter fand das kontinentale Frühstück empörend. Sie sagte immer, wenn sie dänisches Gebäck gewollt hätte, wäre sie gleich nach Dänemark gefahren, vielen Dank.«

Während er sprach, sah Vanessa hinaus in die Finsternis. Es gab nichts zu sehen außer der Spiegelung ihrer eigenen Tränen.

»Ich glaube nicht, dass ich mich eigentlich langweilte«, sagte John, »aber ich war allein. Ich habe anscheinend viel Zeit damit verbracht, aus dem Fenster zu schauen. Einmal, weiß ich noch, in Cornwall, übernachteten wir in einer Pension direkt am Meer. Vom Fenster der vorderen Zimmer aus konnte man die Wellen sehen. Zwischen dem Haus und dem Meer war ein kleiner Vorgarten und eine Straße, aber der Boden fiel ein wenig ab, und wenn man zum Fenster hinausschaute, sah man überhaupt nichts von der Straße. Nur die obere Hälfte der Hecken zu beiden Seiten und das Wasser dahinter. Ich stand da und sah hinaus, und ich hörte dieses Trommeln. Ich muss damals sechs oder sieben gewesen sein.

Anfangs wusste ich nicht, was es war. Es war sehr laut und wurde immer lauter. Anders, als wenn man eine Trommel schlägt. Viel zu chaotisch. Wie Donner, der in kleine Stücke geschlagen wird.«

»Was war es?«

»Pferde. Drei Pferde kamen plötzlich um die Ecke. Sie galoppierten die Straße herunter. Zwei waren braun, eins schwarz. Ich konnte sie sehr deutlich sehen, weil die Hecke niedrig war. Und weil sie so groß waren. Wenigstens kamen sie mir groß vor. Es war ein sehr windiger Tag, und sie liefen direkt in den Wind hinein. Ihre Mähnen flogen nach hinten, und die zerrissenen Zügel schleiften am Boden. Ich hatte noch nie so etwas Schönes gesehen.«

»Wo kamen sie her?«

Er schüttelte den Kopf. »Ich weiß nicht. Sie müssen irgendwo ausgebrochen sein. Ich wollte, dass sie ewig weitergaloppierten. Mein Vater meinte: ›Irgendjemand wird ganz schön Arger kriegen‹, und dann machte er das Fenster zu.«

»Ich hätte es wissen müssen«, sagte Vanessa, »dass ich nicht mit Alex wegfahren sollte. Ich hätte gescheiter sein müssen.«

»Nein«, sagte John. »Nein. Du wolltest einfach durchbrennen. Wie die Pferde.«

Wieder fing sie an zu weinen. Diesmal ganz leise.

»So habe ich es nicht gemeint – ich wollte dich nicht unglücklich machen.«

»Es macht nichts. Wirklich.«

»Schau, es wird schon hell«, sagte er. »Bevor wir zurückkommen, gibt es etwas, was du sehen solltest. Eine Stelle, die du sehen solltest.«

»Okay«, sagte sie erschöpft. Ihr schien es, als hätte sie die Fähigkeit verloren, eigene Entscheidungen zu treffen.

Sie fuhren weiter, dann bog John in einen sandigen Pfad ein, der wenige hundert Meter bergab führte und sich zu einer Lichtung verbreiterte, die von Bäumen umgeben war. Er schaltete den Motor aus und blieb sitzen. »Der Pfad geht dort drüben weiter«, sagte er und zeigte in die Richtung.

»Kommst du nicht mit?«

Er schüttelte den Kopf. »Du solltest alleine gehen.«

»Aber wohin denn?«

»Der See heißt Wunschsee. So zumindest wird der indische Name übersetzt. Es gibt eine Sage. Angeblich kann das Wasser nichts Unreines festhalten. Der Beweis dafür ist, dass niemals etwas auf der Oberfläche schwimmt. Keine Blätter, sonst auch nichts.

»Ist das wirklich wahr?«

»Am besten schaust du selber nach.«

Zum ersten Mal, seit sie den Palast verlassen hatte, lächelte sie. »Das ist wie das letzte Mal, nicht wahr, John? Wie damals in den Bergen, als ich die Augen erst aufmachen durfte, als ich ganz in ihrer Nähe war. Du liebst Überraschungen, glaube ich.«

»Es ist das Einzige, was ich zu verschenken habe«, sagte er schlicht.

Sie schaute auf die Lücke zwischen den Bäumen auf der anderen Seite der Lichtung. »Ich kann nicht. Ich habe keine Schuhe.«

»Du kannst meine Flip-Flops haben.« Er lehnte sich nach hinten und suchte auf dem Rücksitz des Jeeps. »Sie sind irgendwo hier in meiner Tasche.

Sie sind fast neu«, sagte er etwas besorgt. »Ich habe sie nur selten getragen, ehrlich. Ich habe sie gleich gekauft, als ich herkam, weil ich dachte, so etwas trägt man in Indien. Ich konnte mich aber nie daran gewöhnen.«

»Aber sie sind viel zu groß. In denen werde ich nicht laufen können.«

»Bei Flip-Flops kommt es nicht darauf an.« Er drehte sie nachdenklich in den Händen hin und her. »Erstaunliche Dinger. Die halbe Welt trägt sie an den Füßen. Ich habe mich immer wieder gefragt, wer sie erfunden hat.«

Vanessa nahm sie. »Vielleicht sollte ich es einmal versuchen.« Sie öffnete die Tür des Jeeps. Draußen war es kühl. Der Himmel trug die silberne Farbe der Morgendämmerung. Ohne sich umzudrehen ging sie auf den Pfad zu. Sie konnte das Wasser riechen. Ein grüner Duft, der stärker wurde, sobald sie unter den Bäumen war. Der Weg war steinig, und Johns Versicherungen zum Trotz rutschte sie beim Gehen mehrere Male aus, und die Flip-Flops klatschten schwerfällig an ihre Fersen. Hier war es dunkler. Selbst in der Mittagszeit dürfte die Sonne kaum durch die Blätter dringen. Ihre Füße patschten in eine schlammige Pfütze voller Zweige. Sie zögerte und sah nach hinten auf den Weg, den sie gekommen war, dann stapfte sie weiter mit gesenktem Kopf und konzentrierte sich darauf, wie sie ihre Füße setzen sollte. Etwa hundert Meter weiter kam eine leichte Biegung, und sie sah, dass sie jetzt auf Brettern ging. Sie blickte auf. Sie stand auf einem schmalen Holzsteg, der ins Wasser führte. Vanessa blieb stehen. Ein einziger Atemzug durchfuhr ihren Körper und löste sich in einem tiefen Seufzer. Der See lag in einer natürlichen Mulde, die mehrere hundert Fuß breit und von dichtem Wald umgeben war. Um das Wasser wuchs ein Gürtel aus Riedgras, von gelblicher Farbe und sehr dicht. Auf drei Uferseiten standen im Abstand von jeweils zehn Fuß Hunderte von hölzernen Pfosten mit weißen Gebetsfahnen, die in der sanften Brise flatterten. Das Wasser war ganz still. Auf seiner glänzenden Oberfläche schwamm kein einziges Blatt, kein einziger Zweig. Es gab keinen Laut außer dem sanften Klatschen der Fahnen, dem leisen Erschauern des Riedgrases und einem einzigen Vogel, der, außer Sichtweite zwischen den Bäumen, mit gequälter, einsamer Beharrlichkeit unaufhörlich krähte.

Etwas unsicher ging sie bis ans Ende des Stegs und sah hinunter. Das Wasser war weder blau noch grau oder braun. Es war einfach transparent. Unbeschmutzt, unberührt. Sie konnte bis auf den sandigen Grund des Sees hinunterschauen. Vanessa setzte sich und ließ die Füße über den Rand baumeln; fast berührten sie die Oberfläche des Wassers.

Am liebsten wäre sie durchs Wasser gewatet, wäre sie einfach hineingeschlüpft, in ihren Jeans, und hätte das Wasser am Körper gespürt. Nichts in ihrem ganzen bisherigen Leben hatte sie so sehr gewollt. So etwas tat man doch in Indien, dachte sie in einem Anflug von Selbstironie. Die Leute stürzten sich doch am laufenden Band in den Ganges. Touristen, die Erleuchtung suchten in Gewässern, die so verdreckt waren, dass sie zu Hause nicht einmal ihre Klos damit spülen würden. So etwas gab Leuten wie Greg ihren Kick. Und was hätte sie davon, wenn sie sowieso nur nass würde?

Sie dachte an den Sommer, als sie dreizehn wurde. Sie war bis zum Hals im Meer, paddelte wie ein Hund im Wasser und schaute zurück zum Strand. Die Familie war auf Urlaub. In der Ferne waren ihre Mutter und ihr Vater kleine Punkte auf dem Sand. Sie liebte das Wasser. Wie immer hatte sie auf dem Weg zum Strand diesem Augenblick entgegengefiebert. Der erste Blick auf das Meer durchdrang sie jedesmal mit einer Freude, die sie nicht in Worte fassen konnte. Und dann die Hetze, bis sie den Badeanzug anhatte. Das Gefummel unter den Handtüchern auf dem Strand, die neue

Schamhaftigkeit wegen der winzigen Brüste, die anscheinend über Nacht hervorgesprossen und ihr so furchtbar peinlich waren. Sie hasste diesen Zustand, der nichts Ganzes und nichts Halbes war. Wenn sie doch bloß verschwinden würden, oder endlich richtig wachsen!

Und jetzt – jetzt stand sie da, bis zum Hals. Sie wartete darauf, dass die gewohnte Freude sie überflutete. Aber die Freude blieb aus. Natürlich war es schön im Wasser. Kühl, belebend, es erfüllte sie mit einem Gefühl der Freiheit, aber etwas fehlte. Die alte Ausgelassenheit war nicht mehr da. Ebenso wie ihr kindlicher Körper. Auf ewig verschwunden. In diesem Augenblick wurde ihr bewusst, dass sie gar nicht im Meer war. Das Wasser lässt dich nie hinein, es vereinigt sich nicht mit dir. Es teilt sich nur, um pflichtgemäß deine Gestalt aufzunehmen, und bewahrt seine Geheimnisse für sich. Eine eigenartige Trostlosigkeit überkam sie. Ihre blassen Beine paddelten unter ihr, ihr Herz war voller unerklärlicher Traurigkeit. Bald, wenn sie müde war, würde sie zum Ufer zurückkehren, und das Wasser würde sich hinter ihr wieder schließen, als wäre sie nie darin geschwommen. Und so würde es immer sein, ganz gleich, in welchen Meeren sie badete.

Nein, es hätte keinen Zweck, nass zu werden. Außerdem würde sie Mrs. Macdonalds Jeep auch noch nass machen. Die Demütigung ihrer Begegnung mit Alex Khusam würde durch den völlig aufgeweichten Beifahrersitz noch verschlimmert.

Aber der See war so schön. Und es gab niemand, der sie sehen könnte. Sie beugte sich hinunter, zog Johns Flip-Flops aus und stellte sie sorgfältig nebeneinander auf den Steg. Dann hielt sie sich am Rand fest und ließ sich langsam ins Wasser gleiten. Das Wasser war kühl, weich wie Seide und ging ihr bis zur Hüfte. Sie blieb dort stehen, bis sie sich an das Gefühl gewöhnt hatte, dann ging sie ein paar Schritte weiter. Ihre Füße rührten kleine gelbe Wolken auf. Bald stand sie bis zur Brust im Wasser. Sie blieb stehen, breitete die Arme auf der Wasseroberfläche aus und sah zum Himmel hinauf.

Wunschsee. Wahrscheinlich sollte sie sich etwas wünschen. Was wollte sie? Was wollte sie wirklich? Wie sollte sie die verworrenen, unausgesprochenen Sehnsüchte in einen klaren Wunsch zusammenfassen? Beim Wünschen gab es feste Regeln. Ihre Mutter kannte sie. Ein Wunsch könne unaufhörlich weitergehen, hatte ihre Mutter einmal gesagt, solange man die Punkte wegließ. Wenn man nur Kommas machte, konnte man immer weiter wünschen, bis einem die Luft ausging. In den Märchen waren meistens drei Wünsche erlaubt. Ihr war das immer wie eine Einladung zum Schwindeln vorgekommen. Auch wenn man die ersten beiden verschwendet hatte, konnte man mit dem dritten Wunsch immer noch drei oder fünf oder zehn zusätzliche verlangen. Dass in den Märchen niemand auf diese einfache Lösung gekommen war, hatte sie sich nie erklären können. Aber jetzt, wo sie bis zu den Achseln im Wasser stand, wurde Vanessa von Müdigkeit überwältigt. Das Problem beim Wünschen war, dachte sie, dass es so viel Kraft kostete.

Plötzlich wünschte sie sich, keine Wünsche mehr zu haben. Stattdessen einmal, nur einmal in ihrem Leben, der Gegenstand eines Wunsches zu sein.

Wenn man gewünscht wird, das ist, wie wenn man gesegnet wird. Den Segen wollte sie. Der ihr erteilt wird, nicht weil sie etwas gesagt oder getan hat, sondern als Geschenk. War es nicht das, was jeder insgeheim für sich erhoffte? Die Last des Wünschens abzulegen, die endlose Anstrengung des Wollens? Sie schloss die Augen. Sie spürte etwas um ihre

Knöchel, eine sehr kleine und sehr sanfte Berührung. Wenn sie nicht so ruhig dagestanden hätte, wäre sie ihr entgangen. Sie sah hinunter. Im Wasser um ihre Knöchel schwammen Goldfische. Vor langer Zeit, vielleicht vor vielen Jahren, hatte jemand einige im See ausgesetzt, und sie hatten sich vermehrt. Unnütz, schön. Einst, vor langer Zeit, hatte jemand vom Gold in diesem Wasser geträumt, und nun gab es hier Gold. Sie würde nie den Grund erfahren.

Vanessa sah ihnen lange zu. Wenn der Segen von einem Ort kommt, der jenseits unseres Wollens liegt, dann können wir ihn nicht im Gebet erflehen. Er kommt nicht auf unsere Bitte hin. Das, worum wir bitten müssen, ist etwas anderes. Dass wir in unserem Leben Augenblicke erleben – vielleicht nur wenige und kurze –, in denen wir erkennen, dass wir gesegnet werden. In denen wir verstehen, dass wir nur eines brauchen: erkannt zu werden.

In dem Wasser, das nichts Unreines festhielt, legte sie, von Goldfischen geküsst, ihre Stirn an die kühle Handfläche des Himmels und spürte, wie Ruhe in sie einkehrte.

Als sie zurückkam, war John eingeschlafen. Sein Kopf weit zurückgelehnt, seine großen Hände immer noch auf dem Lenkrad. Er wachte auf, als sie die Tür öffnete, und sah sie kommentarlos an. Als überrasche ihn der Anblick ihrer triefenden Erscheinung nicht im Geringsten. »Jeans sind die ungeeignetsten Kleidungsstücke, wenn man Schwimmen gehen will«, sagte sie und hievte sich auf den Sitz neben ihm. »Ich fürchte, es wird eine Riesenschweinerei.«

»Das glaube ich nicht. Es kann nicht so schlimm werden. Die Sitze sind sowieso aus Plastik.« Er lächelte. »Bist du soweit?«

»Noch nicht ganz. Ich brauche noch eine Minute.«

Eine Weile saßen sie schweigend da und sahen zu, wie sich das Licht veränderte. Vanessa dachte an den See, der jetzt hinter den Bäumen verborgen lag, und fragte sich, ob sie ihn jemals wiederfinden würde. Ob sie die Straße wiederfinden und dann die Abzweigung erkennen würde, die zu diesem Pfad führte. So ein Ort müsste auf der Karte verzeichnet sein. Vielleicht könnte sie in Ashagiri eine Karte auftreiben.

Jetzt fror sie. Das Wasser trocknete auf ihrer Haut. Ihre durchfrorenen Hände auf ihrem Schoß waren blasser als sonst, fast silbrig. Sie hatten fast die gleiche Farbe wie die neuen Schuhe ihrer Mutter, bevor sie sie auf dem Weg zum Glenside an jenem ersten Abend schmutzig gemacht hatte. Es gibt keine Landkarte, dachte sie plötzlich, keinen Schlüssel. Kein Muster in den Sternen, keinen Wegweiser. Die Welt ist schön, dachte sie, weil sie sich nicht von selbst erklärt.

»Wir werden gerade rechtzeitig zum Frühstück eintreffen«, sagte John und schaltete die Zündung ein.

Sie stellte sich vor, wie sie alle da im Speiseraum um den Tisch saßen. Ihre Mutter, Bharani, Mrs. Macdonald, Greg und die magere kleine Tish.

»Ich hoffe …«, fing sie an, »hoffentlich muss ich nicht …«

»… allen erzählen, was passiert ist?«

»Ja. Ich will das nicht alles durchkauen müssen. Ich habe keinen Grund, darauf stolz zu sein.«

»Ich würde mir an deiner Stelle keine Sorgen machen. Ich glaube, du musst niemandem etwas erzählen, wenn du nicht willst. Khusam wird wohl kaum etwas sagen. Ich rechne nicht damit, dass er sich in nächster Zeit im Glenside blicken lässt.«

Ein Augenblick lang sah er zornig aus. Sein Gesicht war starr, störrisch. Diesen Blick hatte sie noch nie zuvor bei ihm gesehen und, ohne zu wissen warum, war sie ihm dankbar dafür.

»Das Problem mit Alex ist«, sagte sie, »dass alles nach seinem Plan laufen muss.«

John presste die Lippen zusammen.

»Verstehst du nicht? Alles muss so sein, wie er es sich vorstellt«, sagte Vanessa fast traurig. »Dieser Palast zum Beispiel. Er ist dort eingesperrt. Eingesperrt in seine Vorstellung davon, wie die Welt sein sollte.«

»Davon habe ich keine Ahnung«, sagte John kurz angebunden. »Für mich ist ziemlich klar, was für ein Mensch er ist.«

»Meine Mutter erzählt diese Geschichte von einem Seepferdchen«, sagte Vanessa. »Ich muss immer wieder daran denken. Als kleines Mädchen hatte sie noch nie das Meer gesehen, und sie glaubte, dass Seepferdchen so etwas Ähnliches wären wie richtige Pferde. Vielleicht wie die Pferde in deiner Geschichte. Sie glaubte, dass eines in einer Schublade in ihrer Schule wohnte. Meine Mutter ist kein besonders logisch denkender Mensch. Auch jetzt nicht. Rationales Denken gehört nicht zu ihren Stärken. Sie wollte, dass ein Pferd in dieser Schublade ist, und weil sie es wollte, glaubte sie, dass es so sei. Und eines Tages durfte sie das Seepferdchen sehen, und es war ganz winzig und ganz und gar nicht wie ein richtiges Pferd. Sie war furchtbar enttäuscht.«

Er lachte. »Ja, das kann ich verstehen.«

»Aber das ist noch nicht die richtige Pointe dieser Geschichte. Die Pointe ist, dass sie das Seepferdchen ansah und es trotzdem liebte. Trotz ihrer Enttäuschung.« Sie machte eine Pause. »Manchmal glaube ich, dass diese Geschichte das Wesen meiner Mutter erfasst. Ihre großen Erwartungen. Und am Ende machen sie auch ganz kleine Sachen glücklich.

Ich glaube, dass Alex ... Alex ist genau das Gegenteil von ihr.«

»Man sollte diesem Mann das Handwerk legen.«

»Du meinst, ich sollte den Vorfall melden?«

»Vielleicht ... das kannst natürlich nur du entscheiden.«

»Ich habe so das Gefühl, dass es mich nicht sehr weit bringen würde.«

»Immerhin hast du einen Zeugen«, sagte John. »Ich würde alles bestätigen.«

»Das weiß ich, John. Es ist nur so ... in ein paar Tagen reisen wir ab. Ich möchte eigentlich nicht meine letzten Stunden hier in diesem Land kaputtmachen. Für meine Mutter war alles sowieso schon schwierig genug. Mein Gott, es klingt, als würde ich Ausreden erfinden. Ich hätte nie gedacht, dass ich der Mensch bin, der so etwas einfach schluckt, ohne ein Riesentheater aufzuziehen. Vielleicht, wenn es ... weiter gegangen wäre, würde ich anders reagieren.«

»Ich glaube nicht, dass du Ausreden erfindest.«

»Die Wahrheit ist, ich hätte klüger sein müssen. Eine anständige Frau benimmt sich einfach nicht so in diesem Land.«

»Ich glaube, deine Mutter wird erleichtert sein, wenn sie dich wiedersieht«, sagte John. »Sie hat sich so viel Mühe gegeben, sich nicht aufzuregen.«

»Wir sind im Streit auseinander gegangen«, sagte sie traurig. »Wir hatten eine Meinungsverschiedenheit, und ich habe mich nicht entschuldigt.«

»Das kannst du nachholen, wenn du wieder da bist.«

»Ja«, sagte sie, obwohl ihr klar war, dass das, was sie einander gesagt hatten, nie wieder zur Sprache kommen würde. Aber gerade diese Sprachlosigkeit empfand sie jetzt als Trost. Weil sie Gerechtigkeit nicht beansprucht, kennt die Vergebung keine Grenzen.

»Ich habe dir noch nicht gedankt. Dafür, dass du mich gerettet hast.«

Er machte ein verlegenes Gesicht. »Nun ... es war eigentlich nichts Besonderes. Obwohl es da an der Tür einen Augenblick lang aussah, als könnte es auch anders ausgehen.«

»Mit dem Diener? Was hättest du getan? Hättest du dich mit ihm geschlagen?«

»Mir wäre nichts anderes übrig geblieben. Ich war noch nie in meinem Leben in eine Schlägerei verwickelt. Wahrscheinlich hätte ich Scheiße gebaut.«

»Ja, das glaube ich auch.«

»Zum Glück musste ich nicht.«

»Ich bin noch nie zuvor gerettet worden, also kann ich es mit nichts vergleichen, aber ich finde, es war einfach klasse! Auch wenn du dich mit niemandem prügeln musstest.«

»Einigen wir uns darauf, ich bleibe bei meiner Malerei. Das Malen ist viel leichter.«

Sie schaute ihn eine Weile nachdenklich an. Ein ungewöhnlicher Mensch, dachte sie. Nicht wie alle anderen. Mit seinem Stottern und seinen seltsamen Leidenschaften. Vielleicht dazu verdammt, immer aus der Reihe zu tanzen. Sie hatte sich gefragt, woran es lag, dass solche Männer sich von ihr angezogen fühlten, und jetzt wusste sie die Antwort. Es war, weil sie sich von solchen Männern angezogen fühlte. Es war schon immer so gewesen. Von den Einzelgängern, den Sonderlingen. Michael der Verwirrte, Martin Sorenson der Einsame, Theodore Christmas mit den Glupschaugen und den glänzenden Schuhen. Selbst Bharani, der, wie ihr jetzt bewusst wurde, sie zum Lachen gebracht hatte, auf eine Weise, wie es Alex Khusam nie gelungen wäre.

Und jetzt John. Ein Junge, der seine ganze Kindheit damit verbracht hatte, zum Fenster hinauszustarren, und der immer noch starrte, obwohl inzwischen alle Fenster offen standen.

»Ich habe mir über deine Malerei Gedanken gemacht«, sagte sie unvermittelt, als hätte sie plötzlich einen Entschluss gefasst. »Über die Schwierigkeiten, die du hast, deine Bilder auszustellen. Ich glaube, du brauchst eine Website. Ich könnte sie für dich entwerfen, wenn du es möchtest. Wenn ich nach Hause komme.«

»Wirklich?« Er sah sie an, und sein Gesicht leuchtete. Seine Augen waren so klar wie das Wasser im Wunschsee.

»Kein Problem«, sagte Vanessa.

VIERTER TEIL

Traumfelsen

Es war Frühstückszeit, als sie den Speiseraum im Glenside betraten, aber Marion, Tish, Greg und Bharani, die zusammen um einen Tisch saßen, schienen gar nichts zu essen. Stattdessen unterhielten sie sich mit leisen, besorgten Stimmen, als drohe eine Krise, die sie alle betraf. Selbst Bharani, der im Normalfall imstande war, ein halbes Dutzend Pfannkuchen hintereinander zu vertilgen, schien den Appetit verloren zu haben. Er saß in sich versunken da und stützte sich mit den Ellenbogen auf den Tisch, ein Bild der Niedergeschlagenheit.

»Da seid ihr endlich«, rief Marion, als sie John und Vanessa hereinkommen sah. »Ich bin so froh, dass du wieder da bist.«

»Habt ihr alle auf mich gewartet?«, fragte Vanessa verblüfft. »Das wäre doch nicht nötig gewesen. Mir fehlt nichts.«

Sie sahen sie überrascht an.

»Wo ist Mrs. Macdonald?«

Bharani seufzte und wiegte dramatisch den Kopf hin und her.

»Natürlich haben wir uns Sorgen um dich gemacht«, sagte Marion zu Vanessa. »Natürlich war ich ...«

»Wir warten auf Mrs. Macdonald«, teilte ihr Bharani mit. »Der Diener wird sie bald hereinbringen.«

»Die arme Mrs. Macdonald«, klagte Tish. »Wo sie doch so viel für uns getan hat ...«

»Man wird sie natürlich informiert haben«, sagte Bharani. »Mich hat man auch informiert.« Die anderen nickten.

»Worüber informiert? Wovon reden Sie denn?« Vanessa fühlte sich allmählich ein wenig verärgert.

»Es geht um Dorothy Nichols«, sagte Bharani mit wichtiger Miene. »Sie ist verschwunden. Es stellt sich heraus, dass sie nicht der Mensch war, für den wir sie gehalten haben.«

»Sie war eine Hochstaplerin«, warf Tish aufgeregt ein.

»Das stimmt«, sagte Bharani hastig, darauf bedacht, seine Rolle als Berichterstatter nicht zu verlieren. »Das stimmt. Sie hieß gar nicht Dorothy Nichols. Der Name war nicht echt.« Er senkte die Stimme. »Sie muss alles vom Anfang an geplant haben. Es ist möglich, dass sie einen Komplizen hatte, dass sie sozusagen das Haus auskundschaften sollte. Ein Bandenmitglied.«

»Aber was hat sie getan?«

»Sie ist mit Mrs. Macdonalds Thangkas auf und davon«, verkündete Bharani. »Die kostbaren Thangkas von Alexandra David-Néel. Sie sind ein Vermögen wert. Ein kleines Vermögen.«

»Ich habe gleich gewusst, dass sie eine Schwindlerin ist«, sagte Greg. »Ich habe es dir gesagt, stimmt's, Tish?«

»Du hast lediglich gesagt, du magst sie nicht. Du hast nicht gesagt, dass sie eine Schwindlerin ist.« Die Dramatik der Lage hatte Tish Mut gemacht. »Ich fand sie immer ganz nett.«

»Du findest alle Menschen nett. Ich habe mich nicht von diesem fürsorglichen Getue blenden lassen. Es gehörte offenkundig zu ihrem Plan.«

»Ja«, sagte Bharani. »Sie tat nur so, als ob ihr etwas daran läge. Sie hat Theater gespielt.«

»Setz dich doch«, sagte Marion zu Vanessa. »Du musst völlig erschöpft sein. Und John auch. Trinkt doch eine Tasse Tee. Wir warten darauf, dass Mrs. Macdonald herunterkommt.«

»Damit wir ihr unser Mitgefühl aussprechen können«, mischte sich Bharani ein. »Um ihr zu zeigen, dass sie noch Freunde hat.«

»Mein Gott«, sagte Vanessa. »Ich habe Dorothy schon für eigenartig gehalten, aber ich dachte nicht, dass sie eine Diebin sein könnte.«

»Ist bei dir alles in Ordnung?«, fragte ihre Mutter leise. »Weißt du, Vanessa, ich hatte mir wirklich Sorgen um dich gemacht.«

»Mir geht es prächtig. Es ist nichts passiert. John hat mich zurückgebracht. Weiß jemand, ob die Thangkhas versichert waren?«

»Es geht um den ideellen Wert – der ist unersetzlich«, sagte Bharani. »Es geht Mrs. Macdonald nicht um das Geld …«

In diesem Augenblick traf die alte Dame selbst ein. »Mrs. Macdonald!«, rief er besorgt aus. »Sie tun mir so Leid. Aber sie wird nicht weit kommen. Die Polizei wird sie verhaften. Ich habe vollkommenes Vertrauen zu unserer Polizei.«

Mrs. Macdonald schenkte dem Diener ein dankbares Lächeln und machte es sich auf ihrer Chaiselongue bequem. Sie sah in die Runde ihrer Gäste.

»Ach, Bharani«, sagte sie traurig. »Jeder von uns …«

»Der Diener überbrachte mir die Nachricht heute früh«, sagte Bharani. »Er wollte wissen, ob ich Dorothy gesehen habe. Die Thangkhas seien verschwunden, sagte er, und sie auch, also müsse man wohl daraus schließen … Dann erzählte uns Mrs. West, dass Dorothy gar nicht Dorothy sei. Sie sei eine ganz Andere. Soundso Jebb. Es ist alles so verwirrend.«

Mrs. Macdonald seufzte. »Die arme Dorothy …«

»Aber sie war nicht Dorothy. Sie war jemand anders.

Soundso Jebb.« Bharani gab nicht nach. »Und sie ist überhaupt nicht arm. Diese kostbaren Stücke sind ein Vermögen wert, Mrs. Macdonald.«

»Ja, ich weiß.« Mrs. Macdonald wechselte einen viel sagenden Blick mit Marion. »Ich kenne die ganze Geschichte. Marion hat mir bereits alles erzählt. Sie brauchen sich meinetwegen wirklich keine Sorgen zu machen.«

»So ein Mist, dass sie die Thangkhas mitgenommen hat!«, sagte Greg. »Es gibt einen schwarzen Markt für solches Zeug. Eigentlich darf es nicht aus dem Land gebracht werden, aber es kommt immer wieder vor. Es ist erstaunlich, was man hierzulande mit einer kleinen Bestechung erreichen kann.«

»Ich glaube nicht, dass Dorothy große Schwierigkeiten haben wird, das Land mit meinen Thangkhas zu verlassen«, sagte Mrs. Macdonald. »Ich kann mir vorstellen, dass der Zoll einfach annimmt, sie hätte sie in einem teuren Souvenirladen gekauft.«

»Sie sind aber von unschätzbarem Wert, Mrs. Macdonald!«, rief Bharani aus. »Sie stammen doch aus Lhasa ...«

Sie schüttelte den Kopf. »Nein. Die habe ich vor langer Zeit verkauft. Wir hatten damals finanzielle Schwierigkeiten mit dem Hotel. Es war in den Fünfzigerjahren, als die Touristen Indien noch nicht wirklich entdeckt hatten. Das Glenside fiel allmählich auseinander. Wir mussten renovieren ...« Sie lächelte glücklich. »Ich bilde mir ein, Alexandra David-Néel wäre sehr stolz auf mich gewesen. Sie hat sich nie an materielle Dinge geklammert. Das Geschenk machte sie mir, als ich erst dreizehn Jahre alt war, und ich verwandelte es in dieses Hotel. Hätte es sie nicht gegeben, so hätte ich das Glenside verloren. Auf seltsame Weise hat sie mir mein Leben geschenkt. Deshalb hing ich so an den Thangkhas. Ich ließ genaue Kopien davon erstellen.«

Vanessa lachte plötzlich auf. »Das gefällt mir. Die falsche Dorothy und die falschen Thangkhas. Sie gehören zusammen.«

»Ich werde sie natürlich vermissen«, fuhr Mrs. Macdonald fort. »Aber das Alter ist etwas Komisches. Man liebt seine kleinen Schätze noch mehr als früher, und trotzdem, wenn sie einmal weg sind, macht es einem kaum etwas aus …«

»Ich würde gern ihr Gesicht sehen«, sagte Greg, »wenn sie versucht, die Dinger zu verkloppen.«

»Man wird sie auslachen«, sagte Bharani mit großer Befriedigung. »Alle werden sie auslachen.«

»Ja, das mag schon sein. Trotzdem frage ich mich, ob es richtig von uns war, sie gehen zu lassen.«

»Was hätten wir dagegen tun können?«, fragte Marion. »Es gab keinen richtigen …«

»Ich weiß«, stimmte ihr Mrs. Macdonald zu. »Wir hätten sie nicht aufhalten können. Aber ich mache mir schon Sorgen, was Dorothy jetzt vorhat.«

Schon eine gute Stunde vor der vereinbarten Abreise mit dem Jeep war alles gepackt. Besonders Marion hatte darauf gedrungen, genügend Zeit für diese Aufgabe einzuplanen. »Ich verstehe nicht, warum dieser Reißverschluss nicht zugeht«, klagte sie, während sie mit ihrem Koffer kämpfte.

Vanessa machte keine Anstalten, ihr zu helfen. »Du hast einfach zu viel Zeug. Du hast von vornherein zu viel mitgeschleppt, und dann hast du mit deinen ganzen Einkäufen alles nur noch schlimmer gemacht. Avari wird traurig sein, dass du jetzt abreist.«

»Der Buddha hat so eine unpraktische Form«, sagte Marion. »Ich habe nicht daran gedacht, dass seine Knie so weit herausragen …«

»Brauchst du den Tee wirklich?« Vanessa hob das Päckchen mit der Silberfolie auf.

Marion riss es ihr aus der Hand. »Doch. Ich kann es ins Handgepäck tun. Ich muss den Tee unbedingt mitnehmen.«

»Du wirst ihn sowieso nicht trinken. Ich kenne dich ja.«

»Ich muss den Tee mitnehmen«, sagte Marion mit Nachdruck. »Er ist ein Geschenk.«

Sie stand eine Weile am Fenster und sah hinaus. Der Morgenhimmel war bewölkt, und die höchsten Gipfel der Berge blieben unsichtbar. »Ich hatte gehofft, dass wir noch die Schneehänge sehen könnten«, sagte sie. »An unserem letzten Tag.«

»Sie sind schon noch da. Wir haben sie auch gesehen, weißt du noch?«

»Ja.« Sie musste daran denken, wie viele Dinge es im Leben gibt, die so sind. Die Räume, die unsichtbar geworden, die Geräusche, die verstummt sind: beides wird aus der Erinnerung ergänzt, wieder aufgefüllt. Die Welt, die durch das Auge des Gedächtnisses erst vollständig wird.

»Also«, sagte Vanessa, »wir haben uns von allen verabschiedet. Was wollen wir jetzt machen?«

Marion sah auf die Uhr. »Komm! Ich glaube, wir haben noch ein bisschen Zeit.«

Sie schlugen wieder den Weg um die Kirche herum ein. Am Friedhof vorbei, der voller Kindergräber war, und den Berg hinauf nach St. Margaret's. Diesmal gingen sie unbeschwert, denn sie dachten an die Abreise und hatten alle Erwartungen schon hinter sich gelassen.

»Weshalb wollte dich Mrs. Macdonald noch einmal sprechen?«, fragte Vanessa. »Als wir uns von ihr verabschiedeten. Sie hat dich mit in ihr Zimmer genommen.«

»Sie wollte mir das da schenken.« Marion griff in die Tasche und zog etwas heraus, das in Seidenpapier gewickelt war. »Ihre Jade-Halskette. Sie ist sehr alt. Hast du jemals so etwas Schönes gesehen?«

Vanessa nahm die Kette in die Hand. »Sie ist wunderschön. Ein wirklich großzügiges Geschenk. Ich weiß, dass ihr zwei gut befreundet seid, aber ich frage mich schon, warum sie dir so etwas geschenkt hat?«

Marion nahm die Kette wieder an sich und wickelte sie sorgfältig ein, bevor sie die Frage beantwortete.

»Ich nehme an, dass sie mir danken wollte.«

»Wofür denn bloß?«

Marion blieb stehen und sah ihre Tochter schweigend an. Sie steckte die Kette wieder in ihre Tasche, dann ging sie weiter.

»Ich glaube, sie meint, dass ich ihr geholfen habe«, sagte sie schließlich.

»Ich habe auch ein Geschenk bekommen. Von John. Eines seiner Bilder. Das, an dem er gearbeitet hat, als wir damals hinaufstiegen, um den Sonnenaufgang zu sehen. Er wollte es mir noch nicht geben, weil es nicht ganz fertig ist, aber ich ließ nicht locker.«

»Immer musst du dich durchsetzen, Vanessa.«

»Irgendjemand muss es tun.«

»Du hast mir noch nicht von deinem Ausflug mit Alex erzählt. Wie es dir gefallen hat. Ich hatte gehofft, Alex würde einmal vorbeischauen, damit ich mich verabschieden könnte. Ich habe mich nicht viel mit ihm unterhalten, aber ich hätte ihm gern Auf Wiedersehen gesagt.«

Eine Sekunde lang dachte Vanessa daran, ihrer Mutter alles zu erzählen.

»Es war ganz nett«, sagte sie. »Es gibt eigentlich nichts zu erzählen.«

Sie sahen die Dächer der Schule, dann die Tore und den alten Hof. »Es war hinter dem Hauptgebäude. Höher oben«, sagte Marion. »Ob es immer noch einen Pfad gibt?«

»Aber wirst du ihn wiedererkennen? Es war schließlich nur ein Felsblock. Dort oben wird es doch viele Felsblöcke geben.«

»Aber er war der größte. Niemand würde ihn wegräumen, es sei denn, man wollte dort bauen. Und ich würde ihn sowieso erkennen. Ich weiß immer noch, welche Form er hatte. Dort oben habe ich die glücklichsten Augenblicke meines ganzen Lebens verbracht.«

Vanessa blieb stehen. »Ach, Mutter. Das ist so traurig. Dass die glücklichsten Zeiten so weit zurückliegen.«

Marion lächelte. »Aber das ist die beste Zeit, das Glück zu erleben. Auf diese Weise behält man das Glück am längsten.«

Jetzt lag St. Margaret's hinter ihnen, und der Wald wurde dicht.

»Hoffentlich brauchen wir keine Machete, um da durchzukommen«, sagte Vanessa und spähte durch das Laub. »Es sieht völlig verwildert aus.«

»Bestimmt nicht. Da ist ein Pfad. Er ist sogar gepflastert. Man hat ihn wohl erst in letzter Zeit gemacht.«

»Ob wohl Dorothy jemals am Traumfelsen war?«, sagte sie. »Die richtige Dorothy, meine ich. Ich könnte es mir gut vorstellen. Woran mag sie wohl gedacht haben?«

Aber Vanessa war schon vorausgelaufen.

»Komm schon, Mutter, warum gehst du so langsam?«

»Weil es steil ist und ich über sechzig bin.«

Vanessa wandte sich unvermittelt um. Marion hatte einen roten Kopf und kam nur mit Mühe voran. Ihre Mutter konnte nicht müde sein, dachte Vanessa. Sie konnte doch nicht alt sein. Noch nicht, noch nicht.

»Mach doch«, sagte sie wütend. »Wir sind fast oben.«

»Du bist so gemein. Wie komme ich zu einer so gemeinen Tochter?«

Der Weg wurde schließlich eben und mündete in einen kleinen gepflasterten Platz, der von Bäumen umgeben war. Es war dunstig hier oben und sehr still. Vanessa und Marion standen reglos da.

»Dort ist er!«, rief Marion plötzlich. »Der Traumfelsen.«

Für die kleinen Mädchen an der Schule hatte der Felsblock immer wie ein Gipfel ausgesehen. Eine Bergspitze. Aus diesem Grund hatten sie ihn zu einem Heiligtum erklärt. Ein Ort der Einsamkeit, fast der Andacht. Und später mussten es andere auch so gesehen haben. Jahre später, als man diesen Ort für das Standbild von Tensing Norgay ausgesucht hatte. Mit einem Fuß auf der Spitze des Felsblocks, den Eispickel triumphierend in die Höhe gereckt. Tensing auf dem Everest. Auf dem allerhöchsten Gipfel.

Auf den Fotografien des Bergsteigers, auf denen er im Moment des höchsten Ruhmes abgebildet ist, trägt er eine Wollmütze, eine Schutzbrille und eine Sauerstoffmaske. Er hat soeben ein kleines Loch in den Schnee gegraben und Schokoladenstücke und Kekse als Dankopfer für die Götter hineingelegt. Er hat soeben Edmund Hillary die Hand geschüttelt, ihn in die Arme genommen und ihm triumphierend auf den Rücken geklopft. Aber auf dem Traumfelsen steht Tensing allein, das Gesicht unverhüllt. Kein Bedarf an Sauerstoff, er atmet nichts als Freude. Ein leiser Wind zerzaust ihm das Haar. Von seinem Standort aus kann er die ganze Welt sehen, und ihm gefällt, was er sieht. Es ist sein Augenblick des Sieges, und er wird ewig darin leben. Marion lief auf ihn zu. »Was habe ich dir gesagt? Der Felsblock ist immer noch hier.« Ehrfürchtig berührte sie die Beine des Standbilds, dann bückte sie sich und streichelte den Felsen.

»Wahrscheinlich hat auch Tensing die glücklichste Zeit seines Lebens hier verbracht«, sagte Vanessa. »Er sieht doch so aus, findest du nicht?«

»Ja, das stimmt. Er sieht wirklich so aus.«

Der Fahrer des Jeeps war ein Angestellter des Glenside, und er fuhr mit ungewöhnlicher Vorsicht die Straße hinunter in die Ebene, um sie zum Zug nach Kalkutta zu bringen. Er erzählte ihnen, dass er ein Gurkha sei. Ein Soldat. Er hatte im Falklandkrieg für die Briten gekämpft. »Goose Green«, sagte er. »Stanley.« Verwundert wiederholte er die Namen dieser Orte, als könne er nicht ganz fassen, dass er sie mit eigenen Augen gesehen hatte. Es war vor vielen Jahren gewesen, und die Inseln waren so weit weg.

Vanessa drehte das Fenster hinunter und sog den Duft der Ringelblumen ein, die an den Hängen wuchsen.

»Wie war es dort?«, fragte sie. »Wie haben Sie sich gefühlt?«

»Kalt«, sagte der Fahrer. »Mit Weiß im Wasser.« Als beschreibe er einen Ort in einem Traum, dessen Konturen einst klar und unzweideutig waren, jetzt aber in die Verwirrung abdrifteten. Im Traum hatte er diesen Ort begriffen. Er hätte hundert Fakten aufzählen, hundert Einzelheiten beschreiben können. Aber jetzt wachte er auf und erinnerte sich nur mehr an zwei davon. Es war kalt dort. Es gab Weiß auf dem Wasser.

Sie waren fast am Ziel. Die Straße war jetzt weniger steil und schlängelte sich durch den Dschungel. Zwischen den Bäumen war es sehr ruhig, und trotz der verschlungenen Äste, der Ungebärdigkeit des Gestrüpps, schien sich den beiden Frauen ein System, eine geheimnisvolle Ordnung zu offenbaren. Als führen sie nicht durch den Dschungel, sondern durch eine große Parklandschaft, die sorgfältig, wenn auch von unsichtbaren Händen, gepflegt wurde.

»Wir werden hoffentlich wieder einen Schlafwagen kriegen«, sagte Marion. »Es wird doch klappen, meinst du nicht, Vanessa?«